Les Templiers du Nouveau Monde

SYLVIE BRIEN

Les Templiers du Nouveau Monde

HURTUBISE

HMH

DE LA MÊME AUTEURE

POUR LES ADULTES :
Béryl, Montréal, Éditions du Cram, 2002
Gaius, Montréal, Éditions du Cram, 2003

POUR LA JEUNESSE :
La Fenêtre maléfique, Montréal, Hurtubise HMH, 2004
M comme momie, Montréal, Hurtubise HMH, 2005

SÉRIE « PIERROT ET LE VILLAGE DES FOUS » :
Le Spectre, Montréal, Éditions Porte-Bonheur, 2002
Les Têtes coupées, Montréal, Éditions Porte-Bonheur, 2002
Zone infinie, Montréal, Éditions Porte-Bonheur, 2002
Le Trésor de Frank, Montréal, Éditions Porte-Bonheur, 2002
Les Lutins de Picardie, Montréal, Éditions Porte-Bonheur, 2003
L'Énigme du Marie la Paix, Montréal, Éditions Porte-Bonheur, 2003.

SÉRIE « LES ENQUÊTES DE VIPÉRINE MALTAIS » :
Mortels Noëls, Paris, Gallimard Jeunesse, 2004.
L'Affaire du collège indien, Paris, Gallimard Jeunesse, 2006.

Je remercie le professeur Gérard Leduc à qui mon roman, que je veux sans prétention historique ou scientifique, doit les premières étincelles. Sa passion pour l'archéologie a su m'initier à la réalité des Templiers en Amérique et a été l'élan qui m'a poussée à poursuivre ses recherches.

Catalogage avant publication de Bibliothèque et Archives Canada

Brien, Sylvie, 1959-
    Les templiers du nouveau monde
    Comprend des réf. bibliogr.
    ISBN 2-89428-869-7
    I. Titre.

PS8553.R453T45 2006   C843'.6   C2006-940532-8
PS9553.R453T45 2006

L'auteure remercie le Conseil des arts et des lettres du Québec pour son appui financier.

Les Éditions Hurtubise HMH bénéficient du soutien financier des institutions suivantes pour leurs activités d'édition :

- Conseil des Arts du Canada
- Gouvernement du Canada par l'entremise du Programme d'aide au développement de l'industrie de l'édition (PADIÉ)
- Société de développement des entreprises culturelles au Québec (SODEC)
- Programme de crédit d'impôt pour l'édition de livres du gouvernement du Québec

Illustration de la couverture : Luc Normandin
Maquette de la couverture : Geai Bleu Graphique
Mise en page : Andréa Joseph [PageXpress]

Éditions Hurtubise HMH ltée   Distribution en France :
1815, avenue De Lorimier   Librairie du Québec / DNM
Montréal (Québec)   30, rue Gay-Lussac
H2K 3W6   75005 Paris
    www.librairieduquebec.fr

ISBN : 2-89428-869-7

Dépôt légal : 2e trimestre 2006
Bibliothèque nationale du Québec
Bibliothèque nationale du Canada

Imprimé au Canada

www.hurtubisehmh.com

« Qui bien beurra
Dieu voira.
Qui beurra tout d'une baleine
Voira Dieu et la Madeleine. »

René d'Anjou

Personnages principaux du roman

Frère Bernardino Hernandez : Moine chevalier templier, astronome et mathématicien.

Martial Leclercq : Cordonnier, fiancé de Mathilde.

Jean Lescot, dit **Ti-Jean :** Forgeron et maréchal-ferrant, beau-père de Mathilde, époux de Guillemette.

Mathilde Lescot : Fille illégitime de Guillemette et belle-fille de Jean Lescot.

Guiraude de Maheu : Épouse et petite-cousine de Guillabert d'Aymeri.

Frère Raimon : Moine chevalier templier.

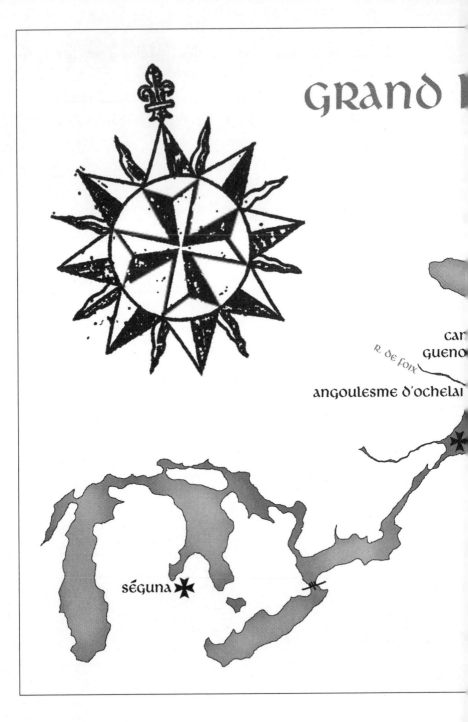

GRAND

R. de foix

car
gueno

angoulesme d'ochelai

séguna

lluland

terreneuve
petit helluland

san-lorenzo
gros-morne

gespeg

pabos

espegeneg

ʒɒɘl

manche
d'épée

ɟnɒy

roquelay

huitramannaland

cadie
markland

starnatata

aga

vinland

rhodes

Lexique des lieux

Angoulesme d'Ochelai : Lac Saint-Pierre, aux environs de Trois-Rivières

Canada : Ville de Québec

Colonnes d'Hercule : Détroit de Gibraltar

Epsegeneg : Anse aux Gascons, Gaspésie

Guenoda : Possiblement Cap-Rouge, près de Québec

Gespeg : Aux environs de la ville de Gaspé en Gaspésie

Grand Helluland : régions de Schefferville et du Labrador

Gros-Morne : Un gros-morne est le fer qui recouvre une lance. On retrouve le nom de ce village en Gaspésie.

Lesquemain : Les Escoumins

Manche d'épée : On retrouve le nom de ce village en Gaspésie où une pièce de cette arme a été retrouvée.

Markland : Nouvelle-Écosse (Acadie)

Mont Notre-Dame : Maintenant le mont Sainte-Anne en Gaspésie

Ochelaga : Montréal

Ochelay : Trois-Rivières

Pabos : Village en Gaspésie

Petit Helluland : Terre-Neuve

Roquelay : Rimouski

Rhodes : Rhodes-Island, près de Providence, États-Unis

Rivière de Foix : Rivière Saint-Maurice, près de Trois-Rivières

Sagnay : Saguenay

Séguna : Que l'auteure situe aux environs de Saginaw, Ontario

Starnatata : Sur la rive est de la Baie de Fundy, entre le Nouveau-Brunswick et la Nouvelle-Écosse

Prologue

13 octobre 1307. Au chant du coq, on entendit à l'ouest un grondement sourd. Peu à peu, le bruit se fit plus distinct, jusqu'à devenir une longue galopade qui s'éteignit devant le châtel. À peine l'aurore rougissait-elle le ciel que déjà, sur les pavés, fusaient les escarmouches. Les cris des serviteurs lui parvenaient, confus, couverts par les hennissements et les coups de bélier qui faisaient trembler les murs. Les chevaliers du roi forçaient son portail.

D'Aymeri se retint de courir à la salle d'armes pour vérifier l'état des pieux, des fertes et des lances qui étaient disponibles. Il était à la fois trop tôt et trop tard pour se défendre, la première hypothèse équivalant à un aveu, la seconde à un suicide.

— Les jeux sont faits. À Dieu va ! prononça-t-il d'une voix forte.

Il referma d'un coup sec le couvercle d'un gros coffre clouté, qu'on avait poussé la veille devant un fauteuil, dans lequel il s'assit. Une jambe allongée sur le meuble de rangement, il respira profondément, poings fermés. L'attente fut de courte durée. Il frémit à peine quand on défonça sa porte. Devant lui, dix chevaliers le tenaient en respect sous l'estoc de leurs épées. « Pas de quartier », songea-t-il.

Dans ce bourg, tout se savait très vite. Le vent de tempête qui soufflait sur l'Ariège était le même qui transportait la puanteur des dirigeants et les relents de leur folie vers Paris. On disait que l'affront avait été terrible, l'outrage impardonnable. Philippe le Bel, roi de France, s'était personnellement vu refuser l'adhésion à l'Ordre des Templiers dont il avait espéré devenir Grand Maître. À l'abri de tout impôt et de toute loi, l'organisation possédait tout et partout, étant banquière et créancière de l'Europe entière. L'opération politique et financière visant à effacer l'énorme dette du pays pour emplir les huches du fisc venait d'essuyer un cuisant revers. Furieux et humilié, le roi avait rédigé le 14 septembre courant, depuis l'abbaye de Sainte-Marie de Pontoise, et sur les conseils de Nogaret, l'ordre d'arrestation des Templiers. La disparition du créancier annulait à coup sûr la créance. Les lettres de cachet adressées aux baillis, aux sénéchaux, aux prélats, aux barons et aux agents de provinces deviendraient les secrets les plus éventés de France. Ici, tout se savait.

Léon d'Aymeri restait néanmoins cloué à son fauteuil, le cercle des épées se refermant lentement sur lui. Arrière-vassal d'un petit fief peu prospère que mouillait l'Ariège au levant, il n'avait pourtant, et sans doute à cause de cela, rien à craindre de personne. En France, on ne lui connaissait aucun envieux dont il aurait pu susciter la jalousie, aucun rival dont il eût pu attiser l'animosité. Aux yeux des incultes ou des naïfs, ses avoirs étaient dépourvus de valeur tout comme sa femme l'était d'attraits, ce qui le protégeait, lui et ses gens, de bien des guerres intestines. En outre, l'obscur suzerain qu'il servait le laissait maître de tout, ne se mettant en souci ni pour l'armée à lever ni pour la justice à rendre. Sa main gantée, qu'on aurait dit masquée, s'ouvrait pourtant, offrant le pain aux manants dont elle avait la charge, obnubilant dans tout le fief les famines qui décimaient les bourgs voisins.

Un homme à houppelande cramoisie sortit alors du rang de garnison. Il s'avança jusqu'à d'Aymeri, détaillant en chemin et avec suspicion le pansement qui lui enveloppait la jambe. Sans crier gare, d'un coup d'épée, il fendit l'emplâtre et rouvrit la plaie sanguinolente. Le vassal blêmit, étouffant un juron sous l'effet de la douleur. L'officier fit claquer sa langue par petits coups brefs et navrés.

— Ce sang est la preuve de votre probité, admit-il d'une voix tranquille. Il fallait nous assurer que ce coffre ne servait de contrefort qu'à votre jambe blessée et non point à quelque hérétique que vous y cacheriez.

— Par Dieu, de quoi m'accuse le roi ? rugit l'autre.

— De complicité. Ses conseillers vous prétendent affilié aux Templiers.

D'Aymeri esquissa un sourire à la fois hargneux et étonné.

— Un vassal est toujours affilié à son suzerain, sénéchal, maugréa-t-il. C'est d'ailleurs la faute de ton beau Philippe si les Templiers sont devenus les suzerains de mes terres. Que le roi me donne un autre seigneur à servir et je m'empresserai d'obéir !

— Le mépris que vous témoignez à l'égard du roi crève les yeux, cracha l'officier. Livrez-nous les Templiers que vous cachez dans vos murs.

Le blessé se leva avec peine. Il était grand, osseux et à moitié chauve, bien qu'il n'eût pas encore atteint ses trente ans. Comme il se saisissait d'une canne de marche déposée à ses pieds, le bailli éloigna l'objet d'un coup de botte.

— Ton espion t'a mal renseigné, sénéchal, grogna le vassal. Tu vois ce crucifix que je porte en pendentif ? Comment pourrais-je à la fois l'avoir au cou et défendre les Templiers qui le renient et le foulent aux pieds ?

— Ce n'est pas une preuve. Votre demeure sera fouillée de fond en comble dans l'heure qui suit.

— Ce château est à toi, coquin. Et ce coffre aussi, si tu veux.

Le vassal se rassit et sourit, amusé. Ils se fixèrent dans les yeux pendant un long moment sans parler.

— Baisez cette croix, seigneur d'Aymeri, et le roi aura le gage de votre innocence, dit finalement le bailli d'une voix sourde. Mais si jamais nous trouvions l'ombre d'un Templier dans votre bourg, fût-il puceau, vous maudirez votre mère de vous avoir enfanté.

Le seigneur s'exécuta et ferma les yeux avec piété, mettant dans le geste une profonde dévotion qui confondit son vis-à-vis. La garde elle-même, devenue pantoise, avait baissé arme. L'acte de déposition et le procès-verbal de l'interrogatoire furent signés, les lieux libérés aussi promptement qu'ils avaient été envahis.

Demeuré seul dans la pièce, Léon d'Aymeri écouta longtemps le bruit des sabots des bêtes de la troupe qui s'éloignait. Le calme redevenu maître chez lui, il se leva en grimaçant sous la douleur et l'effort. Le sang s'était répandu sur le couvercle du vieux coffre pour couler en un mince filet le long du meuble et souiller les dalles du plancher. Il ouvrit avec précaution la caisse et un homme en sortit.

Jeune, robuste, celui-ci portait une chlamyde blanche sur laquelle, au milieu de la poitrine, était cousue une grande croix rouge.

— Que ferez-vous ? demanda d'Aymeri en l'empoignant par l'avant-bras.

— Nous gagnerons l'Écosse et le Portugal, qui nous protègent du roi. Désormais, nous poursuivrons notre mission dans nos colonies éloignées du Nouveau Monde où les gisements précieux abondent et où nous pourrons agir à notre guise sans être inquiétés.

— Quoi qu'il arrive, je maintiens ma promesse : mes biens iront à l'Ordre en reconnaissance des secours octroyés.

Il remit alors au chevalier un parchemin roulé, que celui-ci enfouit sous sa tunique, tout contre sa poitrine.

— Dieu vous garde, dit-il.

— Beauséant, répondit le Templier.

Première partie

La vallée de l'Ariège

Chapitre 1

Une fine bruine enveloppait la chapelle de Saint-Laurent à la façon d'un suaire. Immobile au milieu du portique d'entrée, Guillabert d'Aymeri préféra y attendre l'achèvement de la longue litanie des morts de mars 1397 plutôt que de s'aventurer jusqu'au banc fermé, le sacro-saint apanage familial.

De la foi inébranlable et héroïque de ses aïeux, il ignorait tout. Les foudres qui s'abattaient sur lui, et qu'il attirait comme l'orme solitaire l'éclair, n'avaient rien de divin, malgré la généalogie sacrée qu'on voulut bien attribuer à Guiraude. Ses mésententes conjugales n'étaient un secret pour personne, sa bigote épouse se plaignant haut et fort de son manque d'assiduité tant aux offices dominicaux qu'à la chambre nuptiale. À l'occasion, elle se risquait même à le gronder comme s'il était un gamin à dresser, coassements qu'il ne pouvait supporter sans rugir. Terré derrière l'un des pilastres près desquels tournoyait l'escalier du clocher, le jeune seigneur se découvrit la tête et ébroua sa crinière blonde en pestant.

On chuchotait que le fils du vassal ressemblait, tant par la grandeur de son corps que par la beauté virile de ses traits, aux effigies du défunt roi Philippe le Bel, celui-là même qui avait fomenté voilà un siècle la ruine des Templiers de France. Et à voir la cour de belles se bousculant autour de lui, c'était sans doute la vérité. S'il avait, à l'instar du monarque maudit, les cheveux clairs coupés court et un visage grave aux traits doux et réguliers, Guillabert possédait également un tempérament bouillant, typique de ceux qu'un rien mène au débord.

Ce matin-là, une extrême lassitude l'assaillit, semblable à une horde de mendiantes qui se seraient pendues à son manteau. «Vingt-sept braillardes, dénombra-t-il avec l'humour un peu sombre qui lui était habituel. Le nombre exact des années que ma vie a égrainées.» Il chancela, sa tête retombant en arrière contre la colonne d'albâtre. Plus loin, déformée par l'écho, la voix de stentor de Barthélemy Filippo scandait toujours ses orémus. On l'eût dit inspirée par le tracé sinueux de l'espérance que Guillabert mettait en Dieu, s'élevant pour retomber aussitôt, déjà vaincue. Le puant effluve de l'encens lui parvenait, éphémère protection contre l'agression des âmes damnées des Parfaits albigeois qui, d'après une légende tenace, hantaient toujours les lieux.

— Tout ceci n'est qu'une comédie, Dieu n'existe pas, il y a trop de malheurs sur la Terre! maugréa quelque part la voix d'un enfant hargneux qu'il lui sembla reconnaître.

Il avala l'air par saccades, pâle et crispé. La crise du *mal sacré* dont il souffrait était imminente, il le devinait. Combattre les convulsions, ne pas abdiquer. Et cette fois-ci, ne pas hurler, surtout ne pas hurler, même si, comme à l'accoutumée, il ne garderait aucun souvenir de son évanouissement. Guillabert expira, tenta d'expulser la douleur sournoise de la peur qui lui broyait le thorax. Il serra les poings aussi fort que les dents.

— Je vaincrai la mort, jura-t-il. Mes gens ont trop besoin de moi.

Il se laissa glisser sur le sol. Lentement. Puis, assis contre la colonne de Yakin, la tête entre les mains, il chercha encore à retarder l'accomplissement du mal.

La fatigue provoquait deux à trois fois l'an chacun de ses malaises, mais qu'y pouvait-il ? S'il n'avait pas dormi la nuit d'avant, non plus que la précédente, c'était que le printemps tardait bien plus que lui, en cette année de grâce 1397, à se présenter devant son Créateur. Bien que l'abbé Filippo s'évertuât à prétendre que l'équinoxe du printemps leur apportait la protection divine, le fils du vassal n'osait s'imaginer ce que mars aurait été sous le joug et la tenure du diable. Au village, chacun savait que Guillabert d'Aymeri redoutait davantage la famine de ses serfs qu'il ne redoutait Satan. Il ne croyait ni à Dieu ni au diable et ne s'en cachait pas. Pour un affilié des Templiers, la chose était plutôt inusitée.

Par quel miracle, en effet, aurait-il bien dormi ? Tandis que son père, arrière-vassal d'Ariège, n'en finissait plus de se mourir dans une chambre du château, lui-même s'était vu octroyer la gestion du fief et de ses habitants faméliques. Domaine dont leur suzerain, le dur comte de Foix, faisait de toute évidence bien peu de cas quoiqu'il leur dût protection et justice. Ainsi, depuis février, à cause du gel et de la grêle persistants, Guillabert avait-il dû repousser les semailles de semaine en semaine. À ce rythme, les réserves de méteil n'avaient guère mis de temps à s'épuiser au fond des greniers, où la vermine ne les dédaignait pas non plus. C'est à peine s'il restait dans les entrepôts féodaux éparpillés à vingt lieues à la ronde dix poignées d'épeautre pour nourrir cinq cents ventres bourrés de vers. Quant au bétail, malade dès la mi-novembre, il ne fallait plus y songer. Bref, si l'Ordre des Chevaliers n'avait tenu la famille d'Aymeri sous sa haute et secrète protection, bien peu d'âmes ici auraient encore été présentes pour chanter le *Te Deum*.

Voilà cent ans, un aïeul de Guillabert avait eu la bonne idée de prêter allégeance aux Templiers pour échapper à la peste noire venue d'Italie. Grand bien lui fasse ! Depuis, en dépit de la tentative d'extermination du roi et du pape Clément V, les largesses d'obscurs chevaliers coulaient sur le pays ariégeois. Des mille commanderies templières conquises *manu militari* par Philippe le Bel subsistait toujours celle de Montréal-de-Sos et de Montségur, obscur moignon du Prieuré de Sion favorable à la doctrine hérétique des Parfaits et des Cathares. Et surtout : invisible dispensatrice de vivres et de froment.

— Votre famille sent le soufre, lui répétait Guiraude de Maheu en plissant le nez.

Il riait. Sa femme n'avait pas tort, mais le soufre valait mieux que l'odeur de cadavres en putréfaction.

Semblable à l'agonie paternelle, la longue litanie d'églogues n'en finissait plus de s'étirer. La voix aiguë de l'abbé chevrotait tandis qu'un arôme plus subtil s'amalgamait peu à peu au parfum tenace de l'encens. Mal en point, Guillabert redressa la tête.

— De la muscade ? devina-t-il, le regard tourné vers les marches en colimaçon qui menaient au clocher.

Il se cramponna à la vision sublime qui s'offrait à lui, au sommet du petit escalier.

Vêtue d'une capeline cousue dans l'étoffe grossière du pays, une jeune femme était postée sur le plus haut degré, grave dans son maintien comme seule l'est une reine. Sous le capuchon du manteau de bure émergeaient quelques mèches indomptées, pareilles à des flammes incendiaires, mèches qui encadraient somptueusement un doux visage de madone coulé dans la plus blanche et la plus fine porcelaine qui soit. D'un geste aussi ample que lent, elle découvrit sa tête. Il tressaillit, subjugué par la beauté sauvage de celle qui l'affichait.

— Vénus à la chevelure de cuivre, murmura-t-il.

Son cœur s'affola. Il l'aurait reconnue entre toutes : c'était elle, la femme que le ciel lui destinait. Elle n'avait pas seize ans et c'était la sienne.

Il observa l'apparition sans bouger, la détaillant à la façon d'un peintre au travail, découvrant la finesse des traits, l'azur un peu gris des prunelles, l'ampleur gourmande des lèvres charnues. Il chercha, puis huma l'arôme légèrement sucré de la peau sur laquelle glissaient les tissus, devinant la grâce des courbes sous le vilain manteau.

Pupilles rivées au vitrail qui perpétuait la Jérusalem céleste, l'inconnue se mit à descendre d'une démarche aérienne, dans un bruit de froissement d'étoffes. Enfin, son regard croisa celui du seigneur. Elle esquissa un sourire timide, ce qui accrut encore sa splendeur. « Elle ne sait pas qui je suis », pensa Guillabert.

Il la regardait toujours fixement puis, plein de désir, avança la main vers elle. C'est alors que le sol s'entrouvrit sous ses pieds pour l'engouffrer.

— Aide-moi, la supplia-t-il, en tendant toujours des doigts qu'elle se refusait à saisir.

Il hurla de terreur, s'enfonça jusqu'au cou.

— Je suis là, près de vous, mon beau seigneur, l'entendait-il néanmoins murmurer.

— Le voilà à présent qui déraisonne, chuchota la grosse voix un peu bête d'Adélaïde.

— Mon seigneur, je vous en conjure, réveillez-vous !

†

Guillabert d'Aymeri ouvrit les paupières. Le temps présent, l'an de grâce 1438, heurta sa mémoire de plein fouet. Dans la lueur de la lampe à huile, il vit d'abord sa vieille maîtresse, postée près du grand lit. Derrière elle, agglutinés dans l'ombre épaisse que projetait son corps gracieux, trois serviteurs se tordaient la bouche et les mains d'inquiétude. Le vassal reconnut alors sa maison de Séguna, les murs tendus de draperies et le sol tapissé de peaux de castors râpées de la chambre chauffe-doux, ainsi nommée parce qu'il s'y trouvait des poêles qu'on allumait l'hiver.

Voici onze jours, sa maladie avait débuté par un frisson, un point de côté, une fièvre intense. Puis une toux rauque l'avait fait vomir des crachats couleur de rouille, confirmant le diagnostic d'une redoutable pneumonie. Ses avant-bras offerts depuis ce temps au couteau du médecin n'étaient plus que des entailles vives d'où s'écoulait sa vie. Désormais, les saignées ne pourraient plus rien contre la pourfendeuse d'hommes.

Sa compagne épongea son front que brûlait la fièvre. Il lui empoigna la main avec la férocité du désespoir.

— Ne t'éloigne pas, ma mie, ne me laisse pas mourir, geignit-il. Je coule. Je péris. Je vois défiler ma vie.

— Je ne vous quitterai pas, l'assura-t-elle.

Elle déposa sa tête contre le torse du malade. Fidèle au rituel dont se nourrissait depuis tant d'années leur vieux couple, il délia la chevelure torsadée et veinée de soucis pour mieux la caresser. Le temps l'avait peu à peu transformée en airain.

— La mort vient, elle me glace, souffla-t-il.

La toux lui arracha la gorge et les poumons. Après avoir enjoint les serviteurs d'apporter de nouvelles fourrures, sa maîtresse s'assit contre les jambes du vieillard pour tenter de les lui réchauffer.

— Qu'ai-je fait de ta vie en t'emmenant au Nouveau Monde ? laissa-t-il fuser par à-coups, l'air parvenant bien mal à ses poumons. Il eût mieux valu que tu épouses ton savetier et que tu restes en Ariège. J'ai froid.

— Approchez la chaufferette du lit et attisez-en le feu, ordonna-t-elle. Qu'on envoie quérir le père Simon.

— Non, fais plutôt chercher nos enfants, l'exhorta-t-il. Tu entends cette clochette ? La lépreuse chauve s'en vient...

Il semblait terrorisé, ses pupilles rougies roulant sur les murs, son ouïe se tendant au tintement de la cloche dont il percevait la vibration éteinte.

— La lépreuse chauve, dites-vous ?

— Elle est là, derrière la porte, chuchota-t-il. Dis-lui qu'elle attende, que je ne suis pas prêt.

Terrorisé, le visage pâle et amaigri, le vieillard fixait la porte qui s'entrouvrait. « Surtout ne pas lui céder, résister encore. Si l'esprit cède, le corps cédera », pensa-t-il.

— Ici, n'entre pas qui veut, assura à sa gauche la servante.

Pourquoi, derrière ses yeux clos, des images de sa vie surgissaient-elles dont le seul lien tenait dans le rythme des mots l'ayant mené en Huitramannaland ? Le vassal n'avait-il donc rien vécu de valable après sa vie à Montréal d'Ochelaga pour mériter d'être rafraîchi par une autre eau de jouvence coulant de sa mémoire ?

— Trois de nos enfants accourent sur l'heure, n'ayez crainte mon ami. Quant à Louis, il a depuis longtemps reçu votre missive. Rien ne saurait arrêter vos pigeons voyageurs, pas même le froid. Il est en route, mais Montréal est loin et les dangers qui le guettent sont bien grands.

La voix de sa compagne se perdit dans le bruit nébuleux que formait le substrat sonore de Guillabert à l'agonie.

«La pneumonie m'emportera aussi sûrement que le diable et la lépreuse qui l'orchestrent, pensa-t-il. Mais ils devront se démener avant que je ne leur cède, je jure qu'ils devront se démener.»

Il lutta un moment contre l'inconscience vaporeuse et sournoise qui cherchait à s'emparer à nouveau de son esprit. Elle l'obligea derechef à abdiquer, l'acculant aux souvenirs qui drossaient sans pitié sa mémoire, tels les rapides de la rivière déchaînée de l'Odakra – le rat musqué.

Chapitre 2

Guillabert avait toujours cru que la vie d'une rivière débutait aux premiers tumultes de l'eau vive, à l'endroit exact où le fleuve cruel écarte son enfant dans un bruit d'orage. Sa vie à lui avait de toute évidence commencé à l'âge de raison, au moment où son père l'avait fiancé à sa petite-cousine Guiraude, de deux ans son aînée, maigrelette au front bas et au nez aquilin. Bizarrement, et bien que fort tardifs, c'étaient les premiers souvenirs qu'il gardait de son existence, lesquelles ressouvenances ne manquaient d'ailleurs jamais de lui occasionner au thorax une étrange et presque imperceptible sensation de douleur dans laquelle l'angoisse, l'humiliation et le désespoir s'entrelaçaient comme pour lui tresser une pesante cotte de mailles. Le fil du souvenir se perdait ensuite quand à l'image de cette parente le serrant à l'étouffer succédait son geste à lui, ultime et désespéré, de repousser la noire laideron et de fuir à toutes jambes le rire des invités. On avait mis douze heures à retrouver le garçon qui sanglotait dans un recoin du château. Il venait de subir seul, à sept ans, le premier assaut du *mal sacré*. Il en garderait longtemps le secret à cause des images distordues dont il avait eu la vision, compagnes fidèles des convulsions, et qu'il avait crues prémisses de sa folie.

— Un vrai d'Aymeri ne pleurerait pas comme un veau, l'avait rabroué son grand-père, après que son père l'eut giflé devant toute la maisonnée. Comment croire qu'un pareil geignard puisse un jour sauver notre race ? Vous avez tué votre mère en naissant, tâchez maintenant de ne point nous faire mourir de honte à notre tour.

— Vous m'avez l'air bien mal en point, mon petit fiancé, avait murmuré sa promise en l'examinant par en dessous.

Furieux qu'elle eût deviné son état, le garçon lui avait décoché un coup de pied dans les mollets.

— Méchant ! pleura-t-elle. Vous ne deviendrez jamais mon héros !

« Tant s'en faut ! Malade comme je suis, je ne deviendrai de toute façon jamais un vrai héros », avait pensé Guillabert en serrant les dents sur une nouvelle gifle.

Dès lors, il avait mis toutes ses forces à cacher sa maladie et à détester sa petite-cousine trop laide qui le lisait si bien.

Toutefois, si Guiraude de Maheu n'était pas née belle de corps, du moins avait-elle su affiner son esprit, ce qui en faisait une femme douée plus que remarquée. Lettrée, érudite, et ce, en dépit du fait que les livres fussent en France de rares trésors, elle possédait des connaissances de l'Histoire sainte, bien différentes des dogmes officiels enseignés par l'Église catholique, qui étaient réputées dans toute la région de l'Ussat. Fiancée à neuf ans et mariée à seize, elle n'ignorait le jour de ses noces ni le grec ni le latin, langues mortes qu'elle préférerait indubitablement aux plaisirs bien vivants de la chair.

Ainsi, les noces célébrées, Guiraude exigea-t-elle trois nuits chastes, comme au temps de saint Louis. Elle les passa à genoux à implorer Dieu de lui épargner le plaisir pendant l'union charnelle. «Ce serait un adultère», croyait-elle, adhérant à la croyance populaire de l'époque. Malgré leurs réticences mutuelles, ils durent pourtant l'un et l'autre passer à l'acte. Toute la maisonnée écouta derrière la porte, mais n'entendit rien.

— Je n'ai pu terminer ma besogne, elle m'a corrigé sur mes écarts de langage, maugréa le jeune époux quand, au matin, il lui fallut rendre compte de la défloration.

— Véritable éteignoir à la flamme de vos obligations conjugales, s'il en est, admit pensivement l'abbé Filippo. Votre sainte femme s'adonne mieux à l'enluminure des livres d'heures qu'à la luxure de la chair vautrée. Reprenez-vous ce soir, mon seigneur.

Ainsi fut fait et bien fait, puisque tel était son devoir. Guillabert avait alors quatorze ans.

Avec les années, le profond mépris de Guiraude pour les philosophies venues d'Orient et les choses du sexe l'écarta encore de son époux. L'ascèse ainsi que le renoncement au monde en général «et à la joie de vivre en particulier», comme le lui répétait Guillabert, étaient devenus pour elle les chants amers de leur credo quotidien.

— …clefs de voûte qui me permettront, contrairement à vous, d'accéder au Royaume de Dieu à la fin des temps, rétorquait-elle.

— Amen! se moquait-il sans vergogne.

Sans doute cette étroitesse d'esprit alliée à sa soif de pouvoir sur le vassal présomptif avait-elle davantage contribué à éloigner les époux que son incapacité à enfanter.

Ce fut donc au milieu de l'office religieux d'un dimanche de mars 1397 qu'on avait retrouvé le seigneur gisant de tout son long entre les colonnes de Yakin et de Boaz de la chapelle de Saint-Laurent. Sorti de sa pâmoison, il fut prestement ramené au château sous l'œil navré et inquiet de sa femme. Il mit une heure à ouvrir la bouche.

— J'ai suffisamment rempli les charges et les devoirs que ma famille m'a imposés, déclara-t-il soudain. Ce soir, ma cousine, vous fêterez vos trente ans avec nos parents et amis. Je vous accorderai sans coup férir ce que vous désirez le plus.

Elle s'étonna, les époux n'ayant jamais pris l'habitude de s'offrir quoi que ce soit aux anniversaires, ni même à la Noël. Elle accueillit l'annonce sans délier les lèvres et surtout sans oser lui demander le motif d'une telle décision, craignant peut-être qu'il ne changeât d'idée. Elle redoutait les crises de maturité de Guillabert qui lui venaient par à-coups, soubresauts éphémères souvent insensés d'une révolte qui grondait en sourdine. Avec le temps, elle avait cependant compris qu'il ne pourrait survivre qu'en brisant le globe d'autorité paternelle sous lequel il étouffait. Et cette fois-ci, conformément aux espoirs de sa femme, il tint bon jusqu'à la brunante sans bifurquer.

Les invités s'étaient réunis au rez-de-chaussée du châtel, dans l'immense salle qui servait aux réceptions et aux réjouissances, et où se dressait une imposante cheminée de pierre. Contrairement au luxueux château de leur suzerain, la demeure qu'habitait la famille d'Aymeri ne possédait plus sa chapelle particulière, le bisaïeul Léon l'ayant jugée trop catholique pour les besoins de l'affilié templier qu'il était devenu. Cette pièce carrée dont ils se servaient aujourd'hui était en fait l'ancien oratoire. Les lueurs du jour agonisaient derrière les fenêtres aux larges embrasures, toujours pourvues de leurs splendides vitraux. Les ménestrels, musiciens ambulants et troubadours terminèrent l'improvisation d'une ballade d'amour et d'une chanson de geste à la lueur des lampes à huile qu'on venait d'allumer. Malgré la musique des trouvères, rires et plaisanteries fusaient avec force autour de la longue table de hêtre montée devant l'âtre crépitant. Vingt bouches repues achevaient bruyamment d'engouffrer vins et mets recherchés, dont les restes, que se disputaient les chiens, encombraient le sol dallé. S'étant levé, le fils du vassal fit taire ses invités pour se tourner vers sa petite-cousine.

Guiraude de Maheu étrennait pour l'occasion un mi-partie, les cotte et surcot ayant été taillés dans un velours tissé de fleurdelisés. Comme le voulait la mode, un côté du costume était bleu, l'autre rouge, pour s'inverser sous la ceinture. Elle portait au corsage une ganache verte où était piqué un feu de pierreries. Sa femme s'était faite belle, mais Guillabert ne le remarqua pas.

— Tel que je vous l'ai promis, annonça-t-il, voici le présent d'anniversaire que je vous offre : dès maintenant, je vous autorise à une vie chaste à l'image des saintes de l'Église primitive que vous vénérez depuis tant d'années.

Un silence glacial s'ensuivit, pendant lequel chacun se retint de respirer. Guiraude avait étrangement pâli. Les yeux rivés à l'anneau d'or qu'elle portait au doigt, elle ne desserra pas les lèvres.

— Qui vous autorise à décharger votre femme du devoir sacré décrété par le mariage ? s'étrangla à sa droite l'abbé Barthélemy Filippo.

Guillabert ignora la harangue. Il l'interrompit même en frappant dans ses mains.

— Que la fête continue ! ordonna-t-il sur un ton faussement amusé.

La musique reprit, la ritournelle d'un joueur de rebec couvrant les récriminations dont le religieux l'aspergeait toujours. Le seigneur profita de ce que ses hôtes étaient allés danser pour se pencher à l'oreille de sa petite-cousine.

— Vous comprendrez, madame, que je ne saurai m'astreindre, tout comme vous, à tant de sainteté, plaida-t-il avec candeur.

— Je ne m'en soucie que peu ou prou, rétorqua-t-elle d'une voix froide. D'ailleurs, que je sache, vous ne vous êtes jamais privé du moindre vice ou de la moindre catin ! Je vous saurais donc gré de m'épargner ces détails.

— Je vous relègue à votre maison de Bourgogne que vous avez héritée de votre famille, dit-il durement. Je m'affranchis enfin de vous, qui me menez en tutelle depuis plus de treize ans.

Elle tressaillit, comme cinglée par une gifle. Une musique gaie s'élevait toujours des cistres et des luths. Ils se fixaient sans parler, comme deux coqs prêts au combat. Il réprima un sursaut quand Guiraude allongea une main chaste vers sa joue pour la lui caresser.

— Vous avez vieilli, Guillabert, mais il est trop tard pour nous, admit-elle avec douceur. Votre décision est sage et réfléchie. Quel dommage que je n'ai pas su vous aimer d'amour, vous, mon si beau seigneur.

— Ce sentiment est réciproque, madame. Sachez que je ne vous aime pas non plus. Seuls les tenants de votre propre sexe semblent vous convenir.

Il détourna la tête pour fuir ses doigts glacés et les reproches qui coulaient de ses yeux humides. Sa femme baissa le regard sans oser se défendre.

— Tâchons de couvrir la chose et de préserver l'agio de notre union économique, murmura-t-elle. Votre père se meurt et vous devez l'épargner. J'aurai bien le temps par la suite de me cloîtrer aux confins d'un manoir isolé comme vous me l'ordonnez.

Il en convint et ne douta pas qu'elle verrait à l'avenir, sous le chaste manteau de la religiosité, à mettre son existence à l'abri des courants d'air et des tourments d'un destin qui ne lui convenait pas. «L'attitude pieuse de cette grenouille de bénitier n'est qu'hypocrisie, songea-t-il, désabusé. Son seul but est de se réfugier au milieu de ses pudibondes dames de compagnie comme une nonne dans son cloître.»

Il était hargneux et sans pitié, en dépit du fait que les treize années passées auprès d'elle la lui aient mystérieusement attachée. Les liens qui unissaient les époux s'étaient faits coupants, douloureux, cordés de conflits incessants, de bouderies puériles et de silences souffreteux. Guillabert constatait davantage chaque jour les méfaits que provoquait dans son corps l'infranchissable colère qui se dressait entre eux au quotidien, l'isolant derrière une santé précaire, l'écartant de tout bonheur véritable. En excisant sa petite-cousine de sa vie, il revendiquait une liberté qui lui avait toujours fait défaut. «Un divorce règlera tout», se persuada-t-il.

— Vous ne pouvez vous permettre d'envisager un divorce, je suis de sang mérovingien, argumenta-t-elle en replaçant son lamentable chignon noir qui filait sous la résille dorée.

Il se rembrunit. Elle lisait en lui comme dans un de ses missels. Il dut cependant admettre qu'elle avait raison : le sang du célèbre roi Mérovée coulait dans les veines de Guiraude de Maheu, y mêlant mystérieusement flux humain et flux divin. Cette eau rouge et visqueuse était d'ailleurs la seule source à laquelle s'était abreuvé leur mariage. Et leur amour-propre, plutôt que de s'y désaltérer goulûment, s'y était dilué et presque noyé.

— Toute la France descend de Mérovée ! répliqua-t-il comme à l'accoutumée.

— Pauvre jaloux…

Cette fois-ci, la dernière taquinerie qui subsistait entre eux ne le fit pas sourire. Pour Guillabert, que sa femme fût la fine ramille d'une branche mérovingienne n'avait pas d'importance. Et qu'un de ses ancêtres combattît Attila en avait encore moins : leur union n'était qu'un mariage d'intérêt. Il aurait mille fois préféré en contracter un d'amour, comme le pouvait le plus misérable de ses serfs, mais sa famille en avait décidé autrement pour lui.

†

Carolingiens, les d'Aymeri avaient été endoctrinés par le gnosticisme des Chevaliers du Temple qu'ils servaient depuis des siècles. C'est à la mort de son épouse, en 1370, soit à la naissance de Guillabert, que Sylvestre, sur les instances de son propre père, avait jeté tout son dévolu dans une alliance mérovingienne qu'il prétendait salvatrice pour leur lignée. Le mariage de son seul héritier souderait les sangs mérovingien et carolingien. « Tu es l'Élu, le rassembleur des frères ennemis, le sauveur du sang de Mérovée », avait-il répété à son fils Guillabert toute sa jeunesse. Cet obscur vœu d'osmose de races aussi ennemies que celles d'Abel et de Caïn allait briser la vie du jeune homme.

— Six cents ans se sont écoulés depuis que le pape a trahi les Mérovingiens en couronnant Charlemagne !

Votre désir m'entrave comme une armure un jour de *trêve de Dieu*[*] ! ragea celui-ci.

Sylvestre eut vite raison de ses vitupérations, l'obéissance du fils résolvant le dilemme, comme à l'accoutumée. Dès le « oui » prononcé du bout des lèvres, Guillabert tint cependant une amère rancune à son géniteur, estimant que son existence serait assujettie à des stratègies purement économiques et politiques. Treize années de malheur plus tard, treize années à agoniser à petit feu sous la hache émoussée de son bourreau, il avait décidé que les choses avaient assez duré.

Tel que le lui avait demandé Guiraude, Guillabert consentit pourtant à épargner à l'agonisant les affres d'une séparation de corps et surtout de sang d'avec la lignée sacrée mérovingienne, préférant retarder de quelques jours l'ultime départ de sa petite-cousine, jusqu'au passage du convoi de la mort.

---

[*] Période durant le carême pendant laquelle les vengeances privées étaient suspendues.

Chapitre 3

Sylvestre d'Aymeri portait le prénom d'un pape, ce qui était en soi un bien mauvais tour du destin, ses ancêtres ayant toute leur vie contesté haut et fort l'Église catholique. À soixante-douze ans, il agonisait dans une souffrance qui ravageait impitoyablement toute la beauté de ses souvenirs. La longue maladie l'avait rendu aigri, hargneux et incisif, sans cesse prêt à remarquer la paille et la poutre dans l'œil de ses proches, auxquels il essayait vainement d'imposer son point de vue. Contrairement à ses habitudes, le moribond déblatérait maintenant contre certaines gens qu'il avait pourtant fort chéris, et ne les jugeait plus que par leurs défauts. Était-ce là l'unique moyen qu'il avait trouvé pour se détacher rapidement de ceux qu'il avait aimés ? Guillabert, qui comptait parmi eux, le crut. Et cette compréhension nouvelle lui évita la souffrance inutile de se croire fustiger *in extremis* par l'être qui l'avait le plus affectionné. En revanche, ni la douleur ni l'intolérance ne parvenaient à affaisser ou à courber ce grand corps maigre et décharné, qui demeurait droit comme une barre d'acier, « égal, disait le vieillard barbu, à mon honnêteté et à ma foi en Dieu, mais non point en l'Église ».

Une nuit de mars 1397, après s'être confessé et avoir refusé, comme tout Templier, de baiser le crucifix offert à ses lèvres, Sylvestre d'Aymeri fit appeler son fils à son chevet, exigeant qu'on les laissât seuls. Les miasmes putrides dont la maladie emplissait la chambre ne présageaient rien de bon. Il y faisait aussi humide que froid, mais le malade refusait obstinément qu'on tirât les rideaux du lit. À la lueur tremblotante des bougies et des cendres rougies du feu qui s'éteignait dans l'âtre, calé dans ses oreillers, le vieux seigneur empoigna la main du seul enfant que le ciel lui avait donné.

— C'est la fin, je passerai avant que la nuit n'achève, annonça-t-il d'une voix faible et sans résonance, que pas même l'émotion ne réussit à faire trembler. J'ai aimé votre mère Maggia avec passion, et je ne l'ai jamais trompée, vivante ou morte, elle qui fut sacrifiée pour votre venue au monde. Sans doute le chagrin de son absence a-t-il fait de moi un piètre éducateur puisque vous voilà devenu un homme sans foi, aux valeurs tièdes, qui ne sait guère s'administrer. Sachez, fils, que les tournois et les femmes ne sont pas tout. Agissez à l'avenir comme un honnête époux, sinon je ne sais ce que Guiraude qui vous aime souffrira encore à cause de vous…

Fidèle à lui-même malgré l'imminence de sa fin, Sylvestre d'Aymeri s'interposait une fois de plus pour se faire le vaillant défenseur de sa bru qu'il jugeait aussi précieuse et rare que le métal d'argent. Guillabert encaissa le blâme en gardant un silence mortifié, ignorant sciemment la douleur de la pointe d'épée qui lui farfouillait les entrailles. S'il lui arrivait encore de palper des joutes et des femmes, ces plaisirs-là n'apparaissaient plus dans sa vie que de façon occasionnelle et sporadique. Le vieillard l'attira contre lui, s'agrippant avec fermeté au tissu de sa chemise lacée.

— Vous souvenez-vous de l'histoire de Roberto d'Aymeri ? reprit-il en baissant d'un cran sa voix déjà affaiblie.

Son fils soupira. Le discours trop long épuiserait vite le mourant. Il connaissait bien sûr par cœur l'épopée de cet ancêtre carolingien né comme lui de mère espagnole, histoire que son père se plaisait à lui narrer lorsqu'il était gamin. Après avoir abandonné son chaud foyer pour un chaste célibat, l'aïeul avait découvert un trésor avec ses compagnons d'armes.

— Quel courage extraordinaire ! s'extasiait la famille d'Aymeri.

«Ah ça, le courage d'un lâche et d'un insouciant», contestait en son for intérieur le jeune Guillabert, qui ne pouvait admettre l'irresponsabilité et la fuite d'un homme ayant femme et enfants à sa charge.

Sylvestre avait toujours pris un malin plaisir à tenter de lui faire deviner en quoi pouvait consister le trésor en question, ce à quoi le garçon n'était jamais parvenu. Était-ce le Gréal, que les non-initiés nommaient Graal, et que bien des vantards prétendaient s'être approprié ? Une légende racontait que les Cathares avaient longtemps détenu le vase sacré auquel le Christ s'était abreuvé durant la dernière Pâque, et dans lequel, d'après les catholiques, Joseph d'Arimathie aurait ensuite recueilli le sang du crucifié. Fait d'une seule pierre précieuse, il possédait maints pouvoirs dont celui d'assurer la jeunesse éternelle à son possesseur. Or, on disait justement qu'il était enfoui dans la grotte fortifiée d'Ornalac, à quelques lieues seulement de Montréal-de-Sos.

— En l'an de grâce 1114, neuf chevaliers débarquent à Jérusalem, récita Guillabert d'une voix monotone. Notre ancêtre Roberto est du nombre. Leur chef, Hugues de

Payns, se présente au roi Beaudoin II qui l'autorise à exécuter une importante mission, qu'on croit être de garder les routes publiques mais qui, en fait, est de retrouver le trésor enfoui sous les ruines des écuries de Salomon. Les chevaliers s'installent donc dans une aile du palais, à l'emplacement exact où s'élevait jadis le temple. Après dix ans et la venue d'un dixième chevalier parmi eux, leurs efforts se voient enfin récompensés. Mais il semble que je sois condamné à rester ignorant de ce que fut ce trésor.

— Ce trésor, fils, c'était l'Arche d'Alliance, balbutia Sylvestre.

Guillabert arrondit les yeux. L'Arche, ce coffre fameux contenant les tables de la Loi, et dérobé par les Romains lors de la mise à sac de Jérusalem en l'an 70 ?

— À l'extermination de l'Ordre en 1307, des chevaliers l'ont transportée en secret par la mer dans un lieu appelé Arcadia, poursuivit le moribond. Mais l'Arche n'est pas le seul joyau du trésor des Templiers. D'autres plus précieux contiennent des informations qui feraient un tort irréparable à l'Église catholique et à ses papes si on les divulguait au grand jour. Il s'agit des preuves formelles concernant le mariage du Christ avec Marie-Madeleine, ainsi que leur lignée secrète mérovingienne.

— Le Christ avait des descendants ? s'étouffa Guillabert, estomaqué.

— Il était Essénien et chez les Juifs esséniens, le mariage était obligatoire. Tout ce que j'en sais m'a été enseigné par les chevaliers après le décès de mon père, qui avait lui-même appris ces choses à la mort du sien. Après mes funérailles, on vous contactera à votre tour pour vous initier à des mystères qu'il vous sera interdit de divulguer.

Des toussotements intempestifs l'interrompirent et du sang s'écoula de la commissure de ses lèvres blafardes jusqu'à sa barbe grise. Guillabert approcha une coupe remplie d'eau, que le vieillard écarta. Il enfonça ses ongles dans l'avant-bras de son fils unique, s'agrippant à lui comme à une mauvaise bouée de sauvetage. Il avait encore trop à dire pour le temps qui restait.

— Le pouvoir de l'argent est leur seul dieu, souffla le vieillard. Ne cédez pas à leur imposture ou à leur chantage. On reconnaît l'arbre à ses fruits. Ils voudront s'approprier votre âme, fils.

Ce dernier le dévisagea sans comprendre.

— Que dites-vous? bégaya-t-il, profondément troublé.

Pour la première fois, le malade se laissa aller à pleurer devant lui.

— Que Dieu me pardonne d'avoir sacrifié votre existence à ces rapaces! Je l'ai fait pour votre mère, pour que Maggia ne soit pas morte en vain. Elle croyait si fort que vous étiez le réunificateur des deux sangs comme ils le prétendaient. Qu'ai-je fait de notre vie à tous deux? L'enfer et l'abomination m'attendent au tournant.

Il se cramponnait à lui, torturé par l'angoisse. L'attitude et les révélations du vieil homme étaient à l'opposé de ce qu'avait été sa vie. Le doute s'engouffra alors dans l'esprit de Guillabert, pareil à l'aquilon maudit de janvier qui pénètre la chaumière pour transir ses habitants jusqu'à l'os. Il voulut d'abord croire au délire du malade, mais son instinct lui criait que ce n'étaient pas là les propos du mourant hallucinant face à sa fin et que cette histoire de trésor biblique, d'usurpation et de mariage christique n'avaient rien d'une divagation. En dépit de l'apparence des mots décousus qui tenaient davantage du phantasme que de l'entendement, il savait fort bien que son père n'aurait jamais accepté de s'apaiser dans les bras de la mort en oubliant d'apporter avec lui sa raison.

— J'aurais dû protéger Maggia et l'écarter de leurs maudits desseins, sanglotait-il. Ils l'ont tuée, ils ont brisé notre vie à tous les trois ! Je vous assure que les Templiers sont pis que l'Église catholique. L'appât du gain et le pouvoir, c'est tout ce qui les anime. Mais le trésor n'a aucune importance, fils, seul le message du Christ importe.

— Vous prétendiez pourtant que le sang pur devait être mêlé, que deux chevaliers iraient sur une même monture, protesta Guillabert.

— Ce sont des balivernes avec lesquelles notre famille s'immole depuis des siècles. Ce mensonge doit cesser. Résistez à ces hommes, fils, déjouez leurs plans. Rétablissez la loi d'égalité du Christ pour Maggia. Chacun naît égal à son prochain.

— Chacun naît égal à son prochain, répéta-t-il.

— Même s'ils tentent de vous convaincre que vous êtes son descendant, souvenez-vous que je vous ai aimé comme un fils, mon tout petit.

— Mais de qui serais-je donc le descendant si ce n'est de vous ?

Sylvestre d'Aymeri ouvrit la bouche pour répondre, mais aucun son ne voulut sortir de ses lèvres gercées par la fièvre. Il paraissait stupéfait.

— C'est extraordinaire, murmura-t-il.

Ses pupilles s'arrondirent puis coururent à deux ou trois reprises du visage de son fils jusqu'à un point invisible suspendu au pied du lit, quelque part devant lui à hauteur d'homme. À n'en pas douter, ce qu'il voyait le sidérait. Il chercha dans le regard de Guillabert, mais sans la trouver, l'approbation qui aurait pu le conforter. Le mal, un moment adouci par la vision d'outre-tombe, reprit du terrain, plus fulgurant encore, plus incisif aussi. Le sang se retira des joues amaigries et parcheminées à la façon d'une vague. Le malade poussa un long gémissement, se cambra, le visage crispé dans une souffrance atroce. Il expira un long râle torturé, enserra avec férocité la main aimée, puis, sa tête retombant sur l'oreiller, il se figea dans la mort.

†

1438. Le souvenir s'estompa sous la violence du mal qui lui broyait les poumons. Guillabert d'Aymeri gémit, entrouvrit les yeux, reconnut la chambre chauffe-doux et le visage de son amante. Derrière elle, des ombres en mouvement. « Le temps ne passe pas, il n'a aucune durée, réalisa-t-il. C'est moi qui passe. » Il tenta de débrouiller le passé du présent, à la façon dont on démêle les mailles d'un filet. Soudain, la brume s'estompa et sa pensée s'éclaircit.

— Il y a quarante et un ans, la mort me paraissait bien loin, grognassa-t-il. À présent, me voici moi-même rendu au gué. Mais je ne traverserai la rivière qu'avec mes enfants rassemblés autour de mon lit.

— Trois de vos enfants sont ici, près de vous. Quant à Louis, il est en route pour Séguna, répéta sa compagne.

— Pourquoi n'a-t-il pas abandonné comme nous Montréal d'Ochelaga pour nous suivre jusqu'ici, le bougre ?

D'Aymeri avait fui ce refuge comme on délaisse un bon chien fidèle devenu galeux. Et cette gale gangreneuse s'appelait Iniquité. Elle se propageait par la loi salique que les Templiers y faisaient régner, identique à celle de l'Église catholique et à celle de la monarchie. À l'exception de Louis, l'avaient suivi à Séguna sa famille et une quarantaine d'autres leudes récalcitrants au sexisme inébranlable des chevaliers tout autant qu'à leur élite qui s'attribuait l'exclusivité des enseignements secrets.

— Vous savez bien que les travaux accaparent votre fils, le rabroua-t-elle doucement. Vous l'avez poussé plus fort que moi à poursuivre ses recherches sur la pierre philosophale d'Ochelaga. Il est tout près d'atteindre son but et de débusquer le grand serpent rouge des sauvages, sa dernière lettre devrait vous consoler…

Mais un autre écrit, d'autres mots se substituèrent à ceux qu'elle évoquait. Ils apparurent devant les yeux du mourant, semblant renaître de leurs propres cendres comme autant de phénix.

Chapitre 4

Treizième jour d'avril de l'an de grâce 1397, Montréal-de-Sos, France.

Mon cousin,

J'écris ce que mon cœur ne peut vous dire, ce que votre raison ne veut entendre, ce que vos yeux ne liront jamais. La mélancolie que j'éprouve est si violente que je ne peux la garder pour moi seule, au risque d'en tomber malade. Le papier noirci pourra peut-être me nantir l'âme d'un peu de cette paix qui me sera si utile quand je me séparerai de vous.

Je sais bien que vous me détestez et que je n'ai guère d'attraits. Mais sachez que ce sentiment n'est pas réciproque. Et si je vous tiens rancune de la vie que vous m'avez fait mener jusqu'ici, de votre mépris journalier, de vos infidélités puériles ou de votre indifférence, votre présence m'est aussi nécessaire que l'air que je respire. Mieux vaut un air vicié que point d'air du tout. Je ne peux m'imaginer vivre sans vous, abandonnée et seule jusqu'à la mort, sans époux, sans enfants. La vie m'a trompée autant que vous. Je nous avais espérés compagnons d'infortune et d'existence, soutiens mutuels dans l'indigence comme dans ce labeur si nécessaire à l'entretien de votre domaine et à la sauvegarde de notre lignée sacrée. Hélas, nous sommes trop immatures l'un et l'autre, trop intolérants ou vindicatifs pour accéder à un bonheur durable.

Depuis des années, j'ai su taire l'attirance physique que vous m'inspiriez pour éviter la souffrance inutile de me voir rejetée. Ce soir, cependant, je voudrais vous avoir pour moi seule, sentir votre main sur ma joue, votre langue sur mes lèvres. Il est vain d'espérer que notre mariage, comme un phénix, renaîtra de ses cendres. Je crains comme la gale cette fille que vous faites rechercher et dont vous semblez vous être amouraché, contrairement à vos autres catins qui n'étaient que passades. Je vois bien que vous en êtes amoureux. Votre décision de mettre fin à notre vie commune est donc sans doute la meilleure à prendre dans les circonstances, pour vous comme pour moi. Je voudrais faire mon deuil de vous, mais le cœur et le courage me manquent.

Dites-moi une fois que vous m'aimez et je pourrai mourir.

Votre épouse pour toujours,

Guiraude

Chapitre 5

Même le chagrin et la douleur ne parvinrent pas à contrecarrer le puissant vent de liberté qui souffla sur Guillabert dans les semaines qui suivirent le décès paternel en 1397. Dorénavant, à vingt-sept ans, il décidait seul de tout, imposant un bâillon ferme à Guiraude quant à l'entière gestion du fief. Héritier d'un domaine qui comptait encore trois cents bonniers en friche ou en marécages, le seigneur ne se délesta ni de ses responsabilités ni de ses engagements et voulut accomplir au plus vite les conditions de sa tenure.

Ainsi, comme tout nouveau feudataire prenant officiellement possession de ses terres, devait-il d'abord rendre foi et hommage à son suzerain, le comte de Foix. Pour ce faire, celui-ci lui donna quarante jours. Guillabert jugea le délai amplement suffisant pour faire rédiger l'acte notarié d'aveu et de dénombrement nécessaire à l'accomplissement des formalités. Législation, justice, finances, tout serait enfin dans sa main ; pour l'avenir, il gouvernerait son fief comme il l'entendrait.

Dans l'intervalle, il ne minora ni les nuits blanches ni les dangers réels de famine qui menaçaient ses manants, les secours de l'Ordre s'étant subitement et de façon bien mystérieuse taris le jour même de la mise en terre du corps de Sylvestre d'Aymeri. Ce qui le contraignit la semaine suivante à acheter, à prix d'or, un mauvais froment dans un bourg des alentours afin de pouvoir nourrir les cinq cents âmes dont il avait la charge. Les ailes du moulin, enfin, se remirent à tourner.

— À père avare, fils prodigue, déclama ce soir-là Guiraude sans oser lever les yeux de l'ouvrage qu'elle brodait, tandis qu'il finissait un repas engouffré à minuit.

— Vos propos m'honorent, rétorqua-t-il, amusé. Fermez donc votre chas, plutôt que de tisser des médisances. Vous avez la langue affilée comme une vieille aiguille rouillée !

En vérité, Guillabert accomplissait ce qu'il avait toujours voulu. Contrairement à son père qu'il avait longtemps jugé ladre, il souhaitait prendre toutes les initiatives susceptibles d'améliorer la survie de ses gens, quand bien même celles-ci devaient entamer le pécule déjà amaigri réservé par l'avare à ce dessein. Dès le dégel, survenu quelques jours plus tôt, il s'était empressé d'ordonner la reprise des travaux arrêtés en novembre et qui consistaient à transformer les marécages en étangs. Ceux-ci seraient ensemencés de tanches, de carpes, de gardons et d'anguilles dès mai venu. Dressé parmi ses ouvriers comme un coq au milieu de ses poules, il s'amusa à enseigner aux enfants qui les observaient le rôle joué par la bonde construite à grands frais. Il lui tardait de voir les viviers vidés pour les cinq jours que durerait ensuite la pêche frétillante dans la nappe de vase. Ces provisions s'avéreraient probablement suffisantes pour quelques bons mois d'insouciance.

Mais la malchance frappa à nouveau lorsqu'une pluie incessante et acariâtre vint succéder à la giboulée et aux malheurs de mars et interrompre les travaux.

Comme si cela n'avait pas suffi, un empoisonnement tua dans les semaines suivantes vingt enfants et vieillards, dont un forgeron, torturant les survivants d'affreuses coliques impossibles à guérir, les tisanes de mercuriale prescrites par les herboristes s'étant avérées tout aussi inefficaces les unes que les autres. Le carême ayant affamé les plus miséreux d'entre eux, on comprit trop tard que certains manants s'étaient, dès les Pâques fêtées, et plutôt que de mourir de faim, jetés sordidement sur la viande avariée du bétail mort d'épidémie durant l'hiver, viande qu'on avait omis de brûler. L'image des cadavres alignés sur les longues tables de la chapelle poursuivrait le vassal des mois durant, teintant certaines nuits de tenaces insomnies.

— Autorisez-moi à entreprendre une neuvaine de prières et de complies, demanda Guiraude un autre soir qu'ils se mettaient à table. Je tenterai avec mes quasi-converses de contrer les châtiments que le ciel vous envoie.

Le souper était le seul moment de la journée où les époux avaient encore à se supporter, ce qu'ils faisaient le plus stoïquement possible.

— Le ciel? Et pour quelle raison mériterais-je ses foudres? sourcilla Guillabert.

— N'avez-vous pas l'intention d'abuser de votre droit de cuissage?

— Vous êtes folle, ma parole!

Il s'esclaffa, but d'un trait le vin qui remplissait sa coupe, faillit s'étouffer.

— Ce droit que certains seigneurs féodaux s'octroient sur les nouvelles épouses de leurs serfs pendant la nuit de noces offense Dieu, poursuivit sa petite-cousine d'une voix aiguë qui lui écorcha l'oreille. On m'a dit qu'en nouveau feudataire, vous ne vous gêniez guère pour prendre certains renseignements afin de mettre bientôt la jambe dans le lit d'un de vos manants.

— Taisez-vous! tonna-t-il en frappant la table. Comment osez-vous m'attribuer des gestes qui me déshonoreraient et qui répugneraient à la mémoire de mon père? Vos espions vous mentent, madame. Qui a eu le front de vous farcir le crâne de ces bêtises?

— Je ne trahis jamais mes sources, répondit sèchement Guiraude.

— Dans ce cas, hors de ma vue!

Outrée, elle se leva d'un bond. Comme elle sortait, il lui lança encore:

— Et prenez Adélaïde avec vous. Elle saura vous combler d'un plaisir qui adoucira votre jalousie!

Elle se retourna pour le darder d'un regard assassin:

— Si j'aime la compagnie des femmes, sachez que mes relations avec elles sont on ne peut plus limpides.

La porte claqua. Satisfait de la portée de son insulte, Guillabert se versa de nouveau à boire. «De quelle façon a-t-elle bien pu apprendre que je faisais rechercher partout la belle croisée dans l'église de Saint-Laurent?» s'interrogea-t-il.

Depuis cette rencontre, en effet, pas une nuit le vassal ne s'était endormi sans songer avec délices à la fille au parfum de muscade, qu'il désirait à lui seul. Pas un matin ne s'était levé où Guillabert ne s'était remémoré l'étrange vision qui l'avait subjugué au moment où il s'écrasait contre le carrelage de la chapelle: il s'était vu vieillard, agonisant dans une chambre inconnue au sol couvert de peaux grattées. Et c'était cette inconnue encore belle, devenue tout aussi âgée que lui, qui se tenait à son chevet. Du moins le croyait-il.

Elle serait sienne, il le savait. Ce présage d'avenir ne servait qu'à attiser le désir pressant qu'aujourd'hui lui donnait d'elle. Il se demanda ce que pouvait savoir Guiraude de cette histoire de noces. Est-ce à dire que la jeune femme deviendrait bientôt celle d'un autre ? Dans ce cas, comment ses propres informateurs avaient-ils pu ignorer ce que connaissaient pertinemment ceux de sa petite-cousine ? Guillabert écarta d'un geste brusque l'assiette de volaille que lui présentait la cuisinière et, de la main, chassa celle-ci.

Il ne s'en fallait plus que de quelques jours pour que sa femme quitte la geôle conjugale. Tacitement délié par le mourant de sa promesse d'octroyer un héritier mérovingien à la souche des d'Aymeri, vœu auquel même la nature s'était farouchement opposée, il écartait dorénavant Guiraude sans pitié. D'ailleurs, des choses plus urgentes que la survie de son mariage s'imposaient à son esprit, dont la plus importante était certes celle de ses gens atteints de disette.

La porte s'ouvrit sur Aude, une servante vieillie avant l'âge, boiteuse de naissance et mise au service de la famille depuis sa tendre enfance.

— Deux gyrovagues demandent l'hospitalité, mon seigneur, annonça-t-elle d'une voix douce.

La mauvaise humeur reprit aussitôt le jeune vassal, qui exécrait comme la peste ces moines errants à l'affût de la moindre paillasse confortable ou du plus petit quignon de pain.

— Diantre ! Ma maison n'est pourtant pas un monastère pour que j'y reçoive des frères convers ! pesta-t-il.

La femme fronça d'épais sourcils sous son voile court puis, ayant refermé la porte, claudiqua jusque dans son dos.

— La Guiraude vous a encore craché son venin au visage, constata-t-elle en se mettant à lui masser les épaules avec vigueur.

Il ferma les yeux.

— Cesse donc de te faire du souci pour moi, ma bonne Aude. Je suis bien assez grand pour me défendre tout seul de ma femme, soupira-t-il.

— Vous avez le cœur trop tendre, mon petit seigneur ; elle finira par vous le déchiqueter comme celui d'un petit poulet.

Le vassal se tourna vers elle pour lui attraper les doigts, qu'elle avait aussi gras et rougis que les joues.

— Alors, ces faux prophètes ? reprit-il en esquissant un sourire contraint.

— Si ces hommes ne sont pas des moines, ce sont des pèlerins égarés dans la nuit, tenta la vieille femme en retirant ses mains pour les entortiller dans son tablier jaune, la couleur réservée aux serviteurs.

Il laissa à nouveau fuser un long soupir.

— Si la charité chrétienne ne m'obligeait à nourrir le moindre mendiant et à lui offrir l'asile pour la nuit comme s'il était le Christ en personne, je ferais jeter dehors séance tenante ces deux parasites ! lança-t-il, hargneux. Invite-les à ma table et apporte-leur un bol de soupe. Tu les enverras ensuite dormir avec les chevaux.

— Dieu vous le rendra, s'empressa d'ajouter la domestique en se signant. *Gratis Pro Deo.*

— Et tâche de les mettre à la porte à la première heure demain ! lui cria le feudataire tandis qu'elle sortait chercher les visiteurs.

Il fut d'abord surpris de l'allure distinguée des mendiants, qui ne ressemblaient en rien aux habituels traîne-misère hantant la plupart des domaines féodaux à cette époque de l'année. Le premier, qu'il prit pour un musulman, était un solide quinquagénaire. Son visage long, dénué de moustaches, arborait une courte barbe noire qui rejoignait la chevelure à la façon d'une étrange crinière. L'autre, de vingt ans son cadet, blond comme un Normand, avait l'iris couleur d'acier de ces géants du Nord. Solide et svelte, il portait les cheveux longs et liés par derrière à la façon des anciens Vikings, ce qui n'était guère plus la mode.

Les faux gueux étaient trop bien bâtis pour se prétendre de simples moines, leur robustesse et leur distinction prouvant sans nul doute une origine, sinon noble, du moins anoblie. Revêtus d'une longue pèlerine de bure à capuce passée sur une tunique de laine blanche, ils osaient même, dans sa maison, porter l'épée en fourreau, ce que Guillabert désapprouva en fronçant un sourcil.

Si, au moment où il les vit, le nouveau seigneur eut un vague pressentiment quant à l'identité des hommes, plus aucun doute ne subsista à son esprit quand ils se furent débarrassés de leur cape. Il constata, stupéfait, qu'ils affichaient sur leur tunique, au beau milieu du dos et entre les omoplates, la grande croix rouge des Chevaliers du Christ, pourtant bannie de tout le royaume de France.

L'ayant salué d'un bref signe de tête, les visiteurs s'assirent face à lui, de l'autre côté de la table de hêtre, devant l'âtre qui tiédissait. Aude s'affaira à les servir avec un empressement tout respectueux, mais ils n'ouvrirent la bouche ni pour se présenter ni pour manger. Bien que la boiteuse eût déposé devant eux les plats d'étain contenant la soupe, l'omelette verte et la cretonnée de pois cassés, et bien qu'elle eût disposé avec autant de soin le pain et le pichet de vin, ils ne se décidaient pas à toucher aux assiettées. Le vassal pria sa domestique de remplir leurs coupes et de refermer la porte derrière elle.

Une fois seuls, le Normand fixa le vassal d'un regard autoritaire.

— Nous sommes venus prendre possession de ce qui nous revient, annonça-t-il.

— C'est-à-dire ?

Le seigneur sourcillait à peine, esquissant même un rictus amusé.

— Votre domaine tout entier incluant, bien sûr, mais non limitativement, les terres, les bâtisses, le bétail et les outillages, énonça l'autre d'une voix grave, qu'un accent espagnol teintait joliment.

— À tant faire, prenez aussi ma femme ! proposa Guillabert.

Il éclata d'un grand rire frondeur puis, d'une traite, acheva son vin. Ses commensaux, demeurés de glace, le dévisageaient toujours. Il se leva :

— Mangez et allez vous coucher, pauvres drôles ! Je suis trop las, ce soir, pour rire longtemps de vos boniments. Je n'ai jamais le cœur à la fête quand mes gens crèvent comme des chiens. Nous reprendrons cet entretien demain et vous me donnerez alors tous les enseignements qu'il vous plaira. Mon père m'avait avisé de votre venue.

Comme il prenait congé d'eux, les hommes bondirent devant la porte. Guillabert, pris par surprise, fut acculé contre le mur.

— Nous vous avons pourtant expliqué le but de notre visite, reprit avec douceur l'Espagnol, tandis que son comparse, prêt à dégainer, fermait déjà le poing sur le manche de son épée. Je suis convaincu que vous savez très bien de quoi nous vous entretenons.

— Misérables ! hurla le seigneur.

Il empoigna violemment son interlocuteur par la tunique mais fut aussitôt immobilisé à la pointe de l'arme du plus jeune.

—Ne nous obligez pas à employer la force alors qu'elle nous répugne autant qu'à vous, s'interposa ce dernier en lui assénant au thorax une douleur bien piquante. Assoyez-vous, seigneur d'Aymeri, que nous discutions entre hommes civilisés et non pas à la manière de barbares.

Le visage et les poings durcis par une colère refrénée, mais contraint d'obéir, Guillabert se laissa tomber dans un fauteuil placé près de l'âtre, où clignotait une braise rougeâtre. Les Templiers se consultèrent d'un regard aussi bref que circonspect. Le quinquagénaire extirpa de sa poche un parchemin qu'il déroula avec soin. Le vassal reconnut avec stupeur le sceau du roi apposé sur celui-ci. Ayant légèrement éloigné le document pour l'ajuster à sa vue déclinante, le chevalier s'éclaircit la voix et se mit à le lui lire :

> *Je soussigné, Léon d'Aymeri, seigneur et arrière-vassal du bon pays de France, donne et lègue tous mes biens quels qu'ils soient à l'aîné de mes fils qui me survivra. Ce don est conditionnel à ce qu'il laisse lui-même mes dits biens à l'aîné de ses fils qui lui survivra, et ainsi de suite pour une période de cent ans. Ce legs deviendra nul et caduc en l'absence d'héritiers mâles ou si cent ans après mon décès, aucun de mes descendants n'a su me pourvoir d'héritiers viables de sang mérovingien pur à la mort de son propre père. Auquel cas l'*Ordo Pauperum Commilitonum Christi Templique Salomonici *deviendra propriétaire de tous mes biens en absolue propriété.*

Le vassal avait tressailli et son visage, beau et grave, était devenu aussi pâle qu'un cierge pascal. L'émotion fit trembler ses lèvres, qu'il ne put délier. Il fixait toujours férocement le parchemin, sans pouvoir en détacher les pupilles.

—Je constate avec surprise qu'on ne vous a pas informé des dernières volontés de votre arrière-grand-père, remarqua l'Espagnol.

—En effet, je ne savais rien, confirma-t-il en levant vers lui des yeux hagards. Mon père ignorait également tout de ce... de ce...

—Vous êtes souffrant, messire ?

Guillabert tenta bien de se ressaisir, mais une fulgurante vague de froid lui montait à la tête tandis qu'une brume épaisse lui envahissait l'esprit, ce qui le fit dangereusement vaciller sur sa chaise. Comme il allait s'affaisser, on l'agrippa avec fermeté. Une main lui tendit une coupe de vin, à laquelle il s'empressa de s'abreuver. L'alcool l'ayant sorti de sa fâcheuse léthargie, il se frotta rudement le visage.

—Je vous prierais de mieux m'expliquer la teneur de ce testament, intima-t-il. Peut-être l'ai-je mal interprété.

Acquiesçant à sa demande, ses hôtes s'assirent face à lui pour lui faire tour à tour le compte rendu succinct des volontés du bisaïeul.

—Comme bien d'autres fervents qui s'étaient affiliés aux Templiers, votre arrière-grand-père Léon d'Aymeri a voulu rendre hommage à *l'Ordre des Pauvres Frères de la Milice du Christ et du temple de Salomon*, ordre qui existait encore il y a cent ans et qui lui avait rendu de fiers services, commença le Normand. Cet acte fut rédigé dix ans avant que le roi Philippe le Bel n'ait dissous nos milices. Conformément à ce testament, tous ses biens ont donc été remis à ses descendants mâles. C'est pourquoi votre grand-père, ainsi que votre père, ont pu vivre des revenus du fief comme s'ils en avaient été les valables possesseurs, se gardant les droits aux pacages, aux coutumes, les droits de mouture, les droits de bûchage, et le bétail, s'octroyant également l'usage et la jouissance des immeubles comme des seigneurs proprement dits, bien qu'ils ne soient jamais parvenus à pourvoir leur lignée d'un héritier de souche pure mérovingienne. Cette dernière condition ne s'étant pas réalisée au bout d'un siècle, l'Ordre du Temple est devenu le seul et véritable héritier de Léon d'Aymeri.

— Mais l'Ordre n'existe plus ! bouillit Guillabert. Il ne peut plus prétendre à quoi que ce soit !

— Vous errez, mon seigneur. N'oubliez pas qu'après s'être adjugé une bonne partie des biens des Templiers et des héritages de France, le roi Philippe le Bel en a lui-même dévolu le reliquat à leur rival officiel, l'Ordre des Hospitaliers de saint Jean. Or, cette adversité n'est qu'apparence. Sous le couvert de la rivalité, cet ordre protège secrètement le nôtre, ce que le roi, sans conteste, ignorait. Ainsi donc, que votre fief soit dévolu à l'Ordre des Hospitaliers, à la commanderie secrète des chevaliers ou au roi, cela ne change rien pour vous : il vous échappera toujours.

— Si le régent de Charles VI apprenait sous quels couverts hypocrites vous agissez, vous en pâtiriez, fulmina Guillabert.

— Ce n'est certes pas vous qui irez l'en aviser ! le railla son interlocuteur. Il se trouve plus de témoins qu'il n'en faut dans la seule région de l'Ussat pour prouver hors de tout doute l'allégeance criminelle que portaient votre grand-père et votre père aux Templiers. Votre suzerain, le comte de Foix, confisquerait votre fief s'il avait vent de cette trahison contre la royauté.

— Hélas… pesta le vassal en serrant les poings.

— Mais revenons-en plutôt au testament de votre ancêtre. Les clauses stipulées sont claires : puisque vous n'avez pas su, vous, arrière-petit-fils de Léon d'Aymeri, pourvoir votre aïeul d'un héritier de sang pur mérovingien à la mort de votre père, le legs est nul, car cent ans se sont écoulés. Ce qui permet maintenant à l'Ordre de s'approprier valablement tous les biens, voyez-vous ?

— En d'autres mots, je ne possède plus aucun droit sur mes domaines et j'en serai évincé dès aujourd'hui ! s'étrangla Guillabert dans un cri désespéré.

— Vous avez tout compris, seigneur d'Aymeri. À moins, bien sûr, que votre épouse ne donne naissance d'ici quelque temps à un mâle, ce qui changerait peut-être bien des choses, Guiraude de Maheu étant de sang à demi pur.

Le vassal se leva comme si son siège flambait puis, sans but précis, comme un somnambule, se mit à déambuler dans la pièce.

— Combien de sols et de livres tournois désirez-vous de moi ? tergiversa-t-il. Je vous paierai une large rente à même nos impôts s'il le faut et j'irai emprunter le reste aux banques juives de France.

— L'Ordre est plus riche que notre pauvre roi devenu fou, dont le royaume se disloque en faveur de l'Angleterre. C'est le fief que nous voulons, pas le prix de son rachat.

— Et si je vous gardais prisonniers de ce château et que je détruisais sur-le-champ ce parchemin en le jetant au feu ? tenta-t-il encore.

La ridule d'intelligence profonde et grave fichée au milieu du front de l'Espagnol se creusa encore.

— Vous savez fort bien, mon seigneur, que ce document n'est qu'une copie dont le précieux original est détenu par notre Ordre, ricana le barbu en remplissant tranquillement sa coupe. Le régent du roi verra bien à faire appliquer ce legs dès que requête lui en sera faite, que nous soyons morts ou vifs. Il aime bien par les temps qui courent démanteler les fiefs des feudataires pour en vendre à beaux deniers comptants quelques lambeaux à la nouvelle bourgeoisie, voyez-vous?

— Me voilà donc ruiné, conclut Guillabert.

— Votre épouse possède un domaine en Bourgogne, objecta son interlocuteur en sirotant son vin d'un air navré.

— Guiraude refuserait tout partage de ses biens propres et je ne l'en plaindrais pas! répliqua-t-il. Pour ma part, je connais trop bien la réputation de rapacité dont votre Ordre a fait preuve par le passé pour prendre le risque que vous ne flouiez également ma femme. Votre règle ne vous oblige-t-elle pas à conserver les aumônes qu'on vous fait, sans jamais vendre «ni un pan de mur ni un pouce de terre»? Combien de fois n'avez-vous pas poussé la cupidité jusqu'à refuser de payer rançon pour la vie de vos anciens donateurs devenus par la suite prisonniers?

— Vous êtes injuste, messire, réfuta le barbu. N'avons-nous pas nourri vos gens pendant des mois sans rien exiger en retour?

— Il y allait de votre intérêt puisqu'ils sont vos futurs serfs et que mon suzerain les ignore malgré ses devoirs de protection, plaida-t-il d'une voix amère. Les nourrirez-vous après mon départ?

— Leur nombre est bien grand…

— Pourquoi abandonnez-vous ces gens aujourd'hui alors que leur misère n'a jamais atteint un tel paroxysme? insista avec férocité le vassal en tapant sur la table. Qu'adviendra-t-il d'eux? Que je sois ruiné, soit! Que je crève comme un bâtard, s'il le faut. Mais pas eux, chevaliers, pas eux!

Un silence éloquent fit suite au cri. Guillabert s'affaissa sur son fauteuil, après avoir arraché au passage la coupe des mains de son interlocuteur. Il y but à gorgées avides puis, sans crier gare, lança le verre contre la porte, où il s'abîma dans un bruit sec. Le jeune seigneur s'enfouit alors le front au creux des paumes et ne bougea plus, poursuivi par les images de cadavres d'enfants au ventre bombé qu'on alignait sur les dalles de la chapelle et que pleuraient leurs mères. De longues minutes s'écoulèrent.

— Une dernière alternative s'offre à vous, reprit soudain le quinquagénaire.

Le vassal releva la tête vers lui, les yeux rougis.

— Je vous écoute, éluda-t-il d'un ton cassant.

— Il faut vous mettre corps et biens au service de l'Ordre.

— Vous dites?

— C'est ce que firent tous vos ancêtres depuis Roberto d'Aymeri, le premier croisé de votre famille.

Ces propos furent aussitôt approuvés par son compagnon d'un singulier hochement de tête.

— Nous désirons vous charger d'une importante mission, d'Aymeri, continua-t-il. Si vous l'acceptez, nous vous assurons que vous pourrez poursuivre l'administration de vos gens de mainmorte et de vos biens en des lieux plus cléments et que vous ne manquerez jamais plus de vivres et de provisions nécessaires à leur survie.

— Quelle sorte de mission?

— Elle implique votre exil et celui de vos manants vers des terres lointaines, de l'autre côté des océans, que le mal de ce siècle n'a pas encore atteint.

Guillabert arrondit des yeux stupéfaits.

— Le Nouveau Monde ? s'étouffa-t-il.

— Vous soutiendrez la formation d'un peuple neuf, poursuivit l'Espagnol, un peuple appliquant à la lettre depuis bientôt cent ans le premier précepte de la Primitive Église : l'égalité entre les hommes, sans égard à leur sexe, à leur race ou leur rang.

— Vous êtes des hérétiques, murmura le vassal.

— Ces propos m'étonnent de vous, d'Aymeri, cingla le visiteur d'un ton glacial. D'après nos observations, vous êtes vous-même plus près du schisme que des préceptes de l'Église.

— Ni les papes ni l'Ordre ne sauront m'amener à un Dieu, persifla-t-il d'un air suffisant.

Les Templiers se levèrent d'un même mouvement indigné pour se diriger vers la porte, qu'ils ouvrirent.

— Peut-être nous sommes-nous trompés sur votre compte, décréta le plus jeune. La sensibilité et la compassion que vous manifestez à l'égard de vos manants ne sont que de la sensiblerie et de la poltronnerie. Vous n'avez pas l'apanage des hommes de foi et de caractère que nous recherchons, bien qu'on vous ait éduqué dans l'obédience la plus stricte. Je crains que vous ne vous affranchissiez jamais de l'hégémonie de feu votre père.

— Hors de ma maison ! hurla Guillabert, l'index pointé vers la sortie.

— Nous reviendrons avec les huissiers du roi, armés de pieux, de piques et de framées, s'il le faut, et nous reprendrons le fief.

— Je saurai m'y préparer !

Le vassal leur claqua violemment la porte au visage, avant de laisser déverser le trop-plein de colère qui lui brûlait le corps comme une huile chauffée à vif. D'une main brusque et furieuse, il précipita un à un sur le sol tous les plats qui encombraient la table, ce qui le libéra bien peu mais ameuta par contre un grand nombre de serviteurs qui s'attroupèrent devant la porte close. Puis, se calmant après un dernier cri de rage exacerbée, il se laissa choir sur un banc, les mains jointes sur le nez. C'est à ce moment qu'il fut atteint par la cruelle réalité qui l'avait rattrapé au tournant de son ire et qu'il réalisa l'ampleur des sacrifices que le lendemain exigerait de lui. Fief, terres et honneur, il perdrait tout. Sylvestre d'Aymeri avait eu raison de prétendre que ces hommes tenteraient de lui arracher l'âme pour le convaincre de coopérer à leurs desseins maudits.

Dès l'instant où ses yeux s'étaient posés sur le sceau royal du parchemin, Guillabert avait su que son monde s'effondrait irrémédiablement sous ses pieds. Le piège s'était refermé sur lui comme un filet de chasse sur un sanglier. «Il me faut retarder le dénouement de leur victoire, me battre jusqu'au bout contre ces imposteurs, dussé-je en mourir. La survie de mes cinq cents manants en dépend», décida-t-il, les poings serrés. La porte s'ouvrit en grinçant.

— Mon petit seigneur, vous êtes mal en point? tenta la pauvre Aude, que le silence trop soudain avait davantage effrayée que les grands bruits le précédant.

Il s'empara d'un candélabre dont les bougies vacillaient autant que lui, repoussa sans ménagement la boiteuse, puis courut jusqu'aux appartements de Guiraude, dont il força la porte. Le couple faisait depuis dix ans chambre à part, ce qui accommodait Guillabert, celui-ci n'ayant pas de comptes à rendre sur les belles qui le visitaient. La pièce était chaude, éclairée par les seules cendres rougies d'un foyer. Le feudataire tira violemment les rideaux du lit et trouva son épouse qui dormait nue comme à sa naissance.

— Guillabert? s'étonna-t-elle, le reconnaissant debout près du lit. Quel malheur est-il arrivé que vous m'éveilliez si tard?

— Faites-moi un enfant, ordonna-t-il d'une voix blanche. Tout de suite.

— Vous m'avez déliée du devoir conjugal, l'avez-vous oublié? rétorqua-t-elle froidement en se couvrant d'une couverture. D'ailleurs, voilà bien trois ans que vous ne m'avez pas touchée. Les filles de joie ne suffisent donc plus à la tâche?

— Je veux que vous soyez la mère de mon enfant.

Guiraude le considéra pendant de longues secondes, médusée et émue. Son regard s'était adouci, ce qui la rendait presque belle.

— Dois-je comprendre qu'après toutes ces années, vous me considéreriez un peu, mon cousin? Vous éprouvez donc de l'affection pour moi?

Guillabert soutint le regard marron devenu de velours. De toute évidence, Guiraude attendait qu'il prononçât des mots qu'il n'avait jamais même pensés. Mais il ne céda pas. Il détourna même les yeux.

— Il n'est pas question d'amour, comprenez-moi bien, dit-il.

Elle se raidit, redevint aussi glaciale que le marbre. Une larme zigzagua sur sa joue rougie.

— J'aurais consenti à vous faire cet enfant si vous m'aviez aimée, répondit-elle. Mais cette fois, vous ne m'utiliserez pas. Plus jamais vous ne vous servirez de moi, Guillabert.

Il voulut mettre fin au discours, tenta maladroitement de lui baiser la bouche. Comme elle se défendait de lui à coups de griffes, Guillabert la jeta sur le lit, mais son corps lui-même se refusait à la tâche ingrate qu'il n'avait jamais accomplie sans désir. Humilié et déçu, la tête emplie d'images d'enfants morts et faméliques, il gifla alors Guiraude de Maheu pour la toute première fois. Regrettant aussitôt son geste, il s'excusa et se mit à lui narrer la visite des chevaliers.

— Sans cet enfant de sang mérovingien, je suis ruiné, expliqua-t-il en laissant couler des larmes d'impuissance qu'elle feignit d'ignorer. Je vous demande une dernière fois votre appui.

— Non. D'ailleurs, aucune de vos putains n'a jamais conçu de vous, se défendit-elle, visiblement blessée. Ce n'est donc pas moi qui suis *brehaigne* à enfanter, mais bien vous qui êtes incapable de procréer, mon pauvre cousin. Dans dix jours au plus tard, j'aurai regagné ma maison de Bourgogne. Si je prends avec moi cent de vos leudes pour l'entretien de mon propre domaine et de ma métairie, ceux-là, au moins, vous seront épargnés.

Il y consentit à contrecœur.

— Mes portes vous seront toujours ouvertes, lança-t-elle encore. En outre, où donc pourriez-vous aller ? Je vous suis bien plus indispensable que vous ne le croyez ou que vous ne me l'avez jamais été. Je préfèrerais devenir veuve plutôt que d'avoir à subir le déshonneur d'un mol époux incapable de supporter le faix de quelque pouvoir que ce soit. Vous, le grand réunificateur ? Vous, un héros ? Quelle plaisanterie !

Elle éclata d'un rire moqueur un peu sadique.

— Je ne vous ai jamais autant détestée, cracha-t-il sur le seuil de la porte tandis qu'il quittait sa chambre.

— Nous avons au moins ce point-là en commun ! cria-t-elle.

Il claqua la porte. Guiraude baisa tendrement l'anneau qu'elle portait au doigt, puis se lovant sur le lit, pleura jusqu'au petit matin.

Chapitre 6

Le reste de la nuit fut rude pour le jeune vassal qui ne sut trouver solution ou réconfort au malheur qui l'accablait.

«Je ne contrôle plus ma vie, ni mon fief, ni ma femme. Même mon corps se révolte sans cesse contre moi en tombant en pâmoison comme si j'étais un vieillard débile. En fait, je ne suis qu'un faiblard et mes gens sont perdus par ma faute. Guiraude a raison : il vaut mieux mourir que d'avoir à subir encore la honte et le mépris de ma ruine», pensa-t-il.

Néanmoins, il ne parvenait pas à s'apitoyer totalement sur son sort, comme si le désespoir qu'il ressentait vis-à-vis de ses serfs abandonnés à la cruelle disette, pauvres hères dont les os perçaient déjà la peau, s'élevait au-dessus de sa propre déconfiture. La sollicitude lui piqua si bien le cœur qu'il se décida, en dépit du mépris qu'il vouait au prêchi-prêcha des abbés de campagne, à vouloir implorer une quelconque puissance. Peu avant l'aurore, n'y tenant plus, il se rendit seul à la chapelle de Saint-Laurent, ce qui ne lui était pas arrivé de son plein gré depuis sa prime jeunesse.

Bien qu'en cette heure, les lieux soient totalement déserts, la religiosité qui les imprégnait savait meubler à elle seule cette petite église au style gothique très pur, avec son abside en cul-de-four. Assis au beau milieu d'une travée, dans l'un des bancs du fond réservés à la populace, Guillabert observa longtemps, l'esprit vidé de tout, la lueur tremblotante des bougies qui éclairaient ce temple dénué de tout crucifix. L'Ordre, en effet, admettait le message du Christ sans croire à sa crucifixion. Combien de fois étant enfant, assis aux côtés de Aude dans cette même chapelle, ne s'était-il pas révolté à l'oreille de sa pauvre serve :

— Tout ceci n'est qu'une comédie, Dieu n'existe pas, il y a trop de malheurs sur la Terre !

— Quand on réfléchit gros comme une noix, on perd la foi, mais quand on pousse plus loin, on devient saint, le rabrouait-elle alors d'un ton abrupt en lui pinçant douloureusement une cuisse.

La domestique tombait chaque fois dans le piège naïf tendu par l'enfant, qui consistait à faire bouillir la soupe au lait jusqu'à ce qu'elle renversât. Ce proverbe peu élégant, qu'elle avait sans doute inventé de toute pièce, il ne l'avait néanmoins jamais oublié. Vingt ans plus tard, il lui sembla que sa foi déjà chancelante n'était devenue, en cette aube désespérée, que l'ombre de celle du charbonnier. Mais de quelle façon aurait-il pu s'accrocher à quelques lambeaux de chrétienté quand son père s'était évertué sa vie durant, dans un mépris plein de médisance et d'arrogance, à nier la mort en croix et la résurrection du Christ, et à lui enseigner l'hypocrisie des papes ? Quel espoir Guillabert aurait-il bien pu empoigner pour s'éviter de couler à pic ?

Il entendait encore son père qui se piquait d'orgueil comme s'il était lui-même Templier :

— Sous l'ultimatum, l'Église catholique n'a plus d'autre choix que de protéger les derniers Templiers qu'elle n'a pu exterminer.

— Je ne comprends pas, avait maugréé Guillabert.

— Les chevaliers auxquels nous sommes affiliés connaissent des secrets et des mensonges qui lui feraient grand tort. Comme vous le savez, mon fils, la Madeleine n'était point la putain que Rome et Avignon prétendent. Eh bien ! cela, la plupart des gens l'ignorent.

— Ce que le peuple est sot ! se gaussa le garçon.

— C'est un fait. Le peuple ne comprend pas que les papes détiennent le monopole absolu sur la divulgation de l'information et que leur Église empêche quiconque de l'interpréter autrement qu'à sa façon. Un petit enfant songe-t-il à douter de l'enseignement qu'on lui inculque ? Mais, croyez-moi, le contraste entre la pauvreté du Christ et le faste des apostoles est trop grand pour que les bonnes gens ferment longtemps les yeux...

— Pourquoi n'étalez-vous rien au grand jour, mon père ? avait questionné l'adolescent.

— C'est un secret. C'est notre secret.

— Mais vos Templiers plagient l'Église s'ils limitent leur savoir à un petit groupe d'élus ! avait-il raisonné avec arrogance. En interdisant l'accès de leurs connaissances à tout un chacun, ils se chauffent du même bois pourri qu'elle !

La gifle avait été magistrale, le fouet brûlant.

Dès lors, le jeune d'Aymeri avait serré les lèvres, se butant dans un silence rébarbatif. Non fâché de ne plus croire en l'Église, le garçon avait également ce jour-là remis en cause l'enseignement paternel et le savoir des moines chevaliers templiers, qui lui paraissaient l'ersatz d'un mysticisme brumeux et grisâtre.

Les paroles prononcées par Sylvestre d'Aymeri sur son lit de mort semblaient enfin lui donner raison. Mais en ce point du jour qui naissait sur Saint-Laurent, c'était une bien piètre consolation que celle de ne plus croire ni en l'Église ni à la doctrine des Templiers. Guillabert aurait payé cher pour posséder la foi de la grosseur, non pas d'une noix, mais d'un minuscule grain de moutarde. Figé sur le banc, hébété, il était même trop las pour pleurer.

— Je ne peux plus rien pour mes gens, sauf mourir, murmura le vassal. Si tu existes, Dieu, hors de ces Églises et de ces Templiers damnés, prends-moi ! Je me remets entre tes mains comme les cordes du luth s'offrent aux doigts du musicien.

Il ferma les yeux. Il s'abandonna entier au sentiment de paix qui le prit soudain, telle une ardente et voluptueuse amante, faisant éclater dans sa tête un délire admirable. Il ne sut pas très bien s'il dormit ou si la belle voix d'homme qui résonna près de lui se fit réellement entendre à son ouïe de chair.

— Renonce-toi toi-même. Abandonne tout et suis-Moi.

Il reconnut les paroles du Christ.

— Il faut donc tout te dire comme à un petit enfant ? le rabroua-t-on encore d'un ton mi-figue, mi-raisin. Ton père attend de toi que tu domines ta vie. Il fera tout pour t'y déterminer, afin que tu connaisses ta royauté cachée et que tu exerces enfin ta souveraineté sur les circonstances et les choses.

Guillabert ne comptabilisa jamais le temps passé après cette mystérieuse réprimande, puisqu'il tomba dans la torpeur d'un pesant sommeil, qui lui ravit jusqu'au souvenir du songe. Quelqu'un finit par lui toucher l'épaule.

— Vous êtes souffrant ? s'informa avec inquiétude une voix féminine.

Couché de tout son long sur une banquette, Guillabert leva les paupières. C'était elle. La belle se penchait sur lui, radieuse comme le petit matin qui se levait sur l'église. Elle avait les joues translucides d'une vierge de vitrail, la bouche rose et charnue d'un enfant, l'iris gris-bleu d'un ciel pur que l'averse vient de laver à grande eau. Il sentait la caresse de son souffle chaud sur sa joue, il humait le sel et le macis de l'étrange parfum qu'exhalait sa peau. Brusquement, Guillabert comprit qu'il tenait à cette inconnue plus qu'à toute autre chose qui puisse exister. La perte du fief et de ses terres, la confiscation de ses biens, la ruine de son domaine n'avaient plus d'importance si elle était là, à ses côtés, pour le reste de son existence. La sollicitude que la jeune femme manifestait à son égard la rendait encore plus belle que dans ses souvenirs. Il n'osa bouger, de peur que la vision s'estompe.

— Désirez-vous que j'aille chercher des secours, mon seigneur ? s'enquit-elle, les joues rosies par l'émotion.

Elle l'avait appelé mon seigneur. « Elle sait donc qui je suis », comprit-il.

— Je brûle de fièvre, répondit le vassal en s'assoyant sur son séant.

Sur sa tempe, sa main était légère et fraîche. Une ridule d'appréhension creusait le front blanc comme un marbre fissuré.

— Vous n'avez pas de fièvre, rétorqua-t-elle avec étonnement.

Il se saisit de la paume pour la baiser avidement, enfonçant son regard dans le sien.

— J'ai la fièvre de toi.

Elle retira sa longue main, effarouchée. L'apprivoiser se révélerait un art laborieux, pour lequel Guillabert d'Aymeri n'avait guère de savoir-faire, peu accoutumé qu'il était à ce que le beau sexe lui résistât. Ils se dévoraient néanmoins toujours des yeux.

— Comment t'appelles-tu ? demanda-t-il en lui touchant avec délicatesse une mèche de cheveux échappée du chignon coiffé à la hâte.

Il la dépassait de deux bonnes têtes. Frémissante, elle n'osa esquiver la caresse, mais au contraire, ferma longuement les yeux comme pour la savourer.

— Mathilde Lescot. Je suis la fille du forgeron que vous avez fait engager il y a deux mois, souffla-t-elle.

Elle tenta maladroitement de cacher le tissu reprisé du surcot sans manches passé sur sa cotte usée.

— Quel âge as-tu ?

— Quinze ans.

— Mathilde, Mathilde, répéta-t-il.

Son prénom était une ode lyrique à chanter. Il saisit à deux mains le charmant visage, se penchant pour baiser les lèvres charnues qu'il désirait goûter depuis si longtemps.

— Ma mie si belle, dit-il encore.

†

1438.

— Je suis ici, mon amour, près de vous, murmura sa vieille maîtresse. Votre fils aussi est là, ainsi que vos deux filles. Louis ne tardera guère si Dieu le préserve des embuscades. Ouvrez les yeux, Guillabert, je vous en conjure, avant que Dieu ne les ferme à jamais.

En dépit de tous les efforts qu'il y mit, le vieillard ne put obéir. Une missive flambait derrière son regard clos, une missive qu'il reconnut aussitôt, sa lecture l'ayant fait pleurer comme un enfant quatre décennies plus tôt. Bien qu'il l'eût jetée au feu, le sentiment de culpabilité et de honte qu'elle provoquait en lui était toujours aussi douloureux. Il sanglota à nouveau, avant de se laisser dériver au gré des flammes dévorant les caractères latins et de la fugacité que mettait le Grand Dévideur à débobiner l'écheveau de sa vie.

Chapitre 7

Quinzième jour de mai de l'an de grâce 1397, Montréal-de-Sos.

Je vous déteste, Guillabert.

Ce soir, vous avez manqué l'unique chance qui s'offrait à vous de nous réconcilier. J'aurais donné ma vie entière pour vous fabriquer cet enfant qui vous aurait sauvé de l'exil et de la ruine. Il eût simplement suffi de me dire les mots que j'espère entendre depuis tant d'années : « Je vous aime, Guiraude. »

Au lieu de cela, vous avez réitéré sans remords et sans craindre de me blesser qu'un petit être né de notre union ne serait que le fruit de votre indifférence.

Si je vous hais, c'est bien la preuve que je vous aime. Ma haine n'est qu'un amour déçu, ridiculisé, risible. J'en souffre et j'en suis la seule responsable, ayant moi-même tissé toutes ces espérances que j'ai mises en vous.

Que Marie, mère du Christ, me vienne en aide ! Qu'elle m'accorde la guérison de vous et remplace mes sentiments à votre égard par de la pure indifférence.

Guiraude

Chapitre 8

Si Mathilde ne s'était défendue de ce baiser volé, baiser auquel elle ne résista que mollement, peut-être Guillabert, n'écoutant que sa passion violente, se serait-il jeté sur cette fille, là, sur le banc de la petite église. Les pas qui résonnèrent au même instant dans la nef anéantirent cependant tous ses élans. L'abbé Filippo s'approcha d'eux, mécontent, et le vassal n'eut d'autre loisir que d'abandonner son étreinte.

Barthélemy Filippo, curé et chargé d'âmes des bourgs des vallées de Goulier et de l'Ariège, était considéré par les habitants comme un saint homme d'une trempe peu commune. Petit mais énergique, il portait la tonsure et le poids de trente ans de sacerdoce comme une croix en portement et d'aucuns prétendaient l'avoir vu en lévitation lors de la célébration de messes basses. Si la plupart au pays le prenaient pour saint Maclou, d'autres le soupçonnaient au contraire d'être le Diable après l'avoir surpris à hanter les pierres fées et les dolmens les jours de solstice. Du reste, on fermait plaisamment les yeux, les gens d'ici se doutant bien que Satan puisse être plus catholique qu'antipapal. Ce prêtre fort érudit que Guiraude de Maheu avait choisi comme confesseur, était également connu dans tout le pays pour ses travaux astronomiques et pratiquait couramment l'hébreu et le syriaque. Maintes fois, le feudataire l'avait aperçu baguette à la main, qui parcourait la campagne à la recherche de sources souterraines.

— Il n'y a pas là de magie, clamait-il à qui voulait l'entendre de sa voix aigrelette à la façon du savant Nicole Oresme. Tout a une cause naturelle, tout est offert par Dieu.

Voyant la fille du forgeron dans les bras de son vassal, le religieux jeta sur ce dernier un œil plutôt féroce.

— Tourne bride et rentre chez toi, Mathilde. Je sais bien que tu n'es pas en cause, ordonna-t-il.

La jeune femme courut vers la sortie sans demander son reste.

— Cette damoiselle vous importunerait-elle, seigneur d'Aymeri ? s'informa-t-il avec suspicion en se frottant les mains avec une délicatesse toute féminine, avant de les cacher dans les manches de sa longue soutane de bure.

— Nullement, tu le sais bien, rétorqua Guillabert d'un ton sec en suivant Mathilde du regard. Pourquoi l'appelles-tu damoiselle ? Cette fille n'est pas noble, que je sache.

— Pour vous, c'est tout comme, elle est intouchable. Ses parents viennent de la fiancer à un cordonnier du bourg d'Auzat, fiançailles pour lesquelles votre père lui-même avait donné son accord. Mathilde Lescot ne vous est pas destinée. D'ailleurs, elle croit aux papes autant que vous croyez au Diable. Il serait triste de compromettre cette union…

Comme le vassal haussait une épaule de dépit, le curé toussota puis le mena avec autorité vers la porte.

— Je me réjouis de vous voir fréquenter cette chapelle de si bonne heure, poursuivit-il. J'espère croire que les enseignements que je vous ai prodigués par le passé en sont la cause. Je viens toutefois de croiser un coursier qui m'a dit avoir une missive à vous remettre en mains propres de la part de votre suzerain, le comte de Foix.

— Ce ne peut être déjà les bravades de mes deux gyrovagues d'hier, grognassa-t-il.

Sûr qu'il s'agissait des procédures relatives à l'acte d'aveu et de dénombrement préparé par le notaire du comte, le vassal s'empressa de rentrer au château qui se dressait au milieu du bourg, à un quart de lieue de là. Vieux de deux siècles et mal entretenu, l'imposant bâtiment de pierre à quatre tourelles percées de meurtrières élevait sa grosse tour de ronde à moitié ruinée au-dessus de douves maintenant asséchées. En haut, les trous béants des mâchicoulis, dont l'accès était interdit aux jeunes femmes de bien, avaient éclairé ses premiers élans amoureux.

La courte promenade de la chapelle au châtelet lui valut les marques d'affection spontanées d'une dizaine de gamins, ce qui le rassura. «On dirait bien qu'ils m'aiment un peu», se dit-il, en pigeant dans l'aumônière attachée à sa ceinture quelques piécettes à distribuer. Deux hommes l'attendaient effectivement à la salle d'armes.

Vêtu de noir de pied en cap comme un mauvais présage, l'huissier du suzerain était accompagné d'un sbire à petit chapeau rond, que la pointe de ses chaussures ridiculement longues et effilées faillit faire trébucher. À la vue de celui-ci, Guillabert s'esclaffa.

Le premier déroula pompeusement sa missive.

— Je sais lire! objecta le vassal, en la lui arrachant des mains.

À l'instar de toute lettre officielle, celle-ci avait été rédigée en latin, prouvant hors de tout doute l'importance de son contenu. Ses yeux s'arrondirent de stupéfaction à mesure qu'il la déchiffrait.

— Le suzerain du comté refuse de souscrire à l'acte d'aveu et de dénombrement pour vous nommer vassal à la succession de votre père, annonça l'huissier. Le comte de Foix oppose son droit de commise et confisque vos terres pour cause de félonie.

— Félonie ? Quelle félonie ? s'exclama Guillabert, stupéfait.

— On a informé monsieur le comte que votre père, son arrière-vassal, avait durant sa vie attenté à ses intérêts.

— C'est un mensonge ! cria-t-il en froissant le parchemin. Mon père était un homme d'honneur !

— Votre père avait adhéré de façon non équivoque à un ordre exécré du roi. Il s'agit d'une organisation secrète qui perpétue sans contredit l'Ordre templier et celui des Parfaits albigeois, rétorqua l'imperturbable huissier.

Guillabert se leva d'un bond, l'agrippant par son épaisse houppelande brodée.

— C'est une calomnie dont je saurai me défendre devant les juges ! vociféra-t-il. Dis-le bien à ton seigneur. Et avertis le comte que je le désavouerai dès que j'aurai gagné mon procès contre lui.

— Ne vous perdez pas en vaines batailles, seigneur d'Aymeri, dit le gros homme chauve en esquissant un sourire narquois. L'ordre des Hospitaliers de Saint-Jean est aussi ferme et stable que les pierres d'un gué. Nul ne peut rien contre lui.

— L'ordre des Hospitaliers ? s'étouffa le vassal, qui en lâcha le manteau de l'huissier.

La veille, ses visiteurs ne l'avaient-ils pas avisé que c'était justement cet ordre-là qui marchait dans leur ombre, prêt à dégainer l'épée pour les défendre ?

— Les Hospitaliers soutiennent notre suzerain, qui leur a prêté allégeance, expliqua l'officier de justice en prenant soin de bien détacher chacune de ses syllabes. Vous n'ignorez pas que l'ordre des Hospitaliers de Saint-Jean a obtenu l'aval du roi, lequel ne peut s'élever contre la vertu...

Le vassal chancela sur ses jambes, accablé par ce qui lui sembla être la révélation d'une incroyable machination dans laquelle son père et lui n'avaient été que les pions d'une joute fort bien menée. Il s'appuya à une table, comprenant du même coup que toute résistance contre ces quidams serait réduite à néant, aussi assurément que les ténèbres l'étaient par la lumière du matin se levant sur la chapelle de Saint-Laurent.

Guillabert n'avait été qu'un pantin dans les mains de cette puissante commanderie, dont son propre suzerain était lui-même le fervent disciple. Comment la chose était-elle possible? Voilà près d'un siècle, même Sion, pourtant chèrement liée aux Templiers, s'était briguée contre la dépravation de ces derniers, autorisant implicitement, et même, favorisant leur dissolution. Philippe le Bel avait à ce moment-là octroyé tous les biens des moines chevaliers aux Hospitaliers de Saint-Jean. Or, ceux-ci, sous l'apparence de rivaux, n'étaient que les secrets protecteurs de l'Ordre du Temple, ce que le roi, sciemment, semblait ignorer. Qui menait la joute, Nicolas Flamel, qu'on disait déjà futur Grand Maître de Sion, ou le roi? Pour le vassal, l'embrouillamini était total. Néanmoins, de toute évidence, les chevaliers de l'Ordre avaient beau jeu pour le persuader de collaborer étroitement à leurs desseins. Le seigneur admit qu'ils étaient pour ce faire fort habiles. Ainsi, que ce soit par commise, par mainmorte ou par l'exécution d'un testament, ils réussiraient d'une façon ou d'une autre à l'expulser de son fief.

Il laissa fuser un soupir résigné, un sourire lui retroussant subrepticement les lèvres. Contrairement à ce qu'il avait toujours cru, il réalisait que le comte de Foix ne l'avait jamais délaissé pendant ces longues années. Sans doute n'avait-il pas non plus abandonné ses serfs et vilains aux affres de la famine qui sévissait sur les hautes Pyrénées. Il lui parut indéniable que les vivres distribués aux manants avant la mort de Sylvestre l'avaient été par l'entremise du suzerain et par celle, non moins secrète, de la commanderie templière qui le régissait. L'Ordre s'était donc rendu aussi indispensable à la survie des serfs qu'un minaret dans l'édification d'une mosquée. Mais les joutes difficiles ne l'effrayaient pas : si Montréal-de-Sos abritait un couvoir où des naïfs tentaient de faire éclore l'âge d'or de l'Apocalypse, Guillabert, lui, deviendrait le fin renard qui s'infiltrerait dans ce poulailler.

Les paroles entendues en songe à Saint-Laurent remontèrent brusquement à la surface de sa mémoire. Ce qu'il avait à faire lui parut alors aussi limpide que l'eau de roche charroyée par la rivière d'Ariège jusqu'à Toulouse. Il collaborerait, jouerait le jeu de ces hypocrites, infiltrerait l'Ordre pour finalement le flouer et l'anéantir, exauçant ainsi le dernier vœu de Sylvestre d'Aymeri. Guillabert vengerait la mort de Maggia.

Le vassal se redressa lentement, pareil à quelqu'un dont on viendrait de décharger les épaules d'un poids incommensurable. Une lueur éclaira ses yeux pâles, et les hommes du comte purent valablement croire qu'il se moquait d'eux.

— Prévenez le comte de Foix que je consens à partir où il voudra, annonça-t-il. Avisez-le que j'attends ses ordres et que je me tiens à son entière disposition dès ce jour d'hui. Beauséant, messieurs !

Ils le quittèrent sans rien comprendre, les sourcils vilainement froncés sur l'ancien cri de ralliement des Templiers dont le vassal s'était servi pour couronner leur entretien.

Chapitre 9

Beauséant. Le mot à peine prononcé fit éclore un dou-loureux souvenir dans son esprit échauffé. La gorge serrée, Guillabert se revit bambin de six ou sept ans, en compagnie de son père. De juillet à septembre, celui-ci le traînait à travers tout le sud du pays, parfois même jus-qu'aux frontières de l'Espagne. C'était le seul moment de l'année où tous deux se rapprochaient, Sylvestre d'Aymeri étant fort occupé par ses titres et par ses devoirs de sei-gneur féodal le reste du temps.

Il y avait en Ariège, dans la si belle et si escarpée région de l'Ussat, quelque part entre Montségur et Montréal-de-Sos, il ne savait plus très bien, une grotte à double entrée jusqu'où son père l'avait ainsi mené. Il se souvint d'avoir marché longtemps, escaladant toujours plus haut d'étroits sentiers, trébuchant sur les pierres, ses petites jambes s'épuisant de fatigue. C'était au détour de l'un de ces layons que Sylvestre d'Aymeri lui avait bandé les yeux. Guillabert avait glissé sa main dans la sienne pour continuer sa route sans encombre. Un intense senti-ment de sécurité l'avait gagné. Il s'était persuadé que rien ne pouvait lui advenir aussi longtemps qu'il serrerait cette main dans la sienne.

— Regardez, fils, lui avait-il annoncé quelques minutes plus tard en lui arrachant son bandeau.

Ils se trouvaient devant l'entrée d'une grotte, dans laquelle son père lui ordonna d'entrer. L'endroit était si sombre que Guillabert, terrifié, avait refusé net d'y mettre les pieds, provoquant l'ire paternelle.

— De quel couard ai-je hérité ? Il aurait mieux valu que votre mère accouchât d'une fille que d'un poltron pareil ! le chapitra-t-il en le poussant sans ménagement dans la caverne. Combien d'années me faudra-t-il encore pour parvenir à faire de vous un homme digne de vos divins ancêtres mérovingiens ?

Pleurnichant, le garçonnet dut s'avancer toujours plus loin à l'intérieur de l'antre glacé, forçant ses yeux sous le médiocre faisceau de la lampe à huile que brandissait sa menotte tremblante. Aussi le souvenir l'avait-il profondément marqué de son fer rouge et la douleur le tenaillait-elle encore.

Acculé au mur couvert de fresques colorées d'ocre et de blanc, l'enfant y avait vu dessinés une épée, plusieurs croix, un tailloir portant cinq gouttes rougeâtres, un soleil et, finalement, une lance à l'extrémité de laquelle s'égouttait du sang. Derrière lui, Sylvestre lui avait fait crier « Beauséant ! ». Ils avaient ensemble baisé le dessin de la croix, « semblable, lui avait révélé son père, à celle que dessinent dans votre dos vos taches de naissance. Vous êtes le Gréal, fils. Vous êtes le vase qui réunifie les deux sangs. »

Le garçonnet n'avait rien compris à l'étrange langage et à la morbide symbolique. Il s'était contenté de serrer un peu plus fort la grosse main de Sylvestre dans la sienne.

La nuit même de cette mémorable expédition, Guillabert s'était éveillé en hurlant de terreur, persuadé de la présence dans son lit d'un monstrueux reptile cramoisi à deux têtes.

— Des vilains m'ordonnent de l'attraper, hoqueta-t-il. Mais je ne veux pas, j'ai trop peur !

— C'est bien vous le réunificateur, réitéra Sylvestre d'Aymeri avec une voix chargée d'émotion.

Cette nuit-là, des chevaliers étaient venus dans sa chambre, des hommes qu'il n'avait jamais vus et qui portaient capes, bottes et épées. À la lueur d'une bougie, ils avaient examiné attentivement la croix dessinée dans son dos pendant que son grand-père paternel leur répétait sans tarir le cauchemar de son petit-fils. Les étrangers avaient hoché la tête avec émerveillement. Dans un coin de la chambre, il ne sut pourquoi, Sylvestre semblait bouillir d'une rage contenue. Le lendemain, on prodiguerait au garçon ses premiers enseignements, lesquels se poursuivraient jusqu'à ce qu'il atteigne l'âge de vingt et un ans. Latin, histoire ancienne, arithmétique, astronomie, lecture des textes sacrés, bien des choses lui seraient montrées qu'on réservait en temps normal à plus important qu'un affilié templier.

Un étrange sentiment envahit Guillabert à ces lointaines ressouvenances, dans lesquelles son amour filial et sa haine se mêlaient intimement.

— Tu ne m'as jamais montré que ta vilenie, vieux despote, murmura-t-il. Pourtant, tu es le seul être qui m'ait vraiment aimé.

Et il se frappa le cœur au nom de Sylvestre.

†

Pourquoi au juste lui donna-t-on rendez-vous au dolmen de Sem plutôt qu'à la grotte d'Ornalac ou à celle de Montréal-de-Sos, lieux chéris des Cathares et des Parfaits? Quoique Guillabert n'en connût pas la raison, il ne s'y opposa pas, bien au contraire. S'il vit dans cette courte ascension l'occasion d'effectuer un dernier adieu à la vallée de l'Ariège, berceau de sa jeunesse et du pays de ses aïeuls, il ne se douta pas qu'elle serait aussi le point de départ de sa libération. Dès que la nuit commença à pâlir, le feudataire enfourcha son étalon le plus capricieux et le plus sombre, puis partit seul pour le bourg de Sem.

L'animal fougueux se cambra d'abord sous les ordres, mais le cavalier tint bon, lui prodiguant plus de caresses et de mots doux qu'à l'accoutumée, ce qui eut finalement raison de sa révolte. Sous le ciel limpide de la mi-mai, homme et bête délaissèrent bientôt la vallée pour gravir le versant abrupt qui menait au faîte d'une haute montagne au milieu de laquelle, sur un quelconque escarpement rocheux, le fameux dolmen semblait se tenir en équilibre. À l'approche de cette roche que d'aucuns prétendaient sacrée bien avant sa consécration par les druides celtes, une joyeuse sensation de délivrance envahit peu à peu le vassal et s'accrut proportionnellement au chemin qu'il parcourait vers le pinacle.

— Je vous abandonne tous ici, murmura-t-il en songeant aux revers et aux coups dont le destin l'avait accablé depuis sa naissance. Une nouvelle vie m'attend là-bas, qui ne saurait être pis que celle qu'on m'a fait mener jusqu'à maintenant.

Des bribes de son enfance ratée lui débordèrent du cœur, l'aspergeant d'images de larmes et de solitude, souvenirs d'un petiot sans mère, qu'un père avait trop souvent ignoré. En vérité, ces années passées lui avaient davantage légué le goût de la révolte que celui de la mort. Si Guillabert avait été, dès sa naissance et comme tant d'autres seigneurs, soumis à la noblesse et aux volontés de ses ascendants, torrents d'orgueil qu'il n'avait pas su diriger, il saurait aujourd'hui en dévier le cours et profiter de la manne qui s'infiltrait enfin par une brèche de son destin. Soit, en apparence il ne ferait qu'obéir encore. Néanmoins, cette fois-ci, consentirait-il librement à s'assujettir au commandement pour le défier plus tard. La véritable liberté n'était, croyait-il, pas tant de décider quelque chose que de pouvoir dire oui ou non au *fatum* distillé goutte à goutte par les astres du ciel.

— Quel homme n'est point soumis à son prochain? lui répétait souvent et fort justement Aude, sa vieille domestique. Moi, je dois vous obéir, mon petit seigneur, mais vous devez vous-même obéir à votre suzerain le comte de Foix, qui se doit d'obéir au roi.

— Et le roi, ma bonne Aude, de qui est-il donc l'esclave? demandait-il amusé, cherchant encore à la piquer.

— De ses sujets, évidemment! rétorquait la boiteuse, prise au jeu. Et la roue recommence à tourner! Même nos deux papes doivent se soumettre à Dieu.

— À Dieu, en es-tu bien sûre? ripostait Guillabert. Ne veux-tu pas plutôt dire aux pouvoirs de leurs évêques corrompus et tordus?

Et il ricanait de la nouvelle dispute qu'engendrerait son opposition à l'Église et à ses papautés ennemies, institutions tant chéries par la pauvre femme. S'il la contredisait trop fort ou trop longuement, particulièrement au sujet de la crucifixion de Jésus-Christ, elle se mettait à pleurer sans retenue. Il serrait alors sa vieille nourrice contre lui en jurant de ne plus la contrarier. Ces taquineries étaient pour lui une façon indirecte de lui démontrer son amour.

†

Le vassal s'arrêta à maintes reprises afin de permettre à sa mémoire de capturer des parcelles de la magnificence du paysage, auxquelles il pourrait plus tard se référer en cas de nostalgie. Cette habitude qu'il avait prise tout jeune de garder en lui les images les plus belles ou les plus cocasses l'avait sauvé de bien des mélancolies. L'humour, en fait, avait été sa meilleure arme contre son enfance morte et lui avait permis d'y survivre. Son regard embrassa jalousement la vallée, gardée par les hauts pics qui se miroitaient dans les eaux serpentantes de l'Ariège ; là-bas se dressait encore l'un des anciens châteaux des vassaux du comté.

Il emprunta un étroit sentier zigzaguant qui adoucit sa montée, sentier au bout duquel lui parvint une rumeur lointaine. Le vent lui apporta le bruissement de hennissements confus. S'approchant par l'arrière du dolmen, le vassal reconnut son austère suzerain, monté sur son cheval gris et casqué d'une coiffe à turban. Les manches frangées de son manteau étaient si amples qu'elles couvraient jusqu'au sol la croupe de sa monture. Des clochettes d'argent avaient été posées à l'arçon de sa selle. Ce métal qui surpassait l'or était apparu de façon bien mystérieuse en Occident et le suzerain, disait-on, en était fort friand.

C'était un homme de principes qui se prétendait comme Guiraude issu en ligne directe d'un Mérovée. Fidèle à une étrange manie, il se vêtait du même gris que celui de sa chevelure et se gantait de noir, quelle que fût la saison. Réputé pour sa séduction, le tintinnabulant sexagénaire repoussait de bonne grâce le halo un peu clairsemé des belles attirées par ses affiquets comme des mouches par le miel. Guillabert l'avait rencontré en de rares occasions, toujours officielles, dont son mariage avec sa petite-cousine, et au terme duquel le suzerain l'avait entretenu sur un ton trop paternaliste, comme s'il fût encore un jouvenceau. L'homme ne manquait pas d'humour, ce qui l'avait étonné. Bavardant de joutes et de combats épiques, il avait déboutonné ses habits rehaussés de broderies pour lui montrer la cicatrice en forme d'étoile que la lance d'un habile adversaire lui avait laissée sur le poitrail. Une étoile à six banches, comme celle de Salomon.

Aujourd'hui, deux chevaliers du Temple lui faisaient escorte, ceux-là même, qui avaient visité Guillabert dans son château. Près d'eux broutaient paisiblement leurs montures, auxquelles se joignirent la sienne et celle du comte. Le nouveau venu salua son suzerain en posant un instant un genou en terre. La rencontre fut on ne peut plus brève.

— Comme vous l'ont sans doute déjà expliqué nos moines chevaliers Raimon et Bernardino que voici, votre escadre verra à poursuivre au Nouveau Monde l'établissement de nos colonies templières, lui révéla le comte. Dès 1301, les grands maîtres de Sion avaient prédit l'imminence d'un désastre pour les Templiers. Bien avant l'opération de destruction de Philippe le Bel, ils avaient fait ériger douze refuges en des endroits préalablement explorés par les Normands, qui étaient leurs partenaires commerciaux de longue date. Nous avons besoin de vous, Guillabert. Vous ferez partie du bastion chargé de transporter en lieux sûrs le dernier et le plus précieux des trésors des Templiers, dont je ne peux vous dévoiler la nature du fait que vous n'êtes pas chevalier templier, mais simplement affilié. Sachez toutefois que cette chose magnifique parachèvera là-bas un trésor tout aussi sacré qu'immortel.

— Je me mets à vos ordres, répondit Guillabert.

— Préparez-vous à partir dans deux semaines pour Bordeaux avec deux cents de vos plus pieux et de vos plus vaillants manants, gens de métiers et compagnons, qu'on répartira plus tard sur trois navires. N'embarquez ni vieillards ni malades, mais seulement des hommes, des femmes et des enfants valides. Vous rejoindrez là-bas quatre-vingts caravanes et chariots en provenance de Collioure et de Narbonne. De là, vous vous dirigerez ensemble vers le port de La Rochelle où sept vaisseaux vous attendront. Au vu et au su du roi, vous partirez de jour pour une destination qu'on croira être l'Espagne et le Portugal. Mais n'ayez crainte : ces pays nous protègent dans notre mission comme le fit l'Angleterre avant la fin du traité de Brétigny, et comme le fait toujours l'Écosse. Nos frères Raimon et Bernardino vous escorteront. En route, soixante et un autres chevaliers se seront joints à vous.

— Soixante-trois soldats du Christ, soixante-trois années que passa la Vierge sur terre, remarqua Guillabert.

— Sylvestre d'Aymeri vous a fait éduquer dans la pure tradition des Parfaits albigeois et des Cathares, constata son interlocuteur, satisfait, en plongeant son regard dans le sien. Dieu n'aurait pu vous donner de meilleur père pour faire de vous ce à quoi Il vous destine.

« Quel hypocrite ! songea Guillabert. Ce coquin de Fébus ne vaut guère mieux que son oncle ! Il me démet d'abord du titre de vassal en accusant mon père de félonie, pour ensuite nous hausser au rang des élus ! »

— La route templière est bien gardée et des chevaux frais nous seront échangés dans de nombreux relais, poursuivit-il. À raison de douze lieues par jour environ, il faudra tout au plus une semaine de route au convoi pour rejoindre la flotte.

— Sous quel prétexte partons-nous?

— Vous sauverez vos serfs et vilains de la recrudescence d'une nouvelle peste noire qui sévit à la pointe est de l'Espagne, répondit le suzerain. Personne ne doit connaître le but secret de votre voyage ni sa destination finale. Emportez avec vous toutes les provisions, tout le bétail, tous les vêtements et outillages que vous possédez, d'autres vous seront fournis en temps utile. Nous changerons plus tard votre monnaie pour celle de l'Ordre.

— Les Templiers battent donc monnaie?

— Parfaitement. Elle fonctionne à grande échelle dans tous nos refuges en terre neuve. Cela facilite grandement l'échange commercial entre la France et les colonies, particulièrement au niveau de l'approvisionnement. Il y a encore là-bas près de cinq cents âmes à desservir, mais il fut un temps où elles étaient près de deux mille. Vous devrez voir à faire accroître la population, décimée par les maladies de toute sorte qui voyagent par vaisseaux. Nous soupçonnons d'ailleurs les papes d'avoir voulu accélérer notre extermination en misant sur quelques espions scrofuleux et contagieux.

— Qu'adviendra-t-il des serfs que nous aurons délaissés? s'inquiéta Guillabert.

Le comte de Foix sourit:

— Votre compassion pour ces gens ne cessera jamais de m'étonner et de me toucher, d'Aymeri. Mais soyez rassuré: votre épouse verra à en prendre bon nombre avec elle pour ses domaines de Bourgogne. Quant aux autres, nous les installerons à Foix, sur mes propres terres, où ils s'engageront sans tracas pour de petites besognes. Je louerai votre fief à un roturier jusqu'à votre retour, prévu dans vingt ans. Votre domaine et tous vos biens vous seront restitués après votre exil.

Guillabert chancela sur ses jambes.

« Vingt ans ? songea-t-il, assommé. Autant dire que je ne reviendrai plus. »

— À quoi ressemble le Nouveau Monde au-delà de l'Océane ? bafouilla-t-il pour se donner contenance.

— Ne soyez pas trop curieux ou, du moins, sachez cacher votre impatience, le rabroua son suzerain. Chaque chose vous sera enseignée en temps voulu, en fonction de vos progrès et de vos capacités à les assimiler. Rappelez-vous dans la tourmente que le trésor sacré que vous transporterez est plus précieux que notre vie à tous.

— Amputez vingt ans à la mienne si ça vous plaît, mais donnez-moi Mathilde Lescot pour m'en consoler, rétorqua inopinément Guillabert.

Son vis-à-vis le toisa sans pouvoir cacher son étonnement. Mathilde était la fille bâtarde du comte, tous deux le savaient fort bien. Le suzerain fixa son vassal droit dans les yeux.

— Vous ne manquez pas de culot, d'Aymeri. Aussi aurez-vous cette tosette près de vous, décida-t-il. Quoi que le père Barthélemy Filippo en dise, quoi qu'il fasse pour s'y opposer, cette mignonne vous suivra là-bas, j'y verrai personnellement.

Guillabert eut l'impression très nette que son suzerain lui confiait sa propre fille. Émotion et gratitude lui nouèrent la gorge.

— Vous devez maintenant prêter serment d'allégeance à votre *Magistri* à titre d'hôte *Mansionarii Templi* de l'Ordre et vous engager à son service sur une base temporaire, le pressa Raimon. Rendez-lui l'hommage lige comme le firent vos pères. À genoux, d'Aymeri.

Guillabert obéit, non sans réprimer un sursaut d'inquiétude. Il connaissait bien peu de choses des rites templiers, sa famille n'ayant été composée que d'affiliés. Et jamais celle-ci ne lui avait touché mot des rituels d'initiation dont elle avait été l'objet par le passé en tant qu'hôte. L'un et l'autre, qu'ils fussent chevaliers ou servants, comportaient forcément quelques similitudes initiatiques. Les témoignages inhérents aux cérémonies d'investiture des chevaliers du Christ lui revinrent en mémoire. Ils avaient été recueillis après la dissolution de l'Ordre en 1307, lors des interrogatoires menés rondement par Philippe le Bel, tandis que partout grésillaient ses bûchers. Certains prétendaient, sans doute fort justement, que le roi de France avait déversé son impitoyable vengeance après avoir lui-même essuyé un refus à être admis au sein de l'organisation.

On imputait alors aux moines chevaliers, friands de plaisirs, d'affaires et d'intrigues politiques, tous les crimes imaginables qui soient : paganisme, hérésie, adoration d'idoles, déicide, sodomie, homosexualité, sorcellerie, infanticides. N'avaient-ils pas librement avoué baiser, le jour de leur réception, « la bouche, le nombril, l'anus et les parties viriles » du maître officiant et fouler aux pieds le crucifix ? Ne reniaient-ils pas la croix du Christ pour adorer en lieu et place un crâne rouge appelé Baphomet ? Bien que la torture eût sans doute exagéré la nomenclature de pareils vices, il est certain que la plupart des chevaliers avaient depuis longtemps replié leurs idéaux religieux sous l'épaisse masse de leurs intérêts temporels. Les riches ennemis de Philippe le Bel étaient donc, ce fameux vendredi 13 octobre 1307, craints et méprisés de tout le peuple de France pour leur vie relâchée, leur avidité, leur arrogance, leur brutalité et leur corruption, et même le Prieuré de Sion s'était dissocié d'eux. *Custodiatis vobis ab osculo Templariorum.* Prenez garde au baiser des Templiers. Sylvestre d'Aymeri, comme son propre père avant lui, avait pourtant accepté de prêter allégeance à ce qui restait de l'Ordre. À leur décharge, la croyance que Sion protégeait quelques rares milices demeurées pures et profondément gnostiques, comme celle d'Ariège. Sylvestre s'était bien rétracté.

Après s'être allégé de son épée et de ses éperons, tête nue, le vassal s'agenouilla sur le sol de terre battue, posant ses mains dans celles de son suzerain, qui se tenait debout devant lui. D'une voix forte, le chevalier Raimon prononça la formulation plus que centenaire :

— De ce jour en avant, je deviens votre homme, de vie, de membres, de terres et d'honneurs, et vous serai féal et loyal, et foi à vous porterai des tènements que je reconnais tenir de vous.

— Voire ! répondit le jeune vassal, comme le voulait l'usage.

— Je te reçois pour l'Ordre et pour moi, audit hommage à la foi et à la bouche, poursuivit lui-même le comte de Foix. *Maria, Stella maris, perducat nos ad portum salutis.* Marie, Étoile de la mer, conduis-nous au port du salut.

— Protège le sang du Christ, dirent les moines chevaliers.

Guillabert se releva et son suzerain embrassa son nouvel homme sur les lèvres, scellant par le baiser, comme le voulait la coutume de la féodalité, l'acceptation de son nouveau vassal.

Chapitre 10

Sagement, Guillabert attendit dix jours encore, prenant avantage de la peur abjecte engendrée par les rumeurs de peste qui allaient bon train dans son bourg, pareilles aux semences de l'ivraie éparpillées aux quatre vents qui empoisonneraient les champs fraîchement labourés. Déjà, les mots honnis de mal des ardents faisaient grimacer toutes les bouches, souvenir implacable du spectre à la faux qui rendait fou et qui se tenait à leur chevet. Cette même peste, qui, cinq décennies plus tôt, en l'espace de deux ans, avait décimé plus du tiers de la population du pays, ne se résignait pourtant pas à cesser ses immondes récoltes et s'évertuait chaque année à de nouvelles endémies. Dans chaque chaumière, on implorait le saint protecteur Sébastien de garder le village, de lui épargner ce nouveau fléau, qui n'était autre qu'une malédiction apparue en France après la disparition du Temple. Le mal des ardents, c'était la vengeance des chevaliers embrasés sur les bûchers.

Le premier serf que le vassal visita en compagnie de ses deux hommes de main fut le forgeron, maréchal-ferrant du village, un dénommé Jean Lescot dit Ti-Jean. Il était natif de Foix, et atteint d'albinisme.

Ce soir-là, un soir d'orage, ils entrèrent chez lui sans frapper, le trouvant attablé avec sa femme et leurs trois filles devant la flambée de l'âtre. La cheminée dispensait une chaleur tiède dans l'unique pièce de la masure, la salle commune qui servait à tout. Une marmite, pendue à la crémaillère, distillait partout une odeur de potée de tripes et de boyaux, principales viandes du pauvre. Des poules picoraient dans un coin, gardées par le chien. Plus loin, poussée contre le mur, gisait la paillasse où dormait la famille, bourrée de foin qui sortait sous le matelas crevé. À la lueur de la lampe à huile accrochée à l'une des poutres du plafond, le vassal chercha Mathilde parmi les gens qui soupaient. Il ne la trouva pas. Court et trapu, le forgeron s'était levé d'un bond, son menton en gavroche brandi vers eux comme un glaive.

— Qui va là ? fulmina-t-il.

Autour de la table, tous avaient cessé de mastiquer et dévisageaient avec effarement les intrus vêtus de longues capes sombres à capuche. Guillabert se découvrit la tête et le forgeur du bourg reconnut son vassal.

— Mon bon… bon seigneur, si je m'a… m'a… m'attendais… bégaya-t-il, rouge de confusion. Assoyez-vous avec vos hommes, que ma Guillemette vous serve à souper. Allez, fainéante, grouille-toi ! Apporte les bols !

Déjà, la maigrichonne pâle et cernée se levait, prématurément usée par les durs labeurs et les peines, comme le cuir trop fin d'un lacet. Comme bien d'autres, sans doute avait-elle perdu, dans l'étiage de la misère qui battait le bourg depuis des décennies, la moitié de ses enfants avant qu'ils n'aient atteint l'âge de sept ans. «Si cette mère fut jolie du temps de sa jeunesse, il est indéniable que Mathilde n'a rien hérité d'elle», pensa le vassal.

— Laisse, femme, nous ne venons pas souper, dit Guillabert en souriant.

Il s'avança vers la table pour prendre place parmi eux, tandis que ses deux hommes de main demeuraient sur le seuil, telles des sentinelles en faction.

Mais la famille du forgeron ne se décidait plus à manger. Cinq paires d'yeux scrutaient le seigneur, remplis de la crainte de ce qu'il venait leur annoncer.

— Je ne vous cacherai pas que la peste sévit aux frontières de l'Espagne, commença abruptement Guillabert.

— Il paraît qu'y a tant de cadavres qu'on ne les enterre même plus ! grimaça Ti-Jean, qui repoussa son bol d'argile, l'appétit coupé.

— C'est exact, corrobora le vassal d'une voix lugubre en soutenant les iris rouges de son manant.

— Dieu et les papes nous préservent ! gémit l'épouse de Lescot, qui se signa.

Imitant leur mère, ses filles se tassèrent peureusement les unes contre les autres comme des chats naissants encore aveugles.

— C'est pourquoi j'ai pris sur moi d'amener deux cents manants vers des terres lointaines mais sûres, jusqu'à ce que le danger d'épidémie soit écarté, reprit Guillabert. Nous partirons dans cinq jours et j'ai besoin d'un bon forgeron.

— Je suis votre homme !

— C'est à voir. Si dans dix jours, en rase campagne, il me fallait quelque lance ou une arbalète que je n'ai point, que ferais-tu ?

— Dam ! Je viderais dans ma forge toute la ferraille qu'on peut dénicher aux alentours : des fers à cheval cassés, des clous rouillés de maréchal, des lames de faux, des écuelles percées. J'allumerais deux ou trois bonnes chaudes suantes, puis je battrais ferme au gros marteau, mais à tout petits coups, avant de l'étirer. Voilà la belle étoffe de fer sans crevasse ou travers que vous auriez !

— Tu connais bien ton métier, Lescot ; tu seras donc du nombre, décida Guillabert. Toi et ta famille.

— C'est bien beau partir au loin, mais où, mon seigneur ? s'inquiéta l'autre.

— Je ne peux rien te dire pour l'instant. Me suivras-tu, oui ou non ?

— Ça ne se refuse pas ! s'écria avec soulagement la mère de Mathilde, qui s'était précipitée pour lui baiser la main. Vous êtes la bonté incarnée, mon seigneur.

— …comme dit ma femme, grognassa le mari.

Le vassal promena un long regard sur la progéniture du forgeron, pucelles brunes dont les âges variaient entre huit et treize ans.

— Ne te manque-t-il pas une fille, Lescot ? s'enquit-il.

— Dam ! Non point, mon seigneur. L'autre gueuse n'est pas de ma chair ni de mon sang. C'est une bâtarde que j'ai eu la bonté d'élever et à qui j'ai donné mon nom quand j'ai épousé sa mère, la Guillemette. Le comte de Foix a engrossé toutes les pucelles du comté du temps de sa jeunesse !

Lescot éclata d'un rire gras et méprisant. La pauvresse baissa les yeux, se mordit la lèvre inférieure, son visage ayant viré au vermillon.

— Il va de soi que nous l'amènerons aussi, décréta Guillabert.

— Amenez aussi son cordonnier, proposa le forgeron. Mathilde doit l'épouser dans un mois et le bon homme est aussi fort qu'Hercule ! Il vous sera bien utile.

— Je n'ai que faire d'un savetier, rétorqua le vassal d'un ton sec.

— Dans ce cas, laissez-lui sa Mathilde et qu'ils restent tous les deux en Ariège ! plaida-t-il. Nous n'avons pas besoin d'elle.

— Ou nous amenons Mathilde avec nous, ou vous ne partez pas, tonna le feudataire d'un ton glacial.

Le silence tomba comme la dernière note d'un glas, lourd des sous-entendus que chacun voulut bien en tirer. Sur les entrefaites, la porte s'ouvrit et Mathilde Lescot entra, détrempée par la pluie, les bras chargés de fagots. Elle se figea sur le seuil de la porte. Les hommes de main s'écartèrent aussitôt, l'un d'eux s'empressant de la débarrasser de son fardeau pour le déposer avec fracas dans une boîte à bois installée près du foyer. Elle leur jeta des yeux interrogateurs, puis tressaillit en reconnaissant Guillabert d'Aymeri.

— Vous, ici ? murmura-t-elle.

Il se dirigea d'un pas lent vers la jeune femme en soutenant son regard bleu-gris avec fermeté. S'arrêtant devant elle, il retira délicatement le capuchon de sa chape, libéra sa luxuriante chevelure.

— À très bientôt, Mathilde, dit-il en caressant sa joue.

Il la sentit frémir puis sortit, ses hommes sur ses talons.

Chapitre 11

Au contact du nouveau vassal, il sembla à Mathilde que ses sentiments pour Martial Leclercq s'effritaient comme un mur de boue séchée. Guillabert d'Aymeri était le rayon brûlant de l'astre solaire, la chaude caresse du vent du sud qui causait sa ruine. Il était responsable de la sécheresse qui délabrait sa vie.

« Notre amitié, à Martial et moi, est-elle donc si fragile ? Pourquoi permettrais-je qu'un petit seigneur à moitié ruiné, vêtu de hardes modestes, vienne la fracasser avec sa ridicule passion qu'on nomme l'amour courtois ? Il ne sera pas dit que je vivrai la *vergoigne* qu'a vécue ma pauvre mère et qu'on m'abandonnera enceinte, malheureuse et déshonorée », songea-t-elle avec amertume en roulant rageusement sa bobine de fil.

Elle dut cependant admettre que même s'il se faisait déjà vieux, le nouveau seigneur était bien plus beau et bien plus séduisant que ne le serait jamais Martial Leclercq. Beau, séduisant... et parfaitement dissolu, s'il fallait en croire les ragots de certains malebouches du bourg. Par ici, on colportait en effet qu'il n'en avait que pour les joutes et les femmes. Mais par là, au contraire, d'autres avançaient que le sort de ses manants passait avant sa propre vie et que le seigneur aurait donné cent fois la sienne pour sauver les orphelins. Ainsi, bizarrement, Guillabert d'Aymeri alimentait tant les médisances que les bienveillances. «Il est certes plus beau que bon. Et plus séduisant que beau», songea encore Mathilde, de plus en plus confuse. Dès l'instant où il avait posé sur elle son regard d'un bleu si pâle, la jeune femme s'était sentie devenir toute chose.

«Il a au moins vingt-sept ans, c'est presque un vieillard! se tança-t-elle vertement. D'ailleurs, n'est-il pas déjà malade pour s'évanouir ainsi dans les chapelles? Je dois me ressaisir et l'oublier, Dieu me l'envoie pour mesurer ma foi et ma fidélité à Martial. »

Elle s'imaginait pourtant son haut corps, ses cheveux clairs et son visage grave, mais combien pâle. Sa faiblesse même l'avait émue, la remuant jusqu'au tréfonds de son être.

— Cesse donc de te faire du triboul! Encore un peu de patience et tu seras mariée, dit sa mère, affairée au rouet, comme si elle devinait ses tourments. Tu serais bien sotte de courir après ta mort plus vite qu'elle n'arrive. Elle te rattrapera bien assez tôt quand tu enfanteras!

— Les petits que j'aurai de Martial ne me tueront pas! protesta vivement Mathilde.

— Sait-on jamais? La mort en couches, ma fille, c'est une délivrance que Dieu envoie aux femelles, répondit sa mère en haussant une épaule résignée. Si tu avais voulu vivre vieille, il t'aurait fallu songer bien avant à te faire nonne.

— C'est tout ce que vous aviez à me dire concernant la visite du seigneur d'Aymeri chez nous ce soir? s'impatienta-t-elle.

Guillemette Lescot jeta un coup d'œil furtif vers son mari avachi près de l'âtre, à boire comme chaque soir sa ration de vinet. Comme elle l'avait présumé, le fesse-pinte ne réagit pas, lui laissant le dur labeur d'annoncer la mauvaise nouvelle à son aînée. Les plus jeunes s'étaient couchées, mais leur mère devinait qu'elles attendaient le discours, blotties au fond du grand lit familial, l'oreille tendue d'impatience.

— Ton mariage avec ton savetier sera retardé de quelques mois, commença-t-elle abruptement. Le mal des ardents arrive sur Montréal-de-Sos depuis l'Espagne.

Mathilde se leva d'un bond, joignit les mains sur son cœur :

— Mariez-moi au plus vite que je puisse fuir vers le Nord avec Martial, supplia-t-elle.

Jean Lescot se dressa à son tour, l'air grave et bourru.

— Dam ! Pas de tabut avec moi, la jolie. Écoute-moi bien : dans cinq jours, le seigneur d'Aymeri partira avec deux cents leudes pour fuir la peste. Il lui faut un forgeron. Notre famille est du voyage, mais pas ton Martial.

— Pas Martial ? Et pourquoi pas lui ? protesta-t-elle. Le vassal n'a pas le droit de nous séparer !

— Guillabert d'Aymeri a tous les droits, c'est lui qui commande. Il sait ce qu'il fait.

— Je m'enfuirai ! assura-t-elle, en larmes.

Sa mère la secoua durement par les épaules.

— La vie des tiens passe avant tes noces, ma fille, la tança-t-elle. Il est évident que Guillabert d'Aymeri éprouve du désir pour toi. Le seigneur ordonne que tu sois du voyage. Si tu refuses de te soumettre, il nous abandonnera tous ici et nous mourrons par ta faute. Tu nous dois, comme à lui, respect et obéissance. Fais-le languir le plus longtemps possible, mais obéis tout de même. Plus un homme attend, plus il savoure la chose quand il l'obtient.

La mort dans l'âme, Mathilde acquiesça sans bien comprendre, reléguant son bonheur avec Martial en queue de file. Elle n'avait d'autre choix moral que de se sacrifier pour sauver les siens.

Cette nuit-là, la jeune femme dormit mal. Et ce ne fut pas qu'elle eût à se défendre de la grosse main velue de Lescot qui la tâtait à l'occasion par-dessus Guillemette endormie. Coincée entre le mur lézardé et sa mère qui souffrait de la goutte, entre le soulagement de fuir la peste et la crainte de se retrouver seule avec le vassal, Mathilde lutta longtemps avant de laisser ses pensées les plus secrètes dévaler la pente raide de ses désirs inassouvis. Ses larmes pour son fiancé s'étaient taries bien plus vite qu'elle ne l'avait espéré et c'est en vain qu'elle tentait de souffrir de leur séparation. Elle s'étonnait de s'accommoder si aisément d'être écartée de son cordonnier, qu'elle aimait pourtant comme un frère. Au moment où elle s'enfonçait dans un pesant sommeil, le visage de Guillabert d'Aymeri se substitua à celui de Martial derrière ses yeux clos. Elle se prit à vouloir ses lèvres sur les siennes, ses mains sur ses seins menus, sur son ventre. Elle s'éveilla en nage, affolée.

Pour la première fois, Mathilde éprouvait dans son sexe l'étrange et douloureuse sensation du désir charnel. Et celui-ci, à sa grande honte, n'était pas réservé à son fiancé. La crainte d'avoir commis l'adultère en pensée s'engouffra dans son cœur. Elle supplia Dieu de lui rendre la raison et d'excuser la conduite du bouillant vassal.

«Ce baiser dans l'église m'a brouillé l'esprit. Le seigneur d'Aymeri ignorait sans conteste que j'étais fiancée. À cette heure, il regrette sans doute bien plus que moi de s'être laissé aller à cette inconduite. Ma mère lui prête de fausses intentions, il n'a rien d'un goujat ou d'un *frivoleur*. S'il me veut du voyage, c'est sans doute pour se racheter et se faire pardonner. Et s'il pousse Martial loin de moi, c'est qu'il le réserve quelque part à une importante besogne. C'est une bénédiction d'avoir un seigneur si bon, si beau et si *preudhomme*, qui n'a de but que de sauver les miens. »

Mathilde s'endormit au petit matin sans parvenir un tant soit peu à regretter le baiser passionné de son seigneur.

— Demain, j'irai à confesse, se promit-elle.

Son cher père Barthélemy, lui, saurait la guider.

Chapitre 12

Guillabert observa sa femme et ressentit, à son propre étonnement et contre toute attente, un douloureux pincement au cœur. Guiraude trouverait étrange de remonter en sens inverse le chemin des Pèlerins parcouru maintes fois avec piété au cours de la dernière décennie. Depuis Vézelay, point de départ du fameux pèlerinage qui drainait les fidèles en provenance de toute la chrétienté, les routes convergeaient vers une voie unique qui rejoignait celles de Tours, de Cluny, du Puy et d'Arles, tout en descendant jusqu'à Santiago de Compostela, dit Saint-Jacques-de-Compostelle, dans le nord de l'Espagne. Il ne douta pas que son épouse verrait à accomplir d'innombrables haltes aux églises, moustiers, sanctuaires et prieurés édifiés par la puissante abbaye bénédictine de Cluny qui jalonnaient ce pieux parcours constellé de ponts et d'hôtels. Elle s'inventerait un chemin de croix à la mesure de ses angoisses.

Il s'imaginait Guiraude priant saint Jacques, agenouillée devant le reliquaire contenant les ossements du martyr, le suppliant de ramener son mari aux préceptes premiers de l'Église primitive et de mettre en déroute son athéisme buté. Après tout, l'apparition de l'apôtre, monté sur un cheval

blanc, avait bien fait fuir l'ennemi à la bataille de Clavijo...
Le seigneur croyait connaître si bien Guiraude qu'il l'entendait presque implorer le pourfendeur des Maures.

— Qu'il se convertisse ou qu'il périsse, chuchoterait-elle avec cette ferveur qui le surprenait chaque fois, venant d'une femme si effacée et si coite.

Mais Guillabert n'avait cure de ces dévotions dont il serait l'enjeu, à moins qu'il n'en soit tout bonnement l'offrande. Il s'était penché vers la fenêtre de la voiture couverte, équipée d'un système de courroies à suspension, dans laquelle son épouse avait pris place en compagnie de cinq de ses dévotes, dont Adélaïde, sa dame de compagnie la plus dévouée.

— Si je ne suis pas de retour dans vingt ans, remariez-vous, lui conseilla-t-il.

Guiraude resta de glace, comme dépourvue d'émotion, ce qui ne le surprit pas. Elle joignit cependant ses mains amaigries et baissa sur celles-ci un regard résigné, qu'il crut voir s'embuer.

— La solitude dont j'ai souffert à vos côtés pendant notre mariage a été bien pis que celle qu'on m'aurait imposée au cloître, rétorqua-t-elle dans un murmure. Je préfère mourir veuve que d'être à nouveau méprisée et trompée par un deuxième mari qui ne m'aimera pas.

— Adieu, Guiraude.

En cet instant ultime de leur relation, son épouse leva sur lui un tel regard qu'il ne devait jamais en oublier la tristesse chaque fois qu'il songerait à elle. Étrangement, ses yeux lui rappelèrent ceux d'un chiot reçu en présent le jour de ses dix ans, échangé le lendemain pour une poignée de billes colorées. Tandis qu'un autre enfant l'emportait, l'animal trahi avait fixé Guillabert avec une douleur si grande que ce regard ne devait jamais s'effacer de sa mémoire. Ces prunelles, cris silencieux et désespérés, semblaient soudain n'appartenir ni à l'animal ni à l'humain, mais à la souffrance pure de l'être rejeté. Lointaine et effilochée, l'image lui avait bien souvent labouré la poitrine de regrets sots et inutiles. Il se ressaisit, honteux de l'absurde métaphore, Guiraude n'ayant certes rien du jeune chien de sa jeunesse.

— Adieu, murmura-t-elle.

Ses lèvres trop minces tremblèrent sur des syllabes inintelligibles. «Je vous aime», crut-il y lire. Le vassal fit un léger signe de tête au cocher, assis sur l'un des quatre chevaux attelés au char de voyage. Le carrosse se mit en branle, premier d'une longue filée à laquelle allait se souder cent de ses serfs et manants. Dans quelques jours, lui-même quitterait l'Ariège pour conduire vers La Rochelle les deux cents qu'il emmenait avec lui.

Bras croisés par-devant, il observa longtemps la procession de carrioles et de marcheurs bigarrés qui s'éloignaient en toute hâte vers la Bourgogne, pauvres gens qui préféraient les déchirements de l'exil à ceux du péril de la peste qu'ils croyaient fondre sur eux depuis l'est de l'Espagne. Dans ce partage, des familles entières avaient été disloquées, carcasses éventrées par les loups affamés. Leurs gémissements lui parvinrent, enveloppés de murmures diffus, et il ne put que constater le malheur provoqué par l'ordre de déportation qui éloignait, peut-être à toujours, parents, enfants, frères, sœurs, cousins et amis. Le vassal s'était néanmoins fait un point d'honneur de ne pas arracher l'enfançon à sa mère, ni l'époux à sa femme.

Bien après que ce premier convoi eut disparu au zénith de l'horizon, la vibration des pleurs le sillonnant résonnait encore aux oreilles de Guillabert, tout autant que le poursuivait la tristesse ineffable des yeux de Guiraude. Sans raison, le vassal eut subitement l'intime conviction qu'il ne la reverrait jamais plus. Désarçonné par sa propre contradiction, il regretta de s'être séparé d'elle.

Cette pensée l'absorbait si complètement qu'il ne prit pas garde à l'homme qui s'était détaché de la horde et qui se précipitait vers lui à grandes enjambées. L'individu se laissa lourdement tomber aux pieds du vassal, qui sursauta.

— Je demande votre grâce, mon seigneur, supplia l'agenouillé, en refrénant les sanglots qui faisaient chevroter sa voix de jouvenceau.

Guillabert fronça les sourcils sur le jeune adonis, âgé tout au plus de dix-sept ans, et qu'il n'avait auparavant jamais remarqué : ses cheveux bruns, bouclés comme la toison d'une brebis, encadraient un visage imberbe aux traits fins et réguliers. Derrière lui, silencieuse, se tenait une maigrelette d'à peine trente ans, qu'il devinait être sa mère.

— Présente-toi debout à ton feudataire, grognassa le vassal.

L'inconnu obéit, dévoilant une taille courte, mais un corps robuste, tout en muscles, chantourné dans le granit dur.

— Martial Leclercq, cordonnier de mon métier, dit-il en levant sur son vassal un regard marron un peu intimidé, que battaient de longs cils.

— Parle donc, l'encouragea Guillabert, agacé.

— Vous m'envoyez en Bourgogne, mon seigneur, mais je me refuse à quitter ma fiancée, Mathilde Lescot, que j'aime plus que moi-même.

— Je vois, maugréa le vassal en se renfrognant.

— Nous vous savons fort loyal, mon seigneur, tenta à son tour la femme, qui triturait son tablier depuis le début de l'entretien. La peste nous épargnera grâce à vos bontés. Que Dieu vous bénisse !

— Si vous ne voulez point de moi à vos côtés, plaida Martial Leclercq, permettez au moins à Mathilde de me suivre en Bourgogne.

— Tu partiras sans elle, répliqua Guillabert d'un ton cassant.

— Vous ne pouvez pas séparer ceux qui s'aiment ! protesta son serf avec véhémence.

Le vassal l'empoigna violemment par son surtout de tiretaine, lequel était passé sur une chemise rêche et jaunie.

— Diantre ! Qui es-tu, manant, pour dicter ma conduite ? tonna-t-il, en rapprochant son visage du sien.

L'autre rougit, bouillonnant de rage et prêt à lever le poing. Il réussit néanmoins à se contenir. Déjà cependant, des hommes accouraient pour défendre leur vassal. Ce dernier relâcha le tissu de drap pour laisser fuser un grand rire.

— Petit cordonnier, le nargua-t-il en secouant la tête d'un air faussement découragé. Tu n'es donc bon qu'à tailler du mauvais cuir toute ta vie ? Regarde-toi : tu ne penses qu'à enfiler au plus vite ton lacet dans l'œillet de ta douce alors que je te destine à bien plus en Bourgogne.

— Vous me destinez à du travail en Bourgogne ? bégaya l'autre.

Le vassal chassa d'un geste irrité la petite foule qui grouillait autour d'eux, ordonnant qu'on les laissât seuls. Ils s'éloignèrent du va-et-vient.

— Tu n'as donc pas reçu ma missive ? s'enquit Guillabert.

— Si, mais…

— Ne sais-tu pas lire comme on me l'a affirmé ?

— Pas tout à fait, mon seigneur, balbutia l'autre, mais on m'enseigne et j'apprends vite.

— Voilà qui est embêtant, rechigna le vassal. Du moins ne m'a-t-on pas menti en me vantant cette maîtrise que tu as sur toi-même. L'exemple que tu viens de m'en donner est éloquent. Cependant, un espion doit pouvoir lire, Leclercq.

— Un espion ?

— Écoute-moi, dit-il en baissant la voix d'un cran et en se penchant vers l'oreille qui se tendait. Je t'envoie en Bourgogne, auprès de ma femme, pour la surveiller pendant mon absence. Qui, en effet, se méfierait d'un savetier ? Je pars quelques mois, un an tout au plus, le temps que soit passé le danger de contagion en Ariège, et rien ni personne ne doit pouvoir te distraire de ton travail. Me comprends-tu bien, Leclercq ?

Le cordonnier hocha la tête.

— Voilà pourquoi j'amènerai ta Mathilde avec moi, poursuivit le vassal. Mais n'aie crainte, tu seras payé généreusement pour ta besogne et ta peine : la moitié à ton arrivée dans huit jours au château de Vézelay, et l'autre, dès mon retour. Voilà une jolie somme qui te permettra d'acquérir ton propre lopin de terre avant de te marier. Ta fiancée ne pourra que s'en réjouir. Mais si tu me trahis, prends bien garde à elle, beau cordonnier…

— Mathilde vous servira d'otage ? tressaillit le jeune homme.

— C'est en effet une bien jolie monnaie d'échange.

Martial Leclercq soupira.

— Quel choix me donnez-vous, mon seigneur ? se résigna-t-il. Puisqu'il le faut, je saurai me montrer digne de la confiance que vous me témoignez.

— À la bonne heure !

— Mais qui devrai-je avertir s'il advenait malheur à notre châtelaine en votre absence ?

— Le comte de Foix, mais nul autre que lui. Toutes mes instructions sont écrites sur ton parchemin.

— Et si le comte venait à décéder ?

— Ses hommes sauront bien me retrouver, allez ! Tes adieux à Mathilde sont-ils faits ?

— Nous avons pleuré ensemble toutes les larmes de nos corps, soupira Martial Leclercq. Et ce matin, le père Lescot la garde enfermée chez lui à double tour.

— Cela vaut mieux, admit le vassal. À Dieu va, Leclercq.

Et Guillabert renvoya le savetier sur la route de Bourgogne d'une tape à l'épaule, qu'il voulut amicale.

Débarrassé de l'encombrant fiancé, le vassal entreprit sans vergogne d'aller lui-même consoler la belle esseulée. À cette fin, il emprunta une ruelle discrète, aussi étroite que boueuse. Il se pressait à grands pas vers la chaumière où logeait Lescot quand, insidieusement, un rationalisme plein de froideur se mit à infiltrer sa folle passion, la diluant goutte à goutte dans la crainte que Mathilde ne voulût pas de lui.

Certes, son voyage vers Bordeaux et vers La Rochelle le tiendrait fort occupé les jours suivants et, de ce fait, peut-être valait-il mieux qu'il attendît encore pour révéler son ardeur à la jeune femme. Après tout, il ne s'en fallait plus que de quelques jours pour qu'ils prennent ensemble la mer, sur laquelle quelques occasions propices s'offriraient à leur amour.

Des pas résonnèrent derrière lui, le faisant sortir de sa rêverie. Se retournant, le vassal reconnut Barthélemy Filippo, l'officiant de la chapelle de Saint-Laurent, qui, avec sa singulière démarche de femmelette, s'approchait à grandes enjambées. D'une main, il retroussait sa soutane jusqu'aux genoux pour éviter qu'elle ne se tachât de fange. De l'autre, il tenait son évangéliaire. Le religieux le rattrapa.

— Dieu me met à nouveau sur votre chemin pour vous protéger, annonça celui-ci d'une voix essoufflée.

— Me protéger, l'abbé? ricana Guillabert, sans même prendre la peine de ralentir le pas. Mais de qui donc?

Son interlocuteur se hissa à son oreille, l'obligeant à une courte halte:

— De vous-même, mon seigneur. Mathilde, la plus belle voix *mezzo-soprano* de ma chorale, habite à deux pas d'ici. Elle se trouve maintenant bien seule, elle à qui vous venez d'arracher impunément son fiancé. C'est un péché terrible, vous savez, que de contrecarrer les desseins de Dieu.

— Qui te dit que les desseins de ton Dieu n'étaient pas, justement, qu'elle soit séparée de son cordonnier? riposta-t-il en reprenant la direction convoitée.

— Ces deux êtres s'aiment, rétorqua le curé en le pourchassant de plus belle. Cette jeune âme chaste ne vous est pas destinée. Vous la désirez, car c'est la seule qui vous ait résisté.

Agacé, le seigneur s'arrêta à nouveau, haussant les épaules:

— Cesse tes sermons, tu ne connais rien de l'amour… du moins n'es-tu rien censé en connaître. Pour eux, ces quelques mois seront bien vite passés.

— Qui voulez-vous tromper? le rabroua le prêtre d'un ton sec. Martial Leclercq n'attendra certainement pas vingt ans le retour de Mathilde pour convoler en justes noces. S'il le faisait, sa vie en serait ruinée. D'ailleurs, reviendrons-nous jamais de notre périple sacré? Reverrons-nous un jour la France?

Guillabert sursauta. Il dévisagea Barthélemy Filippo avec effarement.

— Comment ? Tu es au courant, l'abbé… ? s'étrangla-t-il.

— N'ayez crainte, je suis dans le secret tout comme vous. Le comte de Foix me veut du voyage, et je le serai, que vous le vouliez ou non.

« Maudit comte ! pensa Guillabert, rembruni. D'une main, il me donne Mathilde pour la confier à Filippo de l'autre ! On verra bien lequel de nous deux, l'abbé ou moi, lâchera prise le premier ! »

L'ayant empoigné par le coude, le prêtre lui fit rebrousser chemin et ils reprirent ensemble la direction du château. Ils empruntèrent cette fois-ci un chemin pavé de pierres plates beaucoup mieux desservi, pavoisé et bordé de quelques boutiques ayant pignon sur rue. Toutefois, en ces jours d'exil, tailleur, pelletier, barbier et apothicaire avaient abandonné leurs étals et la rue, naguère peuplée d'enfants, semblait aussi désertée qu'une table de festin en plein carême. Les volets des chaumières étaient clos, les portes barricadées. Le feudataire se laissa conduire, soucieux d'en apprendre davantage.

— L'Église est une chose ; la chrétienté une autre, plaida l'abbé Filippo. Pour ma part, je tente de suivre le droit chemin de Damas que nous a tracé saint Brandan voilà huit cents ans. *Scia vias.* Connais les chemins.

Le vassal releva un sourcil amusé. Les paroles du curé, qui détonnaient régulièrement des discours officiels prônés par l'Église catholique, se rapprochaient inexorablement de ceux de l'érudit John Wyclif, accusé d'hérésie durant sa vie. Dieu ait son âme, à celui-là qui avait osé dire haut et fort ce que tout le monde pensait tout bas ! Tant antipapal qu'anticlérical, le théologien avait attaqué l'autorité et les biens du pape, rejeté la vénération des images et la transsubstantiation et tenu pour acquis que tout laïc était un prêtre en puissance. Et tout cela sans que le concile du Tremblement de terre osât jamais l'excommunier, protégé qu'il était par la mère de Richard II. Néanmoins, le petit abbé impie d'Ariège, lui, ne pouvait compter sur les défenseurs et les lollards de son maître à penser et ses propos lui vaudraient un jour une excommunication en bonne et due forme. Bien que le Schisme d'Occident disloquât l'Église en deux papautés ennemies, ni le chef d'Avignon ni celui de Rome n'épargneraient leurs foudres au brave père Barthélemy.

— Et quelle est cette route ? s'enquit Guillabert, dont la curiosité s'aiguisait en proportion des reproches dont le religieux fustigeait le clergé. Ton saint Brandan n'avait pourtant rien d'un Templier, que je sache.

— Elle est bien étroite et part de La Rochelle, notre *portum saluti*, notre port de salut. À la vérité, nous sommes les chameaux qui s'aventurent par le chas de l'aiguille. Brandan connaissait moult secrets.

— Cesse de parler en parabole, je ne suis pas dans ton église ou à confesse ! s'impatienta l'autre.

Le religieux sourit, glissant ses mains dans les larges manches de sa robe.

— C'est sur l'île d'Aix, au midi de La Rochelle, que se réfugia Maclou à la mort de son protecteur le duc de Bretagne, expliqua-t-il. Or, c'est ce moine, devenu comme vous le savez l'évêque Saint-Malo, qui a accompagné saint Brandan dans sa fameuse *navigatio*.

—Je n'ai jamais donné foi à l'existence d'un pays à l'ouest des mers, rétorqua durement Guillabert. Je ne croirai au Nouveau Monde que lorsque j'y aurai mis les pieds.

— Vous êtes fidèle à vous-même en ne croyant en rien. Mais vous avez tort, car ce récit est enseigné comme une pure vérité dans les murs des monastères des savants moines de Cîteaux, où j'ai été élevé. Saint Brandan a traversé la mer jusqu'à une île si grande que «même un voyage de quarante jours ne permit pas d'en faire le tour».

— Cette histoire de voyages de l'autre côté de la mer Océane n'est peut-être qu'une saga nordique, dit l'autre en ricanant.

— C'est le propre de l'homme borné de transformer en légende ce qu'il lui est impossible de comprendre, le rabroua encore le curé. Sachez, mon seigneur, que les pêcheurs normands, bretons et basques fréquentent depuis des siècles les bancs de cette île de Terreneuve où nos caravelles accosteront bientôt. Ils y chassent la baleine et le marsouin et y pêchent la morue sans que personne se questionne jamais sur la provenance de leurs prises. Les gens sont si peu curieux… Pourtant, nombre de moines venus d'Islande et en quête de paix connaissaient l'existence du Nouveau Monde. Pourchassés par les Normands, ils y ont séjourné pour fonder des monastères, après s'être hasardés à traverser l'océan sur leurs pauvres caracles*.

— Ces cloîtres existent-ils toujours?

— Sans doute sont-ils tous en ruine, puisque ces bons pères irlandais, qui prônaient le célibat, sont morts depuis longtemps, admit l'autre. Mais, comme le dit le proverbe, il faut qu'un sanctuaire disparaisse pour qu'un autre naisse! Il est notoire que le roi Édouard III a envoyé au Nouveau Monde le moine cartographe Nicolas de Lynn en 1303. Or, ce dernier y a rencontré des peuplades qui se souvenaient encore des enseignements des moines de

---

* Les caracles servaient au transport des troupes à l'époque normande.

saint Brandan. Nous évangéliserons ces peuples à nouveau et ressusciterons leur foi chancelante! Nous apprivoiserons la nature sauvage!

— Je ne suis pas Templier, mais simplement affilié à ton ordre. Je n'aspire pas à la vie monacale, moins encore à la chasteté, moi! protesta durement le vassal, qui s'était immobilisé à l'entrée du castel.

— J'ai en effet pu le constater, soupira l'abbé Filippo. Mais si vous renonciez un jour aux attraits matériels et charnels de l'existence, sachez qu'une place vous attendrait au sein de notre confrérie. Dieu vous a choisi.

— Très peu pour moi! rétorqua Guillabert. Pourquoi les Templiers s'astreindraient-ils à demeurer chastes s'ils prétendent que le Christ a épousé la Madeleine?

— Le corps est la cage qui garde l'âme prisonnière, tergiversa l'autre. Il représente le Mal dont nous devons nous délivrer. Notre mission n'est certes pas de perpétrer les erreurs des anciens Templiers, mais au contraire de préserver leurs dogmes et leurs secrets. À l'exemple de saint Brandan, nous n'aspirons ni à la contemplation ni à la passivité, mais bien à l'action. Nos moines chevaliers et nos frères convers et moi-même nous emploierons à aller prêcher la bonne parole aux habitants qui peuplent le Nouveau Monde et à établir là-bas une Église fidèle aux principes premiers de la chrétienté. Ainsi, sans exiger que vous vous fassiez moine ou que vous adhériez au célibat, sachez que nous aurons besoin d'un grand nombre d'oblats pour peupler et exploiter les fermes attenantes aux futurs monastères.

Guillabert se rembrunit.

— Le comte de Foix prétend que moult Templiers sont déjà sur place, répliqua-t-il.

— Certes, mais les douze refuges fondés avant la dissolution de l'Ordre n'ont cessé de décroître. Si nous comptons de trente à quarante âmes pour chacun de ces havres, ce qui inclut le conseil des dix Templiers mis en charge de chacun, je crains que cela soit nettement insuffisant pour christianiser des milliers de sauvages.

Le vassal esquissa un sourire dubitatif.

« Le Nouveau Monde est donc habité, pensa-t-il, intrigué. Je constaterai bien s'il l'est par des hommes à tête de chien, semblables à ceux qui décorent le tympan de la basilique de Vézelay… »

— Il n'y a là-bas ni centaures à trois têtes ni humains équipés de gigantesques oreilles ou d'un seul pied, protesta le prêtre, comme s'il lisait dans ses pensées. Référez-vous aux dessins de la tour de Gisors pour vous faire une idée valable de ses habitants plutôt que croire ce qu'en disent les balivernes du *Livre des merveilles*. C'est dans cette tour que le dernier Grand Maître des Templiers, Jacques de Molay, a été enfermé en 1314 en attente du bûcher.

Enfant, le vassal avait eu l'occasion de visiter l'endroit en compagnie de Sylvestre d'Aymeri. Il dut cependant admettre se souvenir bien peu des dessins en question. Étaient-ce des hommes coiffés de plumes ?

— Commençons par quitter le port de La Rochelle sans encombre pour atteindre celui de Terreneuve, ton port de salut, rétorqua-t-il pour cacher son ignorance. Quand je songe que nos frégates quitteront la France au vu et au su du notaire royal chargé des inventaires, et avec la bénédiction du roi, je crois rêver !

— En effet, les rois du Portugal et de l'Espagne nous protègent et délivrent les sauf-conduits nécessaires à notre flotte, admit le prêtre.

De tous les pays d'Occident, seule la France, impitoyable et cruelle fille aînée de l'Église catholique, avait en effet éradiqué les chevaliers du temple par le bûcher et la torture. L'Angleterre, l'Espagne, l'Écosse, et particulièrement le Portugal, avaient quant à eux si mollement suivi les instances de Philippe le Bel que les chevaliers du Christ s'étaient réfugiés dans ces pays en toute hâte afin d'y reprendre leurs activités économiques et maritimes.

— *Maria, Stella maris, perducat nos ad portum saluti,* ajouta l'abbé Filippo d'une voix aussi lente que circonspecte.

Guillabert reconnut la sibylline adjuration prononcée par son propre suzerain, le comte de Foix. À présent, plus rien n'allait l'étonner.

— Parle encore, l'abbé.

— La lumière qui s'échappe par l'accroc du rideau que je viens de déchirer suffira aujourd'hui à vos yeux de borgne. Je ferai tout en mon pouvoir pour m'interposer entre Mathilde et vous, tenez-vous-le pour dit. Elle m'a confessé vous aimer éperdument. Je vous séparerai donc.

Et le prêtre le planta là, tel le clou dans le pied d'un crucifié.

Chapitre 13

Semblables à des sentinelles, les deux robustes tours crénelées gardaient de part et d'autre les rives du havre. Les beffrois du port d'Aquitaine étaient reliés par une lourde chaîne qui se tendait entre eux comme une frontière séparant l'eau limpide, aussi bleue ce jour que l'était le ciel de juin. Ville prospère et facile à défendre à cause de sa position stratégique, La Rochelle était nichée au fond d'une large baie protégée par les îles d'Oléron et de Ré. Les pêcheurs et les mariniers qui la fréquentaient accédaient à la mer par un chenal au nom indiscutablement templier évoquant la Terre sainte : le Perthuis d'Antioche.

Debout sur la haute plate-forme d'une rampe, un peu à l'écart du va-et-vient des quais où grouillait la masse mouvante, Guillabert observa d'un œil averti la foule exubérante, mais néanmoins paisible. Les maringottes et les tombereaux butinaient d'un navire à l'autre pour y décharger leurs précieuses cargaisons. Partout, à tout venant, on se saluait et on s'interpellait avec gaieté. Quoique les commerçants injuriassent les garnements qui couraient autour des étals, ils se retournaient l'instant d'après afin de vanter d'une cantilène joyeuse leurs produits aux badauds déambulant devant leurs poissons. Ici, les marchands d'épices côtoyaient le chevrier et son troupeau, et les campagnardes portant volailles et paniers accrochaient le regard de bien des gentilshommes. Le promeneur qui prêtait l'oreille aux discussions animées et aux marchandages pouvait en capter des parcelles en toute langue qui fût, car La Rochelle se voulait aussi colorée que cosmopolite.

Le zéphyr lui apporta des odeurs d'algues et de poisson pourri, qui se mêlèrent à celles de la sueur des hommes affairés à charger les caravelles alignées près des débarca-dères. Guillabert pouvait deviner les grognements sourds et les jurons que leurs lèvres tordues laissaient poindre sous l'effort. Une grue de bois, actionnée par des poulies et des mules, levait là-bas de lourdes caisses afin de les monter sur le pont d'un navire, tandis que, par un panneau rabattant, des ouvriers embarquaient le bétail, les chevaux et les sacs de grain.

Il promenait un regard bienveillant sur cette foule animée et bigarrée quand, subitement, son cœur s'affola : il avait reconnu Mathilde Lescot à trente mètres de lui, appuyée nonchalamment à la balustrade du quai. Seule, perdue dans ses pensées, elle observait la mer, après avoir réussi à tromper la vigilance de ses parents et de Barthélemy Filippo.

Pendant le trajet les ayant menés de l'Ariège jusqu'ici, le vassal n'avait pu entrevoir la jeune femme qu'à de rares occasions, le prêtre semblant la garder jalousement loin de lui pour la préserver de ses avances, comme il le lui avait promis. Maudit abbé ! Il serait bien difficile à Guillabert de s'en débarrasser et de contrer la volonté du comte de Foix qui l'avait voulu du voyage. En revanche, Filippo lui avait rendu sans le vouloir un fier service en lui révélant maladroitement l'amour que Mathilde éprouvait pour lui.

Fort de cette confidence, le seigneur se vit fondre sur la fille sans plus d'hésitation, tel un aigle sur sa proie. Il la surprit par derrière et déposa ses mains de chaque côté d'elle, l'acculant abruptement contre le garde-fou du quai. Il avait interrompu un chant bien nostalgique.

— Bonjour, Mathilde, murmura-t-il en se pressant dans son dos.

— Martial ? s'étonna-t-elle.

Se retournant, elle reconnut le vassal de son beau-père. Son haut front de madone italienne se plissa d'une ridule contrariée tandis que ses grandes prunelles bleu-gris s'animaient d'une étrange lueur.

— Vous m'avez fait peur, mon seigneur, le rabroua-t-elle d'une voix douce.

Elle baissa les yeux, intimidée par cette promiscuité un peu indécente et replaça nerveusement les plis de sa large jupe montante et du corsage qui serrait sa taille.

— Me crains-tu encore ?

Mathilde redressa fièrement la tête pour le dévisager à son tour.

— Je n'ai peur de personne, pas même de vous, répliqua-t-elle. Naïve comme je suis, je croyais que mon fiancé m'avait rejointe.

Elle éclata d'un petit rire charmant, aussi cristallin, sans doute, que la voix de *soprano* dont elle enjolivait la chorale de l'abbé Filippo, puis elle agita vigoureusement l'éventail qu'elle tenait à la main. La chaleur de midi cuisait les quais, répandant sur les plates-formes d'illusoires nappes d'eau. Quelques gouttes de sueur perlaient déjà sur la peau satinée des seins menus qui s'offraient à moitié aux yeux impudents dans l'échancrure du décolleté. Guillabert releva le menton de la jeune femme afin de mieux capturer le bleu de son regard. Il crut y déceler, sous un soupçon d'arrogance, la frayeur qu'elle avait toujours de lui. C'est à ce moment qu'il fut frappé par la singulière ressemblance de Mathilde avec son père naturel, le comte de Foix.

— Pourquoi chantes-tu un air si triste ? Ton savetier te manque-t-il à ce point ? s'informa-t-il, la gorge un peu serrée. Moi, pour te consoler, j'inventerais une septième note à la gamme.

— Elle n'en comptera toujours que six, répondit-elle en s'empourprant. Sachez que Martial Leclercq est un ami d'enfance très cher. Je l'épouse pour plaire à mes parents.

— L'amitié et l'amour sont des sentiments bien différents. L'un tue l'autre.

— Martial a toujours été un frère pour moi, admit-elle maladroitement.

— L'épreuve de votre séparation te prouvera bien si tu l'aimes d'amour, renchérit le vassal avec un sourire qui se voulait déjà victorieux.

Mathilde esquissa une moue boudeuse. Un éclair de mécontentement s'était allumé dans son regard.

— N'est-ce pas pour connaître cette réponse que vous nous avez séparés ? supputa-t-elle.

Il ne répondit pas. Mathilde se mordit la lèvre inférieure et détourna la tête, confuse. Elle admira un instant les scintillations de l'onde, semblable au ciel d'une nuit chargée de milliers d'étoiles.

— Pardonnez-moi, mon seigneur, murmura-t-elle, les yeux baissés. Je sais que votre but est avant tout de nous sauvegarder du mal des ardents. Je suis bien présomptueuse de croire que...

Les mots se perdirent quelque part dans sa gorge sublime, et un silence singulier retomba entre eux, qui voulait tout dire. Tous deux savaient qu'elle n'inventait rien. Il la fixa en silence, puis, d'une main douce, lui releva une fois encore le menton afin qu'elle le regardât bien en face. Ses lèvres s'entrouvrirent et il la sentit frémir.

— Comme toi, j'ai gâché ma jeunesse à obéir, confia-t-il.

Non loin d'eux, quelque chose tomba dans la mer. Mathilde pointa l'index vers l'une des tours qui gardaient le port.

— Regardez ! La chaîne vient de se briser !

Guillabert se dressa dans son dos pour mieux voir, profitant de l'occasion pour acculer une nouvelle fois la jeune femme contre le garde-fou du quai. Il la pressa doucement sur son bas-ventre, huma sa chevelure qui flamboyait au soleil, dont quelques folles mèches s'échappaient du chignon. Mathilde gémit, se cambra. Il la désira soudain avec une telle fougue qu'il dut se faire violence pour se refréner. Cette promiscuité l'amenait à un état d'ivresse.

— C'est un présage, murmura-t-il. La chaîne de notre esclavage à tous les deux s'est enfin rompue. L'heure de la révolte a sonné. Je t'emmène dans un lieu où tu deviendras libre. Je te confierai des secrets terribles qui feront de toi ma reine.

Elle se tourna, soutint son regard.

— Où m'emmenez-vous ?

Il déposa un doigt sur ses lèvres :

— C'est un secret que je te confierai dès que nous aurons pris la mer.

— J'ai peur, chuchota Mathilde.

— À mes côtés, aucun mal ne pourra jamais t'advenir, répondit Guillabert avant de l'embrasser.

Elle ne résista pas à ses lèvres.

†

1438. La douceur et la passion du souvenir s'estompèrent. Le vieux Guillabert d'Aymeri ouvrit les yeux avec peine, tâtant d'une main tremblante le drap à la recherche des doigts qui s'offriraient aux siens. Des visages aimés se penchaient sur lui. Il reconnut sa maîtresse et trois de leurs enfants : leurs filles à la chevelure d'ébène et Thierry, blond comme un Normand, qu'on disait tant lui ressembler.

— Aucun mal ne m'est jamais advenu près de vous, mon bien-aimé, soupira la vieille femme en laissant couler d'impuissantes larmes. Mais qu'adviendra-t-il de moi, si vous m'abandonnez pour la mort ?

— Nos enfants te chériront, ma douce. Et c'est toi, Thierry, que je délègue auprès d'elle. Si ta mère le souhaite, tente de la ramener en France après mes funérailles, en mon château de Bourgogne que je tiens de Guiraude. Un navire portugais qui ravitaille les refuges des Templiers acceptera peut-être de vous y mener en échange d'une promesse sur billet.

— Nous ne quitterons pas Séguna, objecta la femme en lui essuyant les lèvres avec délicatesse.

Cela le rassura. Sa pure Séguna, la forteresse qu'il avait fondée et que leur aînée Marguerite dirigeait avec une main de fer, valait bien cent fois la Bourgogne. Approvisionné quatre fois l'an par les vaisseaux templiers depuis Montréal – les hommes devaient ensuite faire du portage en canot depuis Ochelaga pour éviter de dangereux rapides –, le refuge se dressait près de grands lacs d'eau douce, fort de la protection des Onendats* aux cheveux hérissés de hures qui la voisinaient. Trente-trois chaumières bâties à chaux et à sable, en tous points semblables les unes aux autres, logeaient cent soixante-cinq âmes. Ici, pas de maîtres ou de valets, l'égalité seule régnait. Un moulin, une métairie, quelques acres de cultures et un gisement d'orichalque à ciel ouvert desservaient le villageot, le cuivre étant la monnaie d'échange la plus prisée de leurs pourvoyeurs. Autour de tout ceci, infranchissable, courait une palissade de pieux, traversée par un chemin de ronde que des hommes vêtus de cottes de mailles gardaient jour et nuit.

Séguna représentait sa victoire. Mais pourtant, secrètement, d'Aymeri regrettait Montréal et les courants cosmiques qui faisaient battre le mont sacré d'Ochelaga. Montréal était une putain corrompue.

— N'aie crainte, ma mie. Je ne rendrai l'âme qu'après avoir revu Louis, annonça-t-il en fermant les yeux. Je vous veux tous près de moi, je ne mourrai pas avant.

Ce dernier adieu fait aux siens, d'Aymeri pourrait enfin cesser cette lutte vaine, ce jeu de cache-cache perdu d'avance, et se laisser porter, derechef, par sa mort.

— Louis est en route, mais Ochelaga est loin et les eaux du fleuve San-Lorenzo sont bien périlleuses.

Les pupilles du vieillard dévièrent sous les paupières trop lourdes. Les sanglots de ses filles lui parvenaient, confus et brumeux.

«Reste éveillé, lutte jusqu'à l'arrivée de Louis, s'ordonna-t-il. Si ton esprit abdique, tu es fichu. Elle ne t'aura pas, cette diantre de mort...»

---

* Hurons.

Il redoutait cette fange noire qui lui anesthésiait les sens. Il lui semblait courir, poursuivi par la lame gigantesque qui allait s'abattre sans qu'il puisse s'en défendre. Tandis qu'il tournait la tête, le vieillard bascula à nouveau dans les vagues déferlantes d'un sommeil agité, proportionnel aux souffrances qui le submergeaient, lourd d'anciennes angoisses non résolues qui l'entraînaient par le fond.

Chapitre 14

Dix-huitième jour de juin de l'an de grâce 1397, Vézelay, Bourgogne.

Mon cousin,

Je me prends ce matin à vous faire le rapport des suites de notre voyage qui s'est, fort heureusement et grâce à Dieu, déroulé sans incident ni fait particulier, si ce n'est d'infimes malaises qui m'ont indisposée depuis notre départ de Montréal-de-Sos. Tel que je vous connais, vous en auriez fait fi, insoucieux que vous êtes souvent de ma santé précaire. Cette fois, néanmoins, vous auriez eu raison de vous moquer des tourments inutiles dans lesquels m'a plongée notre séparation.

J'ai réintégré ma maison de Bourgogne avec une joie sereine qui fut malheureusement un peu ternie du fait que les lieux soient demeurés si longtemps inhabités depuis la mort de mes bien-aimés parents. Je m'y promène comme une âme en peine et me surprends parfois à vous attendre à la fenêtre. Votre gaieté nous manque. J'ai heureusement à mes côtés notre chère et dévouée Adélaïde qui me seconde et me distrait du mieux qu'elle le peut. Elle a fait engager un jeune cordonnier qui loge maintenant au château et dont les muscles puissants seront mis en renfort à notre protection.

Hier, le comte de Foix m'a visitée afin de prendre en charge quelques cinquante autres de vos leudes dont je ne savais plus que faire. La petitesse du domaine et de la métairie m'empêchait de les garder et de les bien nourrir. J'ignore pour quelle raison, mais votre suzerain m'a fait songer à vous. Peut-être est-ce ce port altier de la tête ou ces mains gantées, longues et puissantes, qui ressemblent tant aux vôtres ?

J'ai mis en place, avec quelques-unes de mes compagnes, une petite chorale profane dans laquelle je me plais à chanter, bien que ma voix ne porte guère, ce que vous vous plaisiez à me répéter. Les premières syllabes de chacun des vers de l'hymne de saint Jean-Baptiste m'exercent aux six notes de la gamme d'Arezzo. Peut-être cette fois-ci ma voix s'y fondera-t-elle enfin ?

Un rêve étrange m'a sortie du lit à l'aube : j'étais l'animal familier qu'un enfant tenait amoureusement dans ses bras. Bien qu'il m'éloignât de vous pour mon grand bonheur, je pleurais à fendre l'âme pour ne pas vous quitter. Croyez-vous que je préfère véritablement le malheur de notre union au vide de votre absence ?

Je ne sais si cette lettre vous parviendra un jour ni de quelle façon.

Votre fidèle épouse,

Guiraude de Maheu

Deuxième partie

L'Océane

Chapitre 15

Voilà deux jours qu'ils naviguaient en eau tranquille, dans une direction qu'il savait être au couchant des colonnes d'Hercule. Les côtes avaient depuis longtemps disparu au zénith de l'horizon et les sept caravelles valsaient en procession silencieuse, semblables aux sept perles encore enfilées sur le fil cassé du destin, et précipitées on ne sait où, au gré des labeurs d'un joaillier appliqué. Dans tous les azimuts, le ciel ne se confondait plus qu'avec la mer, distillant un fort vent du large qui vivifiait de façon égale tant les poumons que les esprits.

Accompagné du tiers de ses gens, soixante-cinq au bas mot, le vassal voyageait en queue de file sur une nef de cent quarante tonnes portant quatre mâts, baptisée l'*Ursus*. Deux de ces mâts étaient gréés de voiles latines peintes de la croix rouge pattée des Templiers, voilures qui rendaient le navire assez manœuvrant et lui permettaient de remonter le vent sans grande difficulté. Au mât traditionnel et à ceux, plus petits, qu'on disait de gouverne, s'ajoutaient encore celui d'artimon ainsi que le gouvernail d'étambot, ce qui faisait du navire un vaisseau à la fine pointe de la modernité. Somme toute, la flottille templière était magnifiquement affrétée et fort éloignée d'une navigation de cabotage, bien que l'une des embarcations eût un tonnage inférieur au leur avec ses quatre-vingts tonnes.

Le chevalier Raimon vint rejoindre Guillabert sur le pont supérieur, que ce dernier ne quittait guère plus, sauf pour aller dormir. À les voir côte à côte, grands et blonds comme des Normands, on aurait facilement pu les croire cousins. Leur âge similaire avait estompé l'antipathie mutuelle de leur première rencontre et ils s'étaient découvert un même sens de l'humour dès leur première nuit en mer. Ainsi, la cabine qu'ils partageaient avec deux formidables ronfleurs était si exiguë qu'ils avaient décidé le premier soir, d'un commun accord, de coucher sur les bordages, à la belle étoile. Mais pour dormir il eût cependant fallu que la température ait été plus clémente et les rats moins voraces.

— Beauséant, mon frère, l'aborda gaiement le moine chevalier, en refermant frileusement sa chlamyde blanche. Pas trop fatigué, ce matin?

Guillabert fronça les sourcils. Bien qu'il ne soit devenu qu'un simple affilié des Templiers, ceux-ci l'appelaient « frère » au même titre que s'il était un des leurs. Il parvenait mal à s'habituer à la singulière familiarité, mais se tut de peur d'indisposer Raimon. Conformément à leur doctrine égalitaire et ascétique, celle-là même qui avait provoqué la haine de l'Église catholique et la croisade des Albigeois deux siècles plus tôt, ces Templiers disciples des Cathares devaient respecter des règles strictes, basée elles-mêmes sur celles de la primitive Église du Christ. Ils s'appelaient donc entre eux frères et sœurs, faisaient le vœu de chasteté, soignaient les malades, s'appliquaient à se servir et à se consoler les uns les autres. Les chevaliers avaient adhéré à cette doctrine après leur expulsion de

Jérusalem, mais avaient pourtant été considérés par le pape Innocent III comme de purs hérétiques.

— Si l'amiral maintient ce rythme de croisière, notre traversée prendra trente jours tout au plus, s'égaya Raimon.

— En effet, cette mer d'huile me paraît bien douce si on la compare aux vagues brisantes de la Méditerranée.

— C'est que vous ne la connaissez pas par gros temps et dans ses mauvais jours. Avez-vous beaucoup voyagé ?

— J'ai pu visiter la France et l'Espagne, mais sans jamais affronter les mers du Nord. On dit qu'elles sont terribles.

— Les vagues y sont assez hautes pour chavirer nos navires et les envoyer se fracasser contre les rochers, confirma le chevalier. Il y a de cela deux ans, je m'étais embarqué pour l'Islande avec les frères Zéno – Dieu ait l'âme de Nicolo ! – et j'avoue avoir craint le pis pour ma vie. Depuis, je rêve souvent que je me noie. Rien n'est comparable à ce qu'il pourrait nous être donné de voir dans les mers du Nouveau Monde.

— Charmante perspective ! soupira le vassal. À vous entendre, nous nous dirigeons en droite ligne vers les enfers dans la barque de Charon !

— Et à en croire les adversaires des partisans de Ptolémée, nous pourrions aussi être dévorés par les monstres marins, les dragons et les hydres à trois têtes qui gardent les bornes du monde, pouffa Raimon. À moins que nos navires n'accostent tout bonnement sur le dos d'une baleine que nos pilotes Zickmni et Zéno auront pris pour une île et qui nous coulera par la suite avec notre trésor !

— Trêve de facéties ! dit Guillabert, visiblement ébaudi par la tournure qu'avait prise leur conversation. Que savez-vous au juste de ce trésor que nous transportons ?

Il n'osa prononcer le mot Arcadia, révélé *in extremis* par son père Sylvestre. Il valait mieux pour lui jouer la carte de l'ignorance.

— Parleriez-vous de cette belle enfant que vous tentez sans succès d'approcher et qui vous jette ses regards éplorés ? répondit l'autre. Barthélemy Filippo vous fait la vie dure, il me semble.

— Vous n'êtes qu'un envieux, monsieur.

Raimon se pencha à son oreille, baissant la voix d'une octave.

— Mais de l'autre trésor, celui que nous transportons, je sais bien peu de choses. J'en connais davantage sur le premier qui partit de La Rochelle sur dix-huit galères qu'on ne revit jamais. C'était en 1307, peu avant la dissolution de l'Ordre. À ce qu'on dit, ce trésor n'était autre que l'Arche d'Alliance.

— Diantre, c'est ce qu'on m'a dit aussi, siffla victorieusement le vassal, en se remémorant les paroles paternelles. Où l'aurait-on cachée ?

Raimon avait cessé de sourire et s'appuya au bastingage. Une bourrasque balaya sa longue chevelure blonde, mal nouée sur la nuque.

— Dans un lieu vu d'une baleine, répondit-il. Une île, si vous préférez. Avez-vous lu le *Timée* et le *Cristias* de Platon ? Celui-ci rapporte un récit de Solon où il est question d'une île nommée « Atlantide », que les Phéniciens se vantaient d'avoir visitée avant le déluge. Plus grande que l'Asie et que la Libye réunies (ce qui est immense quand on pense que les anciens Grecs se représentaient la Libye comme une partie majeure de l'Afrique actuelle), elle aurait été submergée en vingt-quatre heures par un foudroyant cataclysme et par des vagues aussi hautes que des montagnes. Vous imaginez la scène ? L'histoire de Noé ne pourrait être mieux dépeinte !

— Vous serez déçu, mais je ne crois pas à ces chimères, grogna Guillabert, désappointé. Platon faisait remonter le déluge à neuf mille ans avant le Christ, ce qui est tout à fait grotesque. Pline, Strabon et Aristote s'en sont d'ailleurs ouvertement moqués.

Raimon le toisa gravement :

— Vous vous rangez donc à l'opinion des petites gens qui croient dur comme fer que l'Ancien Testament n'est qu'un ramassis de fables et de fabliaux ?

— Pas du tout ! répliqua l'autre, piqué. Je m'étais même convaincu que notre destination puisse être Pount ou Ophir, ces terres dont parle la Bible, et où les Phéniciens pratiquaient le commerce maritime.

— Sachez que Platon situe son Atlantide à l'ouest de l'embouchure de l'isthme des colonnes d'Hercule, où notre escadre se dirige en droite ligne.

— La société du Nouveau Monde serait-elle donc plus ancienne que celle de notre bonne vieille France ? s'étonna l'autre en ravalant un ricanement.

— Vous êtes plus près de la vérité que vous ne le croyez, dit le chevalier, qui esquissa un sourire énigmatique. Nos capitaines chuchotent qu'ils nous mènent en Hyperborée. Si j'étais vous, je tenterais de tirer les vers du nez de Bernardino, qui est de souche islamique et fort versé dans ces choses.

Les doutes de Guillabert se trouvaient confirmés quant au mystérieux savoir détenu par le Templier espagnol converti au christianisme. Comme bien des musulmans, dont la majorité était plus tolérante et érudite que les Occidentaux, il jouissait de l'avantage non négligeable de pouvoir lire les textes grecs, demeurés inaccessibles à la plupart des chrétiens latinisés. Les moines chevaliers le tenaient donc en haute estime.

— J'y compte bien! répliqua le vassal. Donnez-moi des preuves et je me rallierai! Je préfère encore mourir jeune et savant au Nouveau Monde qu'ignorant en Ariège!

Le chevalier secoua la tête d'un air désabusé:

— Je reconnais bien la mentalité qui perdit Adam! Le savoir en soi n'est rien s'il ne produit de fruits. Si vous trouvez jamais au Nouveau Monde du cuivre sous forme dure et malléable, l'orichalque de Platon, vous aurez la preuve qu'il s'agit de l'Atlantide.

Des cris interrompirent la savante répartie. Une rixe semblait avoir éclaté sur le pont inférieur, où un groupe d'une dizaine de chahuteurs s'était formé, donnant fort à faire à certains membres de l'équipage. Les deux hommes s'y précipitèrent pour savoir de quoi il retournait. Le vassal reconnut son forgeron Ti-Jean Lescot dressé au milieu des querelleurs, qui en étaient venus aux coups. Il fondit sur lui et l'attrapa par la veste.

— Tout doux, le fèvre! l'invectiva-t-il. Qu'as-tu à chercher noise à tes compères? Dois-je te faire enfermer à la cale et te mettre aux fers pour empêcher l'amiral de te jeter aux requins?

— Vous nous avez menti, d'Aymeri! hurla l'homme, aussi rouge que les métaux qu'il avait l'habitude de chauffer à vif. Vos pilotes se sont égarés! Faites-nous tourner bride avant que ce maudit vaisseau ne tombe en bas du monde! Nous préférons affronter la peste que d'être dévorés par les monstres marins!

— Vous nous perdrez dans une mer d'algues! cria un autre mécontent. Nous mourrons tous des maladies apportées par les brumes contagieuses! Il paraît que le scorbut est déjà à bord.

Une dizaine de gueux, armés de bâtons, encerclèrent aussitôt Raimon et Guillabert d'un air menaçant.

— Retournons en France ! réclamaient-ils.

Le cercle furieux se referma sur eux. Certains manants se mirent à les bousculer. Le vassal caressa l'épée qu'il portait au côté.

— Parlez à vos gens, d'Aymeri, lui conseilla Raimon à voix basse, la main posée sur son propre pommeau et prête à dégainer. Il est grand temps de les informer de notre destination avant qu'ils se mutinent.

— J'aurai besoin de votre aide pour les mettre à la raison, grogna-t-il.

De justesse, il évitait un premier coup au visage.

— Vive Dieu ! cria le chevalier, tirant subitement son arme de son fourreau.

La bataille qui s'engagea fut cependant aussi prompte à débuter qu'à finir, interrompue par l'arrivée inopinée du capitaine et amiral du navire, de son commandant en second ainsi que d'une escorte de matelots armés jusqu'aux dents.

— Zickmni !

La mêlée se désagrégea aussitôt sur la résonance du nom qui sema la frayeur sur le pont. L'arme au poing, Guillabert et son acolyte se retrouvèrent bientôt seuls devant l'amirauté, les rebelles tentant une fuite par-derrière. Mais cette fois-ci, ce furent les mutins qui se virent encerclés.

Henry Seynt Clère, baron de Roslyn et comte des Orcades, que tous les chevaliers de l'Ordre appelaient familièrement Zickmni, ne ressemblait en rien à l'image que le vassal s'était forgée d'un féroce Viking, image savamment nourrie par les histoires de Barbares razziant la France du temps de Pépin le Bref. Bien qu'il eût, sous une quarantaine bien amorcée et une virilité sans faille, le corps haut, robuste et la barbe blonde, l'homme dégageait une dignité trop majestueuse pour une brute irascible. S'il portait la barbiche, elle était courte et bien taillée. Manteau de taffetas noir jeté sur l'épaule, il s'avança posément vers le vassal en refrénant un ricanement. Depuis qu'ils avaient quitté La Rochelle, les deux hommes s'étaient croisés sur le pont sans s'adresser la parole, soumis semblait-il, au même élan d'antipathie. Le vassal ne fut pas sans remarquer ses bottes noires bien luisantes. Il paria dans son for intérieur que l'archi-pirate les astiquait lui-même chaque jour avec de la graisse de phoque. Le capitaine le fixa droit dans les yeux.

—Je suis seul maître à bord après Dieu, tonna-t-il avec un léger accent écossais. Sur mes vaisseaux, tous les délits commis par vos roturiers sont punissables de mort. Je ferai donc un exemple de celui-là. Enchaînez-le.

Sans doute le commandant avait-il la vengeance aussi expéditive qu'il avait le rire prompt. De l'index, il pointa Jean Lescot qui, blessé au bras par l'épée de Raimon, tremblait à présent de tous ses membres. Deux hommes d'équipage s'emparèrent du coupable.

La veille, Guillabert avait appris de la bouche même de Barthélemy que Seynt Clère, baron de Roslyn, descendait d'un compagnon d'armes de Guillaume le Conquérant. Son ancêtre, après s'être mis au service du roi d'Écosse, s'était taillé à coups d'honneur une enviable baronnie dans les archipels du nord. Le vassal n'était pas non plus sans ignorer la réputation de requin que ce paladin des mers, pourtant lui-même affilié à l'Ordre, avait acquise au cours de la dernière décennie. Fort de la protection accordée par quelque roi ou évêque de l'Union de Kalmar et des royaumes scandinaves à qui il versait la dîme sur ses prises, faisant main basse sur la moindre barque qu'elle fût marchande ou pillarde, il avait écumé méthodiquement les mers et ni fret d'armateur ni butin de corsaires n'échappaient à cette si soigneuse épuration. Bien qu'il fût d'usage en Occident que la piraterie fasse les frais des voyages et des explorations de ses officiers, cette pratique affectait particulièrement la noblesse du nord du continent, où les titres de pirate et d'archi-pirate étaient hautement prisés. Or, c'est justement aux exploits de ces mercenaires qu'on mesurait leur courage et leur grandeur d'âme. Qu'un noble soit plus souvent rançonné que tué contribuait à préserver chez ces rustres l'attrait de la guerre et de la piraterie.

—Je me range à vos ordres, amiral, lui dit Guillabert. Mais sachez que je suis le premier coupable de cette rébellion. Aucun de mes manants ne sait où vos vaisseaux les mènent, car je leur ai caché toute la vérité quant à notre destination, comme on me l'a ordonné. J'avais prévu leur annoncer la chose ce soir, mais il semble que les superstitions les aient rendus fous d'effroi.

Seynt Clère arrondit des yeux étonnés avant d'éclater d'un rire tonitruant. Le pont était à présent noir de monde. L'abbé Barthélemy Filippo accourut, essoufflé.

— L'air présomptueux que vous affichez, d'Aymeri, n'a d'égal que votre naïveté, répliqua l'amiral avec un sourire caustique. Vous êtes si pathétique! Il nous faut donc sans plus tarder remédier « à la chose », comme vous dites. Toutefois, comme je redoute une nouvelle maladresse de votre part, je me chargerai moi-même de leur expliquer. Et avec l'aide de votre père abbé que voici s'il le faut.

Le vassal serra les lèvres aussi fermement que les poings devant un mépris si flagrant. D'un regard soucieux, il chercha Mathilde parmi la foule. Il la trouva bientôt en compagnie de sa mère et de ses sœurs, près du forgeron qu'on enchaînait sans ménagement au mât d'artimon. Ses yeux se heurtèrent aux siens, lui fracassant l'âme en mille tessons de doute.

« S'il arrive malheur à Lescot, elle ne me le pardonnera jamais », comprit-il.

Il régnait sur le pont un silence pesant.

— Je ne saurais tolérer d'actes de mutinerie, annonça Seynt Clère. Sur mon vaisseau, les traîtres sont mis à mort sur-le-champ.

D'une seule rotation, toutes les têtes se tournèrent vers le forgeron. Chacun comprit que le malheureux ne réchapperait pas au verdict, mais aucun n'osa s'y opposer.

— Confessez-moi ce forban qui donnera l'exemple, mon père, exhorta d'une voix sombre le capitaine en pivotant vers Barthélemy Filippo. Que Dieu le garde en sa dernière heure bien qu'il tienne ses yeux rouges du Diable !

La femme Lescot se laissa tomber aux pieds du condamné en hurlant sa douleur à qui voulait l'entendre :

— Pitié, capitaine ! Comment pourrons-nous survivre, mes filles et moi, si vous tuez mon Jean ?

Les trois filles de Lescot se mirent à pleurer, s'accrochant avec désespoir à leur père, tandis que le commandant en second faisait disperser les curieux. À l'exemple de son vassal, Mathilde resta de glace. L'abbé Filippo s'approcha de Seynt Clère.

— Un forgeron, maréchal-ferrant par surcroît, est infiniment précieux pour une communauté naissante, tenta-t-il avec douceur. La mort de Jean Lescot serait une bien grande perte pour notre futur bourg, amiral.

— Je veux bien l'admettre, mon père, fit le commandant du navire. Alors, qu'on me sacrifie quelque chose d'aussi précieux pour le remplacer !

—Je reconnais bien là les tractations d'un pirate, pesta Guillabert à l'oreille de Raimon.

—Je suis certain que sa clémence lui vient du fait que votre fèvre s'appelle *le Scot*. Il a comme lui du sang écossais dans les veines, rétorqua l'autre.

Seynt Clère promena un regard contrarié sur la famille éplorée. Ses yeux se figèrent longuement sur la beauté saisissante de Mathilde, ce que Lescot remarqua. Il se redressa sur le poteau qui lui servait de potence.

—Dam! Je vous donne ma fille aînée, l'interpella le vilain d'une voix forte. Elle est encore pucelle et vous ne trouverez pas de plus belle femelle sur vos navires.

—Oui, prenez la Mathilde! renchérit Guillemette Lescot en se relevant.

Mathilde avait pâli sous l'impact de la double trahison. Le vassal esquissa un pas en avant pour lui venir en aide, mais Raimon le retint de justesse par un bras.

—De grâce, ne vous en mêlez pas, mon frère, l'exhorta-t-il à voix basse.

Étonné par le pacte qu'on lui proposait, l'amiral contempla la jeune femme dans un silence glacial.

—Mordieu, je ne peux croire ce que j'entends, murmura-t-il après de longues secondes sans la quitter des yeux. Ne serait-ce que pour vous ravir à ces parents qui ne vous méritent pas et qui vous marchandent comme un vulgaire sac de grains, je consentirai à cet échange, la belle.

Elle tressaillit, implora sa mère d'un regard désespéré. Celle-ci détourna le sien. Guillabert déchiffra sur le visage de Mathilde un tel déchirement qu'il ne put retenir la rage qui lui débordait du cœur comme une coupe trop pleine.

—Menez cette jeune personne à ma cabine et libérez le gredin qui lui sert de père, ordonna sèchement le commandant à son second. Faites en sorte que je n'aie plus à croiser cette crapule ni les siens sur ma route.

— Nous allumons un feu de signalement et les transférerons immédiatement en barque sur le Knörr, amiral, répondit l'officier. Avec les forçats d'Écosse qu'on réserve à l'exploitation des mines.

— Bien, mais qu'ils gardent le silence. Je déciderai de leur sort ce soir.

— Oui, mon commandant.

Avec l'index et le majeur, Seynt Clère imita le mouvement de ciseaux. Après quoi il se pencha vers le prêtre :

— J'espère la chose réglée à votre convenance, mon père. Je viens de m'amputer d'un forgeron, mais on m'a assuré hier que d'autres fèvres voyageaient avec Antonio Zéno. Ils me seront difficilement plus antipathiques que le vôtre.

— Ce Lescot n'est certes pas de Tubel-Caïn, l'orfèvre de la Genèse, mais je vous remercie au nom de Dieu de lui avoir laissé la vie sauve, répondit l'abbé. Peut-être pourriez-vous également permettre à sa fille Mathilde de suivre sa famille…

Sans l'écouter, Seynt Clère tourna les talons, ordonnant qu'on rassemblât sur le pont inférieur tous les passagers qui venaient de l'Ariège.

— Zickmni est mérovingien par Dagobert II et Godefroi de Bouillon, souffla Raimon à l'oreille de Guillabert.

— Encore un ? ne put-il s'empêcher de maugréer. Vraiment, c'est une épidémie !

Il jeta en oblique un œil inquiet sur Mathilde, qu'un matelot menait de force à la cabine du capitaine.

— Prudence, mon frère, réitéra le chevalier à voix basse. On colporte que Zickmni est le maillon qui relie la branche des Saint-Clair de Gisors avec celle des Seynt Clère d'Écosse. Plusieurs de ses ancêtres auraient été Templiers et grands maîtres du Prieuré de Sion par le passé. Ne vous en faites pas un ennemi.

Sur les bordages, une soixantaine d'âmes d'Ariège grouillaient à présent de frénésie, les autres ayant été éparpillées sur deux autres vaisseaux affrétés pour l'expédition. Dressé au milieu d'elles, Seynt Clère prit la parole d'un français qu'il maniait à la perfection, ce qui confirmait son érudition et sa vaste culture, cette langue étant en tous points semblable à celle qu'employait encore la cour du royaume d'Angleterre.

— Courageux amis, clama-t-il d'une voix d'orateur savamment exercée, nous venons d'entamer la longue traversée de la mer Océane pour foncer droit vers le Nouveau Monde.

Un brouhaha de protestations s'éleva subitement devant lui. Il brandit une main autoritaire pour ramener le calme.

— Des terres merveilleuses nous attendent là-bas, qui bornent le pays de Cathay, des terres où il n'y a ni misère, ni peste, ni famine, reprit-il. Les capitaines Zéno et moi-même avons moult fois parcouru leurs côtes afin de ramener en France les métaux précieux d'argent, de cuivre et d'or.

Pour tous les manants, le mot Cathay désignait les pays mystérieux d'Orient d'où provenaient la soie et les épices rares.

— Comment s'appellent ces terres? demanda un homme.

— Elles ont pour noms Helluland, Vinland, Grande Irlande et Escotiland, répondit Seynt Clère. Nous possédons des cartes très précises du nouveau continent, avec les emplacements exacts de tous les établissements et des refuges qui ont été fondés depuis un siècle, de tous les gisements de métaux des mines qu'on y a exploitées. Sachez qu'il règne là-bas, et à Vinland en particulier, un climat doux, propice à la culture de la vigne. Il y a des ports, des bourgs, des chapelles, des moulins, des champs en culture. Nous y converons dans la langue de Paris, qui est aussi celle de la cour de Londres. Je vous promets à tous autant que vous êtes, comme prébende à vos efforts et à vos sacrifices, un large lopin que vous pourrez cultiver et sur lequel vous vous installerez à demeure. Ce petit domaine bâti de vos mains vous appartiendra en propre à toujours.

Il laissa adroitement le silence embellir de si beaux espoirs, qu'un long murmure supplanta comme une vague.

— Il n'y a donc pas d'habitants, dans ce Nouveau Monde ? questionna une femme, d'une voix que l'émotion rendait rauque.

— Oui, ces lieux sont habités, admit le commandant du vaisseau. Mais leurs naturels sont des peuplades paisibles et amicales, sans ennemis connus, qui nous accueillent chaque fois en organisant de grandes fêtes en notre honneur. En vérité, les territoires de ces gens sont si vastes qu'ils ne sauraient considérer notre venue comme un danger. Ces indigènes sont nos amis. Et c'est tous ensemble, avec eux, que nous formerons le sel d'une société de justice et d'amour, dont nos enfants hériteront, et où nulle guerre ne sévira. Une société où règnera d'abord la Loi d'amour du Christ, et non point celle des papes impies.

Un bourdonnement parcourut l'assemblée, qui tressaillit d'un frisson d'espoir. La plupart se signèrent. Seynt Clère sourit :

— Chacun de vous a été méticuleusement choisi pour son courage et pour la foi qu'il met en Dieu. Vous êtes les pierres d'achoppement qu'on rejetait du pied mais qui, finalement, s'inséreront à la perfection à l'exact emplacement où le Grand Architecte les a destinées. Je ne veux à mon bord que des hommes et des femmes prêts à affronter le péril, non pas des esprits faibles et superstitieux qui s'accrochent aux fables puériles que les incultes colportent sur le Nouveau Monde. Mes ordres de route sont clairs : nous ne tolérerons à bord ni jurons, ni propos licencieux, ni blasphèmes, ni rébellion. Cependant, nous vous laissons le choix : si quelqu'un, sur ce navire, craint les dangers qui le guettent, qu'il le dise tout de suite. Je le déposerai à terre à la première occasion et il pourra regagner la France, ses guerres et toutes ses misères. Par la suite, point de retour possible.

Il attendit quelques secondes les récriminations d'éventuels plaintifs puis, devant l'acceptation tacite de ces bonnes gens, il poursuivit :

— Vous prendrez part à toutes les richesses que nous découvrirons ensemble et qui seront nôtres. Marie, Étoile de la mer, conduis-nous au port du salut !

Un seul cri jaillit de la foule :

— Gloire à Marie, mère de Dieu !

D'un geste, le commandant en second, posté près de l'amiral, réclama le silence.

— Si les vents nous sont toujours favorables, notre vitesse moyenne demeurera de huit nœuds, annonça-t-il. Notre voyage durera encore vingt-huit jours, au cours desquels vous seront expliquées toutes les étapes essentielles du périple.

Seynt Clère empoigna l'épaule de l'abbé :

— Me ferez-vous l'honneur de partager mon repas du soir, mon père ?

— Avec joie, si vous avez également la bonté d'inviter nos frères Raimon et Guillabert d'Aymeri que voici, ricana le religieux d'un ton paterne.

Le commandant toisa le vassal d'un air hautain.

— Mordieu, ainsi donc, c'est vous l'héritier ? persifla-t-il, sarcastique.

Il esquissa néanmoins un sourire démesuré, lui déposant une main amicale sur l'épaule :

— Je vous convie expressément à ma table, mon cher, et je vous nourrirai personnellement de quelques précieux enseignements fort à propos, sans quoi je crains que vous ne dépérissiez de rancune avant la nuit !

— Je doute que les propos indigestes d'un maître à penser tel que vous ne puissent m'ouvrir l'appétit, grogna Guillabert.

Puis, s'étant soustrait adroitement à l'emprise de l'abbé Filippo, le jeune seigneur prétexta de pressantes obligations auprès de ses serfs. Il s'éloigna à grands pas dans une direction opposée à celle empruntée par Mathilde et son geôlier. À mi-chemin, Guillabert bifurqua soudain vers la droite pour gagner en toute hâte la cabine de l'amiral sans être vu. Il bénit le ciel de ne trouver devant la porte qu'un seul marinier en faction. Camouflé derrière un mât, le vassal fouilla la bourse de cuir qui pendait à son ceinturon et en extirpa une piécette d'argent gravée de la croix des Templiers. Il la lança à dix pieds du gardien afin de créer une diversion suffisante pour éloigner le gêneur. Tel qu'il l'avait escompté, cette manœuvre de mérelle réussit à lui faire quitter son poste. Le seigneur s'empressa de pénétrer dans la cabine et de refermer la porte derrière lui. Il y régnait une chaleur suffocante.

Mathilde était bien là, juste devant lui. La pièce exiguë, éclairée par un minuscule hublot, contenait comme tout mobilier une couchette, une table de travail, un coffre et un fauteuil. Assise sur le lit, le visage pâle et ravagé, elle se tordait les mains en pleurant. Elle se précipita sur lui.

— Mon seigneur…

Il déposa un index autoritaire sur ses lèvres rouges et charnues. Il fit descendre lentement son doigt le long de la gorge humide jusqu'à l'échancrure ouverte du décolleté. Il défit un peu plus le lacet qui fermait le corsage.

— Je puis enfin t'approcher, murmura-t-il.

Il baisa sa main avec douceur, caressa sa joue.

— Et mon beau-père ? s'inquiéta-t-elle.

— Toujours vivant. L'amiral a fait expédier les tiens sur le navire qui nous précède. Ils regagneront la France.

— Mais la peste qui sévit là-bas ?

— N'aie crainte, ils s'en tireront.

— Qu'adviendra-t-il de moi ? chuchota-t-elle avec des yeux de biche affolée.

— Je ne t'abandonnerai jamais aux griffes de Zickmni, déclara-t-il en essuyant sa joue humide.

Elle lui empoigna le poignet, ses ongles s'enfoncèrent dans sa peau.

— Sortez-moi d'ici, sinon le capitaine me prendra de force.

— S'il te touche, c'est un homme mort.

D'un air tranquille, il délia les longs cheveux roux de Mathilde, qui lui tombèrent aux reins. Tandis qu'elle le dévisageait avec effarement, il se pencha pour lui baiser les lèvres. Elle n'osa d'abord lui refuser, mais devant les pulsions grandissantes qui s'emparaient de lui, elle se rebella, tentant de s'arracher à son étreinte. Guillabert la renversa alors brusquement sur la couche avec une passion qu'il ne contrôlait plus.

— Je te veux à moi, Mathilde, souffla-t-il. Je t'épouserai, tu deviendras ma femme.

— Vous êtes déjà marié, les papes nous excommunieront ! opposa-t-elle vivement.

L'immobilisant d'une main, il remonta sa cotte et son jupon. Elle se débattit, lui martela la poitrine, puis se mit à pleurer.

— Si vous m'aimez, ne me forcez pas ! supplia-t-elle.

— Préfères-tu te faire prendre par Zickmni ? l'apostropha-t-il durement.

— Non, par vous, mon seigneur, vous qui nous avez sauvés du mal des ardents.

Ces mots eurent sur la brûlante passion de Guillabert l'effet d'une douche froide. Il s'écarta d'elle. Cloîtrée dans la cabine de Seynt Clère, Mathilde n'avait rien entendu du vibrant discours prononcé par celui-ci. Elle ignorait donc tout de leur destination.

— Aucun mal des ardents ne menace l'Ariège, déclarat-il d'une voix éteinte en fixant le plancher. Je n'ai sauvé personne de la peste, c'était une mystification. L'épidémie n'était que faux prétexte, inventé de toute pièce par les Templiers, pour amener mes serfs à ma suite sans que personne songe à protester.

Il chercha son regard. Elle le dévisageait avec stupéfaction. Un feu de colère étincelait dans ses yeux d'azur mouillé.

— Vous nous avez menti ? balbutia-t-elle.

— J'ai agi sous la menace de cette raca qui allait vous affamer. Je n'ai rien fait de mon plein gré. C'était votre vie à tous ou votre exil, quel choix avais-je d'obéir ?

— Où nous mènent-ils ?

— Au Nouveau Monde.

Mathilde arrondit les yeux de terreur et plaqua les paumes sur ses lèvres. Guillabert caressa sa joue.

— Nous survivrons, notre séjour a été planifié dans les moindres détails, tenta-t-il de l'apaiser. Il y a là-bas des bourgs, des domaines. Les Templiers ont promis un lopin de terre à chaque famille. À les croire, il y aurait au Nouveau Monde vignes, métaux précieux et gibier en abondance.

Elle le fixait, incapable de prononcer un seul mot. Il soutint son regard affolé.

— Je ferai tout pour que tu sois heureuse, Mathilde. Là-bas, il n'y a ni guerres interminables, ni Anglais, ni famine.

— Qu… Quand reverrai-je ma mère… et mes sœurs ? bégaya-t-elle.

— Dès notre retour en France.

— C'est-à-dire ?

Il détourna les yeux, taciturne. Cette fois, il ne mentirait pas, il ne voulait plus lui mentir. Guillabert lui empoigna les mains, riva son regard au sien.

— Dans vingt ans, répondit-il.

Elle poussa un petit cri, avant d'éclater en sanglots désespérés. Il lui baisa les paumes avec dévotion.

— Je suis à tes côtés pour le reste de tes jours, si tu veux de moi, dit-il.

— Je vous déteste ! hurla-t-elle en le repoussant et en lui martelant la poitrine. Tout est de votre faute, je veux revoir les miens !

Il lui rattrapa les mains et jeta un bref coup d'œil en direction de la porte, craignant que son cri n'ait ameuté la garde. Mathilde le frappa de plus belle puis, sans crier gare, le mordit à la main. La porte s'ouvrit au même instant sur Seynt Clère et sur Barthélemy Filippo.

— Il semble que nous arrivions au bon moment, constata l'amiral en fronçant les sourcils.

— Dieu me met à nouveau sur votre route pour vous prémunir contre vous-même, mon seigneur d'Aymeri, murmura le religieux en se signant. *Sancta Maria, ora pro nobis*. Sainte Marie, priez pour nous.

Chapitre 16

Vingtième jour de juin de l'an de grâce 1397, Vézelay, Bourgogne.

Mon cher époux,

Pour votre survie, à vous et à celle de vos manants, il m'aurait fallu m'offrir au Mal, comme la brebis sacrifiée en holocauste, ce à quoi je n'ai pu me résoudre. Pour tromper ma foi, d'aucuns prétendaient même que ce serait pour la gloire et l'amour de Dieu.

Voilà deux jours, votre suzerain, le comte de Foix, ainsi que cinq de ses fidèles chevaliers m'ont à nouveau courtoisement visitée. Ils m'ont fait part des règles de cette joute sordide qui se joue au Nouveau Monde par un essaim de Cathares survivants, joute dans laquelle vous semblez servir d'appât malgré vous. Si vous ne pouviez concevoir d'héritier mérovingien avant le mai, m'ont-ils affirmé, jamais vous ne reviendriez vivant de ces contrées sauvages et lointaines et le sort de notre lignée serait à jamais scellé en France. N'est-ce pas ce que vous avez tenté maladroitement de m'expliquer avant votre départ, mais que je n'ai su saisir à cause de mon orgueil ?

Le comte de Foix et ses hommes m'ont suppliée à genoux de vous consentir un héritier de sang que vous reconnaîtriez par la suite, prenant Dieu à témoin que cet acte d'infidélité et de trahison conjugale ne serait qu'une preuve de l'amour que je vous porte. M'y opposer, malgré toute l'horreur que ce geste me causerait, me rendrait directement responsable de votre disparition, ont-ils réitéré.

Je leur ai servi un refus catégorique, bien que le sacrifice de ma chair soit, sans contredit, l'ultime tentative qui pourrait vous ravir à la mort. Je préfère encore m'assujettir à la volonté de Dieu plutôt qu'à celle des suppôts de Satan et à l'adultère. Jamais je ne vous trahirai.

Dieu seul décidera de votre sort et de celui de nos lignées, mon aimé.

Votre épouse qui prie pour vous,

Guiraude de Maheu

Chapitre 17

Recroquevillée sur la couchette de Seynt Clère, Mathilde n'en finissait pas de pleurer. Son exil vers le Nouveau Monde n'était pourtant qu'une cause infime de son immense chagrin, qui se distillait en mille plus petits, et ceux-ci, en dizaines d'autres encore. Car, de tous les coups qu'on lui avait assénés, de toutes les douleurs dont on l'avait piquée, rien ne lui semblait pire que la trahison de Guillemette. Le non-amour que cette mère ingrate vouait envers son enfant illégitime expliquait l'indifférence glaciale qu'elle n'avait jamais manqué de lui manifester depuis sa naissance.

Mathide aurait voulu être forte, se barricader le cœur pour se protéger du rejet. Mais la lame du poignard traversait à coup sûr la tendre cuirasse, lui lacérant l'amour-propre d'une douleur cuisante.

— Maman ne peut me détester. Comment pourrait-elle haïr la chair de sa chair? s'entêtait-elle à penser devant l'inconcevable cruauté.

Mathilde Lescot était l'enfant du péché, elle le savait fort bien. Depuis qu'elle était en âge de comprendre, il ne s'était pas écoulé une semaine sans qu'un membre de sa famille ait d'ailleurs tenu à le lui rappeler. Comment sa mère, à treize ans et belle comme le jour, aurait-elle pu désirer une enfant qui allait si bien servir son malheur ? Encore pucelle, Guillemette s'était amourachée du jeune comte de Foix, qu'on disait fort joli à l'époque et des plus séduisants. Ignorant les qu'en-dira-t-on qui allaient bon train dans le bourg, les vitupérations des langues sales et les avertissements du clergé, la folle enfant n'avait su résister aux charmes du jouvenceau, persuadée qu'il l'épouserait. Cette aventure sans lendemain l'avait marquée au fer rouge, ses parents l'ayant mise à la porte dès l'annonce de sa grossesse, ce qui avait obligé la pauvre naïve à se jeter dans un mariage hâtif avec le premier Gros-Jean comme devant qui s'était présenté, un homme laid, brutal mais travaillant, du nom de Lescot. Dès sa délivrance, Guillemette avait froidement écarté Mathilde, le portrait tout féminisé de son père naturel. Et quoique l'enfant puisse faire pour tenter de se faire aimer d'elle, en dépit de ses efforts désespérés à devenir obéissante et pieuse, Guillemette ne faiblissait pas. En les séparant l'une de l'autre, Seynt Clère avait irrévocablement gangrené tous les espoirs de Mathilde d'en être un jour aimée.

Pour la jeune femme, les siens étaient morts à l'instant où Guillemette lui avait préféré son mari et l'avait sacrifiée à sa survie, la jetant sordidement dans les bras du malheur et de la mendicité, qui avaient pris le visage d'un vieux capitaine. En revanche, elle avait espéré jusqu'au dernier moment que ses sœurs se levassent contre l'injustice dans laquelle on la précipitait tête la première. De toute évidence, l'influence néfaste de leur père était venue à bout même de leur affection.

— Martial est le seul qui m'ait jamais chérie, songea-t-elle avec tristesse.

L'amour du jeune homme lui causait pourtant une douleur palpable et indéfinie à la gorge.

— Tu seras ma petite épouse soumise, lui répétait-il sans relâche depuis leurs fiançailles.

Il attendait avec impatience le moment où il la posséderait comme sa chose, la suppliant sans relâche de l'accueillir dans sa couche avant les noces. Malgré les suppliques, Mathilde résistait. «Plus l'attente lui sera longue et la conquête difficile, plus le mâle saura apprécier la chose au moment opportun», répétait inlassablement Guillemette à ses filles. Leur mère en savait quelque chose et ses paroles n'étaient pas tombées dans l'oreille d'un sourd.

Martial l'avait boudée jusqu'à la fin de s'être si bien gardée de lui, son regard meurtri signifiant : «Constate, fillette, comme je te suis supérieur, comme tu dois te soumettre.» Cette façon qu'il avait de l'amoindrir pour se hausser la révoltait. Elle se taisait pour éviter des querelles aussi vaines que dangereuses, car ce mariage devait la sauver des mains vicieuses de Jean Lescot avant que ce dernier ne commette l'irréparable.

— Ne cédez point, l'avait conforté son confesseur, le père Barthélemy Filippo. Votre bonheur est à ce prix. Quant au mari de votre mère, laissez-moi parler à ce malappris.

Mais voilà qu'un baiser à Saint-Laurent avait causé un grand trouble dans le cœur déjà trop inquiet de Mathilde. Guillabert d'Aymeri y prenait maintenant toute la place.

Certes, le mensonge du vassal avait été plus qu'odieux. Brandir ainsi la peste comme dernier recours l'avait rendu complice des hérétiques. Mais ses raisons n'étaient-elles pas honorables, assujetties à la survie de centaines de manants, dont la propre famille de Mathilde ? Les

Templiers, ennemis des papes et méchants hommes, n'avaient-ils pas forcé son pauvre seigneur à agir de la sorte ? Comment l'ancien roi, le beau Philippe IV, avait-il pu permettre la survie en Ariège de ces antéchrists qui osaient cracher sur la croix et renier le Dieu Sauveur ? Comment ce monarque avait-il pu tolérer la propagation de leurs dogmes par les Bohémiens et les pèlerins errants ? Jean Lescot, qui savait lire et qui ne manquait jamais une occasion d'approfondir sa science et de déchiffrer ce qui s'offrait à son regard cramoisi, lui avait un jour narré les abominations dont cette gent immonde s'était rendue coupable. Mathilde rougissait de honte au simple souvenir de l'infamante description des rites initiatiques des Templiers. Elle refusait de croire que Guillabert d'Aymeri ait pu s'acoquiner avec de pareils vilains. Il avait grand cœur, n'ayant d'intérêt que le bien-être et la survie de ses gens, pensait-elle. À preuve, combien de paysans parmi eux tous, avant de travailler sous ses ordres, n'avaient-ils pas chaque année cinq ou six tailles sur les bras tandis que le bandit qui leur servait de suzerain les rançonnait au tiers de leurs biens ? Rien de tout ceci avec son seigneur. Non, rien que des bontés.

— Notre exil n'arrive point par sa faute mais bien à cause des Templiers, admit-elle, incapable de lui tenir rancune. Il m'aime et veut m'épouser. En outre, si Guillabert d'Aymeri n'a pas voulu de sa femme, la Maheu, à ses côtés, c'est que leur mariage est un échec, ou pis, c'est qu'elle l'a trahi. Mais qu'importe l'adultère, c'est l'homme que j'aime et je le suivrai au bout du monde s'il me le demande. Je le sauverai des chevaliers du Temple. Demain, j'irai le voir pour me faire pardonner mon inconduite. Je lui ouvrirai les bras et les cuisses s'il le faut. Mais que Dieu me préserve du capitaine s'il me souhaite dans son lit. Je ne pourrai alors me défendre et mon beau seigneur ne voudra plus d'une fille déshonorée.

Mathilde s'assit sur le lit, essuya ses larmes d'un geste rageur et, la peur au ventre, se mit à prier.

Chapitre 18

Le soir même, comme pour célébrer de fraternelles agapes, Seynt Clère invita l'abbé Filippo, Raimon et Guillabert à la table de l'amirauté, installée dans une cabine exiguë et puante, qu'on utilisait tant pour les repas que pour la confection des plans. Les victuailles, fort éloignées des mets décrits dans le livre de cuisine *Le Ménagier de Paris* dont s'inspirait Guiraude pour faire apprêter ses sauces camelines, ne consistaient vraisemblablement qu'à nourrir le corps sans le faire pécher : pois, haricots, oignons et œufs avaient été simplement assaisonnés d'herbes séchées. Nourritures quotidiennes des Vikings, les pains secs de seigle accompagnaient une fade bière d'orge, peu alcoolisée, sorte de gueuse brune et épaisse, que tous préférèrent néanmoins au lait d'amande.

Le vassal toucha sa main endolorie, où s'étaient imprimées les jolies dents de Mathilde. Habité par une rancune obstinée vis-à-vis d'elle, il était d'humeur exécrable. Il songea un instant à indisposer l'amiral en lui proposant les services de ses cuisiniers pour suppléer aux siens. Une pensée pour Aude, recluse à la cale sur l'une des soixante-dix paillasses disposées en rangs de légion, lui laboura aussitôt le plexus d'une inquiétude morbide.

Malgré ses suppliques, on lui avait formellement interdit de la faire dormir dans sa cabine. Depuis leur départ, une vilaine fièvre s'était emparée d'elle, comme de tous ceux qu'avait affaiblis le voyage, la dévorant nuit et jour sans relâche. Il avait fait dépêcher une dame soignante près d'elle, plus guérisseuse que *fisicienne*, mais la malheureuse n'avait pas eu plus de chance, étant elle-même décédée la veille et passant de vie à trépas derrière un vieux coffre. Les rats avaient eu le temps de lui dévorer les yeux et la plante des pieds avant qu'on la découvrît. Pour éviter la panique, on avait jeté son corps à la mer, en tapinois, avec ceux de quatre autres trépassés. Le scorbut avait commencé ses impitoyables ravages chez les mariniers qui voyageaient en mer depuis vingt mois, pourrissant leurs gencives d'où suppurait un sang aussi noir qu'une étoffe de crin. C'étaient les premiers morts de la traversée, laquelle, si elle était heureuse, n'emporterait que le quart des voyageurs blottis dans les flancs du navire.

— Ambroisie, exquis nectar de l'Olympe ! railla Guillabert en détaillant les mets disposés sur la table à la lueur de la lampe à huile de baleine accrochée au plafond.

Il ne mangea rien. La dispute qu'il avait eue avec Mathilde lui avait coupé le peu d'appétit qui lui restait encore.

— L'Arcadie n'est loin que pour les borgnes ou les insensés de votre espèce, rétorqua le commandant d'un ton sec.

— Faites-vous allusion à l'Arcadie grecque ou à l'autre, celle que nous frôlerons et où vos compères cachent l'Arche d'Alliance ? lança Guillabert.

Le silence tomba autour de la table. Seynt Clère se renfrogna tandis que les chevaliers se jetaient des regards par en dessous. On ne parla guère plus et que par saccades.

Le repas se termina sur quelques châtaignes trempées dans du miel ainsi que sur d'austères réflexions quant aux apports précieux qu'avaient amenés en Occident l'introduction des chiffres arabes, l'algèbre, l'alchimie et l'invention de l'abaque. Guillabert bâillait sans retenue.

— Nous nous sommes hypothéqués d'une dette énorme envers l'Islam, qui nous a civilisés, déclamait Raimon.

Seynt Clère apostropha soudain le vassal au beau milieu du discours.

— Avouez que ma cambuse vaut cent fois la bouillie grouillante de vers qu'on sert aux marins !

— Sachez, amiral, que j'attends avec impatience la fin de ce repas pour vous convoquer en duel, rétorqua Guillabert en se levant.

— C'est donc ça ? s'écria l'autre en sautant sur ses jambes. Allez, soyez beau joueur, d'Aymeri ! Il est évident que cette fille ne veut pas de vous. Une de perdue, dix de retrouvées !

— Mathilde Lescot ne vous est pas destinée, renchérit à son tour l'abbé Filippo en brandissant sur son feudataire un doigt plein d'autorité. Vous semblez avoir oublié que vous êtes marié devant Dieu et que notre capitaine, le baron de Roslyn, ne l'est pas. Il est libre de ses gestes. Aucun duel n'aura lieu, mon frère, l'exemple en serait plus que déplorable sur nos ouailles. Il me faudra vous rafraîchir l'âme sur les principes sacrés que nous voulons voir s'instaurer au Nouveau Monde, où l'adultère ne sera jamais admis.

— Mais la fornication, si ! fulmina le vassal en tapant la table d'un poing ulcéré. Tu déblatères contre les papes de Rome et d'Avignon qui s'excommunient réciproquement, mais tu encourages tes frères à imiter les évêques catholiques qui vivent en concubinage. Et personne n'y trouve à redire ? Peut-être même donnes-tu l'exemple… Quels beaux principes, vraiment, que tes excès d'impiété !

Le prêtre blêmit de colère. Guillabert était furieux. Il se tourna vers l'amiral, pointa un index menaçant sur lui.

—Ne vous avisez pas de la toucher, Zickmni, vociféra-t-il.

—Je n'ai de comptes à rendre à personne, et surtout pas à un petit hutin de votre sorte, riposta l'autre. Après Dieu, je suis le seul maître à bord de mon vaisseau.

Le vassal fondit sur Seynt Clère, l'empoignant violemment par la chemise.

—Déshonore Mathilde et je te tue, le menaça-t-il d'une voix sourde.

—Elle me tombera dans les bras sans même que j'aie à lever le petit doigt, cracha-t-il en l'agrippant à son tour par sa veste. Ce n'est pas un petit seigneur de ton espèce qui m'empêchera de la mettre dans mon lit si j'en ai envie, mordieu !

—Pour l'amour de Dieu, mes frères, ne perdez pas l'esprit ! s'interposa d'une voix trop aiguë Barthélemy Filippo en joignant les mains. Ne laissez pas les péchés de luxure et d'envie corrompre notre mission ! Élevez-vous au-dessus des tentations de la chair !

—Je n'ai rien des moines templiers que je sers, mon père, et je n'aspire pas à leur sainteté non plus, grogna l'amiral qui, des deux, lâcha le premier le tissu. Faites réciter des prières pour le salut de mon âme avec les aumônes que je vous verse et je pourrai pécher autant que j'en aurai envie. Notre pieux périple sur les mers Ténébreuses sera pour moi un fort bon investissement spirituel.

L'abbé et Raimon eurent maille à partir pour réconcilier les adversaires, lesquels se postèrent finalement l'un face à l'autre, comme chien et chat, de chaque côté de la table.

— Et si nous commencions nos enseignements ? proposa résolument Raimon, que la mésentente avait fâché.

Le chevalier repoussa bruyamment les plats pour libérer un pan de la table. Seynt Clère acquiesça en maugréant puis, avec la clef qu'il portait en bague, déverrouilla un coffre clouté déposé dans un coin de la pièce. Il en sortit un parchemin roulé.

— Voici une copie de la carte de Dieppe que le roi du Portugal conserve dans ses archives secrètes, dit-il en fixant les coins du plan à l'aide de gobelets de fer. On prétend qu'elle est elle-même une copie de celle de Pythéas. Antonio Zéno et moi l'avons copiée clandestinement à la *Tesouraria*.

Guillabert se pencha sur le document et demeura stupéfait : l'ampleur du nouveau continent dépassait tout ce qu'il avait pu s'imaginer jusqu'ici. Contrairement à une *mappamundi* normale, l'est n'était pas en haut avec le jardin d'Eden et avec Adam et Ève, mais bien à la droite du document.

— Après la dissolution de l'Ordre, le Portugal et l'Écosse ont été les principales terres d'accueil des moines chevaliers, expliqua à son tour Raimon. Les Templiers ont amené à Tomar et à Serra d'El Rei un grand nombre de leurs archives secrètes, dont copie de cette carte…

— … elle-même fidèle réplique d'un document infiniment plus ancien utilisé par les Phéniciens et découvert sous les ruines des écuries du temple de Salomon, compléta Seynt Clère.

Guillabert hocha la tête ; la fable de son enfance et les récits de Sylvestre d'Aymeri se voyaient une fois de plus validés.

— Comme vous pouvez le constater, si toutefois vous en êtes capable, d'Aymeri, poursuivit avec dérision l'amiral, cette carte trace le Nouveau Monde dans ses moindres détails, ses côtes comme l'intérieur de ses terres.

La tâche accomplie par les géographes qui l'avaient dressée était monumentale. Ils avaient dessiné les fleuves et les cours d'eau dans leurs plus petites courbures, identifié par des symboles de castel les innombrables refuges qu'avaient établis au fil des siècles convers, Normands et Templiers. Et surtout, ils avaient numéroté et répertorié tous les gisements de métaux précieux : argent, or, cuivre, zinc.

— Des échanges commerciaux se font depuis des siècles au Nouveau Monde, non pas seulement depuis la dissolution des Templiers, comprit le vassal.

Il était inconcevable que les moines, les chevaliers et leurs acolytes aient pu prospecter une telle superficie de terre meuble en l'espace de deux ou trois cents ans avec une main-d'œuvre réduite. Les services de renseignements de l'Ordre et de leurs mercenaires, qu'ils fussent de Dieppe ou de Byzance, ne pouvaient être tombés accidentellement sur de si immenses filons. La précieuse carte leur avait sans conteste fourni toutes les indications nécessaires à l'exploitation de ces mines.

— Pour respecter les engagements qu'ils ont pris avec les chevaliers du Temple, les Normands exploitent secrètement depuis deux siècles, aux côtés de ceux-ci, les plus grands gisements d'argent du sud du Nouveau Monde, affirma Seynt Clère. Les produits de la vente ont été utilisés pour le financement et la construction des grandes cathédrales de France. Les Normands ont eu beau jeu, car ces mines avaient déjà été exploitées dans l'ancien temps par je ne sais quelle grandiose nation. Je pense particulièrement à un gisement de cuivre de Sagnay dont j'ai visité le site l'an dernier. Un cuivre d'une pureté indéniable et hautement malléable.

« Malléable comme le cuivre de l'Atlantide », songea aussitôt le vassal en lançant à Raimon un regard entendu.

— L'Ordre a donc tu l'existence du Nouveau Monde à cause d'enjeux purement économiques, constata Guillabert.

— De tout temps, l'économie a créé ses secrets et ses menteurs, tout comme l'amour crée sa bêtise et ses jaloux, le railla l'amiral. Au Nouveau Monde, les premiers à se prêter à ces contrevérités ont été les moines islandais, attaqués et assiégés par les Barbares du Nord à cause de leurs richesses. Ils désiraient sauvegarder leur petite tranquillité. À leur suite, les pêcheurs normands et bretons ont voulu préserver le secret économique de leurs filets miraculeux, ce qu'ils font encore, d'ailleurs. Finalement, nous, Templiers et affiliés, avons des motifs encore plus impérieux d'agir de la sorte. Pour quelle raison, en effet, laisserions-nous croire à de parfaits imbéciles que la Terre est plate, si ce n'est pour cacher les terribles secrets connus de nos seuls grands maîtres ?

— La terre plate des fanatiques n'a aucun rapport avec les élucubrations des illuminés, expliqua l'abbé d'une voix bourrue. Les Anciens désignaient par terre plate la bande zodiacale dans laquelle se meuvent les corps célestes.

— Nous vivons dans un monde d'ignorants, réfuta le vassal. On oublie qu'Ératosthène avait déjà déterminé la superficie du globe il y a plus de mille ans !

— Il l'estimait à exactement 250 000 stades, admit Seynt Clère. Il n'était pas loin du compte, d'après les corrections qu'en ont faites les musulmans.

— Si l'Église catholique place Jérusalem au centre du monde sur ses cartes, les Templiers font pis en encourageant l'ignorance et les superstitions, tonna Guillabert.

— Le dévoilement de nos secrets ferait davantage de tort aux papes qu'à nous-mêmes, rétorqua l'amiral. L'Église mange dans notre main.

Barthélemy Filippo fit claquer sa langue à deux ou trois reprises et approuva d'un hochement de tête.

— Écoutez-moi bien à présent, d'Aymeri, dit Seynt Clère, qui pointa du doigt une grande île dessinée sur le parchemin. Après qu'un de nos navires se sera restauré de poissons frais ici, à Terreneuve, nous accosterons la côte sud-ouest, le Markland ou « terre des forêts » que le grand Ericsson a visité il y a quatre siècles. Les Zéno l'ont nommée la terre des Scots, c'est-à-dire l'Escotiland. C'est dans ce paradis que la plupart de nos voyageurs débarqueront, ce qui inclut naturellement le tiers de vos roturiers. Ils poursuivront l'établissement à peine entamé des colonies de Cross et de Starnatata. Le territoire est truffé de mines de cuivre, que nous nous affairons à remettre en exploitation.

Il pointa sur la carte une terre qui s'accrochait au flanc nord-ouest de la terre des Scots.

— De là, en contreval, si nous contournons les îles baptisées en l'honneur de la Madeleine, quatre jours de navigation me seront suffisants pour vous reconduire avec le reste de vos manants en Huitramannaland, poursuivit-il.

— Où ?

— Huitra, blancs. Manna, hommes. Land, terre. La terre des hommes blancs. La légendaire Hyperborée, si vous préférez.

— Quel nom impossible ! marmonna le vassal.

— Cette terminologie vient sans conteste du fait que les moines à robes blanches de saint Brandan sont venus évangéliser les indigènes voilà huit siècles, fit remarquer Barthélemy Filippo.

— Ça ne fait aucun doute, répondit Seynt Clère avec une pointe d'impatience. D'ailleurs, n'en déplaise à vos bondieuseries, les Zéno et moi-même avons plus d'une fois rencontré en terre des Scots les descendants bâtards des moines de votre Savobrandan !

— Je n'ose croire ce que j'entends, gronda le prêtre.

— Comme prévu, mon père, reprit tout à trac l'archi-pirate, vous serez de ceux qui s'établiront à demeure en Huitramannaland avec d'Aymeri, Bernardino et Raimon afin d'y organiser le peuplement du refuge de Guenoda, amorcé il y a bien des années, mais qui tarde à prendre son essor. Certes, le climat est plus frais au fond de l'estuaire, mais ce promontoire rocheux est imprenable. Et quel point de vue sur la passe ! Un soir au couchant, j'ai vu ce cap devenir aussi rouge qu'une braise !

— Vous devriez rester avec nous si l'endroit vous plaît tant, proposa Guillabert en ricanant.

— Merci, mais je continuerai ma route vers le sud jusqu'au Vinland, où j'ai à ravitailler les refuges de Rhodes et d'Angoulême en vivres et en marchandises, riposta-t-il. J'y débarquerai les hommes en provenance de Collioure et de Narbonne, ainsi que des ouvriers chargés d'ériger un baptistère à huit arches. Après quoi je regagnerai les Orcades avec quelques riches chargements de métaux.

Du trésor templier, Zickmni ne dit pas un mot. Ce pirate pouvait-il ignorer que ses vaisseaux le transpor-taient ? Guillabert n'osa le questionner. Il devinait que la plupart des noms des établissements du Nouveau Monde avaient été choisis pour ressusciter et honorer les anciennes places fortes templières des vieux pays. La toponymie en était une preuve irréfutable. Rhodes tenait son nom de cette ville grecque où avait œuvré une impressionnante milice : Rôdanos, qui signifiait la rose, c'est-à-dire la fleur des chevaliers du Christ, emblème de la fraternité de la Rose-Croix qu'on disait héritière du Temple. Quant au nom d'Angoulême, c'était l'exacte appellation de sa jumelle, dressée au milieu de la province française d'Angoumois, à quelques lieues à peine de La Rochelle.

— Mathilde Lescot m'accompagnera comme l'a ordonné le comte de Foix, lança inopinément Guillabert.

— Il n'en est pas question ! s'opposa le prêtre avec indignation.

— Je me chargerai moi-même de Mathilde, répliqua sèchement Seynt Clère. Et il faudra me passer sur le corps pour contrevenir à cet ordre. Tant pis pour votre comte de Foix !

D'un geste suppliant, l'abbé Filippo parvint à faire rasseoir son vassal.

— S'il n'en tenait qu'à moi, d'Aymeri, maugréa encore l'amiral en roulant sa carte, vous subiriez exactement le même sort que j'ai réservé à votre fèvre : je vous ferais réexpédier en France séance tenante par le premier vaisseau en partance, après vous avoir fait arracher la langue pour me prémunir de votre trahison. J'ignore au juste pourquoi il nous faut subir vos caprices et votre immaturité. Vous m'êtes éminemment antipathique, mon cher.

— Nous avons nos raisons de vouloir d'Aymeri avec nous, répondit Raimon. Elles vous seront expliquées à l'heure dite.

Barthélemy Filippo opina, visiblement attristé par la querelle.

— Finissons cette bière comme cette soirée, messires, conclut le chevalier en versant dans les coupes la gueuse qui restait dans la carafe, et trinquons au succès de notre mission.

Les verres s'entrechoquèrent, mais ni Seynt Clère ni le vassal n'y portèrent les lèvres.

Chapitre 19

La nuit suivante fut un dur combat pour le jeune seigneur qui, tenu en quarantaine par ordre de l'amiral, avait vu sa porte doublement gardée par les mariniers de celui-ci. Tourmenté par les âpres batailles de sa jalousie et les vains balbutiements de son amour si sommairement rejeté, il agiotait dans l'insomnie, spéculait et faisait de l'usure sur les véritables sentiments de Mathilde à son égard, s'imaginant sans peine les bas desseins que Seynt Clère pouvait avoir sur la jeune femme. Elle deviendrait ce soir, dans la cabine contiguë à la sienne, la proie facile d'un habile rapace. Guillabert écouta longtemps les murmures confus qui en provenaient, tentant d'y percevoir le cri de détresse, le hurlement, le coup. Il s'endormit sur l'inlassable calme.

La nuit n'avait pas commencé à pâlir lorsqu'on gratta sa porte. Il se leva d'un bond, hébété. Bernardino l'attendait sur le seuil. Guillabert n'avait guère revu le chevalier depuis leur départ de La Rochelle, l'Espagnol occupant tous ses jours à la cale, auprès des petites gens qu'il instruisait et soignait sans relâche en compagnie de l'abbé Filippo.

— Vite, mon frère, Aude se meurt et te réclame, chuchota-t-il à son oreille.

Il se vêtit promptement pour suivre Bernardino qui, de toute évidence, s'était prémuni d'un laissez-passer en bonne et due forme pour contenter ses geôliers. Le petit matin glacial et la hauteur de la cale eurent vite raison de son esprit embourbé. Il accourut derrière le chevalier qui accédait à la soute du navire par un étroit escalier. Il se heurta de plein fouet le front contre le plafond trop bas et, grommelant un juron, baissa l'échine pour descendre à son tour.

Il flottait sur l'endroit très sombre une pestilente émanation d'urine, de sueur et de vomissure, qui le saisit brutalement à la gorge. La maladie et la mort sévissaient dans les flancs de tout vaisseau qui traversait les mers. Même par les temps les plus cléments, les voyages les plus paisibles, elles emportaient impitoyablement le quart d'un équipage à condition que la peste l'ignorât. Entassés les uns sur les autres dans une constante humidité, réduits à boire de l'eau putride et à se nourrir de vivres grugés par les vers, marins et passagers étaient couverts de puces et de poux et grelottaient sous les fièvres les plus ravageuses.

Guillabert avança avec précaution, aiguisant son regard dans l'obscurité. Plus loin, vers la droite où on avait réservé un enclos pour des volailles de basse-cour, un coq chanta. Munis de lampes à huile, ils s'avancèrent en silence jusqu'au fond de la sentine, longeant avec précaution les dormeurs qui grommelaient sur leurs vilaines paillasses et qui formaient par leurs gémissements, leurs ronflements et leurs toux, le substrat sonore d'une misère inouïe.

— La voici, dit Bernardino en désignant, à l'écart des autres, une forme qui gisait sur un matelas éventré. Je vais quérir l'abbé pour le *consolamentum*.

— ...le *viaticum*, le reprit soudain la voix de la femme alitée.

Aude, qui aimait bien dédramatiser les choses, avait toujours préféré le mot latin *viaticum*, signifiant provision de voyage, à celui d'extrême-onction. Le vassal s'agenouilla près de sa domestique et sentit son cœur se serrer d'effroi. À la lueur de sa lampe, la boiteuse se lovait dans une souffrance qui la faisait se recroqueviller comme un enfançon. Grimaçant de douleur, son visage amaigri et crispé, quasi méconnaissable, avait pris le vilain aspect de la cire.

— Je vous attendais, mon beau petit, souffla-t-elle entre deux respirations pénibles et saccadées.

De toute évidence, la cuisinière cherchait sans y parvenir à avaler l'air qui lui faisait défaut.

— Ma bonne Aude, que te prend-il de me faire si peur? la rabroua-t-il d'un ton doux en empoignant sa main glacée.

— Le bon Dieu me rappelle à lui, expliqua-t-elle. C'est donc ça, la mort? Comme la vie m'a été courte. *Gratis Pro Deo.*

— Le mal de mer n'a jamais tué personne, opposa-t-il sans grande conviction. Tu reprendras du mieux demain, allez, ma bonne!

Déjà, des images fugitives perçaient de chacun des recoins de sa mémoire saignée à vif, souvenirs douceureux de son enfance dans lesquels se tenait sa chère Aude. Inlassable, elle avait été sans relâche près de lui, depuis les tout premiers moments de sa vie. Lui, trop naïf ou trop égoïste, ne s'était jamais imaginé qu'elle pût même disparaître. Bien qu'il l'eût souvent blessée par ses opinions divergentes, chagrinée ou repoussée par de puériles rébellions, la boiteuse veillait encore sur lui, aussi fidèle qu'un printemps après un rude hiver.

— Non, mon seigneur, c'est terminé pour moi, assura-t-elle, alors écoutez-moi et sans rouspéter cette fois.

Il se mit à pleurer.

— Aude… gémit-il en déposant son front sur celui, brûlant, de la serve. Je ne me pardonnerai jamais de t'avoir amenée avec moi.

— Je ne vous aurais pas quitté même si vous m'y aviez forcée, plaida-t-elle en haletant. Je vous aime comme une mère chérit son enfant, mais je ne serai plus là pour vous protéger, à présent.

— Me protéger, ma bonne ?

Elle expira une longue plainte, un trop-plein de mal qui la rongeait.

— Vous protéger du secret, souffla-t-elle par à-coups.

Elle serra plus fort la main offerte :

— La croix, mon beau petit, la croix que vous portez au dos…

Comme il l'avait redouté, la vieille âme se rebella à la souffrance qu'on lui infligeait et le délire s'en empara. L'agonisante balança sporadiquement la tête d'un côté et de l'autre, comme si elle cherchait à fuir le regard scrutateur de ses juges d'outre-tombe. Ahurie, les yeux exorbités, elle dévisageait fixement la face implacable de la mort qui se tenait à son chevet. Elle lui déclama à mi-voix, par des chuchotements presque imperceptibles, des propos aussi décousus que les filaments de salive qui s'échappaient de ses lèvres livides.

— Je voudrais bien lui dire la vérité, mais mon confesseur me l'interdit, se plaignit-elle sur le même ton boudeur qu'aurait adopté une fillette rancunière. Maggia est trop belle et l'autre trop jaloux et têtu. Je lui aurais bien ouvert bras et jambes, moi, à ce fils de riche, mais le bougre ne daigne même pas me regarder ! Il n'a d'yeux que pour Maggia, mais c'est évident qu'elle n'en veut point, puisqu'elle a épousé son Sylvestre et qu'elle l'aime.

Le vassal tapota la main glacée, pria pour que le délire cesse et que la mort prenne la boiteuse.

— Je savais que ça arriverait, maugréa-t-elle, fâchée. Il la guettait comme un chat guette une souris, la pauvre mignonne. Il a attendu que Sylvestre parte en voyage pour la forcer. Je voudrais bien pouvoir parler. Sylvestre a eu un tel chagrin quand il l'a appris ! Il l'aimait tellement, sa Maggia… Elle est morte à la naissance du bébé qu'il a décidé d'élever comme son fils. Je voudrais bien lui dire la vérité, moi, au petit.

Le feudataire avait lâché la main. La mourante se mit à rire à gorge déployée :

— Moi, je suis comme sa mère et lui, comme son père ! On dirait notre progéniture à tous les deux… Sylvestre aurait pu m'épouser, quand même, pour la peine que je me donnais à si bien mentir sur la provenance de son fils. Mais on sait bien, je ne suis que la servante, moi…

Aude s'agita, émit un long râle, sa bouche s'ouvrant avec démesure pour tenter d'aspirer un peu de cet air vicié dont était remplie la cale. Guillabert lui soutint la tête, berça maladroitement sa vieille nourrice. L'abbé Filippo arriva sur les entrefaites, son étole violette passée autour du cou. Écartant brutalement le seigneur, il administra séance tenante à l'agonisante le sacrement de l'extrême-onction, oignant d'huiles saintes d'olive les organes qui correspondaient aux cinq sens humains : les yeux, les oreilles, les narines, la bouche, les mains et les pieds. Il se releva lentement.

— Elle a remis son âme entre les mains du père, annonça-t-il d'une voix calme. Que Dieu la prenne sous Sa sainte garde. *Resquiescat in pace.*

Le vassal ne répondit pas à l'orémus des morts. Son visage s'était figé dans un profond mutisme qui le laissait pâle et désœuvré. Le religieux lui déposa spontanément une main sur l'épaule.

— Vous n'auriez pas dû la toucher, le réprimanda-t-il. Allez vous laver avec du vinaigre.

— Laisse-moi seul, ordonna Guillabert.

Ayant repoussé le prêtre, il tituba jusqu'au pont inférieur pour s'abandonner aux sanglots qui montaient dans sa gorge. À trente pas de lui, malgré les premières lueurs de l'aurore, une poignée de marins sommeillaient encore, certains par terre, d'autres couchés dans des branles. Agrippé au bastingage de fer, Guillabert rejeta la tête en arrière, offrant au mistral ses larmes impuissantes à sécher.

La douleur qui le ravageait était si fulgurante qu'il crut un instant perdre l'esprit. Pressé de redevenir le maître de ses sens, il respira avec avidité l'air du large. Il comprit confusément que, quoiqu'il eût aimé profondément sa serve, l'intensité d'un tel chagrin ne pouvait être causée par la seule perte de sa chère Aude. À n'en point douter, c'était l'adjonction d'un autre deuil non pleuré qui le rattrapait : celui de son père Sylvestre d'Aymeri, dont il avait camouflé les larmes et l'émoi sous l'effervescence de son autonomie naissante.

Une solitude comme il n'en avait jamais ressentie déployait à l'infini son manteau glacé autour de lui. L'isolement était devenu vide. Sa vieille nourrice venait de l'abandonner au milieu d'un désert. Guillabert errerait désormais sur un astre délaissé par tous ceux qu'il avait mal aimés : Sylvestre, Aude, Guiraude, disparus à jamais. Les regrets lui labourèrent le cœur. Et Mathilde qui ne voulait pas non plus de lui…

Il se cramponna à sa colère pour éviter de sombrer davantage. Les dernières paroles de Aude résonnaient toujours à son esprit. Ce fut en vain qu'il tenta de jeter par-dessus bord le sentiment de trahison qui s'insinuait par tous les pores de sa peau à la fois, qu'il s'efforça de ne pas accorder crédit au délire d'une mourante. Mais désormais, à l'instar des paroles de Sylvestre d'Aymeri, il savait que ces mots le hanteraient pour le reste de son existence.

— Ils m'ont tous menti, ma vie a été une gigantesque farce, vociféra-t-il en se tenant la tête à deux mains. Je suis un bâtard, issu du viol de ma mère ! Je pourris par dedans...

Une sourde et insidieuse colère s'accapara alors de son chagrin pour le sauver du désespoir, le dissolvant dans la vague vitriolique de sa haine des Templiers, le faisant pareillement basculer dans une violence et un désir de vengeance aussi instinctifs qu'irréfléchis.

— Je mettrai fin au pogrom de ces hypocrites même si je dois en pâtir, décida-t-il. Et d'abord, je leur arracherai Mathilde.

Il se dirigea en droite ligne vers la cabine de l'amiral. Il assomma le marinier affecté au seuil d'un coup de poing, s'empara de la dague qu'il avait au ceinturon, puis défonça la porte d'un pied rageur. Il trouva Zickmni au lit, à demi-nu, qui dormait aux côtés de Mathilde. La vue des amants décupla sa rage. Il se jeta sur Seynt Clère, poignard au poing.

— Tu l'as forcée, chien ! hurla-t-il.

Éveillé en sursaut, son adversaire avait sauté sur ses jambes. Par miracle, il sut faire dévier la lame qui lui effleurait la gorge. Une lutte acharnée s'engagea alors sous le regard terrifié de la jeune femme, entrelaçant les ennemis dans une danse macabre, au terme de laquelle les hommes roulèrent pesamment sur le sol. Dans l'intervalle, mariniers et nochers étaient accourus en renfort. Ils s'emparèrent sans ménagement du jeune seigneur.

— Immobilisez-moi ce forban que je le transperce avec sa propre épée ! décréta rageusement le commandant, qui avait lui-même cueilli par terre la dague de son rival.

On campa Guillabert sur ses jambes et on le maintint avec force, poignets tordus dans le dos, une lame glacée sous le maxillaire. Néanmoins, contre toute attente, il ne tenta ni de se défendre ni de leur résister. Il se contentait de fixer Mathilde dans un silence souffreteux, mêlé d'incompréhension et de rancune, s'agrippant au bleu-gris délavé de ses yeux. Cachant sa nudité sous une couverture, elle s'enfouit le visage entre les mains pour pleurer. Seynt Clère empoigna durement le visage du vassal, l'approcha à un doigt du sien et plongea un regard sans complaisance dans ses pupilles dilatées.

— Mathilde m'a librement consenti, cingla-t-il avec un sourire victorieux.

Ce fut comme un coup reçu en plein visage. Guillabert vacilla.

— Revirez-moi cet animal d'un demi-tour ! ordonna l'amiral.

On le retourna donc. Sans crier gare, avec la lame acérée de l'arme, Seynt Clère transperça la chemise couvrant le dos qu'on lui offrait. Puis à deux mains, il déchira rageusement le vêtement de haut en bas, dénudant ainsi le seigneur jusqu'aux reins. S'attendant au pire, l'autre serra les dents.

L'amiral brandit alors l'épée en direction des omoplates. Mathilde poussa un cri. Toutefois, le mouvement de Seynt Clère s'arrêta là, suspendu dans l'éther et dans le temps. Une subite révélation, à l'exemple de celle que reçut la femme de Loth, semblait avoir changé l'amiral en statue de sel.

— Par Dieu, murmura Zickmni. C'est donc vous…

†

1438.

— C'est donc vous ? reprit Guillabert d'Aymeri, sans comprendre.

— C'est moi, mon père, je suis à vos côtés.

Ses paupières s'ouvrirent, tremblantes d'hésitation, et il reconnut Thierry, agenouillé près du lit, le nez enfoui au creux des paumes. Debout derrière lui, ses filles et leur mère priaient. Le vieillard ému caressa la chevelure dorée de son fils. Un épais limon lui embourbait les poumons, prêt à les écraser. Il se défendit d'un toussotement qui lui déchira le thorax, ravivant d'une douleur cuisante le point qu'il avait au côté.

— Comme vos yeux ressemblent à ceux de Guiraude, soupira-t-il. Votre cœur est aussi tendre que la chair d'un jeune daim. Endurcissez-vous, Thierry, sinon vous souffrirez comme j'ai moi-même souffert.

— Il y a quarante ans que je me cuirasse d'indulgence et de bonté, mon père. Je suis vos traces pas à pas et je ne désire pas d'autre maître à penser que vous. Ne prétend-on pas que vous êtes le Serpentaire ?

— Cordonnier mal chaussé ! Si je l'étais tant, je me serais guéri moi-même comme Ophiuchus, tu ne crois pas ? maugréa-t-il.

Adélaïde revint en trombe dans la chambre.

— Louis arrive à l'instant de Montréal d'Ochelaga, annonça-t-elle, à bout de souffle.

— Dieu soit loué !

— Il est blessé au bras, rajouta la servante, mais il est sain et sauf.

Soulagé, Guillabert laissa retomber sa tête sur l'oreiller.

Les exclamations soulagées des siens se perdirent dans le maelström de ses souvenirs, ce même maelström qui s'amusait à éparpiller sa vie en bribes échevelées sur le voile diaphane dont se revêtait si sérieusement sa mort.

Chapitre 20

Ce ne fut pas sans mal que Barthélemy Filippo et ses moines chevaliers tentèrent de ramener Guillabert à la raison. Mais non pas à de meilleurs sentiments, car sa haine pour l'archi-pirate Seynt Clère était aussi âpre que l'était son ire d'avoir perdu Mathilde.

Le geste était grave. Reclus à sa cabine, il ne lui fut permis d'assister ni à la mise en eau du corps de sa défunte servante, ni à la messe basse chantée pour le repos de son âme. Cependant, bien qu'il se soit exposé au pire des châtiments en s'en prenant au commandant, pas même l'éventualité d'une exécution sommaire ne parvint à l'arracher à l'état de prostration morbide qui le clouait à sa couchette. Repoussant toute nourriture, regard rivé au plafond, Guillabert demeura des jours claustré en un inquiétant état d'accablement.

Le troisième soir, Seynt Clère vint lui rendre visite, ordonnant qu'on détachât le prisonnier et qu'on les laissât seuls avec du pain noir et du vin. Lui ayant déposé une coupe dans la main, l'amiral s'installa dans un fauteuil, ses bottes luisantes appuyées contre sa paillasse. À moitié avachi sur le lit, le vassal fixait son visiteur sans délier les lèvres. Son visage émacié, d'où perçaient des yeux aux cernes profonds, avait bien mauvaise mine sous la barbe de trois jours. Les lueurs de la lampe accrochée au plafond projetaient dans la pièce des ombres qui valsaient au même rythme que le vaisseau et qui lui donnaient l'air particulièrement blafard.

— Hier, la fièvre a emporté huit autres de nos leudes et marins, commença le commandant. Le père Barthélemy a tenté de me convaincre que c'est la mort de votre nourrice qui vous avait fait perdre l'esprit.

Guillabert se redressa sur ses coussins.

— Et vous l'avez cru? maugréa-t-il sur un ton méprisant.

— Je n'en ai pas cru un mot! rétorqua Seynt Clère, soulagé par le ton agressif qu'adoptait son prisonnier. Je ne pense pas que vous soyez le débile faiblard qu'il tente de protéger.

L'amiral soutint avec fermeté le regard qui avait cligné sous l'effet de la surprise, heurté par cette surenchère subite de bons sentiments.

— Votre mission au Nouveau Monde est considérable, d'Aymeri, et il ne sera pas dit, en dépit de notre antipathie réciproque, que je l'aurai entravée de quelque façon que ce soit.

— C'est cette croix fichée entre mes omoplates qui vous a empêché de me transpercer et qui vous interdit toujours de me passer par l'épée? sourcilla Guillabert, après avoir goûté le vin avec parcimonie.

— Nous n'aurions pas eu d'altercation si les chevaliers m'avaient informé adéquatement de votre identité, tergiversa l'autre. Je savais transporter un trésor vivant, mais j'ignorais lequel d'entre vous c'était. J'avais plutôt misé sur votre acolyte, le moine Raimon, comme réunificateur.

— Diantre, mais qu'est-ce que vous racontez?

— Nous sommes de la même race, vous et moi, d'Aymeri : celle de l'ours, de l'*Ursus*, celle d'Arthur et de l'*Arkas*. Je ne perpétuerai certainement pas le crime de Caïn à votre égard. Je mettrais d'ailleurs ma main au feu qu'Abel et Caïn se sont entretués pour une femme !

— Ravalez votre discours d'invertébré, Zickmni ! La croix que j'ai dans le dos n'a aucune espèce de signification. Si je suis un trésor, vous, vous êtes un imbécile. Les Templiers vous ont possédé avec leurs arguments fallacieux.

Seynt Clère le dévisagea sans pouvoir cacher son étonnement.

— Mais vous êtes l'héritier élu de Mérovée, insista-t-il. Vous réunirez les sangs ennemis de Caïn et d'Abel !

Ils se regardèrent fixement un long moment, au terme duquel le vassal éclata d'un grand rire frondeur qui débordait de fureur.

— Allez au diable, vous et votre maudit Mérovée ! Vous vous trompez de sauveur, Zickmni ! hurla Guillabert en se levant. Moi, c'est du sang de bâtard qui me coule dans les veines !

L'amiral s'était dressé à son tour, le front rougi par une exaspération grandissante.

— Eh bien ! sans doute est-ce cette supposée bâtardise qui vous élève si haut, tonna-t-il d'une voix à ce point grave que son interlocuteur dut tendre l'oreille pour ne pas la perdre dans la nuée de leur discorde. Il y a des prophéties écrites dans le ciel qui ne trompent pas et qui font de vous le Serpentaire, d'Aymeri.

— Courez parfaire votre astrologie à Salamanque, ignare ! Si je l'étais si bien, je tordrais le cou aux reptiles de votre espèce !

L'amiral le considéra gravement.

— Vous l'êtes, mordieu, que vous le vouliez ou non. Le Serpentaire est le treizième signe du zodiaque, celui qu'on bafoue, au grand dam des astrologues. Douze signes qui servent à en cacher un treizième, comme les douze apôtres autour du Christ, ou les douze épines de la couronne du sauveur. La couronne boréale est justement l'une des constellations fichées dans l'intemporel, que protègent celles du Serpentaire, d'Hercule, du Bouvier et de la Vierge. Je ne peux croire que vous rejetiez l'enseignement que les Templiers vous prodiguent depuis que vous êtes jouvenceau !

Il avait l'air atterré. Guillabert secoua la tête, désabusé. Il rageait de devoir admettre que bien des secrets divulgués par les chevaliers comportaient leur part de vérité. Il les connaissait pour les avoir lui-même étudiés auprès de Barthélemy Filippo, lequel ne jurait que par l'expérimentation.

Néanmoins, ceux-ci ne pouvaient lui faire oublier les plus belles nuits d'été de ses dix ans, passées à contempler les cieux aux côtés de son père. Ça, c'était sa vérité à lui, que rien n'éclipserait. Couché à même le sol sur sa cape de laine, Sylvestre d'Aymeri lui enseignait avec patience et ingéniosité la mythologie grecque, le nom des constellations, ainsi que les légendes qu'on leur rattachait.

— Ophiuchus vient du mot grec qui signifie « porteur de serpents », c'est-à-dire Serpentaire, lui avait-il expliqué en tendant l'index vers le velours noir inaccessible où scintillaient des milliers de diamants. Regardez bien les trois points qui forment ce triangle, là-bas : ils dessinent la tête et les épaules d'Esculape, le fils d'Apollon, que les anciens prétendaient être le dieu de la médecine. La mythologie raconte qu'une vipère lui avait appris le secret des plantes et leurs vertus. C'est pourquoi on dit que la pierre philosophale provient du règne végétal, qu'elle guérit et qu'elle rend immortel. Esculape s'en servait si bien qu'il ressuscitait les morts.

— Votre bonhomme aurait pu ressusciter maman s'il avait existé, remarqua l'enfant, la tête appuyée sur le thorax paternel comme sur un oreiller de plumes.

Son père, d'un geste plein d'affection, ce qui lui était rare, avait rapproché la tête du gamin contre la sienne pour caresser ses boucles dorées.

— Hadès, le dieu des Enfers, était très jaloux d'Esculape, poursuivit-il. Vous comprenez, il n'aimait pas beaucoup qu'il lui vole des clients et que les Champs Élysées et le Tartare (l'enfer des bons et l'enfer des vilains) se vident à cause des morts qui ressuscitent. Alors il a convaincu son frère Zeus de le tuer d'un coup de foudre. Bang!

Les souvenirs de Guillabert se perdaient dans l'écho de leurs rires, pour revenir finalement au soupir exaspéré de l'amiral. Désormais, le vassal tâtonnait dans l'obscurité, cherchait le point d'ancrage du mensonge templier, la démarcation qui le séparait de la vérité.

— Les refuges que nous instaurons au Nouveau Monde sont comme les douze épines de la couronne; ils protègent le dernier trésor des Templiers, dit l'amiral.

— Ce trésor est-il l'Arche d'Arcadie?

Seynt Clère soutint son regard:

— Non. Si l'Arche fut le premier trésor, elle est saine et sauve depuis longtemps, cachée quelque part je ne sais où au Nouveau Monde. Le Gréal, lui, sera le dernier trésor du Temple. Et cette coupe vous appartient, d'Aymeri. Parce que le Gréal, c'est vous.

Guillabert éclata de rire:

— Décidez-vous, naïf : suis-je le Gréal ou suis-je Ophiuchus ?

Las, l'amiral le considéra un moment, puis se dirigea vers la porte. Changeant brusquement d'idée, il se retourna vers le feudataire :

— Vous aurez la vie sauve cette fois-ci encore. Notre-Dame semble vous protéger de l'adversité comme elle garde notre expédition des tourments et des tempêtes. Je vous fournirai tout ce qui vous sera nécessaire pour parfaire vos connaissances initiatiques jusqu'à notre arrivée en Huitramannaland. Je vous remets aussi Mathilde, malgré l'interdiction formelle que m'en a faite le père Barthélemy.

— Je n'en veux plus, ragea le vassal. Qu'elle aille au diable !

— Vous ne pensez pas un mot de ce que vous dites. Elle quittera mes quartiers pour rejoindre les vôtres dès ce soir.

— Pas question !

— Cette enfant est bien trop pudibonde pour moi. Elle parle de papes comme je parle de sexe. Ne lui en voulez pas si je lui ai un peu forcé la main. Je vous la cède volontiers. Un ours en vaut bien un autre, après tout. Parlant d'ours, faites-moi la grâce de couper cette barbe qui ne vous sied pas du tout.

Guillabert envoya sa coupe encore pleine se fracasser contre la porte qui se refermait. Soudain, il eut faim. La vengeance de Maggia lui serait plus facile qu'il ne l'avait d'abord pensé. L'Ordre voulait qu'il soit le Serpentaire ? Fort bien, il deviendrait donc le porteur de serpents. Et à l'instar d'Ophiuchus, il se saisirait du dangereux reptile pour l'anéantir.

Chapitre 21

Assise sur le sol, genoux au menton, la jeune femme se berçait au rythme lent de l'air qu'elle fredonnait. S'il faisait sombre dans la cabine de Seynt Clère, il faisait plus noir encore dans sa tête. Mathilde pleurait, le regard fixe. Depuis toujours, lorsqu'une émotion trop douloureuse lui enserrait la gorge, une monodie lui jaillissait de l'âme, spontanée, véritable baume aux vibrations guérisseuses. Si le bonheur amenait des chansons sur bien des lèvres, Mathilde, elle, chantait pour ramener un peu de bonheur sur les siennes. C'était sa façon à elle de se consoler.

Elle aurait voulu être foudroyée sur place. L'acte avait été prompt, douloureux, incisif; en tous points conforme à ce que Guillemette lui avait enseigné sur l'action de l'homme qui se soulage. Elle n'avait pas bougé, les yeux grands ouverts accrochés au plafond, se contentant de mordre sa lèvre inférieure pour ne pas hurler. Peur et douleur se mêlaient intimement, mais elle n'aurait su dire laquelle des deux dominait l'autre. Mathilde se souvenait d'avoir prié, mais ne savait plus qui ni quoi. Puis, une présence dans la pièce avait peu à peu capté son attention, une présence masculine si forte qu'elle en avait même oublié l'amiral qui s'affairait toujours sur elle. Elle avait eu l'impression très nette que quelqu'un d'invisible et de bien réel au-dessus d'eux les observait. «Je suis enceinte», avait-elle songé. Elle saurait bien assez tôt si elle avait eu raison de s'imaginer l'inimaginable.

La porte de la cabine du capitaine s'ouvrit, coupant court à ses réflexions fantastiques et Zickmni entra. Joyeux et élégant, il déambulait à grands pas, son manteau de taffetas noir jeté sur l'épaule. Il sifflait encore de contentement en regardant luire ses bottes lorsque ses yeux tombèrent sur sa jeune maîtresse.

— Veux-tu bien me dire ce que tu fais assise par terre, la belle? s'étonna-t-il.

— Les papes vont m'excommunier à cause du péché mortel que je viens de commettre avec vous. Je brûlerai en enfer jusqu'à la fin des temps.

Poursuivie par les terribles images de la Géhenne reproduites sur les vitraux d'une chapelle qu'elle avait visitée enfant, Mathilde s'enfouit le visage dans les paumes. L'amiral s'accroupit près d'elle pour lui saisir les mains qu'il tapota gauchement.

— Tu n'es plus une petite fille pour croire à ces balivernes inventées par l'Église pour faire peur aux gamins, dit-il en souriant avec indulgence. Tu penses que je crois aux dragons ou aux ogres à mon âge, moi?

Elle secoua la tête en reniflant.

— Bon, essuie tes larmes et suis-moi, chuchota-t-il en la mouchant dans un linge qu'il avait sorti de sa poche. Je te conduis à ton Guillabert.

— Il ne voudra plus de moi à présent que vous m'avez déshonorée, hoqueta-t-elle en le repoussant.

— S'il est sot à ce point, il changera vite d'idée en Huitramannaland, où les natifs ne font pas de cas de la fornication. Là-bas, chacun butine de l'un à l'autre sans soucis comme des lapins. L'haleine des habitants, adultes ou enfants, exhale en toute impunité l'odeur du sexe.

Mathilde le dévisagea d'un air horrifié.

— Viens, poursuivit-il. Ne sous-estime pas ta beauté ni les sentiments que d'Aymeri éprouve pour toi.

Il la tira par le poignet, mais elle lui résista.

— Faites-moi renvoyer en France par le prochain vaisseau, je veux retourner en Ariège avec ma famille, le supplia-t-elle en joignant les mains.

— Les Templiers t'affectent à des choses bien plus importantes en Huitramannaland. Désobéis-leur et, crois-moi, tu goûteras au fouet, se fâcha-t-il.

Mathilde n'eut d'autre choix que de consentir à le suivre jusqu'à la cabine du vassal, adjacente à celle de Seynt Clère. L'amiral ouvrit la porte, poussa sa jeune maîtresse à l'intérieur et referma sur elle.

Assis sur le lit, Guillabert d'Aymeri la considérait en silence d'un air buté, les yeux vitreux et cernés. Une barbe drue durcissait ses beaux traits un peu amaigris.

— Qu'as-tu fait, Mathilde ? l'accusa-t-il.

Blottie contre la porte, elle fixait le sol en se mordant les lèvres et en triturant l'ourlet de son surcot.

— Le capitaine m'a forcée, se défendit-elle. Il menaçait de faire tuer les miens ou de leur faire arracher la langue si je ne me soumettais pas.

Elle chercha son regard et, l'ayant trouvé, s'avança de quelques pas :

— Hier, j'ai senti une présence au-dessus de moi.

— Que racontes-tu ?

— Je mettrai au monde un garçon, poursuivit-elle maladroitement. Je le sais. Il m'a choisie pour mère et vous désire pour père. C'est pourquoi j'accepte de vous épouser.

Ils se fixèrent un long moment sans parler. Puis, ce fut le coup de massue.

— Hors de ma vue, tonna-t-il en la pointant d'un index furieux.

Elle chancela, recula contre la porte.

— Mais le capitaine m'a obligée ! pleura-t-elle en se tordant les mains.

— Non : tu t'es soumise à lui de ton plein gré ! hurla-t-il. Tu n'as pas poussé un seul cri !

Ayant empoigné Mathilde par le bras, il ouvrit la porte et la poussa dehors sans ménagement.

Elle aurait voulu mourir. À quinze ans, son existence lui glissait des doigts comme une carpe frétillante, emportant avec elle tous les espoirs qu'elle avait mis en la vie. Guillabert d'Aymeri venait de lui échapper.

Mathilde se détestait. Non du fait qu'elle se fût laissé prendre au même piège que sa mère seize ans auparavant, puisque Seynt Clère l'avait forcée. Mais bien parce que, comme Guillemette, la naïve avait cru percevoir, ne fût-ce qu'un instant, au-delà de la médiocrité qui teintait ses jours et qui la maintenait dans la grisaille d'un avenir pauvret, le faisceau d'un ravissement inespéré. Cette lumière qui n'était que chimère s'appelait Guillabert et venait de s'éteindre. Mathilde souffrait d'y avoir cru.

Mère et enfant avaient été envoûtées par cette illusion de fillettes qui rêvent encore du beau prince et qui jouent à la reine, s'imaginant pouvoir saisir le bonheur à bras-le-corps en se persuadant qu'un seigneur pouvait les aimer. Sottes ! Comment avaient-elles pu y croire ? Elles auraient dû savoir que la beauté d'un corps de femme n'assure pas son avenir, que l'extase et l'euphorie d'une passion s'éteignent aussi vite que le goût d'un baiser. Si les seigneurs contaient goguette aux ouvrières, ils n'épousaient que les *gentilfemmes*, et non pas les gueuses de son espèce. L'erreur de Mathilde avait été de supposer que Guillabert d'Aymeri puisse être l'exception d'une règle millénaire. La jeune femme n'était plus pour lui qu'un jouet brisé.

Aujourd'hui, il ne lui restait rien sinon, peut-être, ce petit être qui l'avait choisie et qui pousserait dans ses entrailles, bouton de rose à la fois perdu au milieu du chiendent et sauvegardé par les ronces. Cette idée de grossesse n'avait rien du rêve ou d'une imagination débonnaire. Et rien de ce qu'on eût pu lui dire ne l'aurait dissuadée de cette grande certitude qui l'habitait : un être l'avait sciemment choisie, elle, la fille bâtarde de Lescot, parfaitement illettrée, pour enfanter un mâle. Quelqu'un, quelque part, venu d'on ne sait où, avait enfin voulu d'elle, ce qui était un réconfort sans borne. Néanmoins, cet être la briserait à mesure que sa présence deviendrait perceptible. Du fait de la rondeur d'un ventre, Mathilde se verrait rejetée par autrui, montrée du doigt, méprisée. Cette présence l'anéantirait.

Une nouvelle larme alla s'écraser sur la balustrade du prie-Dieu installé dans un coin de la cale. Elle redressa la tête, épongea ses yeux avec le pan de son tablier. Agenouillé à sa droite, le père Barthélemy Filippo avait passé une main pesante autour de ses épaules.

— Dieu connaît la pureté de votre âme, n'ayez crainte, ma fille, chuchota-t-il. Allons, confessez-vous, cela allégera votre cœur.

— Mon père, j'ai commis la nuit dernière un péché mortel avec le capitaine.

Le visage de son confesseur demeura paisible et impassible. Le religieux ne semblait nullement surpris de ce qu'elle lui annonçait.

— Qu'imaginez-vous là, Mathilde ? la rabroua-t-il simplement avec douceur. Vous y avez été forcée. Dieu le sait, mon enfant.

L'étonnement tarit subitement les larmes de la jeune femme.

— Tout le monde est donc au courant de ce qu'on m'a fait, père Barthélemy ? s'étrangla-t-elle. J'ai honte, j'ai si honte que je voudrais mourir.

Il soupira, baissa les yeux rougis sur ses mains qu'il avait à nouveau jointes. Mathilde comprit qu'elle l'avait grandement peiné. Nerveusement, il fit tourner autour de son annulaire la bague qu'il portait comme preuve d'allégeance à la confrérie de la Rose et de la Croix.

— Tout se sait, admit-il d'une voix sourde.

— N'aviez-vous rien à faire pour l'en empêcher ? gémit Mathilde en se tordant les mains.

— Il y a des choses contre lesquelles je ne puis rien, et ce, malgré tout mon bon vouloir. À la vérité, la chair de l'homme est bien faible. Et cela est pire pour un capitaine.

Elle se remit à pleurer.

— Je brûlerai dans les flammes de l'enfer éternel, les papes l'ont dit, hoqueta-t-elle. Mais je vivrai l'enfer sur terre avant.

— Les papes sont faillibles, je vous l'ai moult fois répété, ma fille. L'infaillibilité qu'ils revendiquent ne leur sera point octroyée. Le bon Dieu est votre père et Il vous aime. Quel père, qui plus est divin, souhaiterait les tourments de l'enfer à son enfant chéri ? Ne pleurez plus, séchez vos larmes.

Mathilde se réfugia dans ses bras pour sangloter. Elle avait une confiance aveugle en Barthélemy Filippo, devenu son confident depuis son arrivée en Ariège au printemps précédent. Le prêtre était à la fois un père et une mère pour elle, un soutien, un ami. En outre, ils partageaient des passions identiques pour la musique et le chant ambrosien. En l'initiant aux plains-chants, aux psaumes et aux hymnes, son confesseur avait sans le savoir totalement bouleversé sa vie. Il l'avait prise sous son aile, puis dans sa chorale, avait su placer sa voix au bon registre, lui faisant connaître par là un bonheur et une satisfaction dont elle ignorait tout auparavant. «Vous chantez comme un ange au paradis de Dieu», avait-il coutume de répéter en l'écoutant interpréter les airs simples qu'il composait pour elle. Le père Barthélemy était en somme devenu son mécène.

— Vous n'avez pas à avoir honte d'être née femme dans un monde d'hommes, Mathilde. Vous avez contribué dans ce corps, par votre sacrifice, à sauver votre famille du châtiment atroce qu'est l'arrachement de la langue. Sans doute votre viol a-t-il également permis que Jean Lescot demeurât en vie. Votre bonté vous sauvera, mon enfant.

— Que dois-je faire, à présent? lui demanda-t-elle.

— Soumettez-vous entièrement à Sa volonté, Mathilde. Ayez foi en Ses desseins. Croyez le vieil abbé que je suis: rien n'arrive qui ne doit arriver, tout est évolution. Aucun mal ne peut vous advenir si Dieu se tient à vos côtés.

Chapitre 22

Vingt et unième jour de juin de l'an de grâce 1397, Vézelay, Bourgogne.

Guillabert,

Quel autre moyen Dieu m'offrait-il pour sauver votre vie ? Je ne disposais de rien, si ce n'est ce corps laid, enfin désiré, qu'on m'implorait de donner et que j'ai vaillamment sacrifié. Je vous ai trahi pour mieux vous garder. Que m'importe à présent le regret qui me ronge ? Je n'aurais pu vous survivre en sachant que mes yeux ne reverraient plus les vôtres. C'était le prix qu'il me fallait payer.

L'irréparable est donc fait.

Votre Guiraude

Chapitre 23

Depuis qu'ils avaient quitté le port de La Rochelle, le vent et les courants traçaient dans les abysses de la « grande mer divine » une route franche et directe, qui les conduirait, aux dires de Zickmni, à la terre ferme aussi sûrement que si on les y avait menés par la main. En fait, et comme l'apprendrait au fil des jours le vassal, de la bouche même de ses mentors, il n'existait pour les navigateurs templiers, à cause de ces mêmes courants, que deux itinéraires possibles en partance du vieux continent vers le couchant du Nouveau Monde.

Le premier, aboutissant à un immense golfe d'eau chaude, était le chemin de l'argent, de l'or et des Vikings. Il conduisait au sud du Nouveau Monde, dans des pays aux climats propices et aux sols riches de gisements précieux, certes, mais dont les peuplades étaient hostiles, menaçantes et s'adonnaient aux sacrifices humains. C'était celui qu'avait emprunté au premier siècle de l'ère chrétienne le pilote Alexandre, chemin que la *Géographie* de Ptolémée consultée par Seynt Clère à Byzance décrivait fort bien. Des deux trajets, c'était sans contredit le mieux connu des Normands et le plus pratiqué à cause de sa haute rentabilité.

Le second, qu'ils parcouraient ensemble en cette année de grâce 1397, les mènerait vraisemblablement beaucoup plus au nord, jusqu'au Petit Helluland, une île que certains nommaient encore Terreneuve, vétuste et éphémère colonie normande où abondaient le poisson, le loup marin et le pêcheur aventureux. On appelait parfois l'endroit Baccaléos, du nom basque du poisson fourmillant sur ses côtes. Cependant, de leurs sept vaisseaux, seul le Knörr irait s'y approvisionner en huile de baleine et en vivres. Les autres, sans ralentir leur cadence, continueraient leur route en s'engageant en file silencieuse dans l'étroite embouchure, que l'abbé Filippo se plaisait à comparer sans complaisance à un chas d'aiguille pour les chameaux qu'ils étaient. C'est sur les côtes de cette Terreneuve si fréquentée des pêcheurs bretons, normands et basques, que se jetait un grand fleuve, baptisé le San-Lorenzo par le curé en souvenir de sa chère chapelle d'Ariège, fleuve qu'il leur faudrait suivre depuis la rive jusqu'à sa première courbe. La flottille prendrait par la suite la direction du levant, naviguant tout droit, le dos au soleil jusqu'à la péninsule de l'Escotiland, lieu où s'étaient naguère établis les anciens moines islandais, s'il fallait en croire les sagas qui narraient les exploits d'Ari Marsson et de Biorn Heriulson. C'est là que s'étirait le chemin nébuleux vers le Huitramannaland, chemin des *papas* et des anciens pères gaéliques. C'était le pays qu'on leur destinait.

Il leur avait été annoncé qu'un premier navire toucherait terre le vingt et unième jour du voyage. Ce matin-là, Guillabert souffrait de la chaleur incommodante de sa cabine. L'impatience le rendait fébrile. N'ayant pour tout loisir qu'un Ancien Testament à déchiffrer, il attendait la nuit qui saurait le distraire par la visite de Bernardino, chargé de son enseignement journalier. Il appréciait particulièrement ces soirées où avec l'abbé Filippo, à la faveur des brises marines, le moine chevalier lui montrait comment déchiffrer le ciel comme un livre grand ouvert. En dépit de l'ironie un peu froide qu'il lui manifestait, le vassal acceptait son enseignement avec plus d'enthousiasme que celui donné par le prêtre, que le temps avait rendu monotone.

Le vassal avait reçu sa première leçon d'astronomie templière à l'âge de douze ans. Son maître à penser, moine de Cîteaux et de Saint-Bernard, et fraîchement abbé du bourg, portait le nom de Barthélemy Filippo. C'était un engagé d'origine italienne que Sylvestre d'Aymeri soupçonnait de jouer double-jeu, car, bien qu'au vu et au su de tous, il ait officiellement épousé l'Église catholique, rien ne l'empêchait de coucher avec l'Ordre des Templiers qu'il rejoignait en secret. Certains soutenaient même qu'il s'était abouché avec la secte de la Rose et de la Croix d'un certain Christian Rosenkreuz, mais rien n'était moins sûr. Bref, c'était un curieux personnage, un rien risible, court, fessu, imberbe et asexué, mais que le ciel avait doté d'une intelligence remarquable. Guillabert avait tout de suite remarqué la patte-d'oie qu'il portait à l'œil gauche. C'est cette ride particulière et un peu bête qui le lui avait rendu touchant. Lors de sa première leçon, ce Filippo lui avait professé de sa voix aigrelette, le nez levé au firmament :

— «Religion» vient du latin *religare*, qui signifie «relier». L'objet initial des religions est de maintenir le lien entre les cieux et la Terre, c'est pourquoi, dans les premières traditions, les prêtres furent mathématiciens et astronomes. Comme l'ont pressenti moult prophètes, et comme l'a surtout dit Hermès-Thot, «ce qui est en bas est comme ce qui est en haut». Sachez qu'il en est sur la terre comme il en est au ciel, mon seigneur.

Le jeune Guillabert avait longuement bâillé pour bien lui démontrer combien sa leçon était insipide.

— Tu cites plutôt Jésus-Christ, avait encore lancé le garçon qui cherchait à le prendre en défaut et à mesurer son sens de l'humour.

— Vous avez raison. À la vérité, le Sauveur connaissait le plus grand secret de la science perdue de Salomon qui fut révélé aux Templiers. Seuls nos grands maîtres savent quelle application pratique firent les sages des temps anciens de cette science. Je dis bien pratique, car le secret servait à la vie quotidienne des gens d'alors. On ne faisait pas de l'astrologie par pur plaisir, par religiosité, ou pour se convaincre qu'un printemps viendrait après l'hiver! À cette époque, l'humanité était bien plus avancée qu'elle ne l'est aujourd'hui.

Enfant, l'explication l'avait satisfait. La veille au soir, sur le pont inférieur, Bernardino l'avait justement renseigné dans ce sens, en ajoutant cependant certains détails qui avaient piqué sa curiosité.

— Un zodiaque identique à celui dessiné aux cieux a partout été reproduit sur notre bonne vieille Terre, de Paris au Nouveau Monde en passant par Jérusalem et par Delphes, avait-il révélé. Il est l'exacte correspondance entre le microcosme et le macrocosme, voyez-vous?

Et, devant sa moue perplexe, il avait ajouté:

— Chaque étoile influe sur les hommes, les animaux et les plantes. Et cela aussi sûrement qu'au fond du creuset du frère Barthélemy, le sable se changera en or…

— Comment, tu t'adonnes à l'alchimie? s'entendit bredouiller le vassal en dévisageant le prêtre.

Celui-ci avait soupesé Guillabert d'un regard franchement narquois.

— Naturellement. Cette science sera l'un des piliers de notre nouvelle confrérie templière, répondit-il.

— De quelle confrérie parles-tu ?

Fidèle à son habitude, le petit religieux fit claquer sa langue par petits coups brefs pour clore une conversation qui lui répugnait.

Ce fut donc par fragments décousus, au fil des soirées sans nuages, que Guillabert avait appris à mieux connaître le Templier espagnol et simultanément, bien sûr, Barthélemy Filippo dont, en fait, il ignorait tout.

Né en Espagne musulmane où il avait grandi, Bernardino Hernandez avait été converti à la doctrine des Pauvres Chevaliers du Christ à l'âge de quinze ans, après s'être sorti indemne d'une bataille entre chrétiens et musulmans dans la péninsule ibérique, bataille au terme de laquelle la totalité de ses compagnons avaient trouvé la mort. Tout à cette époque était prétexte pour lever des guerres intestines, rebaptisées, non sans humour, « croisades ». On y tuait autant d'hérétiques, d'opposants politiques, de paysans révoltés que de païens. Les chrétiens affrontaient donc plus souvent qu'à leur tour les chrétiens, les musulmans combattaient les musulmans et tout cela, dans la plus parfaite anarchie et le plus grand désordre qui soient. Sur le champ de bataille dévasté, Bernardino avait alors eu une vision digne d'un rêve picaresque : celle du Christ qui le protégeait sous sa cape, où brillait le symbole cruciforme rouge des Templiers.

Bien que les véritables croisades en Terre sainte aient attisé la férocité des relations entre musulmans et chrétiens, ces derniers, paradoxalement, succombaient chaque jour davantage aux attraits de la science arabe, de la mathématique, de la médecine et de l'algèbre, connaissances qu'on attribuait à l'Islam et qui surpassaient toutes celles de l'Occident réuni. En un certain jour de novembre 1095, quand le pape Urbain II, au milieu d'un champ près de Clermont, avait exhorté les chevaliers de France à prendre contre l'Islam la route du Saint-Sépulcre, le pontife ignorait que sa promesse de relever les croisés de leurs péchés ramènerait aussi en Occident la semence de l'anathème ennemi, issu d'une civilisation si admirable. Bernardino était l'une de ces graines.

— L'influence des étoiles a été reconnue par Albert le Grand, qui l'associe aux marées et aux saisons, avait repris Guillabert, qui ne voulait pas être pris pour un rustre. La conjonction sous laquelle je suis né me prédispose à certaines humeurs, dont l'arrogance, tout comme vous, Bernardino. Ne pas y céder relève de mon propre choix.

L'abbé Filippo déposa son astrolabe en toisant son ancien élève d'un regard amusé.

— Je croyais naïvement que dans votre mariage seule votre épouse se passionnait pour la Scholastique et les questions philosophiques, dit le prêtre.

— À toi son confesseur, je ne cacherai pas que ces questionnements religieux furent la principale source de nos querelles.

— En se faisant l'avocat du diable, Guiraude a sans doute accéléré votre cheminement vers Dieu, rétorqua-t-il. La mesure des épreuves a la même coudée que celle de l'évolution de l'âme qui les subit.

— Si c'est la vérité, qu'attends-tu pour décoder les astres et pallier nos malheurs ?

— Lire serait plutôt le mot qui convient, corrigea Bernardino. Les constellations forment dans les cieux les vingt-deux lettres hébraïques, voyez-vous ? Orion, dans sa configuration avec Sirius et Aldebaran, représente la première ; c'est l'Alpha grec, l'Aleph des Hébreux.

Le prêtre acquiesça.

— Quoi ? Tu prêtes foi à la kabbale juive, toi l'abbé, un si fervent chrétien ? le taquina encore Guillabert.

Combien de fois le vassal avait-il été confronté aux préjugés nourris vis-à-vis des ancêtres du Christ, si férocement engendrés par l'Église ? Si le peuple juif était sans contredit la nation de la première alliance avec Dieu, il était aussi devenu sous la férule des papes celle qui s'était rendue responsable de la mort de Jésus. Prophètes de l'Ancien Testament, les juifs étaient la seule minorité religieuse tolérée en France. Il n'empêche qu'on les jugeait comme des borgnes conduits par leur Synagogue aux yeux bandés et qu'il était maintenant devenu impossible d'éradiquer les diffamations et les grotesques calomnies antijuives et antisionistes qui faisaient de ce peuple aux mœurs rigides et aux chapeaux pointus les boucs émissaires de cette période troublée. On les accusait d'être des tortionnaires d'enfants catholiques qu'ils sacrifiaient à Pâques, des voleurs d'hosties, des profanateurs d'images saintes. Certains les rendaient même responsables de la peste noire. Ainsi, comme lui, Barthélemy Filippo défendait-il l'indéfendable.

— J'y prête foi sans l'ombre d'un doute ! s'exclama le religieux. La kabbale porte sur la correspondance de nos deux mondes, céleste et terrestre. Les Juifs, par l'entremise de Moïse, sont les seuls à avoir préservé intacte la Tradition, qui n'est autre que le message des dieux venus du ciel dans les temps préhistoriques. La probité hébraïque est prouvée par les deux symboles de la religion de Moïse : le Bélier et la Balance.

— Moïse s'est plié à l'obligation des symboles opposés pour prouver qu'il possédait la connaissance hermétique du Zodiaque, voyez-vous ? expliqua à son tour Bernardino.

Ces symboles sont diamétralement opposés sur le cercle zodiacal. C'est l'ultime preuve.

— De la même façon, le Christ a pris pour symbole principal les Poissons et pour symbole annexe la Vierge, son opposé. C'est pourquoi l'Église chrétienne affirme également être l'Israël véritable, ce que conteste la Synagogue, devina Guillabert.

— En remplaçant le Scorpion, animal déplaisant, par un scarabée, les prêtres de Pharaon ont perdu la clef de la Tradition et sont tombés dans l'idolâtrie, reprit l'abbé. Mais revenons-en à la kabbale : les figures mythologiques que vous connaissez des constellations du ciel doivent être remplacées par les symboles du Tarot, l'ancien livre sacré de Thot qui nous vient de Chaldée. Ce livre a d'ailleurs servi de modèle à Hénoch pour la rédaction de ses écrits apocalyptiques. Si l'Église catholique n'admet pas cette partie de l'Ancien Testament, c'est qu'elle la juge dangereuse : elle véhicule de prodigieux secrets concernant la manipulation des énergies.

— Cette énergie est l'*anima mundi* de l'alchimie ou, si vous préférez, l'*Alma Mater*, poursuivit Bernardino. Les anciens druides vénéraient la force tellurique de notre terre nourricière, polarisée par les pierres sacrées. Cette énergie est représentée par le serpent des Hébreux, voyez-vous ?

Spontanément, Guillabert éclata de rire, ce qui creusa davantage la grande ride verticale entre les yeux de Bernardino. Ulcéré, le moine chevalier tourna les talons. Barthélemy Filippo se rembrunit en fronçant les sourcils, se contentant d'enfiler sur son nez une paire de lunettes rondes cerclées de noir.

— Si tu as peine à y voir à deux doigts, comment au juste pourrais-tu voir clair dans ces mystères-là ? le nargua le vassal.

— Si Bacon a inventé un verre pour ceux qui ont du mal à y voir de près, on ne tardera pas à trouver celui qui redresse la vue courte. Vos yeux intérieurs s'ouvriront, mon seigneur. Demandez et vous recevrez. Frappez et l'on vous ouvrira. Celui qui cherche, trouve et, si j'en crois le ciel, votre esprit accueille déjà Dieu, même si vous clamez n'y point croire, rétorqua l'abbé avec un petit sourire avant de se perdre dans la lecture de son bréviaire.

†

Afin de contrer son impatience d'entrevoir Terreneuve, le vassal s'appliquait donc ce matin-là à la lecture imposée du douzième verset de l'Apocalypse de saint Jean, récit particulièrement prisé des Templiers. Il fut bientôt las de ces mauvais augures et de ce dragon rouge à sept têtes qui précipitait d'un coup de queue les étoiles sur Terre en menaçant de dévorer l'enfant mâle de la Femme. Il se leva, livre à la main, préférant s'attarder au Cantique des cantiques du roi Salomon, véritable poésie érotique dont saint Bernard lui-même s'était émerveillé. Durant sa vie, l'ancien abbé de Clairvaux n'avait-il pas glorifié ce poème par plus de cent vingt sermons enflammés ? Il y avait là de quoi s'étonner puisque l'Église, à l'exemple des Templiers rosicruciens, s'élevait impitoyablement contre l'union charnelle, taxant le désir sexuel de péché, la *luxuria*, et ne le tolérant dans le mariage que dans le seul but de pro-créer.

> *Tu me feras perdre le sens,*
> *Ma sœur, ma fiancée,*
> *Tu me fais perdre le sens !*

Il ferma les yeux et, spontanément, imagina le corps nu et voluptueux de Mathilde qui ondulait de désir sous ses doigts agiles. Il la caressait, la prenait…

Guillabert reposa bruyamment le manuscrit sur la table inclinée, fâché de s'être livré à de pareilles pensées pour la femme qu'un autre lui avait dérobée quinze jours plus tôt. Il tenta de mieux refouler ses passions, cherchant dans le texte un passage encore plus explicite.

Tes lèvres, ma fiancée,
Distillent le miel vierge.

Comme le vassal se demandait de quelle façon ces vers pouvaient bien symboliser l'Église du Christ, il entendit la vigie crier «terre en vue». De grands cris de joie et des applaudissements diffus lui parvinrent des ponts.

Depuis l'aube, bien que le continent lui soit demeuré invisible, il avait pu admirer des baleines en si grand nombre qu'il ne les comptait plus. Le vassal se précipita au hublot et y passa la tête. Il vit une demi-douzaine de petits chalutiers escorter leur flottille et devina la présence tangible et brumeuse de la terre à l'horizon.

— Terreneuve, enfin… murmura-t-il.

Un seul vaisseau s'y arrêterait. Une courte escale leur permettrait de mettre un terme à l'extrême frugalité qui sévissait à bord. On renouvellerait les vivres ; les marins et les serfs, cessant de grommeler, feraient bombance, délivrés de la disette, de l'eau jaune infecte, des biscuits réduits en poudre qui puaient l'urine des rats qui les avaient d'abord grignotés. Pour sa part, il rêvait d'un festin orgiaque, de fruits, de vin, de femmes, tout en sachant pertinemment qu'il devrait attendre le Huitramannaland pour assouvir un seul de ses appétits.

La porte de sa cabine s'ouvrit, laissant paraître dans

l'embrasure le visage souriant de Raimon.

— Venez, mon frère, l'enjoignit-il. L'amiral vous autorise à monter sur le pont, où vous pourrez voir le port de Terreneuve. Il m'a chargé de vous escorter jusqu'à lui.

Il s'empressa de suivre le moine chevalier. Le vent s'était levé et la mer faisait basculer le navire comme une balancelle. La brise des jours précédents était devenue bise, et la bise devenait elle-même tempête. Le soleil lui blessa les yeux, perçant brusquement sous de noirs nimbus. Guillabert vacilla, main en visière, heurtant malencontreusement quelques serfs qui se précipitaient sur les ponts afin d'assister à l'accostage du navire qui précédait le leur. Il put lire sur leurs lèvres les prières de grâce qu'ils psalmodiaient en sourdine, soulagés comme lui de frôler la terre ferme. Seynt Clère, qui avait remplacé son pilote à la barre, fit signe aux deux hommes d'approcher.

— C'est la tempête, amiral ? demanda Raimon, visiblement inquiet.

— Ah, ça, nous verrons bien ! maugréa-t-il. J'espère qu'il s'agit d'une simple envie d'éternuer qui n'aboutira pas.

Ils s'appuyèrent au garde-corps afin d'admirer la vue imprenable qu'ils avaient sur l'île s'étalant à une demi-lieue marine de l'*Ursus*. Un puissant vent d'orage leur amena des odeurs de poissons pourris et d'algues, tandis que de grands oiseaux tourbillonnaient en criant sans répit au-dessus de leurs têtes. Le vassal plissa les yeux pour mieux discerner le rivage.

Le Nouveau Monde se revêtait d'une capeline de brume, révélant une désolation saisissante. Où étaient donc ces montagnes verdoyantes de forêts, giboyeuses à souhait, promises en domaines et prébendes par Seynt Clère ? Devant lui, des falaises de schiste et de calcaire érodées, des terrasses marneuses déroulaient sans grand soin leurs vilaines grèves de galets, plongeant leurs escarpements rocheux dans des eaux bouillonnantes de rage. Cependant, bien que la distance lui en cachât moult détails, l'établissement d'Helluland, planté en bordure d'une rade ceinturée de collines rocheuses, était plus vaste que ce que Guillabert avait cru au premier abord. Il semblait posséder un port de débarquement en bonne et due forme qui n'avait rien à envier aux petits embarcadères et aux havelets de France ou d'Espagne. Il s'y éparpillait une multitude de bâtiments longs et étroits dont les toits étaient coiffés de chaume, comme ceux des villages d'Islande. Là-bas, la mer pullulait de barques et de navires de toutes sortes, dont certains mettaient à la voile; plus loin encore, des gens aux vêtements colorés qu'il devinait pêcheurs ou marins, envahissaient les quais. Cependant, leur vaisseau dépassa le havre, poursuivant sans même ralentir son obscur chemin vers le Huitramannaland. Les exclamations de déception fusèrent de toutes parts autour d'eux.

— Un autre jour à ce rythme et vous verrez le pays du soleil des Mig'mawags* de la Cadie, annonça le commandant en soupesant d'un regard fâché l'épais coton noir qui encombrait l'horizon.

— La Cadie ? À un R près, elle deviendrait l'Arcadie grecque, constata le vassal.

— R comme Rego, l'étoile de la constellation du Lion, ajouta Seynt Clère.

Accolé au bastingage, Guillabert grimaça d'incompréhension. Puis son visage se figea net. « Pardieu, comprit-il

---

* Micmacs.

confusément, c'est donc là que serait cachée l'Arche d'Alliance ? »

Mais il ne put approfondir sa réflexion, Raimon s'étant penché à son oreille.

— Du sang-froid, mon frère, Mathilde passe derrière vous, souffla-t-il.

Il se raidit, tourna lentement la tête sur la vision douloureuse et personnifiée de son échec amoureux. La fille de Lescot, qui rencontra son regard blessé, baissa aussitôt le sien, obscurci de larmes, mélancolique comme celui d'une *mater dolorosa*, la Vierge accablée au pied de la croix qui berçait son fils mort.

— Ressaisissez-vous, mordieu, vous ressemblez à un âne sous son bât ! lança Seynt Clère. Vous viendrez plus tard à ma cabine, d'Aymeri, et je vous présenterai l'enfant chéri d'Héloïse et d'Abélard, Astrolabe en personne ! Vous apprendrez les rudiments de cet instrument pour mesurer la latitude, cela vous changera les idées. Mais avec ce gros temps, je crains que nous ayons pour le moment d'autres chats à fouetter.

Soudain, un éclair zébra le ciel qui se faisait jaunâtre.

— Nous éviterons la tempête, grognassa encore l'amiral. Mais parions qu'il y aura du grabuge.

Un bruit terrible secoua alors le pont. Et Guillabert d'Aymeri tomba, tel l'orme solitaire foudroyé en plein champ.

Chapitre 24

L'orage qui se levait ballottait l'*Ursus* comme un simple fagot. Dans un sifflement morose, le vent propulsait vers eux des masses échevelées et sombres, monstrueuses outres d'eau prêtes à crever.

L'abbé Filippo et Bernardino, qu'on était allé chercher, accoururent l'instant d'après sur le pont supérieur. Déjà, un attroupement de curieux s'agglutinait pour constater qu'il y avait eu mort d'homme. Mariniers, serfs, femmes et enfants se joignaient à la masse, insouciants de la tempête qui montait et du danger qui planait. D'ici et de là, jaillissaient les pleurs et les soupirs de désolation. « C'est notre bon seigneur d'Aymeri », disait un manant. « Dieu a pas de cœur de nous l'arracher », se plaignait un autre. « Qu'est-ce que nous allons devenir sans lui ? » pleurait un troisième. Jouant du coude, le prêtre et l'Espagnol réussirent tant bien que mal à se faufiler parmi la foule jusqu'à la forme inerte qui gisait sur le dos. Aussitôt, le cercle des gens se referma sur eux.

Debout près du corps telle une garde d'honneur, les huit autres moines chevaliers qui voyageaient sur l'*Ursus* formaient un cercle plus restreint. On les reconnaissait aisément à la cape qu'ils portaient, sur laquelle était cousue la grande croix rouge de l'Ordre. Parmi eux, consterné et bras ballants, Raimon secouait la tête avec un regard fixe.

— Je ne peux croire que nous nous soyons trompés, répétait-il d'un air lugubre. Je ne peux croire…

Guillabert d'Aymeri avait rendu l'âme les yeux grand ouverts. Il était tombé abruptement, la mort avait été immédiate. Agenouillé près de lui, Seynt Clère lui ferma les paupières et, sans prononcer un mot, céda sa place au prêtre.

Celui-ci semblait profondément ébranlé. Se ressaisissant au prix de maints efforts, il se mit à prier à voix haute, laquelle prière en latin fut reprise à l'unisson par toutes ses ouailles réunies. Il aspergea la dépouille d'eau bénite. Puis, s'étant penché au-dessus de la tête du jeune seigneur, il souffla sur le visage inanimé, posant la main droite sur le front en prononçant par deux fois, d'un ton autoritaire, le nom du trépassé :

— Guillabert d'Aymeri. Guillabert d'Aymeri.

Le vent était subitement tombé. De timides rayons de soleil émergeaient sous l'épais enchevêtrement des nuages qui fuyaient vers l'horizon. C'est alors qu'à la stupeur générale, le jeune vassal ouvrit les yeux.

Un silence magistral s'ensuivit, duquel monta une clameur spontanée. Le mot miracle fit trembler toutes les bouches. Dans la foule, chacun se signa en tombant à genoux. Le prêtre soutint la tête du vassal, qu'il maintint contre sa poitrine.

— J'ai rêvé que je visitais mon père au paradis, murmura Guillabert à son intention.

Il referma les paupières puis, en état de choc, refusa de délier les lèvres jusqu'au lendemain. Cependant, avant même le point du jour, l'abbé Filippo et une délégation de chevaliers s'étaient réunis autour de son lit. Ils le supplièrent de leur dévoiler ce qu'il avait vu de l'au-delà. Remis de ses émotions, que la nuit avait purgées comme l'aurait fait une bonne huile de ricin, Guillabert accepta. Assis sur la paillasse, il se mit à leur narrer le songe dont il se souvenait dans les moindres détails. Entassés autour de lui, les Templiers écoutaient son récit, subjugués par son étrangeté.

— Je n'ai pas entendu la foudre s'abattre sur moi, commença-t-il. J'ai plutôt été envahi par un silence magnifique. C'est ensuite que j'ai réalisé que je flottais à une cinquantaine de pieds au-dessus de mon corps, que je venais d'abandonner comme un vêtement usé. Je n'avais ni froid ni chaud, ni mal ni peur. Je ressentais au contraire un total bien-être. « C'est donc ça la mort ? » me suis-je étonné. J'ai observé un moment les gens se presser autour de ma pauvre dépouille.

Il parlait lentement, choisissait un à un les mots qui traduiraient adéquatement sa pensée. Mais ceux-ci se butaient sur ses lèvres, entrecoupés et balbutiants comme ceux d'un enfant.

— Je me suis vite lassé du spectacle et j'ai déserté le pont du navire pour admirer, juste au-dessus de ma tête, un ciel d'une grande beauté. Soudain, une puissante musique comme celle d'un orgue a retenti, qui semblait poindre du firmament. Ses gammes étaient si belles que je fus irrésistiblement attiré dans la voûte céleste. C'est alors que les images de ma vie ont commencé à défiler à toute vitesse devant mes yeux. J'étais le spectateur d'une pièce dont j'étais également le principal acteur. Ça me rappelait les drames modernes qu'on présente dans les églises, dont le texte n'est pas lu, mais joué comme on le faisait chez les anciens Romains. Vous comprenez ?

Ils hochèrent la tête.

— Continuez, je vous prie, l'exhorta Barthélemy.

— Tout aussi subitement, je me suis retrouvé en train de flotter au-dessus d'une vallée luxuriante et obscure, d'une beauté saisissante. Des monts escarpés bornaient ce paysage planté d'arbres étranges, où poussait une flore dont les couleurs extraordinaires ne ressemblent à rien de ce que nous connaissons ici. J'avançais aussi rapidement que si plusieurs chevaux d'attelage m'avaient tiré. Et, plus je pénétrais ces lieux de délices, plus grande se faisait l'extraordinaire paix qui m'envahissait. Je me dirigeais droit vers la lumière qui pointait au bout de ce tunnel végétal. Je ressentais le même bonheur qu'un voyageur qui revient dans son pays natal après un long exil. Mon cœur bondit encore de joie en reconnaissant mon père qui s'avançait vers moi. Mais il levait les paumes pour m'interdire l'accès aux lieux! Il semblait furieux de me trouver là.

Guillabert éclata d'un grand rire. Il dévisagea un à un ses auditeurs.

— Tout ceci doit vous paraître risible et tellement ridicule! s'exclama-t-il. Je crois bien que j'arrêterai ici ce récit dénué de logique! Mais comprenez-moi, tout ça m'est apparu si réel…

— Nous savons que vous avez rêvé et qu'il n'y a rien de tangible à tout ceci, dit l'abbé Filippo avec douceur. Nous vous prions néanmoins de poursuivre, car une symbolique mystique semble se rattacher à votre songe.

Se soumettant de bonne grâce, le seigneur se relança une fois de plus dans ses souvenirs, le dos bien calé dans ses coussins. Cette fois, le vassal déroula le fil du songe en regardant fixement la lampe accrochée au plafond.

— Mon père n'était plus un vieillard maladif: il arborait le corps beau et solide de ses trente ans, que je n'ai pourtant pas connu. Une petite foule souriante s'était sagement alignée derrière lui, comme pour m'accueillir. J'identifiais la plupart comme des amis ou des parents décédés, même si plusieurs d'entre eux m'étaient inconnus. Je vis mon grand-père mort voilà douze ans, mes cousins qui s'étaient noyés enfants, ma bonne Aude, ainsi qu'une très jeune femme aux cheveux blonds et raides, très jolie, que je savais être ma mère. Tandis que ces gens se tenaient immobiles sur une seule ligne, une haute montagne avec trois sommets aplatis se matérialisa entre eux et moi, ce qui eut pour effet de me barrer la route. «Va-t'en hors d'ici, ton temps n'est pas venu», m'a ordonné mon père. Je me suis alors retrouvé dans un lieu sombre, froid et désolé. Une voix s'est fait entendre, une belle voix d'homme, qui m'a dit: «Regarde ce que deviendra dans six siècles la terre que tu t'apprêtes à coloniser. Vois la rétribution des méchants. Car, "ce qui arriva du temps de Noé arrivera de même à l'avènement du fils de l'homme".»

— Saint Matthieu, chapitre vingt-quatre, trente-septième verset, murmura l'abbé.

— Sous mes pieds s'est alors ouvert un trou béant, d'où émergeaient des plaintes atroces, à faire frémir d'horreur l'enfer lui-même. J'ai reculé, glacé d'effroi. Jamais je n'ai vu quelque chose d'aussi terrifiant.

Subjugué par son récit, le cercle des moines chevaliers s'était replié sur Guillabert. Une fois de plus, celui-ci dut s'interrompre, incapable de retenir ses larmes d'impuissance, qu'il essuya d'une main rageuse.

— Des milliers d'êtres nus, peut-être des millions, hommes, femmes et enfants confondus, se vautraient dans une haine démoniaque. Ils hurlaient de douleur et de rage, tourmentés par les gestes de vengeance et d'égoïsme qui les assaillaient de toutes parts. Pis que des bêtes, ils se tuaient les uns les autres, s'écorchaient vifs, se violaient, assassinaient leur progéniture, qu'ils déchiquetaient ensuite. D'autres, pareils à des Cronos, les dévoraient encore vivants. Dans ce spectacle atroce empli de désolation, je vis pourtant des êtres de lumière qui tentaient de venir en aide aux malheureux. Mais les méchants les ignoraient et, sans les écouter ni même les voir, continuaient de perpétrer à l'infini leurs crimes abominables.

Il marqua une pause, et attendit que le silence calme sa voix qui chevrotait, avant de poursuivre, le sang glacé:

— Soudainement la terre se mit à trembler de colère. Le bruit de ses entrailles déchiquetées par les séismes était comme un roulement de tambours infernal. D'immenses vagues, terribles, hautes comme des montagnes, ont déferlé pour faire sombrer la presque totalité du continent. Je réalisai que cette mer rouge était le sang qui coulait de la plaie d'une licorne égorgée. L'animal agonisait, la tête posée sur le sein de la vierge qui l'avait trahi, comme le raconte une tapisserie que j'ai vue à Carcassonne. L'image s'est effacée et le silence est tombé, me laissant à genoux et en larmes. «Les tièdes, je les vomirai de ma bouche», ai-je alors entendu.

— Vous aurez reconnu les paroles du Christ, dit le prêtre d'une voix blanche.

— Je sentis une main ferme se poser sur mon épaule. «Ne puis-je rien faire pour les sauver?» ai-je demandé. «Rien n'est en soi inévitable, m'a répondu la voix. Les valeurs profondes d'un pays, comme celles d'un individu, constituent son avenir propre. Les problèmes et les troubles de ce peuple viendront donc de l'intérieur plutôt que de l'extérieur. Même s'il se réclamera des principes de la chrétienté en inscrivant sur ses monnaies l'adage "En

Dieu, nous nous confions" et en y reproduisant le symbole de la science qui éclaire, il n'agira pas comme il prie. »

Le moine chevalier Bernardino l'interrompit.

— Il s'agit, mes frères, du symbole du Yod, Hé, Vau, Hé hébreu. En d'autres mots, l'œil au milieu d'un triangle qui forme le faîte d'une pyramide.

— Ce continent pourrait donc être sauvé ? s'enquit Raimon.

— D'après ce qui me fut dit, si l'idéal de justice est maintenu par ceux qui sont au pouvoir, il y aura une tendance vers la paix, la prospérité et la sécurité, répondit Guillabert. Mais si, au contraire, les rois dirigeants tiennent la bride à leurs sujets et les attellent à leurs desseins personnels, faisant en sorte que le peuple autorise le règne de ceux qui cherchent à assouvir toujours plus leurs désirs matériels, leur confort et leurs vengeances, alors il n'y aura pas d'issue.

— Le peuple du Huitramannaland sera donc détruit comme le fut celui d'Hyperborée et d'Ultima Thulé avant lui, conclut lugubrement Bernardino.

Le vassal ferma les yeux. D'autres paroles résonnaient dans sa tête, qu'il tut à ses compagnons. Elles étaient pour lui la prémisse de leur trahison morale.

« Ne crois jamais que tout le Huitramannaland puisse disparaître des suites d'un nouveau déluge, qui rayera de la carte ses voisins de l'ouest et du sud, lui avait révélé la voix. Car tu auras contribué à fonder, et particulièrement sur le mont à trois cimes, les assises d'un peuple fort qui saura se détourner des valeurs hypocrites qui l'environneront. Tu es la grue qui tient la pierre d'assise dans ses serres. Ne t'endors pas de peur que la pierre ne tombe. »

— Tout s'est alors éteint autour de moi et je me suis éveillé sur le pont, conclut le vassal en se frottant le visage avec vigueur. J'ose croire que tout ceci n'est qu'un rêve. Ces lieux sont terribles.

Il ferma les yeux et, vaincu par un trop-plein d'émotions, inspira fortement, sans plus retenir ses larmes.

— Ce sont les mots que prononça Jacob en s'éveillant de son propre songe. *Locus est terribilis*, dit Barthélemy Filippo. Ces lieux sont terribles. Dieu seul choisira l'heure de notre mort, mes frères. Cependant, s'Il a permis que Guillabert d'Aymeri revienne un moment parmi nous, c'est que celui-ci a un travail à accomplir quant à l'avenir de la société que nous instaurerons au Nouveau Monde.

— Ces images de la Géhenne sont si effroyables que nous ne pouvons en aucun cas nous soustraire au travail qu'on nous impose, admit le vassal en s'essuyant les yeux du revers de la main. Je suis convaincu qu'il me faut retrouver cette montagne pour avancer dans notre mission. Elle fait face à un fleuve.

S'étant emparé d'un porte-plume, il dessina sur la table le faîte aux trois sommets aplatis de sa vision. Puis, irradié par une ressouvenance subite, Guillabert releva la tête, ébranlé. Il chercha le regard du prêtre.

— Pour me rendre dans ces lieux, dit-il, j'ai dû longer une muraille de miroirs, où je ne vis pas mon reflet. Derrière le tain, j'ai aperçu Mathilde Lescot qui dormait. Un petit enfant blond, suspendu au-dessus de sa tête, lui caressait les cheveux avec amour.

Un silence respectueux figea son auditoire. Bernardino se signa.

— Cette vision nous prouve la véracité de votre incursion au paradis et dans la Géhenne, répondit enfin l'abbé Filippo, dont la voix tremblait d'émotion comme celle d'une vieille femme. Vous n'avez pas rêvé. Hier, au moment même où la foudre vous frappait, Mathilde Lescot se jetait à l'eau du haut du pont supérieur du navire. On l'a repêchée de justesse, et, jusqu'au milieu de la nuit, elle a erré entre la vie et la mort. Elle est maintenant sauve.

On frappa à la porte et un marinier entra.

— La terre des Scots est en vue, annonça abruptement le gros homme.

Troisième partie

Huitramannaland

Chapitre 25

Leur flottille côtoya la péninsule de l'Escotiland sur une distance d'environ une demie lieue sans même l'aborder. Pareille à un soupirant craintif n'osant déclarer sa passion, elle préférait suivre l'être désiré des yeux, en goûtant simplement son parfum. Ils atteignirent ainsi une large baie ensoleillée, dont l'onde capricieuse se plaisait à lécher délicatement les longues plages de sable azurées. Le vent était tombé et pas un nuage ne venait assombrir la magnificence et l'éclat de la coupole céleste éclairée par l'orient, que remplissait en cette aube naissante une multitude d'oiseaux tapageurs.

La beauté sauvage de ce pays des Scots, terre de la nouvelle Écosse rêvée par Seynt Clère, éblouit bien davantage Guillabert que celle de son aride voisine Terreneuve. Tout, dans ce paysage grandiose, l'enchantait. Il comprenait à présent que Zickmni ait pu comparer cette île de la Cadie à la paradisiaque Arcadie antique. *Arca die*, textuellement Arche de Dieu, le premier des trésors des Templiers. Les révélations de Raimon quant à l'Arche enfouie sur une île vue d'une baleine transformait le mythe en extravagante hypothèse.

L'écho du nom avait éclaté à son esprit, découverte inopinée d'un présent qui lui était destiné et qu'on aurait tenté de lui cacher. Il s'accrocha plus fort au bastingage, percevant le halo confus des mystères qu'on lui taisait encore, mais dont l'ampleur l'éclaboussait comme une vague trop forte. Était-il possible que les chevaliers du temple, investis en 1307 de la mission de transporter un trésor, aient pu dissimuler dans les entrailles de cette terre de Scots l'Arche d'Alliance du peuple juif ? La similitude entre les deux mots, Arcadie et la Cadie, était plus que troublante, et le R de Rego, comme l'avait si bien révélé Raimon, en anéantissait tout hasard.

Puisqu'il n'y avait point de havre au refuge de Cross, Seynt Clère fit jeter l'ancre en pleine mer, à la suite du navire de Zéno, devant une côte droite et régulière où se dressait une croix gigantesque. En plissant les yeux, on pouvait distinguer derrière celle-ci l'échafaudage timide d'un village norrois, avec ses quelques maisons de bois longues et étroites, chapeautées de toits de chaume. Pour l'instant, le bourg logeait plus de marins de passage que de colons. Peu élevées, mais couvertes d'une végétation verdoyante et vigoureuse à souhait qui leur donnait l'apparence du velours brossé et brillant, les terres environnantes étaient plantées d'une flore dense de sapins et de cèdres, dont les parfums exquis parvinrent aux voyageurs par l'entremise des vents du large. Sur le pont du navire, chacun se tenait fin prêt et serrait contre lui sa pauvre besace en caressant l'espoir insensé d'être oublié en cet endroit béni. On mit enfin les chaloupes à la mer et le vassal fut l'un des premiers à y monter avec l'abbé Filippo et Raimon.

Pour les serfs voyageant sur l'*Ursus* et l'*Arkas*, l'escale à Cross serait de courte durée, soit six jours bien comptés. En attente sur les vaisseaux, ils auraient néanmoins le privilège de venir puiser à tour de rôle, dans la magnificence du paysage, le courage et les vivres nécessaires à la poursuite de leur périple. En revanche, l'épuisant voyage s'était achevé pour le tiers des voyageurs venus d'Ariège. On les installerait ici, au refuge de Cross, et à celui de Starnatata, en contremont, où de vastes bourgs seraient fondés sur les ruines de monastères des anciens pères islandais, que les marins nommaient indistinctement *papas*, *pabas* ou *pabos*.

Tandis qu'on ramait avec vigueur vers la terre ferme et « sèche », habitants et colons accouraient à leur rencontre. Rassemblée sur la grève, une délégation spéciale de natifs les accueillit en grande pompe. Hommes, femmes et enfants, vêtus de peaux de bêtes, agitaient la main en signe de bienvenue, arborant pour la plupart la chevelure blonde des anciens moines à qui on attribuait la christianisation de la presqu'île. Conformément aux dires de Zickmni, leurs corps révélaient la preuve indéniable d'une descendance bâtarde héritée des Normands colonisateurs. Ces gens qui se prétendaient naturels du pays, ne semblaient avoir d'autochtone que le nom. Le vassal ne distinguait parmi eux aucune des caractéristiques propres aux habitants du Nouveau Monde répertoriées dans le fameux *Livre des merveilles* : aucun n'était doté de gigantesques oreilles, ou de tête de chien.

Pressés de s'agenouiller devant la croix de bois fichée dans la chair de l'Escotiland, les marins posèrent pied à terre, hissèrent les embarcations sur la grève puis les arrimèrent à la hâte aux cabestans. Les Templiers restèrent debout, méprisant le crucifix. Guillabert promena un regard scrutateur sur les lieux, à l'affût d'un indice qui lui permettrait de retracer l'Arche d'Alliance.

Si les pierres d'assise d'un bâtiment ancien jonchaient toujours le sol, il ne restait en revanche plus rien des murs rongés par des siècles d'abandon, murs que le vassal devinait avoir été construits non pas d'un matériau noble qui aurait pu résister au temps, mais du bois des forêts des alentours, corrompu aussi vite qu'il avait été taillé.

Tous entonnèrent un *Te Deum* d'action de grâces à l'intention de Notre-Dame, la protectrice de leurs pérégrinations sacrées. Plusieurs pleuraient de joie, certains baisant même le sol avec une dévotion un peu trop catholique. *Te Deum laudamus*, chevrotait au milieu d'eux l'abbé Filippo. Agacé par ces démonstrations qu'il jugeait hâtives, le feudataire s'étira le cou, cherchant à distinguer le faîte glorieux du monument élevé par les pères gaéliques. Sans raison, il songea à Excalibur, l'épée ensorcelée du roi Arthur, et constata l'ampleur de la croix. C'était une construction magistrale pour une peuplade vivant sur une île aussi isolée. Taillée dans le bois de plusieurs cèdres, elle mesurait pas moins de dix pieds de diamètre sur soixante-quinze de hauteur et laissait encore voir des sculptures à moitié effacées à l'effigie de la Vierge et de Marie-Madeleine. Dégradés par les intempéries, les caractères latins ou hébreux étaient devenus illisibles. Pour le vassal, il ne faisait plus aucun doute que saint Brandan et ses moines avaient visité les lieux des siècles avant eux. Il se ralliait de bonne grâce à l'opinion de Barthélemy Filippo, qu'il avait pourtant crue coulée dans le moule de l'illusion et des fables.

Il ne servait pourtant à rien de se réjouir trop tôt. Certes, Marie, l'Étoile de la mer, avait conduit sans trop d'encombre la nef templière à son premier port de salut. Désormais, le tiers de ses leudes réchappés des fièvres du voyage paîtrait à demeure dans ce climat sain et tempéré.

Vingt d'entre eux, pourtant, n'avaient pas résisté – Dieu ait l'âme de ces malheureux – et le parcours des Templiers et des autres roturiers était loin d'être achevé. Quelques jours, voire peut-être, avec un peu de chance, une semaine de repos en Escotiland, leur seraient donc des plus bénéfiques. Dorénavant répartis sur deux seuls vaisseaux, l'*Ursus* et le petit *Arkas* au moindre tonnage, il leur faudrait bientôt reprendre le difficile chemin vers cette terre de Canaan qu'était le Huitramannaland.

Mais avant cette ultime étape du périple, Zéno et Seynt Clère verraient à décharger le matériel nécessaire à la survie des nouvelles colonies. Sans doute aussi en profiteraient-ils pour charger quelques tonnes de ce cuivre rouge dont ils se vantaient d'approvisionner la France, et que les mineurs retiraient des gisements à ciel ouvert comme d'une plaie sanglante et béante.

Incapable de canaliser davantage ses pensées vers ses préoccupations féodales, Guillabert s'absorba bientôt entièrement dans ce mélange d'aigreur et d'inquiétude qu'il nourrissait pour la fille de Lescot. Le spectre à la faux n'avait voulu ni d'elle ni de lui dans ses enfers. Que Mathilde fût arrachée à la vie comme une feuille d'aulne balayée par un vent capricieux, il ne l'aurait pas supporté. Comment, en effet, serait-il parvenu à se guérir de cet amour déçu si la mort la lui avait prise sans crier gare ? Car, croyait-il naïvement, si l'on songe plus aux êtres aimés trépassés que vifs, pourquoi en serait-il autrement de ceux qu'il fallait détester pour survivre ? L'indifférence était la pire des haines qu'il pouvait lui vouer ; ce sentiment serait le seul remède à son désespoir de l'avoir perdue.

Quelqu'un lui toucha l'épaule. C'était Barthélemy Filippo.

— Je dois vous entretenir d'une chose urgente concernant Mathilde Lescot, lui annonça-t-il.

D'emblée, l'homme à soutane avait capté ses pensées. Le vassal devait par la suite se questionner assez souvent sur cette manie inoffensive qu'avait le petit curé de s'insinuer dans ses réflexions comme s'il les lui avait exprimées à voix haute.

— Ce n'est pas mon heure, répondit-il d'un ton abrupt.

À cinquante pieds d'eux, des femmes en génuflexion devant une petite grotte priaient avec la même dévotion bigote que Guiraude à Saint-Laurent. Sans plus se préoccuper de l'abbé Filippo, Guillabert s'approcha à pas circonspects de l'antre creusé à mains d'homme dans un rocher strié de quartz. Il fronça les sourcils à la vue de la statue qu'on y exposait. Sculptée dans une pierre noire, une vierge que d'aucuns auraient assimilée à la déesse Vénus foulait des pieds un reptile. Elle était identifiée sous le vocable de Notre-Dame des Bonsecours. Une dévote lui affirma qu'elle guérissait.

— Si cela est l'effigie de la Vierge, je veux bien me transformer en hydre à trois têtes ! marmonna-t-il en allongeant la paume vers la pierre.

Surpris, il retira aussitôt sa main ; ses doigts venaient d'être envahis par de douloureux picotements.

— *Maria, Stella maris, perducat nos ad portum salutis,* psalmodia derrière lui l'abbé, qui ne l'avait pas lâché d'une semelle.

— Quelle est cette chose ? s'étonna le vassal en se frottant les phalanges.

La morsure que lui avait faite Mathilde s'était mystérieusement cicatrisée. Le religieux, qui n'avait rien remarqué de son malaise, amena d'un bras autoritaire le seigneur à l'écart.

— Cette chose, dites-vous ? Sachez que j'ai l'obligation morale de vous informer des véritables motifs qui ont poussé Mathilde Lescot à attenter à ses propres jours, commença le prêtre. Elle s'est confiée à moi.

— Je ne vois pas en quoi cela me regarde, maugréa Guillabert, qui pointa aussitôt son regard buté vers l'horizon.

— Vous êtes son vassal, mon seigneur, et vous devez continuer d'assumer la responsabilité morale de vos serfs, même ici, au Nouveau Monde. Qui plus est, cette enfant est désormais sans parents et sans famille. À cette heure, la pauvresse est encore alitée.

— Je ne m'en sens pas responsable, répliqua-t-il en croisant les bras.

— N'est-ce pas vous, pourtant, qui l'avez contrainte à vous suivre jusqu'ici ? Si vous n'aviez pas insisté après du comte de Foix, nous n'en serions pas là.

— N'oublie pas que Zickmni a fait descendre toute sa famille en Terreneuve. Mathilde aura tenté de la retrouver en rejoignant le rivage à la nage, s'impatienta le vassal.

— Si l'amiral est bien la cause première de son malheureux geste, vous vous trompez quant aux motifs véritables de son désespoir, rétorqua le religieux.

— Parle donc au lieu de me faire jouer au devin ! morigéna Guillabert, en le dardant avec dédain.

L'autre baissa les yeux sur ses doigts entrelacés :

— Mathilde m'a confessé son malheur : elle est enceinte, mon seigneur.

Le vassal pâlit et son beau visage aux traits réguliers, qu'il n'avait toujours pas rasé, se durcit sous l'impact de la révélation. Une gourmade au visage ne l'aurait pas moins désarçonné.

— L'amiral se refuse à l'épouser, continua l'abbé. Mathilde Lescot est désespérée.

— Pourquoi me dire ça, à moi, l'abbé ? cria Guillabert, assailli par une colère aussi subite que démesurée. Tu cherches à me torturer ?

Au bruit de l'esclandre, plusieurs pèlerins se tournèrent dans leur direction.

— Vous n'êtes pas sans savoir que Mathilde est la fille illégitime du comte de Foix, bégaya le prêtre.

— Et alors ?

— L'enfant qu'elle porte sera donc issu de deux sangs mérovingiens distincts : celui de notre amiral le baron de Roslyn d'une part, et celui du comte de Foix d'autre part.

— Cela ne m'importe pas, tonna Guillabert.

— C'est que l'enfant a été conçu au solstice d'été ; il naîtra donc à l'équinoxe du printemps ! C'est le signe de l'accomplissement de la promesse dont vous êtes partie prenante, bredouilla l'autre.

— Partie prenante ? hurla Guillabert d'Aymeri, courroucé. Zickmni l'est, pas moi ! À t'entendre, on croirait que la grossesse de Mathilde a été préméditée par les Templiers !

Comme le prêtre pâlissait, le vassal l'agrippa par la soutane :

— Diantre, tu ne vas pas me dire que…

— Qu'allez-vous croire ? se défendit le religieux en se tordant les mains. Je vous jure que c'est pur accident. Mais que pouvons-nous contre ce qui est écrit au ciel ? Vous ne pourrez engendrer, mais vous aurez deux fils, mon seigneur, deux fils de sang pur. L'un méchant, l'autre bon.

Guillabert éclata de rire.

— Ne chercherais-tu pas plutôt à m'imposer les divagations de tes chevaliers, l'abbé ?

— Je ne cherche qu'à vous aider, plaida le prêtre. Mes harangues et mes désaccords préoccupent bien peu l'Ordre du temple. On me met chaque fois devant le fait accompli.

— Quel fait accompli ?

— Cette maternité qui vous offre l'opportunité d'adopter l'enfant de Mathilde. Ce faisant, vous réaliserez le vœu de vos preux ancêtres et de nos nobles chevaliers de rassembler les deux sangs de Mérovée. Car vous êtes le Gréal, le vase réunificateur, ne l'oubliez pas.

Le jeune feudataire le dévisagea avec hargne, relâchant la soutane aussi subitement qu'il s'en était saisi.

— Toujours ces balivernes, vociféra-t-il.

— Il y va du salut de votre âme d'accomplir ce à quoi l'Ordre vous destine, poursuivit l'abbé Filippo en levant sur lui un index moralisateur. Mathilde fera naître l'enfant mâle de la Femme et les Templiers se chargeront de lui dès qu'il aura atteint l'âge de trois ans afin qu'il réalise sa destinée.

— Tu veux lui enlever son petit ? s'étonna-t-il.

— Le plus tôt sera le mieux, tous deux souffriront moins. Je trouverai bien un mari pour Mathilde, que nous renverrons en France. Vous garderez le fils, mais non point la mère.

— Fort bien ! s'amusa Guillabert. Je vois qu'en bon curé que tu es, tu as tout arrangé au mieux pour le salut de nos âmes !

Le vassal cessa de sourire, adoptant un ton méprisant rempli de colère :

— Cette grossesse ressemble trop à un viol orchestré par l'Ordre, auquel tu aurais lâchement donné ton aval pour que son fruit devienne le mien. Je ne suis pas dupe, l'abbé. Mais toi et tes complices raisonnez comme des tambours en tentant de me flouer.

Son interlocuteur se tamponna le visage et le cou avec un mouchoir.

— Je vous dis que je n'y suis pour rien, objecta-t-il avec vigueur. J'avais toujours espéré que le comte de Foix préfère Guiraude à Mathilde pour enfanter. Il a sans doute changé d'avis au dernier moment.

— Quelle idée vous a pris, à toi et à tes complices, de me choisir pour élever un pur-sang ? sursauta d'Aymeri. Car tu sembles avoir oublié une chose essentielle, mon petit abbé, une chose qu'il t'était pourtant impossible d'ignorer puisque tu étais le confesseur de ma bonne Aude : je suis un pur bâtard, moi !

— Mais votre mère Maggia était de sang mérovingien, protesta faiblement le religieux. C'est d'ailleurs pourquoi votre père l'avait épousée.

— Et si je te disais que je suis né du viol de ma mère par un pur inconnu et non un pur-sang, ton opinion sur moi changerait-elle ? gloussa le feudataire d'un rire qui sonnait faux. Je vais te dire une autre chose, que sans doute personne ne t'a encore confessée : nous ne sommes que des corniauds, tu m'entends, tous autant que nous sommes, toi y compris ! Nous ne valons pas plus cher les uns que les autres, mérovingiens ou pas !

Baissant brusquement la voix, il approcha son visage de celui du religieux au point de le toucher.

— Toi, un saint, tu devrais pourtant savoir que le sang ne fait pas l'homme, cingla-t-il encore, les lèvres à demi fermées sur son ire. S'il fabrique son corps animal et sa prétendue noblesse, ce n'est certes pas lui qui lui forge l'âme. À preuve le comportement scélérat de ce maudit Zickmni. L'homme tisse sa valeur par son courage, et non avec cette pisse rouge qui lui coule dans les veines, qu'elle vienne ou non de Mérovée !

Et, lui tournant le dos, le vassal laissa Filippo à son profond décontenancement.

Chapitre 26

Mathilde Lescot ouvrit les yeux et, voyant Guillabert d'Aymeri planté près du lit qui la regardait fixement, se mit à pleurer. Elle détourna la tête, mais son regard rencontra celui de son confesseur, assis à son chevet de l'autre côté.

— Il est primordial de savoir ce que vous souhaitez, ma fille, la tança sévèrement l'abbé Filippo. Nous accosterons dans quelques jours en Huitramannaland, et il vous faut décider de la suite de votre vie… cette vie que votre Créateur a eu la très grande bonté de vous laisser en dépit de votre grossesse et de la honte que vous en éprouvez.

Le petit religieux se racla la gorge et cacha ses mains dans les manches de sa robe :

— Continuerez-vous votre périple en compagnie de l'amiral Seynt Clère jusqu'au Vinland et aux Orcades ou bien…

— Non… pleura-t-elle aussitôt en enfouissant son nez dans les oreillers.

— …ou bien préférez-vous nous accompagner en Huitramannaland, le seigneur d'Aymeri et moi-même, pour mettre au monde cet enfant que votre feudataire s'offre, dans sa très grande générosité, d'adopter ?

Elle dévisagea tour à tour ses deux visiteurs avec effarement.

— Vous allez m'enlever mon bébé ? gémit-elle. J'aurais dû mourir !

— Taisez-vous ! la rabroua son confesseur d'un ton sec et impitoyable, ce qui ne lui ressemblait guère. Que Dieu vous pardonne votre faiblesse et votre manque de foi en Ses desseins ! Vous êtes devenue grosse du fait du capitaine, soit ! Cela est tragique, mais non point mortel. Bien d'autres créatures que vous sont passées par cette épreuve, ma fille, et cela ne m'empêchera pas de vous trouver un mari par la suite. Néanmoins, cet être qui pousse dans votre ventre est un enfant que notre père a créé, ne l'oubliez jamais. Sans doute aurait-il mieux valu que le capitaine, baron de Roslyn, vous offre sa protection, à vous et à votre enfant...

— Ce rustre se refuse à l'épouser, le coupa Guillabert d'un ton abrupt. Il l'abandonnera à son sort avec l'enfant dès que la flotte quittera les quais de cette nouvelle Écosse qu'il voudrait tant fonder !

— C'est bien ce que je crains, dit le prêtre.

Le vassal se frotta la lèvre supérieure, anéanti par la réalité brutale qui poignardait en plein cœur l'enfant illégitime mais si belle du comte de Foix, et qu'il parvenait bien mal à détester. Il s'assit sur le lit puis, se saisissant du visage de la jeune femme, le tourna délicatement vers le sien pour qu'elle le regardât bien en face.

— Dis-moi que cette brute t'a forcée, j'aurai moins mal, murmura-t-il en la scrutant avec intensité comme s'il voulait lire la vérité au fond de ses yeux. Pas une fois je ne t'ai entendue hurler de l'autre côté de la cloison qui nous séparait.

Il accrocha désespérément son regard au sien. Mathilde savait-elle qu'il souffrait autant qu'elle? Il eût tout donné pour que cette chose innommable n'arrivât pas. Les yeux bleu-gris de Mathilde, délavés par les larmes, le pénétrèrent jusque dans les profondeurs les plus secrètes de son être. Le cri silencieux qu'elle poussait, qu'il ne pouvait ignorer, le frappa en plein cœur. Guillabert comprit confusément que la fille de son fèvre se noyait et qu'elle tendait vers lui une main désespérée. Certes, la regarder s'enfoncer aurait pu constituer une douce vengeance pour l'affront qu'elle lui avait fait de l'avoir repoussé. Pourtant, un mal intolérable brûlait le jeune seigneur au fer rouge. Elle leva soudain un index accusateur sur lui.

— Hors de ma vue! hurla-t-elle en lui balançant à la tête les mots dont il s'était servi pour la chasser.

— Mathilde! Que vous prend-il? sursauta le prêtre. Votre seigneur ne veut que vous aider.

— Tout est arrivé par sa faute! s'insurgea-t-elle. S'il ne nous avait pas embarqués sur cette caravelle sous de faux prétextes, ma vie ne serait pas devenue ce trou noir! Et j'aurais Martial près de moi…

Elle sanglotait. Guillabert se rembrunit: elle n'avait rien compris à ce qu'il pouvait ressentir. Il inspira avec force, luttant contre la douleur fulgurante qui lui serrait la poitrine. Était-ce cela, la haine, ce mélange de peur et d'amour trahi qu'il n'avait jusqu'alors jamais ressenti?

— Je verrai à ce que ton nouveau-né ne manque de rien, l'assura-t-il d'une voix blanche. Je serai son père au même titre que Sylvestre le fut pour moi.

— Jamais vous ne l'aurez, je ne le permettrai pas! laissa-t-elle fuser par à-coups entre deux pleurs. Quel père affreux vous feriez!

Ces mots, qui eurent sur lui l'effet d'un coup de poignard, achevèrent de détruire toute la bonne foi qui pouvait encore l'animer. Il la détesta soudain avec une telle force, une telle hargne, qu'il se fit le serment à lui-même de se rebeller contre elle, de la faire souffrir avec autant d'énergie qu'elle mettait à le briser.

— C'est pourtant ce que vous consentirez pour l'amour de Dieu, ma fille, morigéna l'abbé.

Le feudataire, toujours assis sur le lit, se pencha à nouveau vers le visage de la jeune femme. Il avait les mains froides. Contre toute attente, avec une volonté de fer, il caressa une mèche mouillée de larmes sans qu'elle osât s'en défendre. Doucement, si doucement. Il se jura que sa bienveillance blesserait bien davantage Mathilde que sa colère ou ses injures. Elle viendrait se prosterner à ses pieds, les lui oindre de parfum, mais toujours, il la repousserait.

— Tu seras sa nourrice, et tu le resteras aussi longtemps que je le souhaiterai, décréta-t-il subitement. Et que je n'en entende pas un médire de toi.

Mathilde se redressa. Ses yeux soutenaient les siens comme pour chercher le mensonge qui pouvait se cacher derrière les longs cils pâles qui les ombrageaient. Elle ne le trouva pas, ce qui parut un instant la décontenancer. Puis, son effarement se métamorphosa en un vif soulagement.

— Mais non, mon seigneur, protesta avec véhémence le religieux.

— Ce qui est dit est dit.

Filippo rejoignit Guillabert de l'autre côté du lit et se hissa à son oreille :

— Même la Femme de l'Apocalypse, après la venue de l'enfant mâle qui lui naquit, fut renvoyée de son refuge au bout de mille deux cent soixante jours…

— Te prends-tu pour Dieu, l'abbé? tonna l'autre d'une voix forte. D'ici là, bien des choses peuvent encore changer.

— Mille deux cent soixante jours après la naissance, mon seigneur, mais pas un de plus, accepta-t-il dans un murmure que Mathilde ne put déchiffrer.

La jeune femme empoigna douloureusement la main de son seigneur pour la baiser avec frénésie, l'inondant de l'averse de gratitude qui lui coulait des yeux. Cependant, ses doigts à lui demeurèrent mous comme des poissons morts, que toute cette eau salée aurait éclaboussés trop peu et trop tard.

Chapitre 27

Quinzième jour d'août de l'an de grâce 1397, Vézelay, Bourgogne.

Guillabert,

Vous récolterez le fruit de mon sacrifice. Je vous le donne d'avance, il est à vous. Et que Dieu, grâce à lui, vous sauve.

Je pense à vous jour et nuit. Je suis malade, mais peu m'importe. Enfin, je vous serai utile. L'espoir de vous revoir est plus fort que tout.

Votre Guiraude

Chapitre 28

Le goût de vivre de Mathilde refleurit et se mit à grandir, au rythme de l'être qui poussait en elle et à mesure que les Templiers lui prodiguaient les enseignements nécessaires à l'éducation d'un petit Mérovingien au sang pur.

L'instruction particulière de la future mère débuta abruptement, au surlendemain de leur halte en terre de Cadie. La décision était prise, point de retour possible. L'Ordre la prenait totalement en charge sans qu'elle puisse en connaître les véritables motifs, si ce n'est cet enfant qu'elle portait et que Guillabert adopterait. En outre, on ne lui donnait guère le choix. D'abord craintive, Mathilde accepta finalement les exigences de ses nouveaux protecteurs, et ce, pour plaire d'abord à son confesseur qui attendait beaucoup d'elle.

— Les Templiers que voici ne sont pas les hérétiques qu'on vous a fait croire, lui expliqua avec douceur le père Barthélemy. Ceux-là ont été exterminés par le feu et par le fer, n'ayez crainte, ma fille. Philippe le Bel les a bien détruits.

— Ceux que vous cherchez à défendre n'ont-ils pas utilisé le chantage pour forcer mon seigneur d'Aymeri à l'exil? objecta-t-elle.

— Chantage est un bien vilain mot. Parlons plutôt de tactique. Tout a été prévu pour la plus grande gloire du Christ, gloire dont vous êtes devenue partie prenante. Ne cherchez pas à comprendre, vous vous tortureriez inutilement l'esprit. Obéissez et faites confiance.

Elle se plia donc aux volontés de son cher mentor. Chaque jour, de l'aube au coucher du soleil, dix moines templiers se relayaient auprès de la jeune femme, lui apprenant à lire, à écrire, à compter. On l'initia au Livre sacré, aux religions musulmanes ainsi qu'aux évangiles apocryphes, contraires aux dogmes officiels. Chaque leçon était marquée par de remarquables progrès et de grandes joies pour Mathilde, dont l'esprit s'ouvrait comme une rose qui éclôt. Si bien que ses maîtres, qui s'entretenaient souvent de la grande facilité de cette jeune femme à tout comprendre, n'hésitèrent plus à qualifier ses traits d'intelligence de véritables dons du ciel. L'abbé, évidemment, continua à lui donner avec zèle ses leçons de chant. Il le faisait en public, sur le pont inférieur, ce qui leur attirait un auditoire chaque jour plus vaste. Souvent, Guillabert s'y mêlait aussi. Grand et digne, elle le voyait s'immobiliser en retrait, croiser les bras et écouter. Elle ne chantait alors que pour lui, et l'hymne de Saint-Jean de Gui d'Arezzo devenait l'hymne de son amour pour Guillabert. Le beau visage du vassal prenait alors une expression de gravité particulière, son regard fixe ne quittant pas celui de Mathilde. Elle s'y accrochait, le goûtait. Elle devenait désir sensuel et sauvage, rien n'existait plus autour d'elle. Hier, elle avait fermé les paupières pour ne pas se troubler davantage. *Ut queant laxis, Resonare fibris, Mira gestorum, Famuli tuorum, Solve polluti, Labii reatum, Sancte Joannes.* Ut, ré, mi, fa, sol, la. Quand elle avait relevé les yeux, Guillabert avait disparu.

C'était ce même regard triste et passionné qui la consolait au moment d'aller dormir et qui la faisait agréablement rêver. Il effaçait à lui seul l'onde froide où elle s'était jetée, les suffocations, le désespoir si malsain dans lequel elle s'était enfoncée quand sa grossesse s'était confirmée. Sa tentative de suicide devenait un mauvais rêve dont son beau seigneur l'éveillait avec force.

Barthélemy Filippo s'émerveilla d'abord du miracle qui métamorphosait davantage chaque matin la petite chenille mélancolique en un papillon vibrant et chatoyant. Puis, il se mit à s'inquiéter.

— Je suis amoureuse de Guillabert d'Aymeri, mon père, lui confessa-t-elle spontanément alors qu'il l'interrogeait. Il est si généreux, si bon pour moi et pour nous tous.

— Dieu vous préserve de lui ! grognassa le religieux après quelques claquements de langue désapprobateurs. C'est un péché que d'éprouver de tels sentiments à son égard, ma fille. Vous brûlerez dans les flammes éternelles de l'enfer !

— Ne m'aviez-vous point dit que Dieu m'aimait trop pour me soumettre à de telles abominations, père Barthélemy ? répliqua-t-elle en relevant sur lui un sourcil amusé.

— Je... je...

Honteux de s'être fait prendre à concevoir un mensonge aussi naïf, le prêtre rougit violemment. L'élève avait-elle donc rejoint son maître ? Il fulminait. La menace de l'abomination éternelle, qui avait un jour glacé Mathilde d'épouvante, ne lui faisait plus, de toute évidence, ni chaud ni froid. « À la vérité, cette enfant a absolument raison, pensait l'abbé Filippo. Dieu lui-même peut-il se montrer moins miséricordieux que Guillabert d'Aymeri ? »

La grossesse avait jeté la jeune femme dans un état de grâce que le prêtre lui enviait secrètement. On l'aurait dite pâmée dans un bien-être anesthésiant où rien ne semblait l'atteindre.

— Dès ce soir, vous dormirez près de moi dans la cale et vous n'en bougerez plus, décréta le religieux d'un ton bourru, voyant bien que rien ne la ferait changer d'idée. Et récitez cinquante *Pater Noster* pour votre pénitence.

Elle lui prit la main et la baisa avec affection.

— Oui, mon très cher père Barthélemy.

Chapitre 29

En retrait du bourg de Cross, une maison longue servait d'auberge et de bordel aux pêcheurs et aux mariniers de passage. Guillabert d'Aymeri s'y rendit par dépit, et ce, malgré les suppliques de Barthélemy Filippo.

— Gardez-vous du mal et de la fornication, gémit celui-ci en tordant ses mains trop délicates. Demeurez sur le vaisseau !

— Je ne suis pas Templier, l'abbé, mais seulement affilié, tâche de t'en souvenir. Et toi, qui es-tu pour me parler de chasteté ?

— Pardon ? s'offensa le prêtre, insulté.

— Et cette femme que j'ai vue chez toi quand j'étais jeune ?

— Quoi ? Quelle femme ?

— Ta maîtresse toute nue, crapule. Elle prenait son bain habillée de ta seule bague !

L'abbé pâlit violemment, sa bouche s'ouvrant démesurément sous l'effet de la surprise.

— Non... je... vous vous trompez, mon seigneur ...

Guillabert éclata d'un rire frondeur et l'abandonna à sa confusion. Après toutes ces années, son silence avait assez duré. C'en était assez de ses rancœurs et de ses ripostes ravalées. Filippo allait vivre en sachant que quelqu'un, quelque part, connaissait la vérité sur sa prétendue chasteté. L'enfance a la mémoire longue et les rancunes qui s'y développent sont souvent les plus tenaces de la vie.

Le garçon devait avoir douze ou treize ans. En mal d'amis cette journée-là – il s'ennuyait souvent –, il s'était retrouvé sans trop savoir pourquoi sur le palier de son maître d'astronomie, qui habitait en ermite une mansarde près du château. «Lui saura m'écouter», avait-il songé. Il était entré sans frapper et s'était avancé en silence dans la sombre masure, enveloppé par l'odeur de l'encens qui s'en dégageait. Une braise orangée mourait dans l'âtre, où un chaudron semblait avoir été oublié. Il régnait dans l'endroit un indescriptible fouillis de burettes, de bouteilles et de parchemins sur lesquels étaient griffonnées d'incompréhensibles formules mathématiques. Sur une table, entre un plat sale et une carafe, des livres étaient restés ouverts. Guillabert s'était approché, caressant les manuscrits du bout des doigts, conscient de pénétrer un monde défendu. *Doctor admirabilis*, la *Rose mystique*, le *Rosarium*. Ici, régnaient les écrits d'Ortalanus, de Lullius, d'Arnaud de Villeneuve et de Nicolas Flamel. Sans doute les papes les avaient-ils tous décriés. Un sentiment de fierté avait envahi le garçon, qui s'enorgueillissait d'avoir pour professeur un esprit si rebelle à la catholicité. Au fond du couloir, un bruit de clapotis s'échappait par une porte entrouverte. Il s'était avancé pour jeter un regard dans le mince interstice.

Une femme mûre se lavait, nue, accroupie dans une cuve en fer. Un rideau cachait entièrement son visage et sa chevelure, aussi Guillabert ne voyait-il d'elle que son corps flétri, plié sous les ablutions. Les seins tombaient, usés par le temps, tandis que le bas-ventre flasque dévoilait le sexe sous le rare duvet. Elle portait à l'annulaire gauche l'anneau en or de l'abbé, avec cette si caractéristique rose gravée sur son chaton.

« L'abbé a pris une maîtresse, comprit le garçon médusé. Pourtant, les Templiers ne jurent-ils pas la totale chasteté ? Filippo me déçoit. Il n'est pas un vrai Templier. »

Autant la rébellion du prêtre, l'instant précédent, l'avait ravi, autant le garçon se sentait maintenant floué dans la confiance qu'il avait secrètement mise en lui. Pour Guillabert, il n'existait pas de juste mesure. Tout était blanc ou tout était noir : Barthélemy Filippo dupant l'Église catholique s'élevait au rang du héros sans faille, mais une maîtresse le transformait l'instant d'après en fieffé coquin dont il fallait se méfier. Le garçon était parti en claquant la porte et depuis avait toujours douté du bon homme, sans que celui-ci en connaisse la cause.

— Chasteté hypocrite, oui… grogna-t-il encore sur le chemin de la maison longue, poursuivi par le souvenir.

Les tables de Cadie étaient bien servies – l'approvisionnement par les Templiers et le fonctionnement de leur monnaie d'échange permettaient même un certain raffinement dans les vins et vinots – et on y parlait haut. En contrepartie de rations d'eau-de-vie, Guillabert passa la journée à glaner des renseignements qu'il ne pouvait soutirer des moines chevaliers eux-mêmes et qui concernaient l'Arche d'Alliance. Il n'obtint rien, si ce n'est l'humeur joyeuse qu'apportait l'alcool et l'amnésie temporaire de son amour saigné à blanc.

Éméché par ses propres avances auxquelles il se devait de trinquer, il avait fait la rencontre de quelque douze convives, dont la moitié collait toujours à sa table. Peu après le coucher du soleil, au hasard des coups de dés et des parties de cartes, se présenta à lui un naturel du pays qu'on nommait le Béotuk. L'indigène arborait sur sa veste en peaux de bêtes un collier auquel était fixée une petite croix. Il se prétendait originaire d'une nation qui avait peuplé la Cadie et la Terreneuve bien avant l'arrivée des Mig'mawags.

— Mig'mawags ? demanda le seigneur.

— Le peuple de l'aurore, expliqua le solide quadragénaire.

L'homme n'avait en rien l'apparence prodigieuse des êtres bizarres auxquels Pline faisait allusion dans ses écrits, encore moins celle des créatures reproduites sur les tympans des églises d'Ariège avec un œil unique planté au milieu du front ou une tête fixée sur la poitrine. Son visage imberbe aux traits réguliers, dont le beau basané tirait entre le brun et l'olivâtre, n'était dépourvu ni de nez, ni de lèvres ni de langue. De grande taille, le corps de Béotuk évoquait plutôt celui d'un athlète grec aux jeux du Parthénon, avec son maintien grave et ses longs cheveux de jais ramenés en arrière.

L'autochtone marcha posément jusqu'à une chaise faisant face au vassal et, à son invitation, il la tira pour s'asseoir. Guillabert lui versa aussitôt une rasade d'eau-de-vie qu'il ne daigna pas toucher. Amusés, les hommes se rassemblèrent autour d'eux pour assister à une nouvelle joute.

Les marins qui travaillaient au ravitaillement des refuges templiers en Huitramannaland le connaissaient bien. Fort érudit pour un soi-disant sauvage, l'indigène parlait couramment plusieurs langues, parmi lesquelles le français et le basque qu'il avait apprises au contact des pêcheurs et des mariniers dont les vaisseaux mouillaient fréquemment les eaux de la Cadie. Il lui semblait toutefois impossible de prononcer la lettre R qui, dans sa bouche aux lèvres charnues, devenait un L assez confus. Mêlant tour à tour le français de Paris et de la cour de Londres au dialecte indigène local, le Béotuk enseigna à son nouveau partenaire un jeu d'osselets et de dés inconnu en France, mais dont les règles complexes battaient en finesse toutes ses parentes occidentales. La joute de *Ledelstaganne* se poursuivit si tard que les adversaires en perdirent peu à peu tout leur auditoire.

Les joueurs se retrouvèrent seuls dans une auberge désertée. Éclairés par une lampe suspendue au plafond, qu'alimentait une puante huile de baleine, ils luttaient encore avec acharnement. Puis, trop las et trop affamé, le vassal se décida subitement à laisser gagner son rival.

— Je me rends, déclara-t-il en rompant le silence.

— Nous sommes de force égale, admit le Béotuk, avant d'éclater de rire.

Guillabert demanda à manger et invita l'autochtone à partager son repas. L'aubergiste déposa devant eux un pâté de morue fumant, un civet de lièvre ainsi que des tranches de saumon fumé et de pain sur lesquels ils se jetèrent avec voracité. Au hasard d'une conversation entrecoupée de grognements satisfaits, son invité sema sur la table quelques parcelles d'un récit qui frisait la légende.

— Ceux qui habitent la terre de l'ouest, les Mig'mawags, appellent mes ancêtres « les Béotuks », c'est-à-dire « les mauvaises gens », commença-t-il après avoir trempé ses lèvres avec suspicion dans l'eau-de-vie, ce qui le fit aussitôt grimacer. Moi, je suis le dernier des Béotuks de l'ouest du pays du soleil, et que ton peuple nomme à tort les « méchins » ou méchants.

— Les gens de ton clan sont donc tous morts ? comprit le feudataire.

— *Akahie, akahié…* fit l'autre d'un air lugubre, mots que son vis-à-vis traduisit par un approximatif « hélas, hélas… »

L'autochtone sourit d'un air triste, dévoilant une denture d'une blancheur si admirable que le vassal se demanda si la gomme de sapin qu'il avait mâchée sans relâche durant la partie d'osselets et de dés n'en était pas responsable.

— Les Béotuks de mon clan ne vénéraient pas la croix qui protège, comme le font les Mig'mawags, expliqua-t-il. C'est pourquoi la maladie a anéanti les miens, sauf une poignée d'enfants, dont je faisais partie. Les Mig'mawags m'ont recueilli alors que j'avais huit ans, que j'errais dans les bois avec mes frères et sœurs et que nous mangions des racines pour survivre. Je suis devenu un des leurs et j'ai pu remplacer dans le cœur du chef le fils qu'il avait perdu. Les Mig'mawags sont des gens braves et amicaux.

La femme de l'aubergiste déposa sur la table un nouveau pichet d'eau-de-vie, puis se mit à bâiller sans retenue.

— Pourquoi les Mig'mawags prétendent-ils que les Béotuks sont mauvais ? s'informa le vassal d'une langue pâteuse.

— Ils vénéraient le grand serpent qui apporte la connaissance et le mal. D'après les chants traditionnels que mes ancêtres se sont transmis de génération en génération, le reptile rouge se terrerait toujours parmi les pierres tombées du ciel.

Ces paroles singulières laissèrent Guillabert sans voix et le dégrisèrent instantanément. Serpent rouge, dragon, *anima mundi* des pierres sacrées. Ses pensées tournaient à toute vitesse, comme les ailes d'un moulin dans la tempête. Les mots se bousculaient, s'enchevêtraient. Machinalement, il tendit la main vers le pichet, mais le Béotuk lui agrippa le poignet avec fermeté :

— Ce que tu bois t'apportera le mal.

— Quels pouvoirs détient ce serpent rouge ? demanda-t-il sans se dégager.

L'indigène le fixa de ses yeux noirs et vifs qui semblaient lire jusqu'au tréfonds de son âme.

— Les pouvoirs de guérison et de longue vie.

Guillabert le considéra un moment sans parler. «Cette vipère n'est autre que celle d'Ophiuchus, l'homme au serpent», comprit-il, médusé.

C'était la constellation du Serpentaire, le treizième signe honni du zodiaque. «Sur la terre comme au ciel», avait dit Thot. Conforme à ce groupe d'étoiles fichées au ciel, son reflet sur terre avait sans doute été reproduit en Huitramannaland par un assemblage de pierres sacrées où se terrait justement le reptile. Il lui restait à comprendre par qui et dans quel but ces grandioses mosaïques avaient été dessinées.

Ce n'était certes pas un hasard si toutes les traditions humaines, des peuplades du Nouveau Monde à celles des Grecs ou des anciens Hébreux, avaient de façon unanime fait du serpent un symbole à la fois guérisseur et pervers. Le Python des Grecs, l'Esculape, le Serpent des Hébreux et le reptile qui tentait Adam en son paradis terrestre évoquaient tous la même bête. Le dragon de l'Apocalypse était aussi le grand serpent rouge des Béotuks, la flamme crachée par sa gueule constituant sans nul doute l'énergie des pierres, l'*anima mundi* des Templiers.

— Cette roche sacrée placée en bordure du fleuve et qu'on prétend guérisseuse serait-elle donc la pierre philosophale? s'étouffa Guillabert en bondissant sur ses jambes.

Si c'était le cas, l'amalgame distillant la vie éternelle tant convoité par les alchimistes n'était pas d'origine végétale mais minérale, contrairement à ce qu'on lui avait enseigné. C'était on ne peut plus logique: comment la pierre philosophale aurait-elle pu en effet être de nature autre que minérale?

— Suis-moi, décréta le Béotuk en se levant à son tour. Tu verras bien si cette roche est celle que tu cherches.

— Ce n'est pas trop tôt! fulmina la femme en les voyant quitter les lieux.

L'incartade retint le vassal de jeter sur la table le généreux pourboire qu'il tâtait dans son aumônière.

Le Béotuk le mena d'abord au pied de la grande croix. À cette heure, la grève était totalement déserte, éclairée d'une pleine lune voilée par l'épais brouillard. Le plain de sable disparaissait avalé par la marée de vive eau. S'étant signé, l'indigène baisa avec dévotion la croix qui lui pendait au cou et conduisit Guillabert jusqu'à la grotte dédiée à Notre-Dame des Bonsecours.

— Dans les temps reculés, expliqua-t-il, mon peuple venait ici vénérer la dame des eaux, mère de tous les hommes, pour lui demander guérison et longue vie. La sculpture de pierre qu'ils en ont faite s'appelle maintenant Notre-Dame. La pierre sacrée est tombée de l'étoile du matin. Elle marque le croisement des veines du serpent rouge.

Guillabert se remémora la douleur diffuse qu'il avait ressentie en touchant la statue. L'énergie guérisseuse avait cicatrisé la morsure de Mathilde.

— Les sages disent que des Robes blanches sont venues du soleil levant sur leurs coquilles, poursuivit l'autochtone. Ces hommes se promenaient sur nos terres en parlant fort et en portant devant eux de grands morceaux d'étoffe tendus à des perches. Ils nous ont donné la croix pour nous guérir du Mal apporté par le serpent à cornes. Ils ont détruit le reptile des Mig'mawags. Ils ont planté leurs crucifix partout.

— Ces Robes blanches n'ont-elles pas également anéanti le serpent des Béotuks comme elles l'avaient fait pour celui des Mig'mawags?

— Non. Mon peuple, les Béotuks, a rejeté leurs croix, ils ont continué à prier la dame des eaux pour obtenir la guérison. La maladie s'est alors abattue sur eux comme un *gulo-gulo* cruel et ils ont péri.

— Pourquoi les moines n'ont-ils pas détruit cette pierre s'ils la jugeaient païenne ?

— L'esprit de la Dame des eaux l'habite encore et guérit parfois ceux qui la touchent. C'est pourquoi les Robes blanches la nomment Notre-Dame des Bonsecours.

Tous les sites païens christianisés par l'Église catholique aux temps des Barbares étaient aussi constitués de pierres sacrées. Là-bas, dans le vieux continent, la chrétienté s'y était prise de façon identique pour contrecarrer l'idolâtrie engendrée par le paganisme, faisant porter désormais à ses saints les interventions miraculeuses des dieux impies. Par ailleurs, ce n'était pas un hasard si les indigènes du Nouveau Monde, comme les Latins des temps anciens, avaient attribué un pouvoir à Vénus, l'étoile du matin. N'était-ce pas l'apôtre Pierre qui donnait les noms « d'Étoile du Matin » et de « messager de la lumière » au Christ porte-lumière, traduit par le vocable de Lucifer, que des papes avaient par la suite si faussement attribué à Satan ? Guillabert jubilait. Il aurait souhaité que Guiraude soit près de lui pour pouvoir partager sa fascinante découverte.

« Les hommes des temps anciens avaient des connaissances prodigieuses de guérison et d'immortalité, comprit-il encore. C'est l'idolâtrie, puis la catholicité qui les leur a fait perdre. Si je pouvais découvrir en quoi consiste l'*anima mundi* du serpent, qui n'est autre que le fluide de la roche sacrée ou de la pierre philosophale, je ferais renaître cette science magnifique qui anéantit toute maladie et prolonge indéfiniment la vie. Je dois trouver cette vipère. »

L'intuition était solide, arrêtée. Rien n'aurait pu le convaincre à ce moment qu'il errait ou qu'il faisait fausse route. Guillabert s'imagina entouré d'un flot d'enfants heureux et confiants. Il était leur île, leur oasis au milieu d'une mer salée, le berger qui les sauverait des fauves et de la mort.

— Existe-t-il des lieux où la croix n'a pas encore détruit les pouvoirs du serpent? demanda Guillabert, le cœur battant.

Le Béotuk réfléchit consciencieusement.

— Des légendes racontent qu'il subsiste au village d'Ochelaga, où vit la puissante confédération des Agonnonsionnis, une grande pierre de fécondité et de guérison, répondit-il finalement. Les Robes blanches n'y ont jamais mis les pieds.

— Saurais-tu m'y conduire?

— Mon *Oüahich* le saura si je lui demande. Il te montrera alors la grandeur magnifique du serpent rouge, l'excitateur de l'énergie magique qui guérit et qui prolonge les jours.

— Ton *Oüahich*?

— Mon démon intérieur, qui se tient sans cesse à mes côtés, qui me nourrit si je lui demande, et qui m'envoie des songes pour me guider.

L'autochtone évoquait sans contredit l'être que Socrate appelait son *daïmon*, c'est-à-dire son guide intérieur, le cher ange gardien des chrétiens.

— Où se trouve ce village d'Ochelaga?

— À dix nuits d'ici par la mer, dans le pays que tu nommes le Huitramannaland. Au pied d'une montagne sacrée à trois coupeaux.

Trois sommets, c'étaient autant de cimes qu'en comportait le mont royal de sa vision, autant d'espoirs insensés ravivés par sa quête de la pierre philosophale. Il chancela, ferma les yeux sur la nouvelle révélation. Il lui semblait être conduit par la main. Dorénavant, rien n'allait plus l'étonner.

— Il semble que ton *Oüahich* connaisse déjà le mien, dit Guillabert d'une voix troublée. Toi et moi ravirons nos peuples à toute maladie.

Le Béotuk hocha la tête. Ils s'empoignèrent vigoureusement l'avant-bras.

— Chez mon peuple, affirma l'autochtone, on dit que plus un homme donne et plus il est riche. Toi, tu es très riche. Tu ressembles au ruisseau joyeux et confiant qui coule librement sans se soucier d'où peut provenir sa source. La terre aime cette confiance que tu mets en elle, c'est pourquoi elle te donnera toujours davantage si tu n'entraves pas son cours.

†

1438.

— Je n'ai rien entravé, gémit Guillabert d'Aymeri en s'agitant. Que recevrai-je en récompense ?

— Vous aurez votre place à la droite du Christ, l'assura Thierry en lui pressant la main. Enfin, voilà Louis qui vient.

Le vieillard ouvrit des paupières tremblotantes. Les souvenirs distordaient l'image du temps présent comme un mauvais miroir. Seules quelques secondes s'étaient écoulées depuis son dernier rêve. Le vieillard se souleva sur les coussins pour accueillir ce fils que son *Oüahich* lui avait donné avec un humour si particulier.

Un homme grand, aux cheveux longs d'un châtain pâle, entra alors dans la chambre en coup de vent. Il se laissa tomber à genoux près du lit, offrant à l'agonisant sa tête à caresser. Il avait le bras en écharpe.

— Mon père…

— Louis! Enfin te voilà, bougre de sang de Mérovée! soupira le vassal avec tendresse. Tu es blessé?

— Ce n'est rien.

Contrairement à ses habitudes, Louis avait la voix morne, le visage défait. D'une main impatiente, le vieillard dégagea le haut front de son fils, repoussant la mèche qui lui cachait les yeux. Celui-ci coiffait rarement ses cheveux en broussaille, l'esprit obnubilé par ses fastidieuses recherches, pinaillant jour et nuit sur d'infimes détails avec une passion que d'Aymeri admirait.

— Que se passe-t-il, Louis?

— Mon père, c'est que…

— De grâce, Louis, ne dites rien! s'opposa vivement sa mère.

— Mais parle donc! ordonna Guillabert.

Son fils inspira fortement, comme s'il avait peine à retenir le désarroi qui lui montait aux yeux.

— Le froid et la peste ont emporté un si grand nombre d'ouvriers et d'indigènes qu'il nous a fallu cesser tous nos travaux à Montréal, commença-t-il d'un ton lugubre. Les Iroquoués nous accusent formellement d'avoir provoqué la vengeance de leur Manitou et d'avoir apporté la maladie à Ochelaga.

— Louis d'Aymeri, taisez-vous à présent; vous fatiguez inutilement votre père, l'interrompit sa mère d'un ton sec.

— Laisse-le parler, ma mie, dit le malade. Je refuse qu'on m'épargne et qu'on me taise les faits. Je veux vivre dans la vérité jusqu'au bout.

Comment les affectueuses relations avec les Agonnon-sionnis d'Ochelaga, les faiseurs de cabanes, avaient-elles pu se détériorer à ce point ? L'abbé Filippo les avait surnommés Iroquoués, en raison des mots *Hiro koué* qui terminaient la plupart de leurs discours et qui signifiaient « j'ai dit ». C'était peu dire de quel farouche entêtement ces gens pouvaient faire preuve. S'ils s'étaient ligués contre eux, les faire changer d'idée ne serait pas chose facile.

— Les nouvelles que j'apporte sont atroces, reprit Louis, sans plus retenir ses larmes. Les Iroquoués ont massacré tous les Templiers sans aucun discernement. Je suis le seul qui en ait réchappé.

Guillabert d'Aymeri déposa une main sur son cœur qui s'emballait. Les pleurs et le froid montaient dans la chambre.

— Et Bernardino ? s'étrangla-t-il.

— Mon vieux maître n'est plus. Que Dieu ait son âme ! Montréal d'Ochelaga a été mis à feu et à sang, les refuges d'Angoulesme et d'Ochelay ont subi le même sort. Nos travaux sur la pierre philosophale, notre colonie, tout est anéanti. Je crains le pire pour Séguna et pour les autres refuges dans les heures à venir.

— Mais pourquoi, pourquoi ? demanda son père en pleurant.

— Les indigènes nous tiennent responsables de la peste et du grand froid qui s'abattent sur le Huitramannaland, répondit Louis.

— C'est ridicule ! s'insurgea Marguerite. La France et les vieux pays subissent la même froidure depuis trois mois ! L'astre errant qui frôle la Terre est la cause du terrible gel qui nous anéantit. Ne nous avez-vous pas expliqué, Louis, qu'il a modifié l'inclinaison de notre planète sur l'écliptique et qu'il perturbe la marche des saisons ?

— Il explique le froid, mais non point la peste, objecta sa mère. La maladie est certainement venue de France sur les vaisseaux des Templiers. Serait-ce là une manœuvre de l'Église pour nous décimer ?

— Peu importe les coupables, les Iroquoués sont convaincus que nous avons provoqué la colère de leur serpent à cornes en tentant de le débusquer sous les pierres sacrées, poursuivit Louis.

— Quel malheur pour les colonies ! murmura la timide Louise, assise de l'autre côté du lit. Remercions le ciel que mon frère soit sauf et qu'il ait pu fuir à temps ce carnage.

— Tout ce travail voué à l'échec ! balbutia Louis, pâle comme la mort. Bernardino et moi avons mis trente ans à chercher la pierre philosophale des sociétés oubliées qui rend immortel. Nous étions si près de la trouver et d'anéantir les maladies terrestres !

— Du ciel, je la découvrirai avec vous, le consola son père. Priez pour que la mort m'apporte la lumière que la vie m'a toujours refusée.

Louis sanglotait à présent comme un enfant. Pour lui, que d'années de recherches anéanties ! L'observatoire qu'il avait conçu avec Bernardino lui aurait assurément révélé de quelle façon les anciens se servaient du fluide des pierres sacrées, dites pierres philosophales, pour rendre l'homme immortel. Orientés sur les grandes lignes d'énergie du cosmos, c'est-à-dire les chemins des esprits des autochtones, les cours de son fluide partaient du site d'Orion comme du cœur de l'étoile du même nom.

La construction des quatre tours circulaires, juxtaposées au village d'Ochelaga, avait débuté l'été précédent, et leurs fenêtres avaient été alignées de façon à permettre aux seuls rayonnements des quatre principaux astres d'y pénétrer les jours de solstice et d'équinoxe. Il leur avait fallu dix ans pour comprendre que le courant principal se diffusait du nord au sud du printemps à l'automne, et du sud au nord de l'automne au printemps, et que ces forces se nuançaient selon les signes du zodiaque égyptien autour de la pierre d'Orion. Si ce site maudit par les natifs était le point névralgique du géon, en d'autres mots l'*anima mundi* et le cœur de l'énergie guérisseuse, Ochelaga était assurément le point d'une des laies où passait le rayon.

— Nous récoltons ce que nous avons semé, psalmodia Thierry. Nul n'échappe à la Loi, ni les Templiers ni les méchants. Notre destruction, je le crains, est la preuve de notre errance sur terre. Ève a été oubliée.

Louis fouilla sa tunique pour s'emparer d'un parchemin roulé contre sa poitrine.

— Consolez-vous tout de même : avant de fuir Montréal, j'ai pu soustraire aux flammes les plans d'origine de l'observatoire avec les tracés des veines du serpent, annonça-t-il sans emphase. Mais le Gréal, lui, est à jamais perdu : Bernardino et ses moines étaient les seuls à connaître sa cache et celle du tombeau du père Barthélemy.

— Les plans de l'observatoire ne doivent plus tomber dans les mains des Templiers, dit le malade en ménageant son souffle. S'ils ont oublié Ève, c'est à vous qu'il incombera de fonder la société égalitaire que j'ai espérée.

L'érudit Louis et le mystique Thierry sauraient-ils chevaucher vers ce même but ? C'était son vœu le plus cher. Marguerite et Louise les seconderaient de belle façon.

Chancelante, Adélaïde se tamponnait les yeux avec un petit mouchoir de dentelle jauni. Soudain, Martial, le mari de la vieille servante, entra en trombe dans la chambre :

— Les sauvages ont cerné Séguna ! C'est une déclaration de guerre ! cria-t-il.

— Le temps presse, dit le moribond. Écoutez-moi, mes enfants.

Une nouvelle toux lui arracha la gorge. Un peu de sang lui coula à la commissure des lèvres que sa maîtresse, aussitôt, épongea avec douceur. Chacune des mains de l'agonisant chercha à tâtons, l'une au levant, l'autre au couchant, la chevelure soyeuse de ses deux fils nés le même jour, qui n'étaient pourtant pas jumeaux. Guillabert alla puiser dans son immense tristesse les dernières forces qui lui restaient pour sauver les siens et venger Maggia.

— Je vous ordonne d'enfouir les plans de l'observatoire en lieux sûrs et de graver dans la pierre un message codé qui vous permettra, à vous et à vous seuls, non aux Templiers, de les retrouver. Abandonnez Séguna et moi avec, et fuyez vers le sud avec vos sœurs, votre mère et nos serviteurs. Les Iroquoués ne tarderont pas à attaquer et à mettre notre refuge à sac.

— Je ne vous abandonnerai pas ici ! s'écria sa maîtresse.

— Tu feras ce que je dis, pour l'amour de moi. Me traîner derrière vous ralentirait votre fuite. Je mourrai avant demain, et je veux que ce soit à Séguna, au refuge que j'ai fondé avec toi, ma mie.

Elle déposa sa tête sur son thorax, le mouillant de larmes, puis s'accrocha à lui :

— Je vous en prie, mon amour…

— Partez sur l'heure, ordonna le vassal d'une voix ferme. C'est le premier ordre mais aussi le dernier que je vous donnerai.

— Non…

Une douleur fulgurante lui creva la poitrine. Et voilà que le délire bienfaisant le gagna à nouveau, l'éveillant dans le songe comme s'il avait rêvé sa vie. Néanmoins, ce qui lui fut de longues saisons ne parut à ses proches qu'un battement de paupières.

Chapitre 30

—Non…

La plainte aiguë affûtée par la peur comme un corail brisé l'avait éveillé en sursaut. Guillabert s'assit raide sur son séant. Le vaisseau avait repris la mer. En cet an de grâce 1397, il avait quitté la Cadie pour entreprendre la dernière étape de leur périple vers le Huitramannaland. Mathilde avait crié et ce hurlement l'avait réveillé.

—Mathilde?

La voix de la jeune femme lui avait semblé mystérieusement chevrotante, usée, pareille à celle d'une vieillarde, mais il l'aurait reconnue entre toutes. Il chercha la jeune femme dans la noirceur de la cabine. Étonné de ne point l'y trouver, il se frotta le visage avec vigueur. «J'oubliais qu'elle dort à la cale», se souvint-il. Dans l'autre lit, Raimon grogna.

—Ce n'était pas un songe, se dit pourtant le vassal. D'ailleurs, j'étais en train de rêver de quelqu'un d'autre.

Tout tanguait autour de lui. Un éclair zébra la nuit. La mer était grosse d'orage. Il se recoucha, affligé d'un insidieux mal de mer.

Il avait mal dormi, poursuivi par un visage qu'il ne pouvait démêler du souvenir lointain et brumeux. Un visage croisé un certain jour d'enfance, que le sommeil avait conjugué à une réminiscence oubliée, et dont il ne percevait plus que l'émotion éteinte. Qui était cet être qui s'agrippait à la frange de sa conscience et qui venait de lui servir un sérieux avertissement ? Subitement, au moment où il se recroquevillait en chien de fusil pour trouver le sommeil, le souvenir éclata.

†

Guillabert devait avoir douze ans. Juché sur la quatrième marche de l'escalier du castel paternel, il examinait avec application un portrait exécuté à la sanguine qui esquissait en quelques traits sommaires une tête asexuée et chauve d'un être fort laid. Ce jour-là – pourquoi celui-là, au juste ? –, le garçon s'interrogeait gravement pour tenter de déterminer le sexe du sujet, comme il l'aurait fait pour un insecte ou une semblable bestiole. Malgré la complexité du problème, il lui sembla soudain que le faciès appartenait à une femme. Oui, à une femme totalement chauve.

— La lépreuse de Maggia ! annonça, dans son dos, la voix vibrante de son père qui montait l'escalier.

Guillabert l'interrogea du regard.

— Ta mère aimait peindre les choses et les gens les plus étranges qui soient, expliqua-t-il. Cette femme chauve, qu'elle a dessinée pendant sa grossesse, habitait en retrait du bourg. On colportait à cette époque qu'elle lisait l'avenir dans le creux de la main. J'ai appris que cette pauvresse avait attrapé la lèpre voilà un an ou deux. Comme tous les ladres, elle se doit maintenant d'annoncer sa présence au son d'une clochette. Ainsi les gens ont-ils le temps de fuir avant sa venue.

— Monsieur! le morigéna soudain Aude, en surgissant du haut de l'escalier. Vous allez effrayer notre petit homme avec vos vilaines histoires! Il n'en dormira plus!

Le jour même, le jeune Guillabert avait trompé la vigilance des domestiques pour se rendre aux abords du village, le dessin à la sanguine serré dans la main. Des villageois l'avaient conduit jusqu'à une misérable cabane où vivait la sorcière. On prétendait qu'elle faisait des philtres et des charmes et qu'elle parlait aux sarregousets. En voyant la femme au tiers rongée par la gale, véritable mort-vivant, le garçon avait eu un serrement au cœur.

— Vous êtes bien courageux de me visiter, mon seigneur, avait-elle murmuré en le faisant entrer.

— Je veux connaître mon avenir, avait-il répondu en tendant sans hésitation la paume vers elle.

Trop surprise pour désobéir, la femme Dupré s'était aussitôt exécutée, lui empoignant la main avec son moignon à trois doigts. Le garçon avait espéré qu'elle l'entretienne d'une vie paisible un peu ennuyante, d'une existence normale, sans soubresauts et sans histoires.

— Vous possédez le don de vision, révéla-t-elle, étonnée par l'ampleur de sa propre lecture. On vous chargera d'une mission et vous voyagerez très loin sur la mer. Vous tiendrez un serpent entre vos mains et vous déciderez de son sort.

— Je serai une sorte de chevalier du roi Arthur? s'enquit Guillabert, en retroussant un sourcil suspicieux.

— Oui, mon jeune seigneur, il n'y a pas de doute là-dessus, vous deviendrez un héros!

Le garçon se rembrunit en serrant les poings.

— Pourquoi te moques-tu de moi, méchante femme? s'étrangla-t-il.

— Mais je ne me moque pas!

—Je ne deviendrai jamais un héros! cria-t-il. Je suis un poltron qui ne fait jamais rien de bon, une femmelette, un incapable!

—Vous deviendrez un grand homme et recevrez beaucoup d'amour des autres, réitéra-t-elle. Je ne me trompe jamais dans ce que je vois.

—Tu es une menteuse!

—Menteuse, moi? Quand je serai morte, je viendrai bien vous prouver si j'avais raison! C'est moi que vous verrez apparaître à la porte de votre mort! menaça-t-elle en secouant sa cloche devant son nez, souvenez-vous-en!

Guillabert s'était enfui en ravalant sa rage et en abandonnant sur place le portrait à la sanguine exécuté par Maggia. Puis il avait tout oublié de la femme Dupré.

Or, en cette nuit houleuse de 1397, c'était justement de cette lépreuse qu'il venait de rêver. Les lames déferlantes de l'Océane avaient ramené des profondeurs obscures de la conscience de Guillabert le souvenir désagréable qu'enfant, il y avait enfoui. Vingt ans plus tard, il n'était pas devenu le héros qu'elle avait prédit, non plus qu'un homme adulé, bien au contraire. Une prédiction s'avérait cependant exacte : il avait longtemps navigué sur la mer. Et c'était la mer, justement cette nuit-là, qui rendait malade son corps d'homme. La lépreuse avait-elle valablement lu une obscure vérité dans sa paume de gamin? Quel avertissement horrible cette figure d'enfance venait-elle lui servir en rêve : sa mort prochaine ou celle des siens? Un malheur pendait sans doute au-dessus de sa tête qu'il n'allait pas tarder à connaître. Étrangement, il n'éprouvait aucune peur. Il se remémorait le brouillard blanc, le tunnel de verdure, les morts chéris qui l'attendaient. Jamais plus la mort ne parviendrait à l'effrayer. Il se rendormit finalement, la mémoire à l'affût, mais le cœur au bord des lèvres. Si la mer était houleuse, son sommeil l'était encore davantage.

Au souper, Seynt Clère avait annoncé d'une voix officielle que la nuitée du 17 juillet 1397 serait leur dernière en mer, le matin devant se lever pour eux sur le Huitramannaland. Afin d'accélérer un périple déjà épuisant, l'amiral avait tout au long du jour évité à l'*Ursus* et à l'*Arkas* les côtes escarpées du Nouveau Monde. Néanmoins, la noirceur venant, l'amiral sembla se laisser porter par l'inquiétude morbide qui le suppliciait depuis qu'ils avaient mis les voiles et quitté la Cadie.

— Je ferai jeter l'ancre dans la baie, annonça-t-il au repas d'adieu auquel avaient aussi été conviés l'abbé, Bernardino et Raimon.

— La mer vous résiste ? lui avait lancé Guillabert. Toute chose ne se force pas comme une femme…

L'amiral repoussa furieusement l'assiette à laquelle il n'avait pas touché. Il lui lança un regard assassin.

— Ne vous gaussez pas, mon cher, rugit-il. Pourquoi croyez-vous que les Normands aient entrepris un port de radoub et un chantier naval de drakkars dans l'anse que nous avons dépassée ce matin ? Pas pour admirer le soleil levant, mordieu ! Il y a tant de récifs dans ce maudit estuaire, et l'irrégularité des courants est si grande que les morts arrivent à destination plus nombreux que les vifs ! On doit bien compter un naufrage par lieue dans ce golfe damné. Croyez-moi, y tenter un rase-cailloux serait un pur suicide !

— Si cette terre s'avère dix fois plus belle que l'Espagne, elle est aussi dix fois plus dangereuse, l'avait sagement appuyé Bernardino. Les récifs du Huitramannaland ont attiré dans les bas-fonds plus de marins que tous ceux d'Ulysse réunis. Ce sont de véritables sirènes à tête d'oiseaux.

— Et même Ulysse n'aurait pas réussi l'épreuve de trouver un repère valable dans ces côtes inégales ! s'écria Seynt Clère. Je crains que votre dernière nuit passée sur ce vaisseau ne soit pas des plus calmes.

†

Le grondement du tonnerre et le balancement du navire tirèrent une fois de plus Guillabert de son sommeil agité. Cette dernière nuit en mer n'en finissait plus. Il sauta sur ses jambes et, chancelant, dut s'accrocher à une chaise pour maintenir un équilibre précaire. Il faisait toujours nuit et le vaisseau, enivré par une mer affolée, valsait dangereusement au son de l'orphéon de l'orage.

— Raimon ! Bernardino ! Réveillez-vous, que diable ! C'est la tempête ! hurla-t-il à ses compagnons de cabine, qui s'assirent raide sur leur séant en grognant de mécontentement et de surprise.

Les cris des mariniers lui parvinrent, aussi brefs que désordonnés, et il se précipita pour ouvrir la porte. Sur le pont, c'était la panique.

— La barre ne répond plus, hurla un marin.

Vêtus de manteaux de toile goudronnée, les hommes d'équipage couraient dans tous les sens avec des seaux et des haches, tentant d'obéir aux ordres contradictoires hurlés par les officiers, et qui tombaient aussi drus que l'ondée balayant les bordages. Ils avaient tous la peur fichée sur le visage ; on eût dit des masques grotesques de carnaval.

Un énorme craquement se fit entendre, après quoi le navire se mit à pencher vers ses tribords. Déjà, on préparait les barques et les rames, coupant sans ménagement les cordages qui les entravaient et qui les maintenaient ensemble contre les bas-mâts d'artimon et de *migenne*. Mais il y avait si peu d'embarcations de secours qu'il était vain d'espérer que des soixante âmes voyageant sur l'*Ursus* deux douzaines puissent éventuellement être sauvées.

Bousculé par la masse opaque et apeurée, Guillabert réalisa subitement l'absence de ses gens de mainmorte autour de lui. Il courut vers la cale où l'amirauté, sans doute, les avait fait enfermer pour éviter la mutinerie jusqu'à ce que le danger d'un naufrage soit écarté. Du vacarme infernal de l'orage s'éleva soudain dans son dos, si imperceptiblement qu'il en tressaillit, le son d'une clochette qui le figea sur place. Appréhendant la vision, il se retourna lentement.

La lépreuse chauve était là, qui passait derrière lui. Guillabert détailla avec effroi la forme blanche, immatérielle et vaporeuse que personne d'autre ne semblait voir ou entendre. Elle secouait sa sonnaille d'un geste aussi rythmé que pouvaient l'être les mouvements des horloges mécaniques que l'Occident venait de mettre au point, s'avançant adagio d'un pas lent et aérien, esprit inébranlable et étranger à tout ce qui pouvait l'entourer. Son regard fixe et étrange lui fit courir un frisson le long de l'échine.

— La mort vient, comprit le vassal en se sentant pâlir.

Il songea aussitôt à Mathilde et fonça vers la cale, sans plus se soucier de son orgueil ou de sa jalousie, ni de sa rancœur ou de la vengeance dans laquelle il avait tant espéré réduire son amour déçu. L'*Ursus* penchait, blessé à mort. Sur le pont inférieur, l'eau lui monta jusqu'aux mollets. Derrière la porte de la soute, qu'on avait barricadée de part en part à l'aide d'une tige d'acier, s'élevaient les hurlements déchirés et désespérés des serfs ; ils suppliaient les marins de les libérer de la geôle qui deviendrait, à moins d'un miracle, leur cercueil et leur tombeau. S'étant saisi d'une cognée, il tenta de rabattre l'entrave d'acier qui bloquait l'accès. Armé d'une barre d'anspect, un homme d'équipage se rua sur lui pour l'en empêcher. L'échauffourée fut de courte durée, car d'un coup de masse, Guillabert eût tôt fait d'assommer l'assaillant. Il ouvrit finalement la porte, le pouls lui battant jusque dans les tempes.

— Vite, aux embarcations ! ordonna-t-il aux serfs, que la peur avait rendus comme hagards et abrutis.

Il repoussa la marée humaine dans laquelle il reconnut le Béotuk. D'un signe, il lui ordonna de courir jusqu'au pont. Se saisissant d'une torche, il s'engagea alors dans la soute du navire, de l'eau jusqu'aux genoux et se heurta la tête contre une poutre. Il chercha fébrilement Mathilde dans l'obscurité presque opaque des lieux. Il la trouva bientôt, couchée sur une haute et large poutrelle en compagnie de deux petits enfants qu'elle serrait avec calme contre son sein dans un geste de parfait réconfort. Sans doute les fillettes avaient-elles été abandonnées par des parents pressés de sauver leur propre peau. Le bruissement de la vague qui montait comme une marée aurait dû les avertir de l'urgence de sortir. Pourtant, les petiotes semblaient dormir, yeux clos, bercées par la mélodie que Mathilde fredonnait. La scène était si belle et si paisible que Guillabert en demeura un moment coi et saisi d'émotion. Reconnaissant son vassal dans la demi-pénombre, la fille du forgeron se tut. Ils restèrent ainsi à se regarder fixement.

— Qui regretterais-tu si la mort te prenait cette nuit, ton cordonnier ou moi ? demanda-t-il gravement.

— Vous, mon seigneur, répondit-elle sans hésiter.

— Alors, viens.

Il se chargea d'une des petites qui se blottit aussitôt dans ses bras, empoigna la main de Mathilde qui portait la seconde, et ils gravirent ensemble l'escalier que l'eau submergeait, afin de rejoindre les bordages. L'*Ursus* coulait, emporté irrémédiablement par la rage de la mer qui n'avait plus rien de divin que l'appellation. Ruisselant de pluie, Barthélemy Filippo surgit devant eux, retroussant sa soutane brune jusqu'aux cuisses. Les voyant, il parut soulagé.

— Il n'y a pas de temps à perdre, cria-t-il à travers le roulement du tonnerre. Suivez-moi !

Il les poussa tous les quatre sans ménagement jusqu'à une embarcation bondée, que des marins s'apprêtaient à descendre à la mer à l'aide de longs cordages. Tout se déroula alors très vite. Après avoir passé subrepticement autour du cou de Guillabert un cordon auquel pendait un paquet de la grosseur d'un saucisson emmailloté dans de la toile de bâche, le moine se pencha à son oreille :

— C'est dans Son calice que vous réunirez Son sang. Gardez l'enfant, mais défaites-vous de la mère pour sauver Son nom. Adieu et que Dieu vous garde en Ses très saintes heures.

— Nous avons besoin de toi, l'abbé ! hurla le feudataire.

Comme il tirait violemment le curé par la soutane, l'*Ursus* chavira pour de bon, tombant sur le côté comme un sanglier blessé à mort, pour emmener dans son tourbillon et dans ses reflux tous les parasites qui s'accrochaient encore à lui.

Chapitre 31

S'il put atteindre la rive, située à une demi-lieue de l'endroit du naufrage, Guillabert ne comprit pas comment il s'y prit. Il n'en garda d'ailleurs pour tout souvenir que quelques bribes effilochées et trempées, images fugaces d'éclairs rayant la nuit, anesthésié qu'il était par les torpeurs de l'onde glacée contre lesquelles il se devait de lutter pour parvenir à respirer. Ne pas céder à l'engourdissement que provoquait la froidure. Ne pas s'arrêter et nager encore, toujours plus avant, jusqu'à ces formes noires qui se dressaient là-bas, au fond de la nuit, jusqu'à ce cordon de rochers qu'éclairait de loin en loin la lueur blafarde de la lune. Béni était ce sel qui lui brûlait les yeux, bénie était cette lourdeur qui se faisait toujours plus intense, poids douloureux accroché à son cou et qui lui entaillait la chair comme une lame de coutelas. Ne pas dormir, surtout ne pas dormir.

— De quel sorte de bois êtes-vous fait ? entendait-il se moquer Sylvestre d'Aymeri.

Un rictus d'ironie retroussait la commissure des lèvres paternelles quand il lui prit de mettre son fils à l'épreuve, un certain jour de ses douze ans, en lui faisant traverser à la nage un petit lac d'Espagne. Le lagon ressemblait à une émeraude enfouie dans un nid de lichen.

— Allons, du cran, fils, votre corps est pourtant bien plus jeune et bien plus robuste que le mien !

Guillabert s'était une fois de plus rebiffé contre le mépris. Le dédain n'était-il pas l'unique outil employé par Sylvestre d'Aymeri pour forcer sa progéniture à se surpasser davantage ? Vulnérable tête de pont à la merci d'un amour qu'il lui fallait sans cesse quémander, l'enfant avait depuis longtemps compris qu'il ne recevrait son lot d'affection que si son père pouvait parfaire l'opinion qu'il se forgeait de lui. Rien n'était pourtant jamais assez. Pour combler l'excès d'orgueil paternel, le garçon avait cette fois-ci rejoint l'extrême limite de l'épuisement, repoussant encore plus loin celle de son amour blessé. La noyade lui avait été évitée de justesse, ce que, du reste, le garçon considérait comme seule punition valable méritée par l'arrière-vassal d'Ariège pour un si piètre « paternage ». Or, c'est précisément cette moquerie et ce sarcasme, ressurgissant après quinze ans dans sa mémoire que ravivait l'onde en furie, qui l'avaient tenu éveillé et poussé si fort jusqu'au rivage rocheux.

Le vassal réussit par miracle à atteindre de grosses pierres à demi submergées. Il rampa de récifs en récifs, luttant contre l'épuisante houle qui le roulait sans cesse vers le large. Il toucha finalement la grève de galets où, exténué, il s'évanouit.

— Vous m'avez fait bien peur, crut-il entendre le rabrouer son père juste avant de perdre conscience.

Paroles qui le remplirent de réconfort. Il se sentit aimé.

Le soleil et le sel lui brûlaient les yeux. Le brouillard froid qui lui noyait l'esprit se dissipa et le murmure des vagues lui parvint. Guillabert reconnut le Béotuk qui le secouait par l'épaule. Il s'assit, hébété et grelottant. La beauté de l'horizon s'étalait devant lui à l'infini, le ciel et l'onde s'unissaient au loin, réconciliés. Il mit quelques secondes à se remémorer la tragédie dont ils avaient été victimes. Une gratitude sans borne lui déborda du cœur. «Mon *Oüahich* existe et il me protège», comprit-il, ébranlé.

À ses pieds, l'impétueuse mer Océane, qui avait recouvré l'aspect d'un miroir et le calme de ses azurés, recrachait avec dédain quelques morceaux épars arrachés à l'*Ursus* qu'elle n'avait pu avaler, débris d'une lutte insensée entre le ciel et la terre dont Mathilde, peut-être, comme tant d'autres, avait été l'innocente proie. Elle, l'immolée au long front de marbre blanc paré de l'infule du sacrifice. Le vassal s'enfouit le visage dans les paumes sur l'image terrible que lui dessinait son désespoir. Soudain, il se redressa. «Non, elle n'est pas morte, se tança-t-il. Je nous ai vus vieux, ensemble, dans cette vision que j'ai eue à Saint-Laurent. Mathilde m'attendra.»

Là-bas, à mille pieds d'eux, se dressait insolemment l'*Arkas* qui avait su, en dépit de son moindre tonnage, résister à la tourmente de la dernière nuit. Si ses voilures déchirées témoignaient des quelques blessures infligées à ses mâts, le vaisseau miraculé, facilement réparable, pourrait reprendre la mer dès que son capitaine Antonio Zéno en donnerait l'ordre. Quant à l'épave de l'*Ursus*, ballottée sur le flanc droit par le ressac de la vague, il était vain d'en espérer quoi que ce soit pour l'instant. À moins d'un dur labeur des hommes, la coque éventrée par de traîtres rochers ne pourrait guère plus naviguer, si ce n'est dans les bas-fonds de la mer ténébreuse.

Trois barques ventrues s'avançaient avec précaution dans leur direction, cueillant au passage, pêle-mêle, quelques débris ou quelques corps, les bras des hommes battant la rame au même rythme que battaient les cœurs ravagés. Le vent était chargé de cris et de gémissements, d'odeurs d'algues et de poissons pourris. D'un commun accord, dans un silence que ni l'un ni l'autre ne voulut ternir de mots inutiles, Guillabert et son compagnon se mirent à déambuler sur la grève, vers le soleil qui se levait au bout de la pointe, pour chercher des survivants. Des phoques les épiaient à bonne distance.

Appuyée contre une falaise abrupte, la plage de grès rouge parsemée de galets, de varech, de carapaces de crabes et de coquillages brisés, ne sut cependant offrir aux explorateurs que mort et désolation. De l'équipage, ils ne trouvèrent que les cadavres bombés de huit hommes dont trois mariniers. Et plus loin encore, ceux de six femmes et de cinq enfants, qu'ils ramenèrent plus avant sur le sable, où gisaient les carcasses gonflées des chevaux et du bétail. S'étant penché sur le visage cireux d'un noyé, le vassal sentit son cœur se serrer d'effroi. N'était-ce pas le marin qu'il avait si impitoyablement assommé et qui gardait la cale ?

— Celui-là est mort par ma faute, s'accusa-t-il au Béotuk d'une voix lugubre.

Il se frotta le cœur. C'est alors que sa main rencontra l'objet emmailloté que l'abbé lui avait pendu au cou et auquel il n'avait plus songé. Il l'arracha et le jeta d'emblée sur le sable du même geste rageur que celui d'un enfant gâté.

— Tu crois pouvoir choisir l'heure à laquelle les hommes doivent rendre visite à Papkootparout au Pays des morts ? se moqua doucement l'indigène.

Le Béotuk se saisit du paquet, qu'il tâta sans l'ouvrir. Puis, ayant creusé un trou au pied d'un rocher strié de quartz à l'écart des marées, il l'y enfouit avec précaution.

†

Ils apprendraient plus tard que de tous les manants et marins voyageant sur l'*Ursus*, quarante-deux seulement avaient pu être secourus par l'équipage de l'*Arkas*. Parmi les survivants, Seynt Clère, dont l'état ne valait guère mieux que ce qui restait de son rafiot. On racontait que Raimon s'était noyé avec cinq autres moines chevaliers et on cherchait toujours à retrouver le corps du père Filippo. Personne ne savait ce qu'il était advenu de Mathilde Lescot ou des enfants qui l'accompagnaient. Guillabert, qui se refusait à croire au pis, s'appliqua à diffuser affection et réconfort aux survivants.

Zéno et son équipage s'affairèrent le jour même à rafistoler la petite *Arkas*. Ils interdirent à leurs voyageurs de mettre pied à terre, sous prétexte de les garder loin des représailles des habitants de la côte, dont on ignorait les mœurs. À cette fin, ils s'emparèrent également de l'amirauté et de l'équipage encore valide de l'*Ursus*. Échappant à la consigne, seuls un prêtre et quelques matelots furent autorisés à fouler le sol pour voir à l'ensevelissement des noyés. On enveloppa les cadavres dans des prélarts déchirés ; l'étoffe goudronnée deviendrait suaire.

Peu avant trois heures, par une chaleur écrasante, en présence du jeune vicaire ainsi que des membres des familles endeuillées, on inhuma les corps repêchés à l'extrémité ouest de la plage, non loin d'un banc de sable qui s'avançait vers le large. On planta d'innombrables croix fabriquées de branchages qui, au dire du Béotuk, ne résisteraient guère qu'une saison au climat du Huitramannaland. Il manquait toujours dix personnes à l'appel. Les prières funèbres furent récitées.

Le feudataire se dressait au milieu de ses gens, face à l'onde meurtrière. Le célébrant psalmodia une dernière litanie à laquelle seuls les pleurs et les ondulations des vagues firent écho.

— Dieu n'existe pas, il y a trop de malheurs sur la Terre ! hoqueta près d'eux un enfant qui sanglotait dans les bras de son père. Je veux maman !

Le vassal baissa les yeux, incapable de supporter le rappel d'un tableau de son propre passé.

— *Resquiescat in pace*, répondit un chant vibrant à deux voix qui s'éleva derrière eux.

Tous se retournèrent d'un même mouvement vif et étonné. Guillabert reconnut alors Mathilde Lescot qui, sortant des feuillus avec Barthélemy Filippo, s'avançait à grands pas dans leur direction. Chacun était flanqué d'une poignée d'indigènes sveltes, haut bâtis et armés de lances.

— Que le ciel soit loué ! murmura-t-il, en proie à une infinie reconnaissance.

La pensée d'avoir à se défendre contre ces indigènes ne l'effleura même pas. Il ne voyait que Mathilde, dont le regard mouillé s'enchevêtrait au sien, le pénétrant avec un soulagement plein de passion, et comprit, bouleversé, qu'il l'aimait toujours malgré la haine qu'il s'était juré de lui vouer. Un sentiment absolu de sécurité et d'amour l'emplit, faisant main basse sur ses contradictions et ses inconséquences, telle l'image de sa menotte d'enfant dans la paume de son père, un jour d'excursion en montagne. Mathilde était vivante, son amour était sain et sauf.

Devant ce nouveau miracle, Guillabert avait fini par croire à l'existence d'une puissance supérieure qui l'aimait, lui, le bâtard de Montréal-de-Sos. Spontanément, le souvenir de la voix perçue à la chapelle de Saint-Laurent rejaillit. Il crut entendre dans sa tête un ami cher le réprimander d'un ton moqueur :

« Tu vois bien, pleutre, que tu peux me faire confiance ! Qu'attends-tu donc pour lâcher prise et me laisser agir ? »

Comme il amorçait un pas vers Mathilde, le Béotuk le retint fermement par un bras.

— Laisse-moi parlementer avec mes frères mig'mawags avant de te laisser prendre sottement à leur piège comme un orignac*, chuchota-t-il à son oreille.

Pour la jeune femme, la même suggestion lui venant de son confesseur resta lettre morte. Vivement, elle écarta ses gardes du corps, s'élança vers le vassal qu'elle serra contre elle avec l'impétuosité d'une petite fille :

— Vous êtes vivant, j'avais si peur de vous avoir perdu ! pleura-t-elle.

Elle l'embrassa à pleine bouche. Seul l'abbé parut navré par l'étreinte si spontanée, qui fut accueillie par les natifs par des Ho ! Ho ! Ho ! et des Ha ! Ha ! Ha ! lubriques, pleins d'humour et de pudeur. Le seigneur repoussa doucement la jeune femme, avec un brin de froideur, « juste ce qu'il faut pour lui faire mal », songeat-il en enfilant à nouveau, sans comprendre au juste pourquoi, le masque confortable de son ancienne rancune.

Une quarantaine d'indigènes les encerclaient. À cinquante pieds d'eux, à l'orée de la plage frangée où verdoyait un boisé de cèdres et de résineux, le vassal distingua un grand nombre de gens qui s'étaient regroupés, et dont

---

* Orignal.

les chevelures variaient du brun très foncé au noir corbeau. Hommes, femmes et enfants avaient cette beauté racée et typique de la race du Béotuk, accentuée par des yeux sombres et bridés. Il estima leur nombre à trois cents. Certains étaient armés de casse-tête de pierre et de bois, d'autres de gourdins. Ils allaient têtes et torses nus, sans chapeau et sans casque, leurs longs cheveux foncés flottant librement au vent. Leurs reins étaient ceints de longs pagnes cousus de peaux de bêtes souples et joliment ornés de franges et de perles, ce qui donnait à leurs vêtements des airs d'apparat. Les hommes exhibaient sur leurs poitrines, tels des trophées, des effigies d'animaux aux couleurs vives, ainsi que des colliers de coquillages et de plumes multicolores. Leurs pieds étaient chaussés de souliers de cuir souple liés par des guêtres décorées de broderies. L'un des naturels, quinquagénaire, et que Guillabert devinait être le principal dirigeant, leva vers lui la paume droite en signe de paix. Mathilde esquissa un sourire.

— Ces bonnes gens sont venus nous sauver avec leurs canots. Ils nous ont emmenés dans leur village où nous avons dormi dans des huttes, dit-elle.

— Et les deux petites qui t'accompagnaient?

— Rescapées elles aussi, mais bien mal en point. On les soigne au village. Le vôtre s'accroche toujours à mes entrailles.

Désigné interprète de part et d'autre des clans, le Béotuk entreprit d'expliquer aux indigènes que les Templiers ne constituaient pas un danger pour leur communauté.

— Dis-leur bien que nous ne séjournerons sur leurs territoires que quelques jours, le temps de réorganiser la flottille, insista Bernardino. Nos hommes doivent rafistoler l'*Arkas* et il nous faudra décider s'il y a lieu ou non d'entreprendre le sauvetage de l'*Ursus*. Que leur seigneur ait la bonté de nous permettre de pêcher et de bâtir sur la grève quelques abris temporaires.

Le Béotuk traduisit les paroles, que ses interlocuteurs commentèrent aussitôt de façon éloquente. La langue du Huitramannaland coulait dans la bouche des naturels comme une eau limpide et claire, rythmée, harmonieuse, ne ressemblant à aucun dialecte que le feudataire avait pu entendre jusqu'ici. Elle n'avait rien du latin, ni du grec, ni d'aucune autre langue nordique qui leur était connue. Ce langage aux syllabes aspirées était doux à l'oreille, empli de voyelles, presque dépourvu de consonnes.

Ainsi que Guillabert devait l'apprendre de son interprète, ils avaient fait naufrage tout près du village autochtone d'Epsegeneg, minuscule bourgade mig'mawag érigée en contre-haut de la mer, à la façon de bien des villes d'Orient et d'Occident installées aux abords des cours d'eau. *Aqua, condunt urbes*, écrivait Pline : ce sont les eaux qui créent les villes, et le Nouveau Monde n'y faisait pas exception. Mais bien que ce peuple semblât des plus pacifiques et des plus amicaux, il n'aimait guère voir les étrangers envahir ses territoires de chasse et de pêche.

— Les Blancs doivent se montrer d'une extrême prudence et d'une infinie générosité envers leurs hôtes s'ils veulent survivre, avertit le Béotuk d'une voix grave. Mon peuple attend qu'ils se montrent dignes de la confiance qu'on leur accorde.

Des présents furent offerts d'un côté et de l'autre des camps. Des miroirs, de la vaisselle, des couvertures furent ramenés de l'*Arkas* et échangés contre des colliers de coquillages, des poteries et des herbes séchées inconnues qu'on fit brûler ou qu'on fuma par la bouche dans de longues pipes. Il fut bientôt décidé que deux Occidentaux serviraient de répondants volontaires afin de garantir le respect du nouveau pacte. Ces garants, considérés moins comme otages que comme amis, seraient détenus avec leur interprète au village d'Epsegeneg jusqu'au départ définitif de tous les étrangers. L'abbé Filippo et Guillabert furent choisis d'emblée comme appâts humains, ce qu'ils ne contestèrent pas. Ils se montrèrent plutôt satisfaits des conditions exigées par les indigènes, puisque les hommes d'équipage des deux caravelles disposeraient du temps nécessaire au halage et à la remise en état de l'*Arkas* dans la petite anse sablonneuse, où devrait s'opérer, en cale sèche, la réfection des voiles. Il fut convenu que les prisonniers seraient libérés juste avant l'appareillage.

On prépara donc le paquetage des garants, récupéré en toute hâte sur le navire encore valide. Le jeune vicaire de l'*Arkas* remit promptement à son confrère d'Ariège un petit missel, un capulet noir ainsi qu'une chlamyde blanche que l'abbé s'empressa d'enfiler par-dessus sa tunique, qu'avaient déchirée les intempéries.

Mystérieusement, ce fut non pas la présence du Béotuk parmi eux, mais bien le nouveau manteau de Barthélemy Filippo et la croix arborée sur celui-ci qui anéantirent la plupart des craintes entretenues par les indigènes à leur égard. Ébahis à la vue du vêtement blanc et de l'applique cruciforme qui y était tissée, les dirigeants autochtones s'étaient d'abord consultés sans mot dire, avant d'exhiber en silence un à un les minuscules crucifix qu'ils portaient eux-mêmes avec ostentasion sous leurs propres vêtements.

— Mais, ces catéchumènes connaissent déjà le Christ ! s'ébahit le petit religieux d'Ariège.

Il se mit à bénir à deux doigts les autochtones qui affluaient à lui et qui le touchaient comme s'il avait été une vieille relique.

— Voici un témoignage certain que des chrétiens sont venus en Huitramannaland bien avant les Templiers ! clama-t-il. Il semble que les *pabos* de saint Brandan ne s'étaient pas bornés à christianiser la Cadie. J'ignorais qu'ils s'étaient aventurés jusqu'ici.

Le seigneur des natifs hocha la tête avec vigueur en reprenant le mot *pabos* qui venait d'être prononcé. Il désigna la croix de l'abbé puis, index croisés, imita celle-ci. Prononçant une longue harangue, il montra ensuite avec ampleur toute la terre environnante.

— Sans doute ce seigneur veut-il nous signifier sa possession sur les fiefs des alentours, suggéra le vassal.

— Non, répondit le Béotuk. Le sagamo vous dit qu'il existe partout dans son pays des croix semblables à celle de Robe-Blanche.

Comme s'ils croyaient que le prêtre puisse les guérir, les indigènes, avec des gestes de supplique, l'implorèrent d'imposer les mains sur la tête de leurs enfants. Dorénavant, les natifs allaient donner à Barthélemy Filippo le nom de *Patlias*, mot signifiant « patriarche », et qui était, à n'en pas douter, un mélange de bon vieux latin, de grec et de gaélique.

Chapitre 32

Ce fut donc en toute cordialité que les natifs menèrent les otages à travers les sous-bois, par un étroit cordon qui serpentait à travers les falaises sur une distance d'une demi-lieue, qu'ils empruntèrent jusqu'à la bourgade d'Epsegeneg.

Ce village perché au bord de la falaise comme un nid de balbuzards, et dont le nom signifiait « là où on se chauffe », n'était en fait qu'un vaste amas de cabanes rondes. Il constituait plus un campement facilement démontable et transportable qu'une bourgade en bonne et due forme. Vingt habitations en forme de tentes étaient dispersées sans grand ordre ou arrangement apparent à l'intérieur de fortifications rudimentaires bâties de pieux et de troncs d'arbres qu'on avait reliés ensemble par des cordages, ce qui révélait la précarité dans laquelle vivaient ces gens. L'ossature de ces cahutes se résumait à de longues perches recouvertes de branches de sapins, d'épinettes ou d'écorces de bouleau cousues les unes aux autres, puis enjolivées de figures peintes de croix et d'animaux. Guillabert s'arrêta pour examiner la peinture d'un chien barbet affublé de quatre longues dents, deux en haut, deux en bas, dont la queue ressemblait à une sole recouverte d'écailles. Il se demanda si c'était un bièvre comme il s'en trouvait à Paris.

— Gopit. Castor, lui dit le Béotuk, qui passait derrière lui.

— Redonnez-moi le paquet, lui chuchota presque au même moment Filippo Barthélemy, qui, mine de rien, examinait à sa droite une autre peinture.

— Pas avant d'en avoir vu le contenu, répondit le vassal avant de reprendre sa marche.

Chacun des wigwams de la bourgade, dans lesquels on pénétrait à quatre pattes par une ouverture fort basse, pouvait loger de quinze à vingt personnes. On guida les voyageurs à travers un dédale d'allées parsemées de poils, d'ordures, de plumes, de raclures de peaux, de copeaux, d'entrailles d'animaux et de poissons, jusqu'à la place centrale du village, qu'encerclaient des huttes malpropres, aux devantures gardées par des chiens.

Guillabert ne fut pas étonné de voir s'élever, au beau milieu de cette place, une grande croix de bois en tous points semblable à celle de la Cadie. Elle semblait tomber en poussière. Le fabuleux récit du Béotuk, dans lequel des Robes blanches éradiquaient un serpent rouge, lui revint en mémoire et il s'imagina très bien une scène semblable se déroulant à Epsegeneg voilà un demi-millénaire. La vue du crucifix avait rendu Filippo coi de ravissement, ce qui était assez inusité pour un Templier reniant la crucifixion. Il s'informa de la provenance du monument sitôt l'usage de la parole recouvré. Le chef mig'mawag qui semblait détenir la plus haute autorité et que tous appelaient *sagamo*, lui en fit la narration avec complaisance. Toutefois, sa version différait substantiellement du récit antérieur que l'interprète avait fait au vassal.

— Dans des temps reculés, assura-t-il par la voix du Béotuk, une famine considérable affligea les habitants de toutes les nations de Gespeg et de Gespesaoc, famine qui en avait mis plusieurs dans le tombeau. Une nuit, les sages d'Epsegeneg s'endormirent, accablés du chagrin de voir la ruine prochaine de leur nation, si elle n'était soulagée au plus vite par le secours du Soleil, qu'ils vénéraient comme leur seule divinité. Ce fut dans ce sommeil plein d'amertume qu'un beau jeune homme leur apparut avec une croix à la main. Il leur dit être le Messous. Il leur demanda de fabriquer des crucifix semblables, de les donner aux chefs des familles afin qu'ils les protègent des maladies et des misères. Ils obéirent. La famine cessa et tous ceux qui portaient la croix furent miraculeusement guéris. C'est pourquoi le peuple mig'mawag se nomme lui-même depuis ce temps Porte-Croix.

À n'en pas douter, ce Messous était bien le Messie des chrétiens. La légende joliment imagée laissa néanmoins Guillabert sur sa faim. Des deux versions qu'il avait entendues sur l'origine des mystérieuses croix du Nouveau Monde, celle du Béotuk lui semblait encore la plus plausible. Pour étayer les paroles qu'il venait de prononcer, le sagamo se mit à dessiner sur le sol de terre battue des signes étranges. L'abbé arrondit les yeux, estomaqué.

— Cela ressemble fort à un passage de la Bible en hiéroglyphes, balbutia-t-il. Qui l'a enseigné à ces *Crucien-taux*? Je croyais que les anciens moines ignoraient tout de l'écriture égyptienne…

Les captifs n'étaient pas au bout de leurs surprises. Sous leurs regards ébahis, l'autochtone esquissa alors sur le sable un V renversé sous un trait horizontal.

— De l'alphabet ogham, l'écriture primitive gaélique, murmura Barthélemy Filippo. C'est le L qui signifie Lu ou, en français, Louis. C'est-à-dire Dieu.

Ravi, le sagamo hocha la tête et reprit le mot Louis qui venait d'être prononcé. Du doigt, il montra le soleil vénéré par son peuple.

Dès l'instant où le soir commença à rougir les hautes eaux de vive marée, heure qui venait assez tardivement en cette saison, la fraîcheur enveloppa le village, aussi subite et implacable que la chaleur accablante du midi, les transissant jusqu'à l'os. Huitramannaland était sans contredit un pays de contrastes où rien, jamais, ne semblait acquis, que ce fût la rigueur du climat ou l'impétuosité de l'océan. « Avons-nous raison de nous fier à la sympathie affichée par ses habitants ? » s'interrogea le feudataire.

Les otages et leur interprète furent invités à pénétrer dans la cabane conique et surchauffée qu'on semblait réserver aux sages et aux chefs. Au milieu de celle-ci, un feu de bois avait été allumé pour la préparation du repas. Le faîte de l'abri était haut, mais les côtés du wigwam étaient si bas qu'il leur fut impossible de s'y tenir debout. À l'exemple de leurs hôtes, ils s'assirent donc autour de la flambée à même le sol tapissé de fourrures. Les yeux et les gorges des nouveaux venus s'irritèrent bientôt, l'ouverture pratiquée en guise de porte ne suffisant pas à expulser la fumée qui se dégageait du foyer. Ce boucanage avait cependant l'avantage non négligeable de faire fuir les insatiables insectes piqueurs qui s'acharnaient sur eux depuis l'aurore.

Des jeunes femmes entrèrent en riant, vêtues de tuniques de peaux sans manches les couvrant jusqu'aux genoux. Elles jetèrent au vassal des regards non équivoques. Avec leurs parures voyantes et leurs colliers de coquillages, elles n'avaient rien à envier aux pompeuses dames de France. Visages ronds bariolés de couleurs vives où dominait le rouge, pommettes hautes et saillantes, l'une d'elles s'était coloré le nez en bleu, l'autre le tour des yeux et les joues en noir, le reste de leurs figures étant peint d'ocre. La plus grande leur fut présentée comme la fille cadette du sagamo. Dégourdies et souriantes, elles déposèrent à leurs pieds de grands plats en bois remplis de viande précuite. Ce gibier, qu'on leur dit être d'orignal et de castor, était coupé en cubes et embroché sur de longs bâtonnets.

Après avoir récité ce qui sembla un psaume religieux, le sagamo esquissa le signe de la croix en levant les yeux vers le ciel. Le Béotuk traduisit ses paroles ; c'était bien une prière.

— Maître des cieux, donne-nous la nourriture de ce jour ; ne nous laisse pas succomber aux embûches de nos ennemis, mais accorde-nous la victoire sur eux.

L'oraison frappa vivement les captifs par sa ressemblance avec le *Pater Noster* des chrétiens. On entama le repas. Il s'agissait pour les convives de plonger la viande dans la sauce rouge à demi bouillonnante pour parfaire sa cuisson. La viande d'orignal, d'une rare tendreté, avait une saveur qui égalait celle du cerf. Elle eût été parfaite relevée d'un peu de sel, usage culinaire mystérieusement ignoré des Mig'mawags, qui voisinaient pourtant la mer. La sauce rouge, goûteuse et onctueuse à souhait, s'avéra être le sang frais de ces gibiers. Le vassal, dont l'appétit avait sombré en même temps que l'*Ursus*, dut se faire violence pour goûter chaque plat, désireux de ne pas exacerber la susceptibilité de ses hôtes. Les serves indigènes leur versèrent de grands bols d'eau, la fille du sagamo s'affairant particulièrement autour du jeune seigneur.

— Nous ne buvons pas de sang d'homme comme vous, s'excusa le sagamo. Nous trouvons les mœurs des Blancs trop cruelles.

Le Béotuk leur expliqua qu'il faisait ici allusion au vin rouge que buvaient avec avidité certains Normands rencontrés dans les mois précédents, breuvage qu'exécraient avec autant de force les naturels de l'endroit. Certains de ces navigateurs avaient même prétendu le plus sérieusement du monde s'abreuver du sang sacré du Messous, ce qui les avait horrifiés. De toute évidence, à l'instar des hérétiques d'Angleterre qui rejetaient le dogme catholique de la transsubstantiation, les autochtones n'adhéraient pas au concept cannibale qui poussait ses disciples, sous le couvert d'un changement de substance du corps et du sang de Jésus-Christ, à vouloir s'en nourrir comme s'ils fussent pain et vin.

Les Porte-Croix se délectèrent ensuite d'un pain de suif d'orignal, blanc comme le lait, qui leur sembla un pur délice, mais que le vassal fut incapable d'avaler. C'en était trop pour lui. La fatigue et les émotions de la journée le firent vaciller. Le sagamo lui toucha le front, soucieux de la pâleur subite de son commensal.

— *Akahie, akahié*, gémit le feudataire en se remémorant les mots prononcés par le Béotuk au cours de leur première partie de dés.

Il se força à sourire malgré sa défaillance. Le sagamo le dévisagea avec étonnement. Il se leva d'un air solennel puis, gravement, passa une main secourable autour de sa taille pour le mener hors de la hutte, suggérant aux autres de se joindre à eux. Ils marchèrent un moment jusqu'à un endroit qui surplombait la mer. Tel un aveugle, Guillabert se laissait guider à travers la nuit d'encre. Il faisait si noir qu'un homme n'aurait pas pu trouver ses propres poux. L'air frais et vigoureux qui soufflait du large eut cependant tôt fait de le remettre d'aplomb.

Il soupira et leva la tête, fasciné. De grandes lumières roses éclairaient le ciel de mille feux, qui captèrent vivement son attention. Elles dansaient dans le firmament, flammes embrasant la voûte étoilée, s'élançant d'un point à l'autre de l'horizon, prenant toutes les formes imaginables qui soient. C'étaient des jets de lumière vibrante qui jaillissaient de tous les points cardinaux à la fois. Elles s'élevaient pour retomber aussitôt, frémissantes comme des corps de femmes voués au plaisir, sans cesse en mouvement vers des délices encore plus grands. C'étaient des éclaboussements de lumière pure, colorée, tissée sur le voile gazeux et diaphane qu'un ange se serait amusé à suspendre à travers le silence de l'infiniment grand et duquel, parfois, dans un bruit ressemblant au frôlement d'un tissu de soie, tombait un corps céleste qui mourait.

De sa vie, jamais Guillabert n'avait assisté à un spectacle aussi grandiose et aussi magnifique. Un sentiment de paix l'envahit, le persuadant que plus rien, jamais, ne pourrait l'atteindre ni le ruiner.

— Il en est sur la Terre comme au ciel, murmura près de lui Barthélemy Filippo, qui l'avait rejoint. C'est le saint Gréal que vous détenez.

Chapitre 33

Dix-huitième jour d'août de l'an de grâce 1397, Bourgogne.

Mon cher Guillabert,

Je suis contrainte de vous informer du malheur qui nous a assaillis au début de l'été en notre maison de Vézelay et qui, depuis, me jette corps et âme dans les affres d'une nostalgie sans fond, impossible à guérir et qui s'accroche dans mes entrailles en cherchant ma fin.

Les médecins sont venus de partout, jusque d'Aquitaine et de Paris, pour exercer sur moi leurs sciences et leurs vaines spoliations afin de me sortir de ce mortel taedium vitae. *Forts de leur nouvelle théorie des quatre humeurs agréée par la médecine moderne et qui répertorie les individus en quatre caractères distinctifs, ils ont procédé sur moi à moult saignées contre l'excès de bile noire qui me ronge. Le tout sans aucun résultat. Votre épouse dépérit aussi sûrement que son ventre grossit.*

Je serai mère, mon cousin, si par ailleurs Dieu me donne vie pour assister au dénouement de mon crime. La fornication fut perpétrée la nuit même du jour où je reçus la visite du comte de Foix et de ses chevaliers. Bien que le visage de mon complice me fût caché, sachez qu'il a été dépêché dans mon lit à la demande de votre suzerain. De cet homme, je n'ai vu que la cicatrice étoilée qui lui décorait le torse.

Je me suis sacrifiée à votre survie et à celle de vos vilains. De toute évidence, j'ai agi contre la volonté de mon Créateur. Dieu me punit de vous être venue en aide malgré Lui.

Ayez pitié de votre épouse, mon cousin. Si vos pas vous ramenaient un jour jusqu'ici, n'abandonnez pas l'enfant au sang pur que je vous fabrique avec tant d'amertume et de chagrin.

Guiraude de Maheu

Chapitre 34

Guillabert dormit quinze heures d'affilée d'un sommeil de brute. À son réveil, la cahute du sagamo avait été désertée, les couchettes de fourrures délaissées par les naturels et par l'abbé Filippo. Il s'assit sur son séant et se frotta les joues avec vigueur.

La veille, il avait attendu que les Mig'mawags se fussent endormis pour sommer le prêtre de lui révéler de quelle façon le Gréal – si Gréal c'était – avait été mis en sa possession. Il savait que la Madeleine, l'Épouse bien-aimée, avait apporté la coupe en France après la disparition du Christ son mari. Ce vase contenait le sang de Jésus, prélevé à cinq endroits sur son corps. Or, trop de nobles en Occident et particulièrement en Angleterre se targuaient de le posséder, ce qui prouvait sans équivoque que personne ne savait au juste ce qu'il en était advenu. À en croire le roman fameux de Chrestien de Troyes, même le roi Arthur et ses preux chevaliers n'avaient pu retrouver sa trace, à l'exception du pur Perceval. Alors comment donc son petit curé sorti tout droit d'un hameau perdu du tréfonds de l'Ariège serait-il parvenu à s'en emparer ? Guillabert l'imaginait se promenant avec une baguette de sourcier à la main et ne put s'empêcher de sourire. Naïf comme il était, sans doute s'était-il fait manœuvrer par un habile plaisantin qui s'était caché pour mieux l'épier. Aux innocents les mains pleines.

— Alors, qu'attends-tu pour parler? le somma-t-il en lui secouant l'épaule sans ménagement.

L'autre hésita, roula de gros yeux autour de lui, dans la demi-pénombre qu'éclairait le feu mourant, craignant que les indigènes surprissent leur conversation.

— Le saint calice a été abrité à Montréal-de-Sos, tout près de Montségur, commença-t-il enfin d'une voix feutrée à peine audible. Le château du zodiaque lui servait de cachette.

— Le château ruiné du village? s'étouffa le vassal.

— Votre père aurait dû vous informer, grommela le religieux. La corruption du Temple, son anéantissement et son rejet par Sion ont forcé ce dernier à lui trouver une nouvelle cache. Provisoirement, le Gréal a été enfoui dans une ancienne mine romaine désaffectée. Mais nous jugions l'endroit trop risqué et les espions du roi et des papes trop perspicaces. Le Nouveau Monde lui servira dorénavant de tabernacle.

— Tu n'as pourtant rien d'un Grand Maître pour qu'on t'ait chargé d'une mission pareille, soupesa-t-il, encore incrédule.

— Qui se méfierait de votre indigne serviteur? C'est moi que Sion a choisi pour dérober le calice aux Templiers corrompus, dit le religieux, avec un soupçon de fierté qui fit soudain hausser sa voix.

Guillabert dut se répéter silencieusement les mots pour se persuader qu'il ne rêvait pas. Quoi? Lui, son petit abbé renégat, il avait volé tout seul le plus sacré des trésors des chevaliers pour obtempérer à la volonté de Sion? Il n'en croyait pas ses oreilles. Sous sa soutane rapiécée, le saint homme d'Ariège était donc fait de l'étoffe des voleurs et des mécréants ? S'imaginant la rapine, le vassal s'esclaffa.

— Chut ! fit l'autre.

— Tes acolytes sont au courant ? chuchota le seigneur.

— Une poignée seulement, mais personne ne doit apprendre que je me suis séparé de la sainte coupe pour vous la remettre. J'avais perdu la tête, si ce n'est la foi. Où donc l'avez-vous mise ? s'inquiéta le prêtre, qui se tordait les mains.

— Enterrée sur la grève, au couchant d'un rocher.

— Quel sacrilège ! Ma vie à moi ne tenait qu'à un fil tandis que la vôtre… vous survivriez au naufrage, c'était écrit. Je n'aurais jamais dû m'en séparer, répéta-t-il en soupirant.

Guillabert ne lui ménagea pas ses sarcasmes.

— Diantre ! le rabroua-t-il. Si cela avait été si bien écrit, nous n'aurions pas eu ce naufrage, niais !

— Vous avez vu le Gréal ?

Il avait secoué la tête :

— Le temps m'a manqué…

— Remettez-le-moi, mon seigneur, de grâce.

— J'y songerai. C'est que, vois-tu, je n'aime pas beaucoup voir tes grosses pattes venir piaffer entre Mathilde et moi.

L'abbé avait hoché la tête à la façon d'un pantin à ressort, les doigts croisés sur son gros nez veiné. Il y avait quelque chose d'ignoble de tenter de soutirer le consentement d'un homme d'Église à un acte d'adultère. Le vassal en éprouvait néanmoins un pouvoir jouissif plein de satisfaction. Le petit curé mangerait dans sa main comme un faon docile grâce à ce qui n'était peut-être que la copie d'une écuelle oxydée. C'eût été une bien belle vengeance pour l'honneur de Maggia que de ne point la lui remettre du tout ! Cependant, comme les plans des Templiers rosicruciens semblaient consister en bien d'autres choses que la possession d'une écuelle, Guillabert saurait encore retarder l'heure du châtiment.

Il avait bien dormi. L'esprit embourbé, il se frotta à nouveau le visage pour s'immobiliser l'instant d'après. Un chant plaintif fusait à sa droite. Il tourna lentement la tête. Assise dans un coin, une très vieille femme à la peau parcheminée le couvait d'un regard pénétrant tout en tressant un panier d'osier. « L'aïeule de la famille du sagamo », pensa-t-il. Elle interrompit sa complainte, un sourire dévoilant sa bouche édentée. Ses longs cheveux blancs, ramenés en deux nattes serrées, étaient ornés d'un bandeau de cuir qu'agrémentaient perles et plumes. Une peau de bête décorée de motifs de croix lui couvrait les épaules à la façon d'un châle.

Elle lui fit signe d'approcher et de s'asseoir à ses pieds. Il obéit. La vieillarde fronça les sourcils et lui toucha la barbe d'un air désapprobateur. Puis, sans crier gare, elle lui asséna au thorax une taloche bien placée qui, bien qu'inoffensive, eut l'effet de le désarçonner. Elle pouffa alors d'un petit rire clair, lui démontrant d'un geste sans équivoque qu'elle tenait sa barbe en horreur. Le Béotuk entra dans la tente sur ces entrefaites. Elle le prit aussitôt à témoin. Il éclata de rire.

— La jongleuse dit qu'elle n'a jamais vu quelqu'un d'aussi laid que toi depuis sa naissance, il y a de cela dix fois dix hivers plus encore deux fois dix hivers, traduisit-il. Tu ressembles à un ours velu avec ta fourrure au visage. Aucun des hommes de mon peuple n'est autorisé à porter la barbe, sauf le sagamo. Si par malheur des poils leur poussent au menton ou ailleurs, ils les arrachent un par un !

L'explication égaya Guillabert. Les Occidentaux colportaient sur les Sauvages des rumeurs d'hommes préhistoriques couverts de poils alors qu'en réalité, les Blancs étaient plus velus qu'eux !

— Demande-lui donc de me couper la barbe, dit-il en s'emparant du rasoir enfoui dans la besace que les Templiers lui avaient remis la veille.

— Quoi, tu veux que cette vieille femme, dont les yeux sont malades…

— Traduis, s'impatienta-t-il.

La jongleuse le dévisagea d'abord avec étonnement puis, ravie, s'empressa d'accepter de faire ce qu'il lui demandait. Le manche de la lame trembla de joie dans sa main fripée.

— Cette mère-grand a donc cent vingt ans ? s'émerveilla le vassal en tendant le cou. Que font les gens de ton peuple pour vivre jusqu'à un âge aussi avancé ?

Le Béotuk, qui semblait ne savoir compter que par nombres décimaux, se planta à côté de lui.

— Dix fois dix hivers plus encore trois fois dix hivers, c'est le temps normal que dure une vie, répondit-il. Ne me demande pas ce que font les Mig'mawags pour respirer, mais bien ce que font les Blancs insouciants comme toi pour abréger leurs jours. Je crains que ta vie à toi ne s'achève avant que je n'aie vu la peau de ton menton…

Le rasage venait à peine de commencer quand le sagamo pénétra à son tour dans la tente. Accroupi dans l'ouverture de la porte, il observa d'un air incrédule la vieille qui grattait la gorge de l'étranger avec une lame. Le sang gicla, cinq minuscules gouttes s'abîmant une à une sur la chemise du vassal. Guillabert s'essuya négligemment le menton d'un revers de main.

La vieille indigène s'était figée, le regard vissé aux taches sombres. Devant ses yeux dépourvus de cils semblait défiler quelque image terrifiante venue d'ailleurs. Elle ferma les paupières, sa main s'ouvrit, le rasoir tomba. Elle se mit alors, de sa voix minuscule, à leur narrer sa vision.

— La jongleuse te voit empoigner le grand serpent rouge à sept têtes, le même qui causa au ciel la guerre du bien contre le mal. Le sang remplira le vase, traduisit le Béotuk. Deux fils te seront donnés, deux pierres noires tombées du ciel, deux frères ennemis...

Le sagamo le fit taire, ulcéré, lui interdisant avec force de traduire ce qu'il avait entendu. Le vassal insista maladroitement, mais le chef l'éconduisit d'un geste sans réplique, ordonnant aux visiteurs de le suivre hors de la hutte.

— N'interromps jamais un sauvage qui te harangue, l'avertit l'interprète. Écoute d'abord, parle ensuite. Ne regarde pas l'ours dans les yeux.

Un attroupement se forma autour du vassal. Les femmes rôdaient de près, tâchant de ramener les enfants téméraires qui, remplis de crainte, venaient toucher l'étranger du bout des doigts.

Accompagné de six hommes de main, le sagamo les mena à la sortie du village, jusqu'à un endroit escarpé où il leur fut loisible d'embrasser d'un seul regard l'infini de la mer. De cette crête, la beauté du paysage était saisissante, l'azur se confondant à l'onde polie à perte de vue. À cette heure, le soleil se trouvait presque à son zénith. N'eût été la brise venant du levant, une chaleur accablante les aurait cuits sur place. Le vassal plissa les yeux, les mains en visière pour forcer son regard vers le bas. Il reconnut, près de la pointe des récifs, couchée sur le flanc droit, la carcasse de l'*Ursus* que les vagues avaient charriée jusqu'à la plage, mais dont les mâts semblaient intacts. Le vassal se prit soudain à espérer qu'on puisse encore sauver la caravelle en profitant de la marée basse. Sur la grève, ses serfs avaient construit à la hâte quelques abris de fortune avec les débris rejetés par la houle. La plupart des rescapés avaient dormi à la belle étoile. Des yeux, il chercha Mathilde, mais la distance était trop grande pour qu'il puisse la distinguer parmi les formes mouvantes et colorées. L'*Arkas* demeurait cependant étrangement invisible, abritée sans doute derrière une langue de sable qui s'étirait plus à l'ouest.

Barthélemy Filippo les rejoignit, accompagné de Bernardino, dont les Mig'mawags avaient, pour quelque motif obscur, autorisé la visite à Epsegeneg. Les deux hommes étaient silencieux et paraissaient affligés.

— L'*Arkas* a mis les voiles avant l'aube, lui annonça abruptement l'abbé. Vous dormiez comme un bébé, on ne vous a pas réveillé.

— Maudit Zickmni ! hurla le feudataire en serrant les poings de colère. Comment avez-vous pu laisser nos vies dans les mains de cet insensé ?

— Le capitaine Zéno a cru bon, sur les recommandations de l'amiral Seynt Clère qui l'accompagne en dépit d'une forte fièvre, d'aller déposer une première cohorte de colons à l'emplacement d'un futur refuge avant l'arrivée des jours froids, répondit-il d'une voix feutrée.

— Sans doute délirait-il, cracha le vassal.

— Il fallait éviter un surpoids au navire, c'est la raison pour laquelle les Templiers n'ont emmené que les manants qui voyageaient déjà sur la petite *Arkas*.

— Quoi ? s'étouffa l'autre. Vous n'allez pas me dire que...

— L'amiral vous les a ravis, soit, mais il a d'abord voulu les sauver : de vos deux cents roturiers embarqués à La Rochelle, deux tiers auront entrepris leur établissement avant l'hiver : le premier tiers s'est établi en Cadie, le second le fera au refuge de Starnatata en terre des Scots.

— Comment ça, Starnatata ? protesta-t-il. Il avait été convenu que nous irions au refuge de Guenoda, tous autant que nous sommes ! À l'exception des manants restés en Cadie, il n'a jamais été question pour nous d'être séparés !

Ses lèvres tremblaient de colère. Bernardino prit à son tour la parole, sur un ton embarrassé et suspicieux.

— Ils reviendront nous chercher dès cette seconde vague de gens installés, dans vingt jours tout au plus, tenta-t-il de le rassurer. Les capitaines Seynt Clère et Zéno sont des hommes de parole et de jugement. Comme preuve, cette copie de la carte de Dieppe qu'ils nous ont laissée au cas où un malheur leur arriverait et les empêcherait de revenir.

Sa voix, qui sonnait aussi faux que possible, n'était en rien convaincante. Le vassal crut même y déceler un certain cynisme, ce qui n'était guère habituel au chevalier. Sans doute, comme lui, Bernardino estimait-il avoir quelques raisons de se faire du souci sur la façon dont ces pirates pourraient honorer leur promesse.

— Il faut espérer que l'*Arkas* ne sombre pas à son tour, dit le religieux d'un air paterne. Sinon, je n'ose envisager ce qu'il adviendra de nous tous ici, à la merci des sauvages et de l'hiver.

— Ça sera l'occasion pour toi de suivre les traces de ton saint Brandan et de christianiser les Mig'mawags pour sauver nos vies, le railla Guillabert.

— Ça sera surtout l'occasion d'écarter définitivement le refuge de Guenoda, pour nous établir de notre propre chef sur votre montagne à trois cimes, soupesa Bernardino d'un ton circonspect. Ce mont deviendra le treizième refuge des Templiers.

Ses interlocuteurs se concertèrent en silence, désarçonnés par l'étonnante proposition. L'Espagnol se tourna vers l'abbé :

— N'était-il pas dans vos intentions prochaines de fonder une fraternité de la Rose et de la Croix, frère Barthélemy ? Un *Parlamentum hermaticum* pour le renouvellement de la terre et la réforme générale dont vous seriez le Prieur ? Une confrérie ayant pour but d'opérer l'union de la Science et de la Religion…

Le prêtre ouvrit la bouche, mais aucun son n'en sortit.

— D'après mes informateurs indigènes, poursuivit Bernardino en s'adressant cette fois à Guillabert, cette montagne sacrée se trouve face au fleuve, à côté du bourg indigène d'Ochelaga, et à quelques jours seulement par mer de Guenoda.

Le vassal le dévisagea, stupéfait.

— Diantre, c'est ce qu'on m'a aussi révélé, murmura-t-il. Je vois que votre espion vaut le mien.

— Saviez-vous que les mots *hoch* et *laga* signifiaient littéralement « camp germain » dans l'ancienne langue des Goths ? dit Bernardino en ricanant.

— Ce n'est qu'un hasard, je suis convaincu que l'Occidental n'y a jamais mis les pieds.

— C'est ce que je crois aussi.

Ils se regardèrent fixement, comprenant l'un et l'autre qu'un même rêve obscur les animait. Barthélemy Filippo paraissait maintenant aussi surexcité qu'un gamin qu'on amène à la chasse.

— Ce mont d'Ochelaga servira de tabernacle au Gréal, décréta le prêtre en se frottant les mains.

— Vous baptiserez ce mont Réal, mon frère, répliqua l'Espagnol à voix basse. Sa véritable signification ne pourra échapper aux initiés.

L'interprétation occulte que les moines chevaliers donnaient au mot San Gréal, c'est-à-dire sang réal, réel et royal, semblait en cacher une seconde, dont Guillabert ignorait tout.

Après avoir laborieusement traduit jusqu'ici la conversation au profit des indigènes, le Béotuk intervint :

— Le sagamo veut savoir de quoi il retourne. Il s'offre à libérer et à aider ses frères d'accueil à la condition que le *Patlias* veuille bien instruire les Porte-Croix jusqu'au retour du navire.

— C'est entendu, accepta avec soulagement l'abbé, qui se trouva du même coup relevé de sa prise d'otage.

C'est donc ensemble que les hommes, indigènes et Templiers confondus, reprirent en sens inverse le chemin serpentant qu'ils avaient parcouru la veille.

Perturbés par la mort qui leur avait ravi tant d'êtres chers, les manants s'affairaient mollement à échafauder sur la grève leurs pauvres abris. Tandis qu'il marchait dans leur direction, le vassal distingua Mathilde perdue au milieu d'eux, qui s'occupait à la cuisson des vivres en compagnie d'autres femmes. Elle leva la tête vers lui, un sourire irradiant sa beauté comme une brise fraîche et douce. Sans ralentir le pas, il la contempla de longues secondes du coin de l'œil, le visage impassible et imperturbable, persuadé de lui piquer le cœur par son indifférence.

«Mon attitude glaciale lui sera pire que ma haine, se répétait-il en tentant de contrer ses propres contradictions. Je me guérirai d'elle, elle souffrira de ma froideur.»

À la vue de leur seigneur qui s'avançait vers eux avec une si belle escorte, les leudes s'assemblèrent autour de lui, larmoyants, perdus, sans ressources.

— Ce chien de Zickmni nous a abandonnés à notre sort! glapirent-ils. Nous allons mourir de faim et de soif encore plus sûrement qu'en France!

D'un geste, Guillabert chercha à les calmer.

— Non, vous vous trompez, leur déclara-t-il. Zéno et Seynt Clère ont donné leur parole qu'ils reviendraient dans trois semaines au plus tard, après être allés déposer un premier contingent de colons dans un refuge sûr. En attendant, il y a fort à faire pour survivre, mais nous pouvons compter sur l'amitié et la générosité des Porte-Croix, à qui nous serons grandement redevables. Je punirai du fouet les geignards qui viendront saper le courage de mes braves. Au travail, tous! Et à Dieu va!

— Comme vous jouez bien, lui chuchota à l'oreille Bernardino d'une voix railleuse.

— Je ne possède pas la moitié de votre talent, riposta-t-il.

Une lueur d'humour s'alluma dans les yeux de l'Espagnol, ce qui laissa présager au vassal la naissance d'une franche camaraderie.

Dans la cale du vaisseau submergé, les serfs retrouvèrent avec bonheur certains équipements et outils que la tempête avait épargnés. Le vassal nomma trois hommes et trois femmes qu'il mit en charge de différentes corvées: dépeçage du bétail noyé; fumage de la viande encore comestible; approvisionnement en bois et en poissons; cueillette de petits fruits; construction d'abris solides semblables aux wigwams des Mig'mawags, assemblés à l'aide de branches de sapins et de conifères; confection de filets de pêche, de lances, de foènes et de harpons;

finalement, fabrication d'outils d'appoint en pierre et en silex. La baie déployait une flore et une faune généreuses où maquereaux, plies, capelans et éperlans fourmillaient en abondance, sans compter ces maintes herbes et baies sauvages d'amélanchier et d'aubépine, et ces nombreux crustacés et mollusques dont se nourrissaient les naturels des lieux. Les gens de mainmorte du pays d'Ariège auraient donc largement de quoi s'occuper sans trop s'apitoyer. Pour sa part, Guillabert s'emploierait avec les Templiers à tenter de sauver l'*Ursus*.

En échange des enseignements religieux du *Patlias*, les indigènes attribuèrent provisoirement aux gens d'Ariège, à environ un quart de lieue d'Epsegeneg, un petit territoire plat adjacent à un barachois situé à la sortie d'une rivière, à laquelle ils pourraient sans souci s'approvisionner en eau douce. Cet étang avoisinait la mer et une simple barre de sable et de gravier le séparait d'elle, d'où le terme barachois. Entre deux visites aux natifs, l'abbé Filippo veillait au grain, semant vaillance et encouragements au sein des rangs. Il était partout à la fois et d'aucuns auraient pensé qu'il était doté du don d'ubiquité.

— *Habe bonum animum*, l'entendait-on clamer. Reprenez courage, Dieu se tient à nos côtés !

Souvent, il couvait d'un regard avaricieux la grève où le feudataire lui avait dit avoir enfoui le Gréal tandis que son visage se figeait dans une expression benoîte.

À quelque temps de là, à la faveur d'une nuit sans lune, le vassal et le prêtre se retrouvèrent accroupis devant le gigantesque rocher de quartz pour creuser à quatre mains le sable humide léché par la marée de mortes-eaux. Ils ressemblaient à des gamins appréhendant d'être découverts à pratiquer des jeux interdits.

— Je l'ai, chuchota Guillabert qui reconnut le tissu sous ses doigts.

Son cœur battait dans sa poitrine au même rythme qu'il battait lorsque, enfant, il dérobait des bijoux dans le coffret de son père pour les offrir aux filles dégourdies du village en échange de faveurs particulières. Il dégagea le Gréal de son enveloppe de lin, le tâtant dans l'obscurité. Découvrant le pied hexagonal, quasi-preuve de son authenticité, il lui prit l'envie furieuse d'y poser les lèvres, mais se retint d'un même élan d'orgueil. Près de lui, l'abbé Filippo murmurait des prières de grâces.

— Dieu me pardonne de m'en être séparé, gémit le prêtre. Dorénavant, je le garderai sur moi jusqu'à ce qu'une digne église du Christ puisse l'abriter. *Deus fiat*! Dieu le veuille!

Chapitre 35

Les jours passaient à travailler sur la grève à la survie des rescapés. Les vagues chargées de goémon roulaient sans cesse dans l'embrun une musique qui calma peu à peu les douleurs incisives du déchirement et de l'affliction. Tous les manants s'étaient mis à la tâche et le courage dont ils faisaient preuve, abnégation volontaire de leurs deuils et de leurs chagrins, les sauverait d'un malheur plus grand encore : le *taedium vitae* qui cause la bile noire et qui tue. Barthélemy Filippo veillait avec acharnement au soin de ses brebis, la besogne s'accompagnant de chants et de prières.

— L'esprit doit savoir se tenir occupé, disait-il. *Labor corporis.*

Ce matin-là, affairée à la préparation du riz sauvage qu'elle avait aussi récolté, Mathilde se mit à couver Guillabert d'un regard attendri. La température chaude et humide avait amené près de l'eau des nuées de moustiques. Aussi le vassal s'était-il décidé à enduire le front et les joues des enfants d'argile ocre, ce qui les faisait tous rire. Cette boue servait principalement aux natifs pour se protéger des insectes piqueurs, fléau maudit du Huitramannaland auquel personne n'échappait. Les petites Marguerite et Louise s'esclaffaient, encore pâles et fragiles, mais tout de même remises du malheureux naufrage. Elles s'accrochaient au cou robuste de Guillabert, au creux duquel la jeune femme aurait voulu elle-même poser les lèvres, et osèrent même l'en barbouiller à son tour. Mathilde les enviait de pouvoir le toucher à leur guise. L'image de leur gaieté lui nouait la gorge et embuait ses yeux d'un trop-plein de tendresse. De toute évidence, les jeunes orphelines adoraient cet homme autant qu'il pouvait lui-même les aimer. Il était le baume qui adoucissait la blessure atroce de leurs deuils.

La jeune femme sourit tristement. Il aurait fallu ne point avoir de cœur pour demeurer insensible au charme de ces deux angelots à la chevelure de jais. Marguerite, cinq ans, aussi *crépelue* qu'une petite bergère, était la plus dégourdie, la plus décidée, mais aussi la plus sensible des deux sœurs. C'était une petite femme qui savait déjà manier les compliments pour parvenir à ses fins. Quant à Louise, qui n'avait que trois ans et demi, elle ressemblait à une minuscule madone. Timide, soumise, et douce, elle répandait la gaieté à pleines mains, comme le moissonneur sème ses champs.

Le père Barthélemy les lui avait pour ainsi dire jeter dans les bras. Cela s'était produit dans les jours suivant la contrainte que l'amiral lui avait fait subir. Inconsolable, Mathilde refusait de quitter sa paillasse disposée à la cale. Soudain, d'autres sanglots s'étaient mêlés aux siens, terribles et incontrôlables, qu'elle crut d'abord être les pleurs d'une femme. Ébranlée, la jeune femme avait séché ses larmes pour aller consoler plus affligée. Ses pas l'avaient conduite directement à l'abbé. Seul, assis sur un banc derrière des coffres, les yeux cachés dans ses paumes, celui-ci pleurait sans retenue. La jeune femme s'était assise près de lui pour lui empoigner la main, laquelle s'était douloureusement agrippée à la sienne.

— Mon père, mon très cher père Barthélemy, avait-elle tenté de le consoler. Pardonnez-moi si je manque de foi. Est-ce mon inconduite qui vous fait tant pleurer ?

Le petit religieux l'avait dévisagée avec des yeux rougis.

— C'est à moi que le courage manque, ma douce enfant, dit-il après s'être mouché. Venez, je sais que vous comprendrez.

Il la conduisit par la main au fond de la soute, jusqu'à un endroit qu'elle savait réservé aux mourants. L'odeur était insupportable, l'air vicié chargé de plaintes et de pleurs. On eût dit que la chaleur putréfiait déjà les corps des malades qui agonisaient. L'abbé s'immobilisa à l'écart, à environ vingt pieds d'une paillasse sur laquelle se mouraient un homme et une femme. Agenouillés près d'eux, mains jointes sur leurs nez, deux petits enfants priaient avec dévotion. L'une des fillettes avait trois ans, l'autre cinq.

— Que Dieu vienne chercher leur pauvre papa, je ne contesterais rien, murmura l'abbé. Mais qu'Il veuille aussi leur enlever leur mère, cela je ne puis le supporter. Qu'adviendra-t-il de ces anges, Mathilde, qu'adviendra-t-il d'elles ?

Des larmes silencieuses inondaient son visage. Le regard rivé sur le tragique tableau, il se tordait les mains, les enlaçant autour de son chapelet. Que pouvait-elle répondre à cet homme qu'une trop grande sollicitude égarait un moment loin de sa foi en Dieu ? Il lui parut aussi vulnérable qu'un garçonnet. Mathilde empoigna sa main pour la baiser avec affection.

— Père Barthélemy, Dieu nous aime tous, vous le savez mieux que moi.

— Barthélemy… que mon prénom est doux à l'oreille quand c'est vous qui le prononcez. Je crois entendre la voix de ma défunte mère que j'ai tant chérie, hoqueta-t-il.

Pour la plupart de ses ouailles, à quelques exceptions près, il était l'abbé Filippo avant d'être le père Barthélemy. Il était le prêtre séculier avant d'être le confident.

— Est-ce le deuil de votre mère qui vous chavire tant le cœur, mon père ? comprit Mathilde. Dieu vous l'a-t-il arrachée quand vous étiez petiot ?

Il hocha la tête.

— La pauvre femme est décédée quand j'avais neuf ans, violentée sous mes yeux par des ivrognes, expliqua-t-il entre deux sanglots qu'il avait peine à refréner. Je n'avais plus qu'elle au monde, la peste m'ayant aussi pris mon père. Ma mère était un être merveilleux et doux, d'une vive intelligence. Vous lui ressemblez beaucoup.

— Que vous est-il advenu, mon pauvre père, après que votre maman fut morte ? s'inquiéta-t-elle.

— J'ai rasé mes cheveux et j'ai erré des jours entiers, seul et affamé. De l'Italie, j'ai gagné la France. Mes pas m'ont mené sur le seuil d'un monastère des moines de Cîteaux, qui m'ont gardé avec eux quinze années durant. Je ne me suis jamais totalement remis de la disparition de la chère femme. Devoir affronter le chagrin d'enfants sans mère m'arrache chaque fois le cœur.

Sa fragilité le lui rendait émouvant. Mathilde lui baisa à nouveau la main, la lavant avec frénésie avec ses propres larmes. Il se tourna vers elle.

— La femme est une créature très forte, Mathilde, un être égal à l'homme, supérieur même, car elle irradie davantage de bonté et de douceur. Je ne connais personne d'autre que vous qui puissiez prendre en charge ces deux petites. Je vous seconderai, mais c'est d'une maman qu'elles ont besoin pour l'instant.

La jeune femme ne deviendrait donc pas la mère d'un enfant, mais bien de trois. Ce faisant, elle recevrait trois fois plus d'amour et de baisers de la vie. Mathilde se remit au pilage du riz sauvage, sans quitter Guillabert des yeux. Elle soupira et caressa son ventre à peine bombé. «Je ne veux pas d'autre père pour mes enfants que celui-là. C'est mon homme, je l'attendrai toute ma vie», pensa-t-elle. Elle, qui tant d'années avait mendié l'affection des siens sans jamais l'obtenir, ne parvenait pas à abandonner l'amour qui lui semblait le plus grand et le plus louable de tous. Sans cesse, comme une affamée, elle ne pouvait se retenir de quémander de Guillabert d'Aymeri un regard, un sourire, un effleurement. Elle cherchait son odeur, sa voix et ne pouvait s'endormir sans s'en être d'abord réconfortée. Cette mince ration de bonheur quotidienne lui suffisait.

S'il était devenu distant, inaccessible, n'était-ce pas de sa propre faute, elle qui la première l'avait stupidement rejeté? L'orgueil de son beau seigneur était mal en point, elle lui avait blessé l'âme. Mathilde se résignait à ce que ses sentiments fussent à sens unique et que leur relation demeurât platonique, à l'instar des parents du Christ Jésus. Si elle avait su bien écrire, quels billets doux n'aurait-elle pas osé aller lui porter pour se faire pardonner! Alors elle chantait, espérant qu'il l'entende, espérant qu'il comprenne son chagrin. Tous les discours du père Barthélemy ne pourraient l'empêcher de fredonner l'amour qu'elle ressentait pour son vassal. Mathilde aimait désespérément Guillabert d'Aymeri.

Quand tombait le soir au-dessus des wigwams, elle épiait les bruits provenant de la hutte voisine, celle des hommes. Trente pieds la séparaient de Guillabert, ce qui était bien peu pour calmer son désir. Alors, sous le couvert d'endormir les enfants, elle se mettait à chanter. Sa voix mélodieuse s'élevait dans le silence du soir, chacun écoutant avec gratitude et respect les accords si beaux qui calmaient jusqu'aux plus vastes chagrins. Couché sur sa paillasse, abruti par la fatigue et croulant sous le poids de ses obligations, de ses responsabilités et de ses contraintes, son beau seigneur l'entendait aussi. De telles pensées d'amour ne pouvaient que l'atteindre.

Mathilde soupira à nouveau. Le menton couvert de boue, le vassal enseignait à présent aux petites les paroles d'une vieille comptine enfantine. Bernardino s'assit près de la jeune femme sur le rocher incrusté de pyrite, l'or du sot, pigea dans son bol une pleine poignée de riz qu'il laissa lentement couler.

— Ne soyez pas triste, mignonne, dit-il. Si l'affection de votre seigneur semble filer entre vos jolis doigts, n'en croyez rien : ce n'est que façade et parade. Il rêve de vous toutes les nuits et, dans son sommeil, Guillabert d'Aymeri vous appelle à son secours, voyez-vous ?

Chapitre 36

Les deux mois qui suivirent apportèrent la preuve que Guillabert ne s'était pas trompé. D'abord, comme il le prévoyait, l'*Arkas* ne revint pas. Le vaisseau fit-il naufrage ou bien encore fut-il l'objet d'une attaque par des pirates ou même par des tribus indigènes belliqueuses ? Personne jamais ne le sut. Du reste, Zickmni pouvait très bien être mort, et ses compagnons avoir perdu la route d'Epsegeneg, Zéno étant certes plus enclin à rejoindre l'Écosse que le Huitramannaland avant l'hiver.

« Me voilà qui protège à présent cet animal de Zickmni et son acolyte ! réalisa soudain Guillabert. Comment serait-il possible qu'un navigateur aussi expérimenté que ce Zéno se soit égaré ? »

Les petites Louise et Marguerite, fillettes prises en charge par Mathilde, se remirent tout à fait. Septembre céda la place à octobre, plus frais mais infiniment plus coloré, la forêt drapant sa chevelure de pourpre et d'or comme si elle flambait. Le ventre de Mathilde grossissait aussi inexorablement que le froid se faisait plus cinglant, que l'indifférence manifestée par son vassal se faisait plus cruelle. Si, devant tous, l'abbé Filippo semblait veiller avec le même entêtement sordide à garder la fille du forgeron loin du vassal, il se trouvait toujours un moment du jour où le religieux, au gré d'un hasard complice, permettait à la jeune femme une brève rencontre isolée avec le futur père de son enfant. Cela semblait suffire à lui insuffler l'énergie nécessaire à la tâche, qu'elle reprenait en chantant. Parfois, pour tenter de la troubler davantage, Guillabert déposait une main chaude sur son ventre, où poussait l'enfant de Zickmni. Ses yeux pénétraient les siens, animés d'une même passion douloureuse. Mais l'arme avait deux tranchants et il se troublait autant, sinon davantage qu'elle. Un jour, les lèvres roses et charnues de Mathilde avaient timidement frôlé sa joue et il n'avait pas fui.

Malgré tous les efforts qu'il mettait à vouloir s'arracher Mathilde du cœur comme on s'extirpe de la peau l'épine d'une rose goulûment humée, il refusait d'admettre qu'elle pût lui devenir chaque jour un peu plus indispensable. Pris à son propre piège, il la guettait avec souci, attendant le moment du jour où, sous l'égide de son cher père Barthélemy, elle lui chuchoterait un mot doux à peine voilé de sous-entendus, elle lui lancerait un regard troublé, ou encore elle trouverait prétexte à frôler sa main tout en rougissant jusque dans le blanc des yeux. Souvent, il dressait l'oreille sur la chanson d'amour qu'elle fredonnait, chanson qu'il savait lui être destinée. Cette façon qu'elle avait de lui faire la cour le valorisait ; il se sentait enfin aimé et désiré. Il avait besoin d'elle.

Combien de fois s'était-il éveillé en nage, croyant la chercher en vain au bout des chambres de son castel d'Ariège ? Il tenta bien de l'oublier dans les bras de Matachi, la fille du sagamo, mais ce fut peine perdue : son corps n'était fidèle qu'à Mathilde. De toute évidence, il ne pouvait se guérir d'elle. En revanche, le sauvetage de l'*Ursus*, lui, allait bon train.

Le chevalier Bernardino avait conçu un ingénieux système de touage à poulies fixes dont les manœuvres, risquées et fort délicates, consistaient à relever le navire échoué et à le sortir de sa fâcheuse position sans que ses mâts cèdent. Quatre poulies, rattachées par des cordages à d'immenses poteaux de bois profondément enracinés sur la grève, assuraient la force exécutoire du mouvement, lesquelles poulies étaient elles-mêmes reliées aux quatre mâts du vaisseau. Tous les hommes valides âgés de plus de quinze ans, secondés par une poignée de Mig'mawags, s'y relayèrent des jours durant, les uns vidangeant le vaisseau à l'aide de seaux en bois, les autres actionnant les poulies, la lenteur de l'opération garantissant assurément sa réussite. Leur patience se vit enfin récompensée, et l'*Ursus*, un matin, se redressa sur le sable blond, réchappé des eaux, tel le couffin de joncs qui abritait Moïse nouveau-né.

Toutefois, les chevaliers n'étaient pas au bout de leurs peines. La coque avait été éventrée à moult endroits, qu'il fallut d'urgence calfater avec un noir goudron de bois composé de gomme de résineux, qu'on mit à cuire sur de grands feux de grève. Par ailleurs, les voilures déchirées, fortement endommagées, devaient être remplacées en partie. Les femmes s'activèrent à en tisser de grands pans et, pour ce faire, durent fabriquer des aiguilles avec des arêtes de poissons et des ossements d'animaux, et du fil avec de la fibre végétale et des nervures de bêtes.

C'est alors, avec l'arrivée d'une nouvelle lune, que le temps encore doux cessa brusquement et qu'une pluie épaisse se mit à tomber, mêlée de neige, obligeant les manants à s'encabaner des jours durant et à cesser tous travaux. L'automne du Huitramannaland, à peine né, semblait déjà à l'agonie et sa vie, bien qu'elle fût infiniment plus belle qu'en Ariège, leur parut dix fois plus éphémère.

Les Mig'mawags, qui comme eux divisaient l'année en quatre saisons, les informèrent de la rigueur parfois excessive du froid de l'hiver, qu'ils nommaient Kesic, et qui durait souvent quatre lunes jusqu'au retour des grandes outardes. La neige s'amoncelait parfois si haut sur le sol qu'ils n'y pouvaient marcher qu'avec des raquettes.

Par petites unités mobiles composées de quelques familles nucléaires, certains Porte-Croix commencèrent donc à plier bagages et à «décabanner», roulant leurs habitations comme des feuilles de papier et les portant sur leurs dos. Ils se dispersèrent à l'intérieur des terres, au gré de l'humeur des chefs respectifs de chaque groupuscule familial.

Les moines chevaliers se réunirent dans la hutte de Barthélemy Filippo afin de lui annoncer l'ampleur de leur infortune, et la fin de leurs espoirs de rejoindre le bourg indigène d'Ochelaga avant l'hiver. Même s'ils avaient pu s'y rendre, il aurait été pratiquement impossible d'y construire un refuge templier avant le gel.

— Que comptez-vous faire? s'enquit l'abbé.

— Nous devons absolument nous pourvoir au plus tôt de provisions pour la saison froide, bâtir des abris solides et isolés, coudre des vêtements chauds, faute de quoi la famine et le gel nous emporteront tous. Il faut abandonner le renflouage de l'*Ursus* jusqu'au printemps et nous concentrer d'abord sur notre survie, répondit Bernardino.

— La chose n'est pas si simple, rouspéta le religieux. Encore faut-il obtenir le consentement des sauvages pour rester ici.

— Le seigneur des lieux et ses gens peuvent-ils nous offrir le gîte dans leurs cahutes jusqu'au printemps? suggéra Guillabert.

— Vous demandez beaucoup, mais ce faisant, qui sait si nous ne leur rendrions pas un fier service, maugréa le prêtre. Moi qui apprends leur idiome et leurs mœurs depuis bientôt trois mois, je constate avec regret que les indigènes ne se soucient guère du lendemain, préférant paresser plutôt que d'amasser des provisions comme nous le faisons. Il est heureux que nous ayons eu la bonne idée de faire sécher le maquereau et la morue sur des vigneaux dès l'août terminé pour nous prémunir d'un hiver que nous ne connaissons pas ! C'est à peine si j'ai vu les Crucientaux boucaner deux ou trois paquets de viande en prévision des jours froids. En cela, certes, ils sont mille fois plus croyants que tout chrétien dûment baptisé et observent avec bien plus de zèle le conseil des saints Évangiles qui dit : « Ne vous inquiétez pas du lendemain, le lendemain s'inquiétera de lui-même. À chaque jour suffit sa peine. » Mais, à ce qu'on m'a raconté, ces jeûnes involontaires leur sont, hélas ! parfois bien funestes et la famine les a poussés plus d'une fois à manger de leurs enfants.

Le feudataire frissonna. Il ne s'était jamais imaginé qu'il aurait à revivre ici, en idyllique terre neuve, les disettes endémiques auxquelles il avait été confronté dans son ancienne patrie.

— Alors prie pour moi, mon petit abbé ! s'écria le vassal. Car je compte bien chasser l'orignac et boucaner l'anguille dès demain, que nous ayons ou non le consentement de nos hôtes. Après quoi, le printemps venu, nous partirons pour la terre d'Ochelaga où se trouve le mont aux trois sommets.

— Et peut-être même le Gréal que j'assimile à la pierre philosophale, ajouta Bernardino à voix couverte.

Guillabert sursauta. Le Templier espagnol s'était-il comme lui mis en quête du serpent rouge guérisseur des autochtones? Les deux hommes se mesurèrent un long moment en silence.

— La pierre philosophale? Vraiment, vous divaguez, mon frère! se moqua le vassal en feignant la condescendance. C'est vous, à présent, qui vous attachez à ces pantalonnades farfelues? La pierre philosophale ne peut être que du règne végétal, voyez-vous?

Il éclata de rire en croyant pousser son rival sur une fausse piste. Il avait fait référence à la légende de Papkootparout, que le Béotuk leur avait narrée un soir près du feu. Selon celle-ci, les Mig'mawags avaient déjà cultivé les céréales et l'herbe à fumer dans des temps très anciens, les ayant reçues du gardien du Pays des âmes. S'ils étaient aujourd'hui privés de toutes ces commodités, s'ils en étaient réduits à errer comme des vagabonds, disséminés par les désastreuses disettes de janvier et de février, c'était par pure négligence de leur part. Cependant, malgré leur infortune, jamais les Porte-Croix ne remettaient en cause les pouvoirs sacrés de leurs crucifix, convaincus qu'ils auraient été soumis sans eux à des malheurs bien plus affligeants encore. Mais contrairement aux Mig'mawags, la peuplade d'Ochelaga, elle, connaissait toujours les pouvoirs du serpent rouge et n'avait rien oublié de la culture des quatre plantes sacrées : le pétun qu'on fumait par la bouche, la sauge, le cèdre et le foin d'odeur.

— Végétal, croyez-vous? répliqua Bernardino avec un sourire narquois et entendu. Je crois pour ma part qu'elle est plutôt du règne minéral. L'Arche d'Alliance constituait en premier lieu un coffre-fort qui contenait deux pierres volées aux prêtres de Pharaon, l'Étoile du matin et l'Étoile du soir, aussi appelées Mélusine et Pressine. Deux pierres dont les émanations provoquaient des brûlures, faisaient vomir et causaient la mort à retardement...

— Pour notre part, allons au plus pressant, soupira le prêtre avec impatience. Je vous laisse vos songe-creux et vos chimères, laissez-moi l'âme de mes ouailles…

Guillabert prit congé d'eux, fermement décidé à sauver ses manants et à gagner les Mig'mawags à sa cause. Il se trompait de peu. Les éléments s'imbriquèrent une fois de plus en sa faveur, lui forgeant à la mesure de ses pensées, qu'il gardait avec vigilance loin de ses peurs, quelque heaume, mousquet ou arbalète pour le défendre de l'adversité. Moult ennemis l'auraient cité à un procès injuste qu'il s'en serait sorti indemne, sans même comparaître, protégé par une force tangible dont il ne mesurait pas l'ampleur. Il lui semblait être devenu le contumace dont l'heureux hasard était l'ami.

S'étant rasé la barbe, il se rendit donc avec son interprète prendre conseil auprès du sagamo et de ses sages, qui lui accordèrent l'audience convoitée sur-le-champ. À la vue de son menton qui luisait, le chef des Porte-Croix arrondit les yeux d'étonnement.

— Que veux-tu de nous ? s'enquit-il en fronçant les sourcils.

— Je mets la vie de mes gens entre vos mains généreuses, mon seigneur, lui dit Guillabert. Accordez-nous de passer l'hiver sur vos terres et permettez-nous de nous préparer en conséquence en nous autorisant à chasser. Nous partirons pour Ochelaga au printemps.

Les Mig'mawags se concertèrent plusieurs heures avant de parvenir à un accord. Celui-ci, de toute évidence, ne convenait pas à tous.

— Nous consentons à ta demande et autorisons dix des tiens à passer l'hiver à Epsegeneg pour réparer ta coquille brisée. Notre peuple est prêt à héberger les autres dans nos campements d'hiver par groupes de quatre ou cinq personnes. Mais il y a pour cela des conditions.

— Je vous écoute.

— Premièrement, il faudra compter deux à trois ballots de poisson et de viande boucanée ou séchée par tête d'homme et de femme que nous hébergerons. Un demi par enfant.

— C'est entendu, accepta le vassal, qui appréhendait déjà le travail titanesque que ses gens auraient encore à accomplir avant leur départ.

S'il le fallait, ils travailleraient jour et nuit pour s'en acquitter. Par bonheur, les chevaliers avaient eu le jugement de récupérer le lendemain du naufrage toutes les carcasses des bêtes noyées afin de les dépecer et de les sécher sans tarder. Plusieurs de ces provisions étaient toujours intactes.

— Ce n'est pas tout, continua le sagamo. Ton *Patlias* devra enseigner les paroles du Messous aux miens et, pour ce faire, voyager d'un campement à l'autre pendant la saison morte avec le Béotuk.

Le vassal se renfrogna, soudain affligé à l'idée de devoir séparer ses serfs de leur petit abbé de campagne, si indispensable sur le plan moral. En revanche, bien qu'il ne lui appartînt pas de s'engager pour les Templiers en élisant une action qui ressemblait, de prime abord, à un renoncement au but premier qu'ils s'étaient fixé, il était primordial de sauver d'abord la vie des futurs colons. Or, c'était à Barthélemy Filippo qu'avait été confié le corpus spirituel de la mission au Nouveau Monde. Toutefois, malgré la seconde exigence des indigènes, le religieux rencontrerait au cours de l'hiver chacun des serfs dans ses nombreux déplacements, ce qui valait mieux que rien du tout.

—Je m'y engage pour lui, s'entendit-il répondre.

—Nous ne voulons pas de toi parmi nous, poursuivit froidement le haut dirigeant. Tu devras rester ici, à Epsegeneg. L'hiver décidera seul de ton sort, nous ne pouvons intervenir.

—Ils me craignent à cause de cette vision qu'a eue la vieille jongleuse, présuma le vassal.

Il était abattu, mais conscient qu'il ne devait en aucune façon montrer son désaccord ou son découragement. Si son devoir était de sauver ses manants, même au prix de sa vie, il s'y assujettirait. La chance, une fois de plus, continuait de lui sourire à travers ce qui aurait pu sembler un malheur à bien d'autres, mais qui n'était pour lui qu'un nouvel obstacle à combattre pour ragaillardir sa force naissante.

—Je reste aussi, décida le Béotuk.

Ému, Guillabert déposa une main chaude sur son épaule. Le conseil des sages acquiesça à la volonté de l'interprète : la présence de celui-ci leur était devenue inutile. Le *Patlias* parlait suffisamment bien le dialecte du pays pour voyager sans lui.

Cette nuit-là, Guillabert s'éveilla en sursaut lorsqu'un corps nu et soyeux se blottit contre le sien. Il pensa d'abord à la sensuelle Matachi, aux mœurs si légères, qui, libre comme le vent, visitait sa couche de temps à autre à la faveur des nuits sans lune, en espérant toujours susciter son désir. À l'exemple des siens parfois polygames, cette fille ne faisait pas grand cas des choses du sexe qui, aussi normalisées que les gestes du boire et du manger quotidiens, éteignaient toute la passion qui aurait pu en résulter.

Troublé, Guillabert reconnut soudain Mathilde à son odeur de muscade salée.

— Si Dieu vous enlevait à moi pendant l'hiver, je veux me souvenir que vous m'avez aimée, chuchota-t-elle.

Comment avait-elle pu échapper à la surveillance resserrée de l'abbé pour se glisser dans sa tente, jusque dans sa couche ? Il ne bougea pas, le cœur battant et affolé. C'était le moment décisif, celui qu'il attendait depuis des mois, l'instant où tout allait enfin se jouer entre eux. Devait-il rester de glace, impassible, impavide, feindre l'indifférence pour triompher de Mathilde, qui l'avait si cruellement rejeté pour choisir Zickmni en lieu et place ? Mais elle se pressait avec langueur dans son dos, sa bouche humide contre ses épaules. Sa peau avait la moiteur fiévreuse du désir sauvage qui, contre toute attente, la possédait enfin.

Que restait-il à présent du propre désir de Guillabert pour cette femme, désir que même sa rancœur n'était pas parvenue à éradiquer ? Certainement rien de comparable à ce qu'il avait pu éprouver pour les petites lingères aux mains expertes retrouvées chaque soir en son castel d'Ariège. Jusqu'alors, les rapports qu'il avait entretenus avec l'autre sexe avaient été pratiques, méthodiques, pleins de savants calculs. Que de services rendus, de besoins comblés, de jouissances hâtives vite oubliées, qui lui avaient chaque fois laissé l'humeur légère, mais les mains vides ! Au fond de lui, Guillabert restait toujours ce grand enfant inquiet qui, pour recevoir un peu d'affection des filles délurées du village, n'hésitait pas à chaparder pour elles des peccadilles dans les appartements de son père. Il se servait de ces belles garces comme elles se servaient de lui, le temps d'un accouplement ou d'un impudique baiser. Si ces relations l'avaient rassuré par leur limpide froideur sans complication, elles n'avaient cependant jamais comblé ce besoin criant qu'il avait d'être aimé.

Pourtant, dès l'instant où ses yeux s'étaient posés sur Mathilde dans l'église de Saint-Laurent, le vassal avait compris qu'elle n'avait rien de ces filles faciles, âpres au gain, qui gravitaient dans son sillon. La rébellion de cette femme l'avait d'abord fasciné. Elle lui avait résisté à la façon dont résiste un animal meurtri, qui se replie sur lui-même pour lécher ses blessures. Ce jeu de dur à cuire dans lequel elle s'ébrouait en cherchant vainement à s'écarter de toute émotion, il le connaissait par cœur pour l'avoir lui-même pratiqué : l'absence de passion, c'était le prix à payer pour se préserver des souffrances inutiles. Mais cette joute illusoire avait aussi pour contrepartie d'éloigner du quotidien tout bonheur autre que pitoyable.

À l'exemple de Guillabert, Mathilde Lescot semblait avoir affronté l'existence en serrant les poings, encaissant les coups et les rejets avec les yeux secs de celui qui a trop pleuré, qu'on a repoussé, abandonné, qui n'a pas été désiré, né du viol d'une mère trop belle. Mais les paupières de Mathilde, comme celles du vassal, clignaient trop vite pour qu'il puisse en ignorer les sanglots refrénés qui se cachaient derrière. Le regard bleu-gris de la fille illégitime du comte de Foix avait la teinte anthracite et indéfinissable d'un ciel avant l'orage.

Le désir du feudataire pour Mathilde Lescot consistait en quelque chose d'impalpable, de plus fort que l'élan fougueux d'un corps animal. Cette chose avait surgi dès le premier regard, comme si Guillabert avait toujours connu Mathilde, comme si elle avait déjà été sienne dans une vie oubliée. Cette femme était son égale, son miroir, il se retrouvait dans ses yeux et c'était sans doute ce qui l'effrayait le plus.

Il ne bougeait pas, tempes battantes, tentant en vain de s'endurcir, de maintenir ses pensées sur ce ressentiment stoïque qui le protégerait d'elle. Néanmoins, en dépit de tous ses efforts, seul son sexe s'était durci.

— Je vous aime, mon seigneur.

Il se retourna vers Mathilde, bouleversé. Ces mots, personne encore ne les lui avait dits.

— Je vous aime, répéta-t-elle.

Il saisit son visage dans ses paumes et lui embrassa les lèvres avec une fougue désespérée. Elle s'offrit à lui, chaude, langoureuse, et il ne lui résista pas. Il la prit dans la pénombre, la faisant gémir sans se soucier des autres roturiers qui dormaient dans la hutte.

Quatrième partie

Montréal d'Ochelaga

Chapitre 37

La froide saison se mourait. Le Béotuk se mit à noircir une écorce de fines lignes anguleuses. Sous ses doigts, l'ostracon de terre cuite devenait une plume, la peau du bouleau une carte étonnamment précise sur laquelle les lacs, rivières et montagnes qui prenaient forme révélaient l'immensité du Huitramannaland.

La fumée de son tabac se mêlait à celle du feu de bois, ensevelissant le wigwam surchauffé sous un brouillard qui brûlait les yeux. Près de lui, dans un concert de toussotements et de raclements de gorge, des hommes sommeillaient sur des lits de branches de sapin et d'épinette, tandis que d'autres jouaient aux dés. L'hiver qui achevait avait été d'une douceur remarquable, presque dénué de neige. L'humidité glaciale qui s'échappait des eaux les transperçait cependant dès l'aube comme une pointe de flèche. Leurs provisions d'anguilles et de viande boucanée étaient depuis longtemps épuisées, mais il restait toujours dans la glace une bonne quantité de poulamons, ces poissons proches des goujons. On avait encore en réserve un peu de phoque gris, remplacé à l'occasion par des lièvres, des loutres ou des perdrix tués au hasard d'une chasse à l'arc à laquelle l'autochtone excellait.

La main-d'œuvre était lasse, tant de l'ennui morbide qui accablait les hommes loin des leurs, que du travail harassant qui les abrutissait du matin au soir et qui leur voûtait l'échine, gerçant leurs mains jusqu'au sang. Demeurés à Epsegeneg, ceux-ci s'étaient néanmoins entêtés avec acharnement afin d'achever coûte que coûte la réfection de l'*Ursus* avant l'arrivée du printemps. Usés par la dure besogne, seul but véritable de leur quotidien, ils tombaient d'épuisement dès que leur tête touchait l'oreiller. C'était donc à force de persévérance, de volonté et de patience que, peu à peu, ils étaient parvenus à la dernière étape de leur tâche titanesque, le temps clément leur ayant indéniablement apporté son appui. Guillabert laissa échapper un long bâillement.

— Il faudra suivre la mer jusqu'à l'embouchure du grand fleuve, près de Roquelay et de Thuladi, expliqua le Béotuk en pointant un ongle crasseux sur la cabane qu'il venait de dessiner. De là, descendre jusqu'à Guenoda, puis jusqu'à Ochelaga. Le voyage sera paisible, je ne connais aucun ennemi aux peuples qui habitent ces territoires.

Thuladi. Dans la bouche à l'émail translucide de l'autochtone, le mot résonnait comme celui de Thulé, la fameuse terre submergée des Atlandes dont lui avait un jour parlé Bernardino. Simple coïncidence? Guillabert ne chercha pas à le questionner davantage. Ce soir-là, rien n'avait plus d'importance et l'hiver, à son exemple, se mourait de langueur.

Quoi qu'on lui dise, il se doutait bien que le voyage serait périlleux, privés qu'ils étaient de manœuvriers, de timonier et de pilote. Et c'était sans compter les récifs et les bancs à fleur d'eau qui ceinturaient la côte, la protégeant de l'assaut des étrangers en mal d'aventures. Barthélemy Filippo n'avait pas eu tort de comparer un jour leur périple à celui de *l'homo viator*. Cette métaphore de l'errance du chrétien sur terre lui plaisait bien à lui aussi, à la différence que la traversée du désert aurait été plus simple que celle du Huitramannaland.

Semblable au silence hiémal qui enveloppait la forêt endormie, un calme léthargique s'était peu à peu installé en lui. Toutes ses révoltes, tous ses appétits s'étaient assoupis à l'ombre de l'hiver, enfouis sous sa tonnelle glacée, le rendant aussi sage que ses compagnons d'infortune. Entre eux, quelques rares mots à présent suffisaient, concis, dénués d'adjectifs ou de compléments. Souvent, après une dure journée de labeur et une interminable partie de dés, enveloppé dans la fumée de son précieux pétun, l'indigène leur contait quelque légende ancienne, qu'imageait au-dessus de leurs têtes la valse lascive des aurores boréales. Un soir, debout près du wigwam, le Béotuk leur avait montré les constellations de la Petite Ourse et de la Grande Ourse. Il les nommait Mouhinchiche et Mouhinne.

— Ce qui signifie Petite et Grande Ourse, les avait-il renseignés.

Le vassal s'était refusé à voir une simple coïncidence dans l'analogie des noms, la dénomination des constellations n'ayant pu naître que d'une communication d'idées entre leurs deux nations.

— Les *pabos* l'ont sûrement enseigné aux tiens, argumenta-t-il.

Le Béotuk l'assura que les peuples du Huitramannaland connaissaient le nom des constellations depuis des temps immémoriaux, donc bien avant l'arrivée des Robes blanches au pays.

— Mon peuple connaît les étoiles mieux que les Blancs, soutint-il.

De l'index, il leur indiqua le Chariot de David, les trois gardes de l'étoile Polaire.

— D'ailleurs, comment peux-tu donner une queue si longue à un animal qui n'en a presque pas ? le railla-t-il. Ce sont trois chasseurs qui poursuivent l'ourse en canot, pas une queue d'ours !

Sans doute avait-il raison. Intrigué, Guillabert l'avait questionné sur la façon dont ses ancêtres avaient appris ces choses. La réponse l'avait jeté dans un questionnement plus grand encore.

— Après que Miscaminou eut créé l'Univers, qu'il eut divisé la Terre en plusieurs parties séparées les unes des autres par des grands lacs, qu'il eut créé tous les animaux et qu'il eut fait naître dans chacune de ces contrées un homme et une femme, beaucoup de temps passa encore. Mais l'homme et la femme étaient devenus méchants avec leurs enfants et se tuaient les uns les autres, ce qui fit pleurer le Soleil. Ses larmes tombèrent du ciel en si grande quantité que les eaux montèrent par-dessus les montagnes, chassant mes ancêtres de leur île de Thula. Pour survivre, ils vinrent en Huitramannaland sur sept coquilles ailées en suivant la grande étoile Icoquih, celle qui sort la première devant le soleil et qui était toujours là quand ils étaient chez eux. C'est de cette façon qu'ils franchirent la mer et arrivèrent ici, en emportant leurs dieux avec eux.

Tout au long de son récit, il avait pointé l'étoile Vénus, celle qu'il nommait Icoquih. Cette île engloutie de Thula semblait être la capitale atlande de Thulé dont l'avait entretenu Bernardino.

— Leurs dieux ? demanda le vassal. J'étais persuadé que les Porte-Croix n'en vénéraient qu'un seul.

— Ils signifient les pouvoirs du grand serpent rouge.

Guillabert comprit confusément que ces dieux étaient en fait tout ce qui restait des sciences magnifiques et de l'industrie d'une ancienne civilisation.

Mais ce soir-là où l'hiver se mourait, empli de mélancolie et de lassitude, il n'écoutait déjà plus son compagnon lui décrire l'itinéraire vers Ochelaga. Il aspira à nouveau une longue bouffée de la pipe sculptée que le Béotuk lui tendait. Guillabert avait le regard fixe d'un somnambule et plus rien à présent, hormis un incessant besoin de lumière et de chaleur, ne le pressait ni ne semblait l'atteindre. Seul le souvenir de Mathilde pouvait encore le faire frémir.

Depuis octobre, à mesure et au même rythme que s'étaient pêchés et fumés les poissons, prises conditionnelles à la survie de ses gens de mainmorte, ceux-ci avaient commencé à quitter à tour de rôle la cohorte des exilés avec leurs protecteurs mig'mawags. Ils s'étaient expatriés à la poursuite des cervidés vers l'intérieur des terres par petits essaims épars, constitués chacun d'une dizaine d'individus qui gravitaient le plus souvent autour d'un chef de famille, de sa ou de ses femmes, de leurs fils mariés ainsi que des familles de ceux-ci. Rivé à Epsegeneg en compagnie d'une poignée d'hommes pour l'hiver, Guillabert avait assisté à tous ces départs avec soulagement. Le vide qui se créait autour de lui déchargeait ses épaules du faix de la responsabilité de leurs vies, sous lequel il ployait comme un arbre voûté.

Barthélemy Filippo était parti avec le clan du sagamo, lui arrachant Mathilde et ses deux jeunes protégées. Transi sous sa mince capeline recouverte de peaux de bêtes, les pieds sanglés de guenilles et de fourrures à la façon d'une momie, l'abbé lui avait fait ses adieux en le comprimant dans ses bras.

— Ne craignez rien pour Mathilde, qui est la prunelle de mes yeux, lui avait-il dit. Ses entrailles sont l'athanor où se prépare l'avènement des Templiers du Nouveau Monde. Son fruit est plus précieux pour nous que la sapience des sages. À la vérité, il est le Gréal même. Je tâcherai cet hiver de lui enseigner ces choses. Adieu, mon seigneur.

Si les mots avaient suffi à vaincre ses doutes et à apaiser ses craintes quant à la bonne foi du prêtre et à la sécurité de la jeune femme, ils ne parvinrent pas à le consoler du chagrin qu'il ressentait d'être séparé d'elle. «Au reste, se raisonna Guillabert en grinçant des dents, l'équinoxe du printemps, jour du vingt et un mars, nous rassemblera à nouveau avant notre départ pour Ochelaga.» Il serra Mathilde en larmes contre lui, baisant ses lèvres avec l'élan violent de leur passion.

— Il me tarde déjà de t'aimer et de goûter le miel de ta ruche, ma mie, avait-il murmuré avant que l'abbé ne parvienne à l'en écarter. Survis-moi, je t'en conjure.

— C'est par Ève que la terre a péché, avait psalmodié Barthélemy Filippo en levant sur lui un index outré.

— C'est par Ève que Satan sera vaincu à la fin des temps, avait-il rétorqué.

— Je vénère la Femme, mon seigneur. Mais la fin des temps n'est pas encore venue.

Le fil du souvenir se brisa lorsque le Béotuk lui arracha brusquement la pipe des mains.

— L'ours qui dort finira bien par s'éveiller, le nargua l'autochtone en roulant la carte. Dehors, ça sent la fumée. Les tiens sont en route pour Epsegeneg, maintenant.

Cent fois plus développé que celui d'un Occidental, son odorat ne le trompait jamais. À l'aube, le cri des outardes creva le silence comme se fend un abcès d'écrouelles trop mûr, coupant court à la vie d'un hiver qui n'en finissait plus de mourir sans avoir vécu. Les hommes contemplèrent longtemps les grands V latins et aériens que dessinaient par-dessus leurs têtes les centaines d'échassiers tapageurs. Ils s'abattaient sur la forêt boréale comme l'aurait fait en Espagne une diaspora de saute-relles en provenance du sud. D'un geste lent, circonspect, le Béotuk saisit son arc qu'il banda avec force au-dessus de sa tête, lardant le nuage ailé d'une flèche bien visée.

†

1438, l'an de douleurs. Le cri de la bernache sacrifiée lui emplit la tête, lui creva les tympans, se mêlant à celui qui sourdait dans sa gorge. L'effusion d'une nouvelle dou-leur franchit l'orée de sa conscience. Guillabert d'Aymeri geignit. Il reconnut le plafond lambrissé de la chambre de Séguna.

Privé de l'extrême-onction, il comprit qu'il revivrait chacun des sens humains dans la souffrance la plus vive afin de quitter sans regret l'enveloppe charnelle qui les faisait éclore. Ces douleurs étaient les derniers fils qui le retenaient à la vie. L'ouïe, le cri du grand échassier, serait donc le premier sens de son agonie. *Resquiescat in pace.*

Les murmures et les pleurs se rapprochèrent, les conciliabules s'amplifièrent autour de lui. Et le souvenir ressurgit, avec celui du temps qui presse et qui passe, l'imminence de l'attaque des indigènes à Séguna. Le vieil-lard se crispa, ouvrit les yeux. Le visage de Louis, livide et torturé, se penchait au-dessus du sien. Puis, celui de sa femme, de ses filles, de Thierry. Il reconnut en arrière-plan Adélaïde et son mari Martial.

— Les plans de l'observatoire sont maintenant en sûreté dans nos souterrains. Nous sommes prêts à quitter Séguna comme vous nous l'avez ordonné, mon père, dit Louis.

Les mouvements des lèvres ne correspondaient pas aux mots prononcés. Le moribond se concentra, se força à s'éveiller. Les paroles lui prouvaient que bien peu de temps s'était écoulé depuis sa dernière somnolence, provoquée par l'intenable douleur qui l'arrachait à la vie. Son fils saisit sa main, la lui serra à la briser. Dans un ultime effort, Guillabert demanda qu'on l'assoie dans son lit.

— Ce qui restera de nos colonies en Huitramannaland est le gourmand qui pousse à la racine de l'orme coupé : rien ne pourra anéantir sa force ; il deviendra plus fort que son arbre géniteur, articula-t-il en cherchant son souffle, entre deux quintes de toux. Quand le courroux des natifs sera apaisé, vous reconquerrez Montréal d'Ochelaga. Les vignes que nous y avons plantées seront sans doute desséchées. Le doux climat que nous avons connu ici aura fait place à des hivers terribles, mais cela sera bien ainsi. Notre secret se fortifiera sous l'amnésie des hommes. Plus tard, des Templiers viendront du vieux continent, ils prendront contact avec Thierry et Louis, comme ils ont jadis pris contact avec moi après le décès de mon père. Malgré tout ce qu'ils pourront vous dire, n'oubliez jamais que le sang de vos ancêtres mérovingiens, ou ce qu'ils accomplirent, n'a aucune importance. Chacun porte seul la responsabilité de son propre destin.

— La responsabilité de ses actes ne passe pas à ses héritiers, récita Louise.

Le regard mouillé du vieil homme s'arrêta sur chacun d'eux.

— Je vous ai tant aimés, murmura-t-il. Si vous vous remémoriez seulement l'amour que j'ai eu pour vous, mon existence n'aura pas été vaine. Toute autre chose que je vous aurai enseignée ne vaudra rien si cela, vous ne l'avez pas compris.

Il les regardait, ému. Si ces quatre petits ne lui avaient été prêtés, comment sa vie aurait-elle été comblée par tant de bonheur ? Marguerite, Louise, Louis, Thierry. Chacun avait été un point cardinal qui l'avait guidé.

Il se remit à tousser, bascula sporadiquement la tête, cherchant à reprendre son souffle. Qui pourrait jamais savoir que Séguna, le refuge qu'il avait fondé en l'honneur de Mathilde non loin du village de Pénétanguishine, était la clef du terrible secret de leur amour ? Séguna, c'était le prénom de la sœur de Galaad, l'obscur héros du récit de la quête du Gréal. Et cela, même Mathilde l'ignorait.

Un peu de sang lui coulait à la commissure des lèvres tandis qu'une sueur glacée affluait sur son front. D'un geste doux, sa maîtresse épongea l'un et l'autre. Une boue noire, comme celle charroyée par le fleuve, écrasait ses poumons.

— De grâce, mes petits, ne reconstruisez pas au sein des Templiers rosicruciens la monarchie et la papauté, si précieuses les jugiez-vous. Faites-le pour moi si vous ne le faites pour Dieu, murmura-t-il d'une voix caverneuse, entrecoupée par une nouvelle vague de douleur.

— Sur l'honneur, nous vous jurons de poursuivre votre but, clama Thierry. Vous n'aurez pas vécu en vain, mon père.

Sa femme se força à sourire, mais des larmes impuissantes inondaient ses joues. Elle ferma les yeux, une main fine et blanche sur son ventre amaigri, ses doigts froissant nerveusement le tissu de sa jupe de velours brossé.

— Comme je t'ai aimée, Mathilde, murmura d'Aymeri en la dévorant des yeux pour l'imprégner à toujours dans sa mémoire.

Puis il ferma les paupières, suppliant son *Oüahich* que ces mots deviennent son ultime adieu. Il était prêt.

Chapitre 38

Mathilde se souvenait-elle avec quelle douceur Guillabert avait lui-même posé une main chaude sur son ventre rebondi lors de leurs retrouvailles, à l'agonie de ce premier hiver en Huitramannaland, en 1398 ? À son contact, le fœtus avait bougé.

— De joie, l'avait assuré la jeune femme dans un murmure. Vous nous avez tant manqué.

Elle s'était blottie dans les bras musclés de son vassal tandis que les fillettes dont elle avait gardé la charge, sœurs de naissance aux longs cheveux soyeux, s'étaient pressées contre lui. Suspendues à son cou, Marguerite et Louise l'avaient tour à tour embrassé. Ça l'avait fait rire, cependant qu'une vive émotion lui enserrait la gorge. Avait-il un jour espéré recevoir pareil amour de la vie ? Il s'était juré que toutes trois ne le quitteraient plus.

À présent que le printemps les réunissait à nouveau, plus rien ne pouvait advenir et risquer de ternir leur bonheur. Il avait redressé le menton de Mathilde, essuyé avec délicatesse la larme de joie qui fuyait de ses yeux. Le grand sourire bon enfant de Guillabert avait fait chavirer le cœur de la jeune femme, lui enveloppant l'âme d'une chaleur ineffable.

«Mon beau seigneur d'Aymeri m'aime toujours», avait-elle songé, rassurée.

La beauté du vassal, à peine altérée par quelques ridules d'inquiétude et par l'ombrage de sa barbe châtain clair, s'était faite plus virile, moins superficielle. Elle devinait dans son regard azur cerné de fatigue une maturité nouvelle, rassurante comme la force gonflée de ses bras. Il l'embrassa avec une rage qui lui blessa les lèvres. Mathilde s'abandonna à la douleur du baiser avec indécence, étonnée de ne point voir surgir l'abbé Filippo entre eux pour les vilipender. Le religieux, qui l'avait prise en tutelle et qu'il lui avait fallu suivre d'un campement à l'autre tout l'hiver malgré sa grossesse avancée, se contenta de détourner d'eux son air outragé et de poursuivre la litanie de son *Te Deum* qu'il récitait en action de grâce.

Si tous les manants avaient survécu à la morte saison, certains en étaient revenus maigres, faméliques, malades. Pour leur part, les Porte-Croix n'avaient subi aucune des pertes humaines appréhendées qui leur étaient si coutumières. Ils eurent tôt fait d'en attribuer la bénédiction à la présence parmi eux de celui qu'ils appelaient avec révérence le *Patlias*.

— La maternité donne à ton visage la teinte translucide du bonheur intérieur, remarqua le seigneur en caressant la joue de Mathilde.

— Amen! maugréa le prêtre en leur jetant des yeux furibonds.

La messe était dite. L'appareillage de l'*Ursus*, prévu à l'aube, jour précis de l'équinoxe du printemps, se ferait sous la protection de Notre-Dame. À cette fin, Barthélemy Filippo avait tout l'hiver travaillé d'arrache-pied pour soutirer aux Crucientaux les cartes et les recommandations nécessaires à la poursuite du périple, glanant ici des appuis, là des guides expérimentés, dont certains juraient dur comme fer avoir voyagé plus d'une fois jusqu'en Occident sur des vaisseaux semblables au leur.

— Quelle diantre d'idée vous prend de faire lever l'ancre et de mettre à la voile alors que la naissance s'annonce! le rabroua vertement Guillabert. Mathilde n'est pas la Vierge pour subir les affres d'un voyage alors que des contractions lui laboureront le ventre!

— Tout est écrit dans le ciel, avait répliqué l'abbé en serrant ses cartes transcrites sur l'écorce d'un bouleau. La naissance se fera sur l'eau.

— Pour ma part, soupira le moine chevalier Bernardino, je ne suis pas fâché de quitter cette bourgade de *pabos* après ces longs mois de christianisation, voyez-vous?

Le fleuve était libre de glaces, la température clémente. L'appareillage se déroula rondement et tout se passa au mieux, avec les encouragements des Mig'mawags. Les réparations tinrent bon et on prit la mer dans un concert d'applaudissements. Le vassal et Mathilde assistèrent au départ depuis le pont supérieur du navire.

— Vous devez admettre que la journée est fort belle pour partir, mon seigneur, avait-elle lancé, en tentant de lui camoufler la douleur qui lui cinglait les reins depuis son réveil.

Bernardino, l'abbé et le Béotuk les rejoignirent plus tard. Ils contemplèrent ensemble un bloc de calcaire jaune et ocre ayant surgi à bâbord et que l'*Ursus* gardait à bonne distance. L'énorme rocher, qui mesurait soixante brasses de hauteur, avait quelque chose de terrifiant. Un mince escarpement s'était vraisemblablement écroulé voilà des siècles, le pied mangé par la mer. Une faille séparait à présent le rocher de sa haute tour de guet pétrifiée, obélisque de pierre qui montait une garde éternelle sur l'Océane.

— Ce pedrou est placé et percé de telle façon qu'il ressemble aux vestiges d'un pont construit voilà des milliers d'années par une race de géants pour relier l'île au mont, dit le chevalier espagnol.

— Seraient-ce les ruines de Thula, le pays des ancêtres des indigènes ? demanda Guillabert. Qui sait ce qu'il est advenu de cette île des milliers d'années après le déluge…

Bernardino le considéra un moment, interdit. Une lueur de compréhension s'était allumée dans son regard.

— Quelle brillante corrélation… Selon vous, Thula serait l'Ultima Thulé des Hyperboréens ? dit-il d'une voix pensive. Loin de moi l'idée de vous initier au génie des langues, mais admettez que c'est un bien curieux hasard que ces lieux puissent porter le même nom. Il en existe même un troisième, Thulan, au pays du métal d'argent, que le peuple Aztèque nomme aussi Aztlan, ou Atlande, si vous préférez. Il n'est donc pas improbable que d'autres stations aient pu porter un nom similaire un peu partout au Nouveau Monde en souvenir de cette Ultima Thulé engloutie. Nos Templiers n'agissent-ils pas de façon identique quand ils baptisent ici des refuges avec les noms des places fortes de France ?

— L'agencement des côtes me rappelle les incroyables décombres d'une cité, remarqua Barthélemy Filippo.

— Durant les moult traversées qui m'ont mené jusqu'ici, je me suis surpris à voir dans les pierres, tantôt des châteaux ruinés et des quais, tantôt des statues gigantesques qu'on aurait dites posées sur de lourdes bases, poursuivit Bernardino. J'ai même cru reconnaître d'anciennes tours barbouillées de hiéroglyphes.

Puis, devant l'air intrigué de ses auditeurs, il expliqua :

— Voilà trois ans, notre escadre avait mouillé dans une anse baptisée saint Joachim, en l'honneur du grand-père du Christ, non loin d'un cap lui-même consacré à Marthe, sœur de Marie-Madeleine. Il s'y dressait deux hautes tourelles de grès, que les pêcheurs appellent des cheminées de lutins. On nous a assuré que l'écriture qui couvrait ces tours datait d'avant le déluge. Du reste, si les Mig'mawags savent encore tracer des caractères d'Ogam, ils n'en comprennent plus la signification et ne les écrivent plus que par mémoire ancestrale.

— Ces tours sont assurément les anciennes ruines d'un couvent de saint Brandan et de ses moines, objecta le prêtre.

— Que le diable emporte tes moines! s'impatienta Guillabert. Comment auraient-ils pu ériger des villes, des ponts et des statues aussi gigantesques que Bernardino le prétend? Assurément, ce sont là les vestiges d'une société disparue.

Il se tourna vers Mathilde qui soupirait.

— Tu es bien pâle, ma mie, dit-il en lui empoignant la main.

— Sans doute cet affreux rocher…

— Ne crains rien, notre capitaine sait ce qu'il fait et les Porte-Croix, qui connaissent bien la côte, le secondent de belle façon.

Elle se cramponna au bastingage en fermant les yeux sur la douleur fulgurante qui la pliait en deux. Le silence était brusquement tombé.

— Viens, Mathilde, ton temps est venu, lui souffla Guillabert à l'oreille.

Elle secouait la tête de toutes ses forces, refusait l'évidence, s'accrochait désespérément au garde-corps de fer. Elle inspirait à petits coups, comme un chien haletant, les yeux fixés sur la mer qu'elle ne voyait plus qu'à travers un brouillard d'effroi.

La caravelle contourna un cap qui ressemblait à la proue d'un navire, non loin d'un village indigène appelé Gespeg.

— Viens, Mathilde, répéta-t-il en lui décrochant un à un les doigts du bastingage. Tout ira bien.

Elle hurla et le long cri de peur la délivra de ses eaux. Ils durent se mettre à trois pour l'amener à la cabine tant elle se débattait.

†

Voilà sept heures que Mathilde geignait de l'autre côté de la porte close, enveloppée par les murmures diffus des accoucheuses. Le feudataire piétinait devant la cabine, où il faisait les cent pas avec les chevaliers, sans parvenir à contrer l'angoisse qu'il avait de la voir mourir en couches. Il ne pouvait rien pour elle, sinon prier. Du reste, aucun homme, hormis l'abbé pour ses derniers recours, n'avait le droit de pénétrer cet antre mystérieux de bonnes et sages femmes.

Filippo Barthélemy, lui, n'avait pas ce souci, occupé sur les bastingages à ondoyer la mer aux quatre vents. Guillabert finit par l'y rejoindre. Secondé par des Templiers cartographes et par quelques érudits mig'ma-wags christianisés durant l'hiver, il tentait de reconnaître sur la côte les refuges marqués sur papier du symbole d'un castel. Carte de Dieppe en main, il baptisait d'un nom magdalénien toutes anses ou toutes baies d'importance que ses prédécesseurs avaient pu omettre.

— Marie de Béthanie dite Marie la Magdalena, accompagnée de son frère Lazare et de sa sœur Marthe, a apporté le saint Gréal en France, rappela-t-il aux chevaliers. Son périple sacré se poursuit à travers nous, mes frères, nous qui donnerons aux calices, spirituel et matériel, une nouvelle terre de salut.

Il baisa dévotement le petit paquet emmailloté qui lui pendait au cou. Quand se profila au loin une anse double, flèche de sable blanc qui s'avançait entre deux eaux pour former un majestueux M, il brandit à nouveau son sceptre.

— Je te baptise Anse de la Madeleine, en l'honneur de la sainte épouse du Christ, M de l'*anima mundi*, M de l'*Alma Mater*, psalmodia le prêtre en aspergeant l'horizon d'eau bénite.

Face à une baie où les vagues déferlaient avec fracas contre les sauvages falaises de galets, trois chevaliers jetèrent leurs épées à la mer et, après force génuflexions, jurèrent fidélité à leur sainte patronne. D'un air benoît, l'abbé s'agenouilla sur son prie-Dieu et entama une bonne prière d'action de grâce.

Dès lors, ce ne serait plus pour Guillabert qu'un incessant aller-retour le conduisant, à la mesure de ses soucis, du pont jusqu'à la cabine. À la brunante, de hautes montagnes crénelèrent les bras de la mer pour former un contrefort. Sur les bordages, les hommes s'étaient tus pour savourer la beauté du paysage, dans l'attente de l'accomplissement de leur destinée sacrée. Le vagissement du nouveau-né stria soudain le silence du soir qui tombait, comme un cri de victoire. Ils se précipitèrent sur le seuil de la cabine. La porte s'ouvrit.

— C'est un mâle, annonça une sage-femme.

Elle brandit le nouveau-né visqueux et hurlant à bout de bras, ce qui provoqua un tollé d'applaudissements.

— Beauséant! clamèrent les moines et chevaliers qui s'agitaient autour de Guillabert dans un joyeux tumulte.

— Mathilde ? s'inquiéta le vassal.

— Tout va bien, elle repose, le rassura la femme.

— Venez embrasser votre fils Louis, lui dit l'abbé, en l'empoignant par l'épaule.

— Louis ?

— Louis et Lu signifient Dieu et soleil dans la langue des sauvages.

Il entra dans la cabine au moment où le soleil de l'équinoxe se couchait sur une mer pailletée de cuivre. On eût dit le sang de Vénus rejeté entre les jambes de la déesse par la poussée de l'enfantement. Le vassal approcha le lit où Mathilde sommeillait, trop pâle sous la lumière blafarde de la lampe à huile, lampe qu'on avait allumée en prévision de l'extinction du crépuscule. Ses longs cheveux bouclés flambaient comme la mer Océane, défaits et emmêlés. Ils témoignaient à eux seuls du dur combat qu'elle avait mené en châtiment du crime d'Ève. Il baisa son front moite avec délicatesse, comme s'il eût craint de la blesser davantage. Mathilde sourit sans trouver la force d'ouvrir les paupières :

— Je vous avais bien dit que c'était un garçon.

L'accoucheuse déposa le bébé emmailloté dans les bras du vassal. Le front de l'enfant était haut, volontaire sous le crâne dépouillé du moindre duvet. Ses prunelles bleues, étirées comme celles d'un autochtone, le fixaient sous des sourcils presque blancs avec le calme altier d'un petit monarque. Il aurait assurément la blondeur de ses ancêtres mérovingiens.

— Bonjour, Louis, chuchota Guillabert, la gorge nouée, en enfonçant son regard dans celui de son fils.

Il tressaillit malgré lui. Le nouveau-né le dévisageait avec l'air grave de celui qui a beaucoup vécu. Il lui sembla être en présence d'un être cent fois plus sage que lui.

— Votre fils est magnifique, renâcla l'abbé, que la présence de bébés indisposait et rendait malhabile. C'est un grand homme qui vient de naître.

Il toussota une ou deux fois puis, se hissant vers son oreille :

— En dépit de l'incongruité de la chose, je trouve qu'il vous ressemble beaucoup.

Afin de soustraire le nouveau-né à la sujétion perfide de Satan et de ses ténèbres, on le baptisa sur-le-champ en présence de tous les Templiers qui l'encerclaient comme une garde d'honneur. Un peu gauche, Guillabert tenait le nourrisson dans ses larges mains, tandis que, sous l'œil vigilant de Mathilde, Barthélemy Filippo ondoyait délicatement sa petite tête avec l'eau consacrée de l'Océane.

Cette même nuit du 20 mars 1398, Guillabert s'éveilla en nage, sous l'emprise d'une singulière mais terrible sensation d'oppression.

— Guiraude meurt, pensa-t-il.

Frissonnant, il s'assit sur le lit. Il avait froid. Près de lui, dans la cabine plongée dans la pénombre, Mathilde et son nouveau-né dormaient du sommeil du juste. Seuls les clapotis des vagues contre la coque du vaisseau perçaient le silence. Pourtant, l'écho des murmures de Guiraude résonnait encore : «Adieu, Guillabert.» L'image de son visage émacié s'éteignit lentement devant ses yeux hagards. Il se leva, s'aspergea la tête avec l'eau d'un pichet, s'en frottant vigoureusement les joues. La certitude que sa petite-cousine venait de trépasser ne le quittait pas. Pour la première fois, des remords lui bourrelaient l'âme, justes rebondissements des mots durs, souvent prémédités dont il s'était servi pour la blesser, des gestes d'affection qu'il n'avait pas donnés, du secours moral qu'il avait refusé d'apporter, vengeances quotidiennes qui suintaient, puantes, de la blessure de son mariage raté.

Il tressaillit quand Mathilde lui toucha le poignet.

—J'ai fait un rêve étrange, dit-il. Ma femme s'éteignait en Bourgogne. Elle se mourait d'amour pour moi.

Et il pleura, le visage enfoui au creux des mains.

Alors, étrangement, le visage d'un nourrisson s'imposa à lui, sous ses paumes refermées. L'enfant était en tous points semblable à celui de Mathilde, mais on l'avait emmailloté dans une couverture tissée de pourpre et d'or, une couverture que Guillabert n'avait jamais vue.

†

1438. Sous les yeux de Guillabert, le visage de Louis naissant redevint celui d'un homme dans la force de l'âge.

Combien de temps avait-il encore erré dans ce sommeil fragmenté, à demi comateux? Deux, trois secondes? Le temps n'avait plus cette durée réelle, fixe, comptabilisable, tissée de repères tangibles auxquels l'existence l'avait habitué. On eût dit que le vieillard marchait à tâtons sur le mince fil tendu qui servait de frontière entre sa vie et sa mort. Funambule inexpérimenté, il perdait l'équilibre, tombait d'un côté puis de l'autre, s'accrochait encore un peu à la corde, se hissait sur icelle, recommençait. Mais, cette fois-ci, il ne parvenait plus à y remonter. Il se cramponnait, ses pieds ballant au-dessus d'un vide infini. Son numéro d'acrobate n'en finissait plus d'achever, les spectateurs dormaient. Quelques secondes lui paraissaient des heures, des jours, des lunes. Seules les rides des visages penchés sur le sien trahissaient encore l'ampleur du grain qui s'écoulait dans ce maudit sablier truqué. L'an de grâce 1438 était un sillon dans le sable sans cesse déjoué par le vent.

Sans s'éveiller tout à fait, il réalisa les présences bien réelles de Louis et de Mathilde dans la chambre. Celle-ci se cramponnait au lit en pleurant. Lui, fâché, la tirait par le bras. «Laissez-moi avec lui», suppliait-elle. Comment, ils n'avaient pas encore fui? Mais le temps pressait! Qu'attendaient-ils pour mettre le cap? Il geignit de souffrance, serra les lèvres. «Sans doute ne souffrirais-je pas tant si je ne m'accrochais si fort à cette maudite existence», pensa-t-il.

— Allons, du cran, fils! De quelle sorte de bois êtes-vous fait? crut-il entendre la voix de son père qui venait de sa droite.

— Laisse-moi avec lui, Louis, laisse-moi avec lui, pleurait la voix étouffée de Mathilde qui s'éloignait, comme s'échappant d'un brouillard.

Ses doigts, qui tenaient la corde raide, s'ouvrirent tout grand. La chute dans le gouffre sans fond lui arracha un long cri, qui s'amenuisa pour se perdre dans l'obscurité du trou noir. Il tombait toujours quand, soudain, une petite lumière rougeâtre pointa devant lui pour lui brûler les yeux. «Le sens de la vue à présent», pensa-t-il.

Chapitre 39

Vingtième jour de mars de l'an de grâce 1398, Bourgogne.

Guillabert,

Mes yeux ne verront pas le printemps qui naîtra demain, dont le fruit vous est destiné. J'emporte ce qu'ensemble nous avons vécu. Rappelez-vous que je vous ai aimé et que, d'où que je sois, je veillerai sur vous.

À Dieu et à toujours,

Guiraude

Chapitre 40

Seize mois avaient passé. Le soleil empourpré de juillet 1399 s'étiolait dans l'estuaire dépourvu de marées comme l'ambitus d'une gamme qui s'éteint. Au loin, sur une terrasse pierreuse recouverte de lichen oranger et surplombant l'onde douce, se profilait Montréal, la petite colonie templière qu'on bâtissait à une demi-lieue d'Ochelaga et que protégeaient des vents les épinettes, les églantiers et les livèches. Malgré la canicule et l'heure tardive, de minces cordons de fumée blanche s'échappaient au-dessus des cahutes, que la brise charroyait ensuite jusqu'à la grève. Les femmes faisaient fumer l'anguille, profitant du jour qui se languissait dans l'humidité accablante.

Guillabert se détourna pour forcer son regard vers la cime sacrée d'Ochelaga, à moitié ensevelie dans l'opacité de la brume. C'était bien la montagne de sa vision. Semblables au mont Notre-Dame dont l'épine protégeait le pays de Gespeg, les promontoires faisaient face aux eaux sombres du fleuve. Si les Templiers avaient baptisé ce mont « réal », mot signifiant comme l'avait dit Bernardino, royal et réel, le vassal y devinait surtout l'anagramme à peine voilée du fameux gréal de l'abbé Filippo. Ici, le Christ et sa croix étaient inconnus et les pierres sacrées se dressaient aux abords du rivage comme autant d'idoles. Soucieux, il se mit à déambuler sur la grève où, exposé au grand vent et à l'assaut répété des vagues, gisait l'*Ursus*. Hissé puis arrimé à son cabestan, le navire ressemblait maintenant à un chien abandonné au bout de sa laisse.

Voici plus d'un an que les Templiers et leurs oblats dégrossissaient avec hardiesse les lieux infestés d'insectes. Ils les modelaient, les cannelaient pour s'y forger une paisible colonie. En vérité, ils étaient les abeilles qui construisaient la ruche, symboles, certes, on ne peut plus mérovingiens. À pied d'œuvre, les manants peinaient sous le bât quotidien de leur rêve : défrichage des terres en bois debout ; construction de cahutes individuelles, d'une jetée, d'une chapelle, d'un moulin ; mise en culture du gros blé à grains jaunes des natifs, de leurs topinambours et de leurs patates sucrées. Les travaux avançaient au rythme lent des saisons.

L'*Ursus* avait mis exactement trois mois à franchir les deux cents lieues qui séparaient Epsegeneg d'Ochelaga. Trois mois ! Même Guiraude, en route vers sa Vézelay natale, en dépit de ses incessantes haltes de prière, n'aurait pas mis tant de jours pour effectuer un pareil voyage. Les chevaliers avaient stagné, s'incrustant aux innombrables havres fluviaux semés de part et d'autre de l'estuaire, où on les accueillait comme des miraculés. Ces refuges, épines de la rose et de la sainteté, étaient les pierres blanches d'un chemin minutieusement reconquis à travers la brousse païenne : le refuge de Roquelay, avec son beau et grand port de mer bien aménagé, son auberge et ses dix maisons longues ; celui de Lesquemain, si secret que même les lettres de son nom avaient été inversées sur la carte de Seynt Clère ; celui de Guenoda, près de la bourgade de Stadaconé, qui leur avait d'abord été promis en prébende comme terre d'accueil; celui de Canada, puis d'Angoulesme d'Ochelai. Chaque refuge, régi par un conseil de dix Templiers, comptait de vingt à trente âmes, et juxtaposait un village indigène dont les habitants étaient les alliés. Ce sont ces indigènes qui abreuveraient les nouveaux venus de tous enseignements susceptibles de les guider dans l'organisation de leur établissement: traités amicaux avec les natifs, défrichement des terres, édification de palissades, disposition des huttes, cultures et récoltes. Des Templiers amis veilleraient à la survie de la future colonie, à son installation près d'Ochelaga ainsi qu'à son ravitaillement quatre fois l'an par les caravelles parties des vieux pays. Les Templiers d'Ochelaga, surnommés de la Rose et de la Croix, allaient, sous la conduite de leur nouveau prieur Barthélemy Filippo, se charger de l'instruction des leudes, de la constitution d'un ordre de dix frères (pour lequel il fallait d'urgence recruter certains moines en remplacement de ceux que le naufrage leur avait arrachés), de la construction d'un four à chaux et d'un moulin. Rien n'était laissé au hasard pour l'avenir de la colonie. Le petit conclave d'érudits observait, notait, calculait. Il avait la mainmise et l'œil sur tout et Guillabert, le vassal rabroué, le simple affilié, n'avait rien à redire ni ne pouvait regimber, soumis qu'il était à sa complète hégémonie. Les Templiers barbus – tous l'étaient devenus à l'exception de l'imberbe Filippo –, vêtus de chlamydes blanches à croix rouges, le tenaient à l'écart de leurs exactions, n'ayant souci, semblait-il, que de leurs intérêts.

— Nos dogmes et nos règlements vous resteront inconnus jusqu'à ce que vous embrassiez la chasteté, lui répétait inlassablement l'abbé. Une place vous attend parmi nous, si vous la voulez bien.

Un jour enfin, celui du solstice d'été 1398 qu'il ne croyait plus voir venir, l'*Ursus* avait mouillé dans les eaux basses et douces de la baie poissonneuse de l'île d'Ochelaga. De mémoire de Templier, nul ne s'était avancé aussi loin qu'eux à travers la contrée du Huitramannaland depuis Angoulesme et sa rivière Sainte-Foix, ainsi baptisée en l'honneur de leur suzerain. N'eût été la mort avortée de Guillabert et la vision qu'il eut, rien de Montréal n'aurait vu le jour. Sa fondation serait donc l'œuvre d'une pure hallucination et pas même les chevaliers les plus suspicieux n'avaient pu s'opposer à son accomplissement. Et comment! La description que le vassal leur avait servie de cette montagne était si précise qu'ils en avaient reconnu les trois faîtes avant lui! Le mont réal constituait à lui seul l'ultime ordalie, le clin d'œil amusé de sa protection divine, son fantaisiste et dévoué *Oüahich*, auquel il lui avait bien fallu croire aussi.

Il sourit en songeant à l'arrivée gaie et tumultueuse de la petite délégation en cottes de mailles qu'il avait accompagnée voici treize mois. L'arrimage vers le rivage d'écorchis, ces rives escarpées rongées par l'eau de la rivière, avait cependant vite pris à son embouchure l'allure d'un pèlerinage à Saint-Jacques-de-Compostelle quand s'était profilée au loin, dans la brume, la silhouette des trois gigantesques mamelons. Si une étoile miraculeuse avait, voilà des siècles, signalé la sépulture de saint Jacques au milieu d'un simple champ – *Campus Stellae* signifiant textuellement « Champ de l'Étoile » –, nul signe du ciel ne serait nécessaire pour désigner la pureté de si hautes cimes. Tandis que la grève s'auréolait d'indigènes et que les moines chevaliers s'avançaient vers la terre ferme, tous avaient été saisis d'une étrange impression de déjà-vu, comme un rêve prémonitoire oublié au réveil, suspendu à l'orée de leur conscience.

« Les dangers que nous ont réservés cette mer d'écueils et ses rivages rocheux sont bien terminés, avait songé Guillabert, envahi par un bonheur palpable. Notre vie se trouve désormais ici. »

L'accueil des Ochelagans et de leur seigneur agouhanna, qui baisa le bras de l'abbé Filippo en marque de dévotion, avait été aussi amical et chaleureux que celui des Porte-Croix. La peuplade avait reçu les Templiers sans manifester la moindre animosité, ravie de trouver parmi eux le fameux *Patlias* dont tout le pays, de bourgade en bourgade, colportait la présence et les miracles. Sans doute ces bonnes gens furent-ils aussi rassurés du fait que plusieurs de leurs frères de sang voyageaient avec eux.

Aussi grands, agiles et sveltes que les habitants de Gespeg, ces insulaires étaient de bien beaux spécimens d'humanité. Le Béotuk se fit cette fois l'interprète d'une langue fort différente de celle des Mig'mawags, plus aspirée mais tout aussi douce, les voyelles y prédominant largement. Quiconque possédait ces deux dialectes, l'assura le Béotuk, pouvait aller à travers tout le pays, sûr de comprendre et d'être compris.

On parlementa amicalement au pied d'un rocher, avant de procéder à l'échange des présents comme le voulait l'usage. Barthélemy Filippo jubilait malgré l'averse drue qui le lavait à grande eau, bénissant l'un après l'autre tous les indigènes qui affluaient vers lui. Délaissant les barques, les Occidentaux et leur interprète avaient ensuite emboîté le pas à leurs hôtes le long d'une rivière paisible. Ils avaient écarquillé les yeux au spectacle des vastes prairies et des champs labourés qui les bordaient, où poussaient en abondance le précieux tabac des natifs ainsi que ce qui leur sembla être une sorte de gros mil ou de blé dur. Médusé, Guillabert dénombra six ou sept cents arpents de terres défrichées s'étendant à perte de vue sur la distance des deux lieues et demie qui les séparaient des palissades du village. Les jardins communautaires attenants se comparaient avantageusement à ceux d'Ariège et il y poussait déjà un grand nombre de légumes qui leur étaient, pour la plupart, inconnus.

Ochelaga était cette bourgade assise au pied de la montagne comme un petit enfant qui se cramponne aux mollets d'un bon géant. De loin, elle ressemblait à un fort, crénelée comme une tour de guet et munie d'une plate-forme intérieure depuis laquelle les habitants pouvaient se défendre des attaquants. Les visiteurs franchirent la triple enceinte circulaire palissadée, bâtie d'une charpente triangulaire de neuf pieds de haut avant de se figer, saisis d'admiration.

— Diantre, je n'en crois pas mes yeux, murmura le vassal.

Une véritable métropole se déployait devant eux, dans laquelle grouillaient environ quatre mille habitants. On leur fit visiter les lieux avec amabilité. Le bourg comptait une vaste place centrale autour de laquelle s'agençaient cinquante maisons longues en bois, mesurant chacune cinquante pas, et recouvertes de pans d'écorces.

— Le plan de cette savante répartition et la disposition des cahutes n'ont pu être imaginés que par une nation ayant des connaissances et des volitions élevées, voyez-vous? avait fait remarquer Bernardino. Ce peuple n'est d'ailleurs pas errant comme celui des Mig'mawags, mais bien « arrêté ».

Chacune des cabanes était elle-même divisée en vingt cases où logeaient autant de familles. Ces cases se déployaient autour d'une salle où se trouvait le foyer. Sous chaque toit, un grenier servait à l'entreposage des grains. Les visiteurs apprendraient au hasard des conversations que les Ochelagans s'adonnaient au labourage et à la pêche pour survivre. Ils ne chassaient qu'en cas d'absolue nécessité, par plaisir ou pour renouveler certains vêtements d'hiver.

Le soir venu, on les convia à un grand banquet où l'on dansa au son du chichikoué, sorte de boule creuse munie d'un manche et remplie de cailloux. On leur servit des mets constitués de bouillie de poisson et de viande ainsi que des haricots. Les femmes avaient fait cuire des pains plats sur les pierres. À l'exemple de leurs cousins Mig'mawags, les natifs d'Ochelaga faisaient grande tabagie. En compagnie de leurs invités, ils fumèrent l'herbe avec des pipeaux sculptés dans des os d'orignaux.

Le lendemain, par un sentier escarpé, on entreprit l'ascension de la montagne sacrée, que les moines cartographes désiraient explorer. Le sommet convoité s'élevait sur une hauteur de huit cents pieds, mais un seul de ses côtés leur était accessible ; l'autre, trop escarpé, empêchait toute montée que ce fût. Une piste boueuse et tortueuse, semblable à celle tapée par des mocassins de chasseurs, serpentait dans une forêt dense de feuillus et de résineux, peuplée d'insectes piqueurs, d'outardes et de perdrix. Le frêne blanc, l'érable et le chêne y poussaient en abondance. Guillabert s'arrêta au milieu d'un escarpement pour reprendre son souffle. Malgré les fréquentes ondées qu'asséchait aussitôt un vent brûlant, la sueur tachait ses vêtements et perlait à ses tempes.

Le panorama qui se révéla au faîte du mont impressionna tant l'âme que l'œil des voyageurs. Sublimés, ceux-ci découvraient l'immensité d'un pays sans bornes. Le regard qui se portait vers le nord de l'île se heurtait aux étincellements d'une seconde rivière, brillante comme un fil d'argent devant la chaîne des pics verdoyants.

Un natif avait touché la dague que Guillabert portait au côté droit puis, se tournant vers le couchant, lui avait montré les vastes plaines qui s'y étendaient.

— Pénétanguishine, lui répéta-t-il avec insistance.

Le Béotuk traduisit :

— Là-bas, à Pénétanguishine, il y a des lacs grands comme des mers et beaucoup de métal rouge, pareil à celui qui décore le manche de ton couteau.

Ce métal, c'était du cuivre, le présumé orichalque de l'Atlantide. Ce pirate de Zickmni, que les indigènes assuraient avoir vu au printemps en amont d'Ochelaga, aurait certes su tirer profit du précieux renseignement quant à des mines exploitées plus à l'ouest. Se tournant vers le sud, Guillabert embrassa la magnificence du fleuve qui s'étirait à l'infini sous les nuages effilochés et laineux, avec ses caps, ses anses et ses crevasses, borné par la plaine et par d'imposantes aiguilles. Il put reconnaître l'*Ursus*, arrimé en eaux basses, qui patientait en se faisant chauffer la coque sous le soleil qui pointait enfin. Plus loin, il vit la bourgade des Ochelagans, étalé en chien de fusil au cep du mont, comme aux pieds de son maître. C'était là, véritablement, une terre de géants.

— Tout ceci est pour vous, Louis, Marguerite et Louise, avait-il murmuré. Le testament d'Adam n'aurait pu se montrer plus généreux à notre égard. Ce pays vaut bien mille fois celui de mon ancêtre d'Aymeri ! Que le diable l'emporte, le pauvre bougre !

— *Et vidit quod esset bonum**, répondit l'abbé Filippo en lui enserrant l'épaule avec affection.

---

* *Et il vit que cela était bon.* Genèse 1, 13.

Le petit religieux l'avait ensuite entretenu sur ce que deviendrait la société de bonne volonté qu'ensemble ils allaient couver, faire naître, puis élever au rang des épris de justice. Et pour la première fois, Guillabert s'était ému à l'écouter. Pour la première fois, il s'était imaginé ce rêve louable sans penser à s'en moquer. Il pressentit des villes où chacun allait et venait, égal en toute chose, sans culbuter du pied la chaîne du sexe, de la monarchie ou de la féodalité, s'abreuvant à la seule doctrine égalitaire. Tous mangeraient à leur faim, sauraient lire et écrire, travailleraient avec acharnement au bien-être de la collectivité dans laquelle, librement, pourraient s'épanouir les sept arts libéraux de l'humanité : la grammaire, la logique, la rhétorique, l'arithmétique, la géométrie, la musique ainsi que l'astronomie. Comme les indigènes d'ici, on se marierait par amour, non par intérêt. Chaque famille posséderait une chaumière et un lopin de terre bien à elle pour combler ses besoins propres. On croirait en la bonté, en l'égalité et en la justice des hommes, non pas en ces Églises de pouvoirs, de fallace et de pastiche tissées par les papes ou par l'Ordre, qu'avait tant exécrées Sylvestre d'Aymeri. Le mensonge catholique serait dévoilé au grand jour pour être foulé au pied et anéanti. Marie-Madeleine serait réhabilitée, passant du statut de prostituée, créé de toutes pièces par l'Église, à celui d'épouse bien-aimée de Jésus. De ce fait, Ève serait haussée au même rang qu'Adam, les lettres de noblesse enfin remises à la moitié de l'humanité. Sur le faîtage où serait enfoui le Gréal de l'abbé Filippo, Guillabert se prit à espérer que le visage du monde puisse changer du simple fait que la femme exercerait le pouvoir qu'on lui refusait depuis des temps immémoriaux. « C'est par Ève que Satan sera vaincu », avait-il un jour clamé à l'abbé. Il se jura de réaliser ce rêve, avec ou sans le concours des Templiers.

— Je christianiserai le dieu païen qui habite ces cimes, décida l'abbé Filippo.

« Il faudra l'empêcher de ruiner les pouvoirs du serpent rouge par trop de religiosité », avait songé le vassal.

La réticence des natifs allait suffire seule à réaliser ce vœu, le reptile carmin resterait toujours tapi sous sa pierre et ses mystères soustraits aux Templiers. Sans doute la bête attendait-elle que les nouveaux venus méritassent sa visite.

Pour contrer le paganisme des indigènes, les dix moines chevaliers de la fraternité de la Rose et de la Croix avaient unanimement décrété l'érection d'une chapelle en l'honneur d'une Dame des Bonsecours, à deux pas du grand tumulus en forme de pyramide tronquée où les indigènes vénéraient une vierge noire. La chapelle serait orientée dans l'axe des solstices et, à l'instar de celles de France érigées par l'Ordre, dépourvue de crucifix. Le vassal se remémora le prêtre qui arpentait à grandes enjambées l'emplacement du sanctuaire, les mains crispées sur la baguette affolée par le géon comme sur un gouvernail.

— La nef de mon église sera construite en forme de croix latine pour refléter le symbole ANKH, la croix de vie des anciens Égyptiens, clamait-il. Là-bas sera placé l'autel, le naos, le saint des saints, qui représentera le crâne du Christ. Les deux allées du transept seront ses bras étendus ; les deux portes, ses mains percées ; l'abside avec ses chapelles, sa couronne d'épines. Et enfin, il y aura le chœur, la représentation parfaite du ciel.

— Tant s'en faut ! avait renchéri Guillabert avec dérision. À cette fin, le brave Barthélemy que voici ira dérober la couronne d'épines qu'a rachetée saint Louis à l'empereur de Constantinople, pour aller déposer le Gréal au milieu, au centre de son nouvel autel !

Le religieux s'était pétrifié comme une statue de sel, ses narines frémissantes et pincées sporadiquement par la colère. Quelque chose qui ressemblait à de la hargne ou à du mépris avait tordu sa bouche.

— J'implore Dieu d'avoir pitié de vous...

Le souvenir figea les lèvres de Guillabert dans un rictus aussi amer que fut le ton de la sainte réplique.

— Il l'a eue, sa chapelle, cet impie d'abbé, il l'a créée, sa fraternité de la Rose et de la Croix ! Mais ni Bernardino ni moi n'avons obtenu en treize mois un seul renseignement valable concernant le serpent rouge, soliloqua-t-il.

Ophiuchus était fin prêt à capturer sa proie dont les pouvoirs, véritables pierres philosophales d'éternité, devaient les préserver de la maladie et de la mort. Mais où donc était tapie cette sacrée vipère ? L'établissement de Montréal d'Ochelaga, que Barthélemy Filippo avait pourtant pressentie comme la jumelle de Montréal-de-Sos, n'aurait-il été qu'un coup d'épée dans l'eau et sa vision une farce grotesque ? Une main mystérieuse sortirait-elle du fleuve pour se saisir de ses rêves comme de l'épée du roi Arthur ?

— Nous le trouverons, l'assuraient pourtant Bernardino et le Béotuk. Les légendes ne mentent pas.

Un matin, sans crier gare, l'indigène était parti à la recherche des traditions perdues et on ne l'avait plus revu.

À cette disparition qui eût suffi à lui assombrir l'humeur pour des jours, s'ajoutait ce soir-là l'état de ses propres doutes quant à la fondation de Montréal, condamnée d'avance par l'hémogénie qui semblait circonscrire toutes les actions des Templiers.

— Diantre ! Qu'est-il donc advenu de la pensée cathare et du but premier de leur périple sacré ? rugissait-il à Mathilde qui l'appuyait sans réserve dans sa révolte.

Les vues rosicruciennes, au départ empreintes d'égalité et de justice, s'étaient rétrécies au fur et à mesure que le large golfe San-Lorenzo s'était métamorphosé en fleuve, pour ne devenir à présent qu'un détroit, qu'un *kébec*. Impuissant, le vassal assistait au développement d'une situation dangereuse où l'idée d'origine avait été dévoyée. Les doutes qu'avait entretenus Sylvestre d'Aymeri quant à la probité des moines chevaliers s'avéraient totalement fondés.

— Donnez un pouvoir égalitaire aux femmes de la colonie comme vous l'aviez prévu, déclamait-il à l'encontre de l'opinion massive de la fraternité des Templiers de la Rose et de la Croix.

— Le temps n'est pas encore venu, répliquaient-ils avec un dédain cavalier à cet affilié trop pressé. Aucune femme n'a encore les vertus que nos règles exigent.

À l'instar de Guillabert, l'abbé Filippo pestait. Bien qu'il fût le Prieur et le fondateur des Rose-Croix en Huitramannaland, il ne pouvait guère agir sans l'assentiment majoritaire de ses frères, étant tenu aux règlements qu'ils avaient tous décrétés. Il glorifiait inconditionnellement la femme, mais tremblait si fort dans sa soutane que le vassal ne pouvait rien en tirer qui oscilla lui-même.

Une autre exception existait heureusement parmi ces factieux : il s'agissait de Bernardino, dont Guillabert s'était fait un ami sincère et un allié scientifique hors du commun. Tout ce que le seigneur avait appris de la force tellurique et du rayonnement sillonnant la planète, il le tenait du moine astronome et mathématicien. Tous deux se terraient des nuits entières dans des travaux et de savants calculs, mus par le même désir de trouver la pierre philosophale et de la mettre à la disposition des malades.

Ils étudiaient sans relâche les livres d'Énoch afin de retracer le mode d'emploi oublié des pierres sacrées.

— Vos Templiers ont l'esprit embourbé dans des limons d'orgueil, ils sont infatués d'eux-mêmes! argumentait le vassal aux oreilles de l'abbé et de l'Espagnol un soir qu'ils discutaient tous trois. Ils voient la main de Dieu tracer leur route comme si rien d'autre ne pouvait la suppléer et n'interprètent le monde qu'à travers le verre épais et coloré de leur vision étroite des choses. Ils ne se soucient ni de la tradition millénaire des habitants du Huitramannaland ni de leurs croyances ancestrales. Pourtant, les Ochelagans vivent en totale harmonie avec la nature. Leur extraordinaire longévité est la preuve indéniable qu'ils sont plus près de leur manitou que tout Occidental l'est de son Dieu.

Ils hochaient la tête, l'approuvaient.

— Toutes vos colonies, fort actives en Huitramannaland au début du siècle, au temps de gloire des Templiers, n'ont-elles pas été presque totalement décimées par les ravages de la maladie? poursuivit-il.

— Maladie voyageant sur nos vaisseaux et transmise par quelque espion contagieux, émissaire des papes, certes, admit Bernardino. Et alors?

— Si Dieu s'est si bien opposé aux plans des Templiers en les anéantissant en quelques décennies, peut-être est-ce parce qu'ils erraient! plaida-t-il, de plus en plus convaincu du bien-fondé de son raisonnement. Vous voilà qui commettez à nouveau la même erreur. Votre mission avortera, corrompue dès l'exorde par les idées surannées de ces hypocrites qui méprisent la Femme.

— Mais votre vision d'Ochelaga et de ses trois cimes? opposait Bernardino. N'est-elle pas la preuve que vous attendiez? N'allez surtout pas vous en écarter comme un agnostique, Guillabert.

— C'est de votre Montréal dont je m'écarterai, grogna-t-il.

— Laissez-moi découvrir l'égrégore avant de prendre le mors aux dents, lui dit Bernardino une fois qu'ils furent tous les deux seuls. Ophiuchus doit empoigner son serpent pour anéantir le Mal. L'Ordre de Montréal d'Ochelaga détient la science et le matériel dont nous avons besoin pour le trouver. Ne nous quittez pas encore.

Les atermoiements de Guillabert ne faisaient pourtant que débuter, faisant craquer la logique de Bernardino et de l'abbé Filippo de toutes parts comme une argile mal lissée. Désormais, ces derniers se distancieraient peu à peu des Templiers qui se targuaient de leurs pouvoirs acquis dans la mise au secret de connaissances. Ces connaissances qu'ils regimbaient à dévoiler, suivant par là l'exemple même de l'Église et de ses sbires. La fraternité de la Rose-Croix s'effritait, le consensus des dix Templiers se désagrégeait. L'application de la règle égalitaire entre les sexes, remise indéfiniment, allait devenir une amère pomme de discorde entre l'Ordre et ses deux récalcitrants, qui refusaient de serrer les rangs, clamant haut et fort l'ordre d'égalité des sexes imposé par le fondateur même du mouvement rosicrucien, Christian Rosenkreuz. On les menaça de bannissement et ils furent sommés de renoncer à l'amitié qu'ils entretenaient avec Guillabert d'Aymeri, ce qu'ils refusèrent net. Bien que l'intimidation n'eût pas de suite, le vassal jubilait: Maggia ne se trouvait-elle point vengée par cette querelle qui divisait l'Ordre du Temple et lui arrachait ses deux disciples les plus purs?

Plus d'un an s'était donc écoulé depuis leur arrivée à Montréal d'Ochelaga et ce soir d'orage intérieur et de doute, seul face au fleuve, Guillabert décida que cela suffisait. Le serment fait à Sylvestre devant être respecté et Maggia lavée de la souillure des Templiers.

Soudain, son attention fut attirée par une minuscule lumière tremblotante et blafarde qui pointait à l'horizon. Il crut d'abord au retour de son interprète. Il força son regard, identifia la lampe à huile d'une petite barque qui se dirigeait vers le rivage, escortée en grande pompe par trois embarcations d'indigènes.

Ce n'était pas le Béotuk. Il s'agissait plutôt d'un homme, d'une femme et de leur enfant, épuisés par la faim et la fatigue, qu'avait abandonnés sans remords quelque vaisseau normand en escale au refuge d'Ochelai, à quelques jours en mer d'ici. Déjà, des roturiers accouraient pour leur venir en aide. La nuit était tombée.

— Qu'on les nourrisse et qu'on les couche. Pour le reste, nous verrons demain, décréta Guillabert.

Chapitre 41

Le lendemain débuta par un matin frais et plaisant, rempli de chants d'oiseaux et d'odeurs d'herbage. Le vassal était encore attablé autour des pains de gros blé et des confitures salées de baies sauvages en compagnie de Mathilde et des trois petits, Louis, Marguerite et Louise, quand on frappa à la porte de la cahute. Bernardino leur avait rendu visite afin d'expliquer à son ami, parchemin à l'appui, un étrange concept dont il avait rêvé la nuit précédente et qui concernait les pierres sacrées des autochtones. Les points sombres s'alignaient sur le papier, reliés par des lignes partant elles-mêmes d'un même azimut central. L'ensemble ressemblait à un soleil ou à une extraordinaire étoile. Le moine lui expliquait son théorème quand un manant était entré en roulant le rebord de son chapeau.

— Ce sont les nouveaux arrivants, mon seigneur, bredouilla-t-il. Ils se sont embarqués à La Rochelle sur un vaisseau qui approvisionne nos refuges. Ils veulent vous entretenir, vous et personne d'autre.

— Fais-les entrer.

Un homme de courte taille s'était alors présenté, talonné par une femme aux vêtements en lambeaux qui serrait contre sa poitrine un enfant emmailloté.

Mathilde se leva d'un bond.

— Martial ? hoqueta-t-elle d'une voix mal assurée.

Éberlué, Guillabert avait aussi reconnu Martial Leclercq sous la barbe mal taillée et le chapeau de paille. Pas d'erreur, c'était bien lui, le tendret de Mathilde, l'encombrant fiancé, le petit cordonnier du bourg d'Auzat. Déjà, ce revenant crasseux étreignait sa fiancée en braillant comme un veau qu'on s'apprête à abattre.

— Mathilde, c'est toi… que Dieu soit loué !

Le vassal sentit toute la réticence de sa maîtresse dans l'attitude glaciale qu'elle revêtait pour se protéger. Elle repoussa le savetier avec un sourire contraint et une douce fermeté. Il la mangeait des yeux.

— As-tu revu ma famille ? s'enquit-elle.

— Si. Ils ont regagné l'Ariège comme nous autres. Mais jamais ils n'ont consenti à me dire ce qu'il t'était advenu.

Peinée, la jeune femme se rembrunit, avant de se pencher sur le petit lit où Louis gazouillait. Elle l'attrapa et le déposa par terre, où il se mit aussitôt à ramper à quatre pattes.

— Voici mon fils Louis, annonça-t-elle à Leclercq.

Guillabert pouffa de rire au visage d'ahuri du cordonnier, dont les yeux exorbités biaisaient de Mathilde jusqu'à lui.

— Je suis son père, osa-t-il déclarer avec un petit sourire condescendant. Comment nous as-tu retrouvés, savetier ?

Leclercq se figea sous la montée de rage qui l'empourprait. Il mit quelques minutes à redevenir le maître de ses poings et à recouvrer l'usage de la parole.

— Le comte de Foix est mort. Ces chevaliers nous ont embarqués sur un vaisseau de ravitaillement qui partait de

La Rochelle, répondit-il d'une voix basse qui tremblait. Nous avons des missives à vous remettre. La France est bien malade, mon seigneur, les Anglais sont partout. Notre roi Charles le bien-aimé perd chaque jour de grands lambeaux de pays au profit de l'Angleterre. Il perd aussi l'esprit, comme Isabeau perd la France.

— Eh bien, ces missives? s'impatienta Guillabert.

La femme s'avança jusqu'à lui, son enfant serré contre son sein. Après une petite révérence disgracieuse, elle s'immobilisa et soutint le regard de Guillabert avec une insistance qui frôlait l'insolence. Il ne s'en formalisa pas.

— Mon seigneur d'Aymeri, je suis Adélaïde, la dame de compagnie de votre épouse. Vous ne me reconnaissez point? lança-t-elle.

Il éprouva un choc violent. Le moment était venu pour lui de confronter la réalité au cauchemar fait un an plus tôt, cette première nuit suivant la naissance de Louis. Bernardino avait pareillement bondi.

— Guiraude…? s'étrangla Guillabert.

La femme hocha la tête:

— Votre épouse est décédée. Elle nous a quittés il y a quelques mois pour rejoindre la maison du père.

— N'était-ce pas précisément le 20 mars 1398? balbutia-t-il en pâlissant.

La bouche d'Adélaïde s'ouvrit toute grande sous l'effet de la surprise:

— Précisément, mon seigneur. On vous l'a donc dit?

N'osant l'interroger davantage, elle découvrit la tête de l'enfant et le planta à son tour sur ses jambes. Elle fouilla son corsage à la recherche de feuillets jaunis et chiffonnés, qu'elle tendit finalement au vassal. Le petit, qui amorçait ses premiers pas, tituba, mais Guillabert n'y porta guère attention.

— Ces lettres sont écrites de la main de madame. Elle m'a fait jurer de vous les remettre, dit Adélaïde.

— Quant à moi, je viens vous faire rapport de ce qui s'est passé en votre absence, déclara Leclercq après avoir lancé un regard indigné à Mathilde.

Bouleversé, Guillabert s'était pétrifié. Un léger choc au genou sembla l'éveiller. Baissant la tête, son regard rencontra celui du bambin, qui tirait avec impatience le pan de sa chemise. Cou tendu vers le haut, une mèche blonde encombrant ses iris d'azur, l'enfant le scrutait avec une étrange gravité. Le feudataire fut alors frappé par l'extra-ordinaire ressemblance que ce petiot avait avec Louis.

— Mais prenez donc ces missives, mon ami, insista derrière lui Bernardino.

Il obéit d'un geste mécanique.

— Je remets également à votre bonté le fils de Guiraude que voici, reprit Adélaïde.

— Quoi ? s'étouffa Guillabert en écarquillant les yeux.

D'une main tremblante, elle essuya les siens qui s'embuaient.

— Oh ! Le petit n'est pas de vous, pour sûr. La déli-vrance de votre femme a mal tourné et elle est morte en couches. Le dernier vœu de madame était que vous pre-niez Thierry près de vous et que vous l'éleviez comme votre fils. Ça me brise le cœur de devoir m'en séparer.

Elle se mit à sangloter, les épaules secouées par un immense chagrin qu'elle ne parvenait pas à refréner. Le bambin se vissa à ses jambes pour lui faire chorus.

— C'est extraordinaire : l'enfant de Guiraude est né le même jour que Louis, murmura Bernardino.

— Un complot, un crime odieux, mon seigneur, glapit le savetier, qui se tordait les mains. Je n'ai rien pu faire pour le contrer et sauver la châtelaine de ce crime, sans doute une violence… il ne faudrait pas songer à m'accuser.

Louis s'était approché de Thierry. Il l'embrassa avec maladresse, cherchant de toute évidence à le consoler. Tous deux se ressemblaient comme des jumeaux identiques.

— Qu'as-tu trouvé là, Louis ? s'était exclamée Mathilde d'un ton enjoué. Un petit besson ? Qu'as-tu trouvé ?

†

1438. Qu'as-tu trouvé ? Les mots fractionnés résonnaient dans la tête du vieux Guillabert d'Aymeri comme cent marteaux sur l'enclume du fèvre Lescot. Mathilde valsait à leur rythme lancinant, Thierry et Louis riant tous deux dans ses bras. Il ferma les yeux sur la cacophonie indescriptible qui se transforma finalement en un long glas. Des éclairs de lumière incandescente s'allumèrent douloureusement dans sa tête.

— Mathilde ? appela-t-il.

Il rouvrit les paupières. Mathilde et Louis avaient disparu. À leurs places, des visages grimaçants et barbouillés d'ocre se penchaient au-dessus du sien. Un des Iroquoués brandit son casse-tête.

Un coup au visage. Le sens du toucher. Il ne vit rien du corps de Mathilde qui gisait par terre, tête fracassée.

Chapitre 42

—Mathilde? répéta-t-il avec étonnement.

Elle avait dix-neuf ans. Couchée contre le mur, nue et splendide, son amante lui tournait le dos. Sa longue chevelure ondulait sur la peau blanche comme l'ivoire. Son corps n'était lui-même que courbes et attraits. Elle venait de se refuser pour la première fois. Il avait insisté, maladroitement sans doute, mais elle s'entêtait, inflexible. Dans la chambre d'à côté, les quatre enfants dormaient en compagnie d'Adélaïde, devenue leur nourrice sèche depuis plus de deux ans.

— J'en ai assez de nos cachettes continuelles, de nos amours à la sauvette, commença-t-elle d'une voix froide. Je ne veux plus être votre maîtresse mais votre femme légitime. Je veux vivre avec vous au grand jour.

Elle se tourna vers lui, se redressa sur la paillasse :

— Vous êtes veuf depuis trois ans, mon seigneur. Épousez-moi.

— Bientôt, tergiversa-t-il en enfilant tranquillement sa chemise et sa cotte de camelot.

— Je n'entends plus rien à vos fausses promesses! clama-t-elle, furibonde.

— Quoi ? Insinues-tu que je suis un menteur ? rétorqua-t-il en pâlissant.

— Et moi, une nigaude ? glapit-elle.

Il laissa débouler un grand rire moqueur.

— Si, tu l'es, la railla-t-il gentiment

Elle se leva, s'habilla avec des gestes saccadés. Ses mains tremblaient.

— J'ai dû changer bien des choses depuis que je vous aime, Guillabert d'Aymeri, chuchota-t-elle, glaciale, les joues rougies par la colère. Mais m'avez-vous donné le choix ? Vous m'avez pétrie à votre guise, vous et vos Templiers ! J'ai dû apprendre à lire, à écrire, à compter, c'est une bonne chose en soi. Mais il m'a fallu aussi renier les papes et l'Église catholique, piétiner mes croyances. J'accepte même aujourd'hui que Jésus-Christ ait épousé la Madeleine et qu'ensemble ils aient eu des enfants. Ça me Le rend plus humain.

— Mais tu veux bien continuer de croire qu'Il est mort en croix et ressuscité, cabocharde ! Tu égorgerais la licorne et tous les Templiers avec si je te laissais dire !

Il tenta de l'embrasser, mais elle lui interdit de la toucher. La colère le gagna à son tour.

— Eh bien, va donc rejoindre ton petit cordonnier qui n'attend qu'un mot de toi pour te ramener en France ! la piqua-t-il. Hâte-toi, Adélaïde a des vues sur lui !

— Vous ne croyez en rien, pas même en notre amour ! hurla-t-elle. Si vous m'aimiez, vous n'accepteriez pas que le père Barthélemy m'arrache mon petit Louis !

— Quoi ?

Il demeura abasourdi. À présent, elle se tordait les mains.

— Louis a eu trois ans au printemps, vous le savez mieux que moi, vous qui savez bien compter. Le père

Barthélemy m'a dit hier à confesse qu'il me fallait retourner en France sur le prochain vaisseau d'approvisionnement. « Mille deux cent soixante jours, pas un de plus. La volonté de Dieu passe avant la mienne, je suis désolé », répétait-il en pleurant. Je n'ai rien compris à son discours. Moi qui le croyais saint ! Comment peut-il vouloir me séparer de mon enfant, lui qui fut lui-même arraché petiot à sa mère ?

Elle éclata en sanglots désespérés.

— Je ne veux pas vous quitter ! Ne permettez pas qu'il prenne mon enfant, ni qu'il m'enlève mes petites Marguerite et Louise... J'en mourrai, je mourrai loin de vous...

Ses pleurs étaient déchirants. Elle tomba à genoux aux pieds de son amant, lui enserra les jambes d'un geste désespéré. Guillabert la releva doucement, la prit dans ses bras, la berça.

— Je t'aime, ma mie, que vas-tu croire ? tenta-t-il de l'apaiser. Jamais on ne t'enlèvera Louis, Marguerite ou Louise, je te le jure sur ma vie. Barthélemy n'est pas méchant homme, mais les Templiers décident de tout. Nous fuirons Montréal ensemble et je t'épouserai. Ne pleure pas.

Il ne savait pas trop quoi dire pour sécher de si terribles larmes. Les mots venaient, maladroits, hésitants. Avec le temps, il apprendrait à taire ses arguments et son intransigeance, à respecter les silences ingénus et crédules de Mathilde, ses croyances pleines de candeur qui la lui rendaient si charmante. Mais ce soir-là, il lui fallut jurer, il lui fallait l'aimer plus fort encore qu'il ne l'adorait déjà. Ne pas la perdre, surtout. Ne pas la perdre. Et ne pas perdre non plus Louis à l'arrivée de septembre.

Pareilles au ciel du crépuscule, les joues de sa maîtresse s'étaient empourprées de violet. Subitement, la nuit et le silence étaient tombés sur eux. Accroché au plafond, le filet fabriqué par Louise et Marguerite s'était joliment auréolé des lucioles qu'elles y avaient déposées en cadeau d'anniversaire pour Guillabert.

Il avait attendu longtemps qu'elle se soit endormie. Puis, en proie à la fureur mélancolique qui l'assaillait, il était allé baguenauder sur la grève, comme à son habitude. Il s'efforça de calmer sa respiration, de la joindre à celle du fleuve. Des enfants invisibles s'amuseraient bientôt à maculer le velours sombre du ciel d'encres turquoise, roses ou vert tendre. Il ne pouvait admirer les aurores boréales sans songer à son ami le Béotuk, dont il était toujours sans nouvelles.

Si le vent éparpilla les relents de sa querelle, il lui apporta également l'amer parfum de son impuissance à faire fléchir l'Ordre de la Rose et de la Croix. Il observa les hommes qui pêchaient à la lueur de la lune, de l'eau jusqu'aux cuisses. Comme à Epsegeneg, ils se servaient de vieilles lances et ils ne se donnaient pas la peine de retirer la morne couvrant le fer et qui avait pour but de les rendre inoffensives.

Son amour pour Mathilde exacerbait la colère qu'il ressentait à l'égard des Templiers. L'abbé d'Ariège le mettait particulièrement à bout. Bien que Guillabert soit veuf, il s'interposait toujours malignement entre Mathilde et lui, les séparant comme le moissonneur sépare le bon grain de l'ivraie, refusant de les marier comme on interdit l'hostie à l'excommunié. Voilà des années qu'il s'était mis en tête de lui arracher Mathilde et qu'il n'en démordait pas, l'Ancien Testament lui servant de levier. Mille deux cent soixante jours, quelle folie ! Guillabert ne comprenait pas l'entêtement sans borne du moine qui mettait pourtant tout son cœur et son énergie à hausser la Femme au rang d'Adam. Mais il n'en était pas à une contradiction près…

Voilà deux ans, l'annonce du décès de Guiraude avait assommé le vassal. Des jours durant, une douleur cuisante lui avait tenaillé les entrailles et l'avait privé de sommeil. Il s'était étonné de n'avoir par le passé rien pressenti, d'être demeuré insouciant de sa petite-cousine alors qu'elle était jetée dans les affres de l'enfantement et de la mort par amour de lui. Il tenta de se remémorer leur dernier tête-à-tête, cherchant en vain les mots exacts qu'elle avait prononcés. La tristesse de son regard, les reproches qu'il y avait déchiffrés seraient ses derniers souvenirs d'elle. Il avait lu ses lettres à les savoir par cœur, puis les avait jetées au feu. Les flammes dansèrent devant son regard embrumé, s'élevant avec sa gratitude. C'est à travers Thierry que Guillabert conforterait ses sentiments pour Guiraude. C'est à travers Louis qu'il prouverait son amour à Mathilde.

— Vous aimiez votre femme, avait constaté avec douceur Mathilde, la tête posée sur son épaule. Cela me rassure, vous n'êtes pas un goujat.

— Je croyais la détester.

— La haine n'est rien d'autre que de l'amour déçu.

— Guiraude était une sœur pour moi. Notre vie de couple n'était qu'une vieille habitude. On s'accroche aux vieilles habitudes.

— L'amitié et l'amour sont des sentiments bien différents. L'un tue l'autre.

Il avait reconnu sur ses lèvres l'argumentation qu'il lui avait lui-même rabâchée au port de La Rochelle.

Encore aujourd'hui, il ne voulait pas d'autre femme que Mathilde. Si, chez certains hommes, la grossesse et la maternité de leur amante pouvaient galvauder l'intensité de leurs passions, l'amour de Guillabert, lui, avait échappé à cette rémittence. Son désir mis sous verre n'avait fait que croître pendant les mois où le sein de Mathilde avait été voué à Louis. Six mois durant, il s'était abruti d'un travail gigantesque pour tromper ses désirs charnels. À l'instar de ses actions en Ariège, levé à l'aube et couché à minuit, on l'avait vu au milieu des champs qu'on défrichait, faux à la main, distribuant sans compter conseils et appuis. Les manants appréciaient l'humour et l'optimisme dont il se vêtait pour « dénuder » la terre et « l'engrosser », comme il le disait lui-même. La maternité de Mathilde avait été l'élan qui l'avait poussé plus fort vers elle. Louis était devenu le prétexte pour jouir en paix de leur liaison.

N'eût été ce maudit abbé et ses Rose-Croix qui les entravaient, il l'aurait épousée sur-le-champ. L'iniquité du prêtre aurait-il raison de leur amour ? Guillabert ferma les yeux, s'accrocha à ce qui ne lui paraissait plus qu'une demi-chimère. « Il nous faudra fuir », pensa-t-il.

— Tu es la grue qui tient la pierre d'assise dans ses serres. Ne t'endors pas de peur que la pierre ne tombe, lui avait-on dit.

La pierre de Béthel tombait, mais les Templiers ne le comprenaient pas. La pierre philosophale lui échappait et coulait, emportée vers le fond. Il devait renoncer au Gréal pour garder Mathilde. Il fuirait Montréal avec elle et avec leurs quatre enfants dès la fin de l'été.

Il serrait encore les poings quand des pas sur la grève le firent sortir de ses réflexions. Il fit volte-face et reconnut Barthélemy Filippo, planté derrière lui. C'était bien la dernière personne qu'il eût désiré rencontrer.

— Feriez-vous comme l'âne de Buridan ? le rabroua-t-il, comme s'il devinait ses pensées. Vous êtes pressé tant par la faim que par la soif, mais vous hésitez si longtemps devant l'eau et le picotin d'avoine, ne sachant lequel choisir, que vous allez mourir d'inanition ! Rappelez-vous la théorie du rasoir d'Occam : coupez, coupez ! Ne multipliez pas les raisonnements inutiles. Faites confiance à Dieu et à votre vision. Mathilde trahira la licorne.

— C'est que je ne suis pas un Iroquoué pour me fier totalement à mes rêves, maugréa-t-il.

Barthélemy sourit.

— Je vous fais confiance sur tout, mon seigneur, sauf en ce qui concerne Mathilde Lescot, répliqua-t-il. Vous devez garder cette femme loin de vos désirs charnels. La chair est faible. Et si je ne puis empêcher le feu de votre passion de vous consumer, je le réduirai à sa plus pure expression.

— Tu as pourtant récupéré le Gréal selon notre entente de ne plus t'immiscer entre Mathilde et moi ! fulmina-t-il.

Était-ce la chaleur accablante de ce soir-là qui agressa Barthélemy Filippo jusqu'à l'impatience ?

— Vous ne comprenez donc rien ? répliqua ce dernier d'un ton aigre et sec. Votre Gréal n'est pas le mien. Il n'est pas matériel, mais spirituel. Et vous ne le trouverez que lorsque vous vous serez découvert vous-même. Le Gréal, c'est vous, Guillabert d'Aymeri. Vous êtes une branche de l'arbre généalogique du Christ, vous êtes le réceptacle des sangs ennemis d'Abel et de Caïn : ceux de Louis et Thierry. Comment ne l'avez-vous pas encore compris ?

— Que racontes-tu ? Tu sais parfaitement que je suis un bâtard.

— Il faut vous remarier pour que Thierry et Louis s'épanouissent dans une famille sans tache, bifurqua l'autre.

— J'épouserai Mathilde.

— Vous ne l'épouserez pas ! Je l'expulserai, plutôt !
Coucher avec cette femme vous fera commettre l'inceste,
tonna l'abbé Filippo, en haussant la voix d'une octave.

Guillabert laissa tomber un grand rire frondeur.

— Que n'inventerais-tu, niais, pour chercher à nous
nuire ? le railla-t-il.

L'abbé devint furieux, ce qui était rarissime. Son
visage rougit, son ton se durcit encore, démontrant bien
dans quelle ire le seigneur l'avait jeté.

— Je ne peux me résoudre à trahir la confession de feu
votre père, mais votre entêtement redoutable m'y forcera
bien, articula-t-il, féroce.

Guillabert l'empoigna par la soutane.

— Parle donc, scélérat !

Après quelques secondes d'hésitation, le prêtre se
lança, comme un malheureux se jette à l'eau du plus haut
pont de Paris, entraînant avec lui le vassal dans sa chute
vertigineuse.

— Mathilde est votre sœur de sang par votre père,
l'assomma-t-il sans chercher à le ménager. Vous êtes le
fils illégitime du comte de Foix.

Hébété, Guillabert le fixait sans mot dire, attendant la
suite du discours.

— Les événements avaient été réglés dans les
moindres détails depuis la naissance de votre père, expliqua l'abbé, qui, à présent, se tordait les mains. Votre
grand-père paternel avait méticuleusement tout arrangé
du mariage de son fils unique Sylvestre avec votre mère
Maggia, dont le sang était mérovingien. Comme vous le
savez, le testament de votre aïeul, votre arrière-grand-
père Léon d'Aymeri, était on ne peut plus formel : il
prévoyait la dévolution du fief familial à l'Ordre du

Temple si, après cent ans, un descendant mérovingien de sang pur ne lui était pas né. Ce qui était pratiquement impossible, et il le savait. L'union de Maggia et de Sylvestre ne pouvait donc arranger les choses, leurs enfants n'auraient été, au mieux, qu'à moitié mérovingiens. Le viol de votre mère, six mois avant le mariage de vos parents, avait pour but de pallier l'impossible requête.

— Quoi ? bégaya le vassal, dont le sang se retirait du visage à mesure que la vérité lui éclatait au cerveau.

La révélation de Aude n'était donc pas qu'un pur délire comme il l'avait espéré.

— Sylvestre ne vous l'a certes jamais dit. Seuls vos parents, votre grand-père et moi-même, leur confesseur, connaissions la vérité. Ainsi que notre pauvre Aude, naturellement.

— Mon père a tu le viol de ma mère pour me donner son nom. Mon illégitimité ne lui aurait-elle pas permis de sauver le fief ? opposa le vassal d'une voix blanche.

Le religieux, que la chaleur humide de cette nuit torride de juillet faisait suer à grosses gouttes, se tamponna le cou et le visage avec un mouchoir.

— *Omnia vincit amor*, admit-il. L'amour triomphe de tout. Votre père, qui aimait votre mère d'amour véritable (Dieu m'en soit témoin !), préférait être déshérité plutôt que de se rallier à l'idée de votre grand-père de la faire engrosser par un pur Mérovingien pour garder son domaine.

Guillabert frémit. Il dut s'asseoir sur un rocher tant il tremblait. Son beau visage défait, trop pâle sous le clair de pleine lune, luisait de larmes.

— C'est donc mon grand-père qui porte l'ignoble responsabilité du viol de ma mère et de ma naissance, comprit-il d'une voix étouffée.

— C'est exact, confirma le prêtre. Il aurait voulu pro-
clamer au monde entier que votre père naturel était de
sang on ne peut plus pur, ce qui aurait davantage désho-
noré la pauvre Maggia.

— Une bête qu'on marchande, rétorqua Guillabert en
se souvenant du vieillard comme d'un ogre.

Barthélemy Filippo hocha la tête :

— Votre père s'y est fermement opposé, s'empressant
d'annoncer qu'il avait défloré votre mère avant leur
mariage. Son comportement a définitivement anéanti
l'espoir de sauver le fief. Cependant, bien que votre père
vous ait reconnu, parjurant publiquement la semence du
jeune comte de Foix ainsi que la parole paternelle, tous les
Templiers connaissaient la vérité : vous étiez bel et bien
un pur Mérovingien. De plus, quand un enfant mâle naît
à Montréal-de-Sos avec une croix fichée au milieu du dos,
bien des choses peuvent encore changer…

Le vassal détourna la tête pour vomir.

Le religieux se pencha légèrement vers lui, déposant
une main sur son épaule :

— Sion vous attendait depuis des siècles, Guillabert
d'Aymeri. Vous êtes le descendant en ligne directe du
Christ et de Marie-Madeleine. Ce signe de la croix gravée
dans votre chair vous prédestinait pour fonder avec moi
une colonie de Rosicruciens au Nouveau Monde et pour
changer la face de la Terre. Tous les Templiers le savent :
vous êtes la première pierre de l'édifice, la pierre noire de
Béthel tombée du ciel. Vous êtes le Gréal dans lequel
deux sangs sont versés. Vos fils sont Abel et Caïn, les chevaliers assis sur la même monture, l'emblème même de
l'Ordre.

Inceste. Mathilde. Guillabert n'écoutait plus. Il avait
la nausée, son monde chavirait, son amour et ses buts

étaient emportés par la vague d'un profond dégoût pour lui-même.

Les pêcheurs avaient depuis longtemps abandonné la grève et un vent froid s'était subitement levé. Un vent d'orage. Quelque part, un hibou hulula.

— Consolez-vous : le Gréal vous vaudra cent fois l'amour de cette femme. Demain, jour du 22 juillet, commémorera la mémoire de Marie-Madeleine, sainte patronne des Templiers. Vous aurez l'heur de danser avec bien d'autres damoiselles, tergiversa le prêtre.

Guillabert s'essuya le visage d'un geste raide. Quelque chose s'était brisé en lui, une innocence, une candeur du vieil enfant mal aimé qu'il avait été et qui n'avait pas voulu vieillir. Hier, il pleurnichait encore sur le banc d'une église aux côtés de Aude, se consolant à la pensée du trésor merveilleux qu'il trouverait un jour dans les grottes d'Ussat. Mais cette fois, le gamin était bien mort, emporté par un rêve trop grand pour lui, qui venait de le briser.

Tu me feras perdre le sens, ma sœur, tu me fais perdre le sens. Le Cantique des Cantiques de Salomon, en apparence anodin, se révéla soudain dans toute sa monstruosité. Ces vers n'encourageaient-ils pas le sacrilège des amants incestueux ? Il sentait son front se glacer sur le fer de lance du roi Arthur qui avait combattu son fils incestueux Mordred dans le roman de Chrestien de Troyes. Arth, l'ours, n'avait pas atteint la pureté nécessaire pour atteindre l'apogée et découvrir le Gréal, la pierre philosophale. Si la version officielle faisait de Perceval le héros de cette quête, bien peu savaient que c'était Galaad, plus pur encore, qui se l'était véritablement approprié. Mais Galaad avait préféré le Gréal à sa sœur bien-aimée Séguna.

— Mathilde repartira en septembre pour la France, dit le prêtre avec autorité. Le mille deux cent-soixantième jour très exactement, comme l'ordonne le récit de l'Apocalypse. Votre relation incestueuse en est évidemment la seule raison. Elle me manquera. Je compte sur vous pour l'en avertir.

— Jamais !

Barthélemy tenta de calmer sa fureur grandissante en respirant à fond. La colère avait gonflé les veines de son cou délicat.

— Si vous ne l'avez pas prévenue demain, je m'en chargerai moi-même, et elle saura tout, réitéra-t-il d'une voix aiguë qu'il maîtrisait mal.

C'est alors que sous la poussée de l'ultimatum, Guillabert perdit la tête. Il fondit sur le prêtre, l'empoigna par le col de sa tunique.

— Tu te tairas ! tonna-t-il. Jure-moi que tu te tairas !

— Elle doit savoir la vérité, s'obstina le religieux.

— Chien !

Spontanément, telle une femme agitée, Barthélemy Filippo tenta de le gifler maladroitement. L'ayant agrippé par la gorge, le vassal hors de lui se mit à le secouer comme un paysan agite le tronc d'un prunier.

— Si tu lui dis, je te tuerai, tu m'entends ? Je te tuerai ! hurla-t-il.

Quand il le lâcha, il était déjà trop tard. Le petit abbé s'écroula sur le sable, une main sur le cœur, l'autre sur le cou, les yeux grand ouverts, « tordu par la bourrasque », avait songé le vassal. Seul face au fleuve, Guillabert avait sangloté comme un gamin.

Au moment où il reprit ses esprits, la lune pâlissait déjà au-dessus de la plage déserte. Ses yeux tombèrent sur le corps de l'abbé Filippo, étendu sans vie à ses pieds. Il se leva, s'avança d'un pas décidé vers les basses eaux, où gémissait une houle capricieuse. Il était dévasté. Une image fabuleuse du bestiaire s'imposa à lui, celle de la licorne trahie par la vierge, sur le sein de laquelle l'animal avait déposé sa tête pour expirer. Sans le savoir, Mathilde l'avait poussé à sa perte morale. Sa recherche du Gréal, avancée timide vers l'accomplissement auquel on l'avait prédestiné, était une quête mort-née. Comme Arthur, Guillabert n'atteindrait jamais son faîte, la sentence étant définitive et sans appel. Il s'abîma dans un terrible désespoir et entendit la voix de ses morts s'entremêler dans sa tête.

— Comment croire qu'un pareil geignard puisse un jour sauver notre race ? disait l'ogre bourru.

— Vous ne serez jamais un vrai héros ! se moquait sa petite-cousine.

Il n'était pas un héros, il ne le deviendrait jamais. La froideur de l'onde sur ses jambes, sur ses cuisses, sur son sexe, sur son ventre. Il eut bientôt de l'eau jusqu'à la mâchoire. La tête du vassal s'enfonça sous l'eau du San-Lorenzo.

Les yeux grand ouverts. Sous la peau du fleuve, il vit avec étonnement le spectacle sporadique de sa propre agonie. Il était vieux, de sauvages guerriers encerclaient son lit, mais Mathilde n'était pas là.

Guillabert n'était donc pas mort, cette nuit-là de 1401, emporté vers les abysses du San-Lorenzo. Des profondeurs, des fonds de ces bourbes grisâtres et vaseuses, il avait entrevu l'image furtive de la lépreuse chauve à la cloche. Il l'avait appelée, implorée sans jamais parvenir à obtenir la grâce qu'elle l'emmenât. C'était le Béotuk qui l'avait fait.

— Papkootparout ne veut pas encore de toi au pays des ombres, l'avait-il entendu renâcler tandis qu'il le transportait à demi inconscient jusqu'à sa maison de Montréal. Je rentre à peine pour t'annoncer que j'ai trouvé ton serpent cornu et toi, tout ce que tu trouves à faire, c'est de te jeter à l'eau ? Si le *Patlias* est mort, tu n'y es pour rien, son cœur a cessé de battre. Papkootparout l'a ainsi décidé.

Jusqu'à sa mort, Guillabert devait errer dans le doute quant à cet accident. Le prêtre avait-il été victime d'un arrêt cardiaque comme le pensait l'autochtone, ou était-il décédé de l'homicide dont il se croyait responsable ? Son ami se chargerait de le couvrir.

— L'attaque d'un ours, mentira-t-il. J'ai tout vu. Mon frère que voici s'en est tiré en se jetant à l'eau. *Patlias*, lui, n'a pas eu la même chance.

†

1438. Devant Guillabert d'Aymeri devenu vieux, le visage du Béotuk prit l'aspect du cuir tanné barbouillé d'ocre d'un Iroquoué. Une seconde s'était fragmentée en un tiers de siècle, obnubilant sa mémoire épuisée. La mort revenait à la charge, mais pour de bon cette fois-ci.

Conformément à l'image que les eaux du San-Lorenzo lui avaient fait entrevoir de son agonie, les Iroquoués encerclaient le lit. Devant ses yeux, l'épais brouillard s'était estompé en même temps que jaillirent à ses oreilles les cris des natifs qui brandissaient les torches embrasées. À la fenêtre, la flamme de la chandelle chancela, puis mourut. Les effluves puants de la graisse de baleine parfumèrent la chambre, lui arrachant de nouvelles douleurs aux poumons. Cette odeur serait la dernière à lui troubler l'odorat.

Chapitre 43

Il lui fit l'amour à la lueur crue de la lampe, aussi férocement qu'il tairait le péché terrible qu'ils commettaient. L'huile de baleine se mêla aux effluves du macis et du sel de sa peau.

— Que serais-je devenue si vous étiez mort hier, y avez-vous songé? lui reprocha-t-elle amèrement.

— Je n'ai songé à rien. Je mourais, simplement. Il y a de l'hébétude dans la mort.

La douce Mathilde pleurait, la tête appuyée sur son torse. Pour elle comme pour les autres, ce qui s'était passé sur la berge demeurerait un accident. Elle ne devrait jamais apprendre l'infamante vérité quant au décès du père Barthélemy Filippo et quant à la prohibition de leur propre relation.

« Mathilde me quitterait sur-le-champ, pensait Guillabert, affolé. Elle, si pieuse, elle en perdrait la raison. »

Bernardino qui, comme tous les Templiers, connaissait la vérité sur leur tragique passion, tenterait plus tard de le consoler :

— Vous n'êtes pas sans savoir que de tous temps, de toutes nations, bien des rois au sang pur ont couché avec les femmes de leur propre clan, qu'elles soient leurs sœurs, leurs filles, leur mère. Noé et Lot, dans l'Ancien Testament, en sont des exemples fameux. Et rappelez-vous Amnon, le fils du roi David qui, comme vous, aima sa sœur de sang Thamar. À mon sens, l'important est que vous ne fassiez pas d'enfant à Mathilde, voyez-vous ?

Il y eut dans les jours qui suivirent le décès de Barthélemy Filippo une sorte de flottement au sein du mouvement templier, flottement que Guillabert attribua d'abord à la perte du Prieur de la Rose et de la Croix. La fraternité à peine née se trouvait déjà orpheline, l'abbé ayant été le maître d'œuvre de ses règles et de sa mission en Huitramannaland. Montréal d'Ochelaga vivait en état de choc.

Une lutte de pouvoir s'organisa aussitôt entre les Templiers, et toute lutte cause forcément ses frictions et ses divisions. Les neuf frères de la Rose et de la Croix n'échappèrent pas aux rivalités les plus basses non plus qu'à une certaine corruption, ce qui allait les pousser à élire à leur tête, en moins de douze heures, un moine qui, contrairement à son prédécesseur, méprisait publiquement la Femme. Bernardino se trouva isolé.

Étrangement, il n'y eut pas d'exposition du corps ni même de cérémonie funèbre dans les jours qui suivirent la mort du Prieur. Au cours de la première nuit, les Templiers disparurent sur le mont Ochelaga en emportant la dépouille du religieux. Un grand secret planait incontestablement sur le décès de Barthélemy Filippo, secret qui donna à Guillabert bien des sueurs froides. À l'instar de la sienne, l'imagination populaire s'enflammait. Certains manants présumaient que l'abbé avait fait un pacte avec le Diable, d'autres qu'il avait été adepte de la magie noire, d'autres encore qu'il avait été occis par un de ses propres frères. « Qu'adviendra-t-il de Mathilde et des enfants si on me condamne pour mon crime ? » se tourmentait le vassal.

Quatre jours passèrent sans qu'on ne revisse Bernardino et les Templiers. Guillabert se faisait un sang d'encre. Pour oublier sa peur d'être démasqué, il passa un jour entier à s'enivrer d'un mauvais vinot. Mathilde, furieuse et inquiète, l'écarta des enfants sans comprendre ce qui lui arrivait, car il ne voulait point parler. Bernardino revint justement cet après-midi-là et se rendit directement chez Guillabert. Il le trouva seul et en piteux état. Il s'assit en face de lui sans dire un mot.

— Vous n'êtes pas très curieux, cela ne vous ressemble guère, s'étonna le moine chevalier après un moment. Nous partons quatre jours avec le mort et vous ne me questionnez point ? Peut-être en savez-vous plus que moi sur le décès du frère Barthélemy...

— Et si je vous disais l'avoir tué ? grogna-t-il, les yeux accrochés à ceux de son ami.

— Je vous répondrais qu'il faut savoir demeurer inébranlable et faire fi des légendes qui font de Jean VIII la papesse Jeanne, répondit Bernardino d'un air laconique.

Guillabert éclata de rire et se frotta le visage à deux mains.

— Barthélemy nous avait tu un fait des plus graves le concernant, poursuivit le moine chevalier en baissant la voix. L'entrée de son tombeau devra demeurer secrète cent vingt ans. Le saint Gréal le garde.

L'Espagnol se leva, vida d'un grand geste le pichet de vin par terre et laissa son ami dégriser.

Le soir venu, le feudataire ne put trouver le sommeil. L'étrange conversation qu'il avait eue avec Bernardino résonnait sans tarir dans sa tête. Il se convainquit que le moine le croyait coupable de l'assassinat, mais qu'il le protégeait, tout comme le faisait le Béotuk. Sur le point de dormir, il fut soudain rattrapé par l'image d'une femme nue prenant son bain et qu'il avait vue, jouvenceau, dans la maison de l'abbé Filippo. Les paroles de l'Espagnol retentirent encore à ses oreilles : « …des légendes qui font de Jean VIII la papesse Jeanne ». Guillabert s'assit raide sur la couche. La baigneuse ne portait-elle pas la bague du prêtre…

Il éclata d'un rire tonitruant et s'endormit en pouffant sporadiquement chaque fois que l'idée absurde lui repassait par l'esprit. Près de lui, Mathilde grogna, mécontente.

†

Leur Prieur disparu, aucun des chevaliers de l'Ordre de la Rose-Croix, si pur soit-il ou prétendant l'être, ne s'opposa plus, sinon faiblement, à l'union de Guillabert et de Mathilde dont l'amour embaumait à vingt lieues à la ronde, rayonnant sur leurs quatre enfants comme sur la colonie entière. Les moines chevaliers semblaient avoir bien d'autres chats à fouetter en cette période troublée. Quoique les Templiers se refusassent encore à les unir, les amants s'étaient décidés à vivre au grand jour comme mari et femme. La menace du mille deux cent-soixantième jour s'estompa au-dessus de leurs têtes jusqu'à s'effacer totalement.

Dans les semaines qui suivirent le drame, le Béotuk et l'Espagnol se présentèrent un matin chez lui, besace à l'épaule.

— Tout est prêt pour notre départ, annoncèrent-ils.

— Quoi, notre départ ? s'étonna Guillabert.

— Je t'ai pourtant dit que j'avais débusqué le serpent, lui rappela l'autochtone.

Brusquement, comme s'estompent les frissons de l'eau après le lancer d'un caillou, Guillabert se souvint. Troublée jusqu'alors par la mort de l'abbé Filippo, la découverte de l'identité de son père naturel et de sa relation incestueuse, sa mémoire redevint soudain aussi limpide qu'un lac. La quête de la pierre philosophale réapparut clairement au fond de son esprit.

Les trois compagnons partirent en canot avec un paquetage suffisant pour tenir une semaine sans encombre. Ils remontèrent d'abord le fleuve vers le nord-ouest jusqu'à un sault où de dangereuses cascades les contraignirent au portage.

— Même une poignée de tabac jetée dans les rapides ne pourrait nous assurer la protection du manitou pour passer en canot, avait en effet affirmé le Béotuk.

Naviguant à nouveau, ils contournèrent une grande île adjacente à celle d'Ochelaga et se rendirent à la limite est d'une baie protégée, où une poignée de jeunes Iroquoués les attendaient, âgés d'au plus vingt ans. Ils abandonnèrent leur embarcation sur la rive. De là, emboîtant le pas à leurs guides et poursuivant leur route à travers bois, ils empruntèrent une piste de chasseurs mal tapée sur une distance que Guillabert estima de deux ou trois lieues. Les taillis étaient tout de bouleaux, de hêtres et d'ormes, parsemés de rares conifères, de fougères et de hautes ronces. La mousse amortissait le bruit des pas. Les voyageurs atteignirent finalement l'endroit indiqué comme le cœur du serpent rouge, un sanctuaire sacré et interdit, juché en contremont d'un raide escarpement. Les naturels refusèrent d'y mettre les pieds, arguant qu'il y avait là une énergie qui causait des vomissements et pouvait faire mourir. Et l'un d'eux déguerpit même, persuadé de commettre un sacrilège.

— Atahensic, le dieu du Mal, y réside avec les mauvais esprits des ancêtres depuis que le dieu du Bien, Jouskeka, l'a combattu au ciel, expliqua un des guides.

— Un vieil ermite de mon village prétend que les lieux ont été dédiés à Tawiscaron, dit un autre.

— Tawiscaron ? demanda Guillabert, qui parlait maintenant couramment la langue des Agonnonsionnis.

Un adolescent leur narra alors la légende d'Aataensic, la mère de l'humanité, qui portait un nom quasi identique au dieu du Mal Atahensic, et que le vassal eut tôt fait d'associer à Ève enfantant Abel et Caïn.

— Lorsque Aataensic tomba du ciel, elle était enceinte, commença l'Iroquoué. Comme il n'y avait pas de continent et pour lui éviter la noyade, la tortue demanda aux animaux aquatiques de plonger, de rapporter de la terre et de construire une île. Aataensic eut la vie sauve et donna naissance à des jumeaux, Ioushkeha et Tawiscaron, qui devinrent des frères ennemis. Le premier tua le second et son sang arrosa la terre. Il en sortit des pierres de feu appelées Tawiscaron. Le déluge fit périr les descendants de Ioushkeha dès la troisième génération.

Après avoir gravi ce tertre qui s'élevait en plein boisé et que ceinturait une vaste plaine dénudée de pierres, les trois visiteurs s'arrêtèrent net. Médusés, ils découvrirent l'immense site mégalithique en forme d'ellipse, totalement ruiné, qui se dressait sous le couvert des arbres.

Guillabert n'avait jamais rien vu de tel : les lieux, encore empreints du mystère de leurs origines et sans nul doute dépourvus de végétation dans les temps anciens, avaient assurément permis une vue à trois cent soixante degrés sur tout l'horizon. Les indigènes leur avaient d'ailleurs assuré que la plaine environnante était l'ancien lit d'une mer née d'un grand déluge.

Les compagnons explorèrent le site, chacun de leur côté, cherchant quelque indice qui aurait pu les éclairer sur sa formation. Chaque pierre de la structure pesait entre deux et quatre tonnes, ce qui était considérable. L'édification d'une telle architecture représentait donc un travail titanesque auquel n'auraient pu s'astreindre des peuplades devant survivre au jour le jour comme les Iroquoués, particulièrement si ces pierres avaient dû être transportées sur plusieurs lieues. L'ouvrage était si ancien que les indigènes n'en connaissaient plus ni l'histoire véritable ni le nom des constructeurs. Leurs légendes semblaient avoir tout oublié de ses fondements et de ses assises, certains natifs attribuant le site à un ancien sanctuaire de fertilité, d'autres à Ogila, le feu sacré.

Guillabert fit lentement le tour des lieux, envahi peu à peu par une angoisse sourde. À n'en pas douter, cet assemblage de pierres en ovale parfait, dont la structure mesurait trente mètres de long par quinze de large, avait été construit à mains d'homme dans des temps fort reculés. Mille ans, trois mille ans, comment savoir ? S'il analysait la position de certains mégalithes qui gisaient, renversés dans le plus grand désordre, il lui paraissait indéniable qu'un terrible événement, sans doute cataclysmique, avait détruit les lieux.

Il s'immobilisa soudain au milieu de ce qu'il crut être l'enceinte d'un temple effondré. Bernardino l'y rejoignit, muni de sa boussole et de ses instruments. Deux portails de pierre se faisaient face, flanqués chacun d'une paire de mégalithes oblongs. Ceux-ci étaient si gigantesques qu'ils ne pouvaient s'imaginer de quelle façon ils avaient pu être transportés jusque-là, même si un cours d'eau avait existé à proximité pour permettre la navigation de convoyeurs.

— Chaque bloc pèse au bas mot cinquante mille livres, constata l'Espagnol.

Il s'affaira un instant autour des pierres, mesurant les distances qui les séparaient les unes des autres, comptabilisant leur taille et leur degré d'inclinaison.

— Ils sont alignés avec une précision remarquable sur les équinoxes et sur les solstices ! balbutia-t-il soudain. L'énergie se disperse autour des pierres centrales comme les rayons autour du soleil. Mon théorème stellaire s'avère exact, j'avais raison !

Le moine recommença ses calculs à l'aide d'un astrolabe, sous l'œil attentif de ses deux compagnons. Il avait l'air affolé, ses mains tremblaient d'excitation.

— Ces blocs semblent reproduire la même position que les trois étoiles du Baudrier d'Orion. Ils affichent entre eux le même décalage, bégayait-il en serrant contre lui ses chers instruments. Sur la terre comme au ciel, voyez-vous ?

Puis, sans plus s'occuper d'eux, il se remit à ses investigations, talonné par le Béotuk.

Guillabert se retrouva seul au centre du temple effondré, où il erra un moment. Il prit subitement conscience, en raison de la résonance assourdie de ses pas, qu'un espace était creusé sous ses pieds, enseveli sous les roches éparses et renversées. Le vent était tombé, le silence enveloppait le boisé, muselant le chant des oiseaux et le murmure diffus des insectes. Son front suinta une sueur froide tandis que des visages inconnus, tordus d'effroi, comme venus de nulle part, se succédèrent soudain à une vitesse vertigineuse devant son regard ébahi, en même temps que se faisait entendre le bruit paniquant d'une vague immense et déferlante. Les poils de ses bras se hérissèrent et une peur abjecte, innommable, l'envahit en même temps qu'une tenace impression de déjà-vu et de danger imminent. Terrorisé, il hurla, se cachant les yeux au creux des paumes.

Locus est terribilis. Désormais, il savait.

— Sortons-le d'ici, cria près de lui Bernardino.

Chapitre 44

À peine les voyageurs et leurs éclaireurs avaient-ils mis les pieds hors de l'ellipse ruinée qu'ils se virent encerclés : trente à quarante Iroquoués belliqueux les entouraient de toutes parts, lances et casse-tête au poing. Derrière eux, ils reconnurent l'Iroquoué qui avait fui les lieux dans la crainte d'un sacrilège.

— Une expédition punitive, grommela le Béotuk.

Chacun des guides tenta un sauve-qui-peut désordonné, mais les assaillants bandèrent leurs arcs. Les cris étouffés des jeunes hommes se mêlèrent au sifflement des flèches et au bruit sourd des corps tombant dans les broussailles. Aucun des adolescents ne fut épargné. On les pendit par le cou aux grands arbres qui clôturaient le site et ceux qui avaient survécu au contenu des carquois périrent haut et court. Seuls les craquements secs des cous rompus troublèrent le silence de la forêt.

Les indigènes s'étaient emparés des Occidentaux et de leur interprète. Le nombre des assaillants était si élevé qu'il leur était inutile d'opposer la moindre résistance. Les dagues accrochées à leurs ceintures ne furent pas même dégainées, mais simplement jetées au sol. Un vieillard vêtu de peaux de bêtes et muni d'un bâton s'avança jusqu'à eux. On passa une corde autour du cou du Béotuk.

— Pour satisfaire ces étrangers, tu as osé, toi notre frère de sang, chercher le savoir interdit enfoui dans ces lieux sacrés. Fourbe ! Tu as provoqué le courroux de Tawiscaron sur nos têtes, au risque qu'il détruise à nouveau notre peuple. Tu as poussé tes frères au blasphème. Tu dois être puni.

— Écoute-moi, jongleur, répondit calmement l'autochtone. Ces deux Blancs sont bons, ils sont nos amis. Ils croient pouvoir guérir les corps avec la magie des pierres sacrées de tes ancêtres.

— Sacrilège ! l'interrompit d'un cri offusqué le chaman en balançant son bâton au-dessus de sa tête.

— Notre seul but était de guérir ton peuple et le nôtre, intervint à son tour Bernardino.

— La face de la Terre est un livre réservé à l'homme rouge et les pierres sacrées en sont les caractères écrits, dit le jongleur. Des étrangers comme toi n'y ont pas accès. Vous êtes des traîtres, vous servirez d'exemple. J'ai dit.

Hiro koué. Les mots étaient sans appel et avaient préséance sur tout autre. Le sorcier agita son bâton, secouant les talismans qui y étaient noués. On entendit la plainte du cordage et le Béotuk se balança au bout de sa potence, à moitié suffoqué. Ses os furent brisés un à un sous les coups de la bastonnade qui s'ensuivit et son corps fut éventré par les lances. Il n'émit aucune plainte.

Guillabert ferma les yeux. Un câble végétal avait été passé autour de sa propre gorge. Il chancela. La crise du *mal sacré* montait, mais il serait mort avant qu'elle n'éclate. Naïvement, il s'était cru guéri, aucune convulsion ne s'étant manifestée depuis son arrivée au Nouveau Monde. Quelle vision, cette fois-ci, lui aurait-on servie ?

Ne pas crier, surtout ne pas crier. Le Béotuk n'avait pas poussé le moindre gémissement. Malgré son martyre, pas un seul hurlement n'avait point de sa bouche aux dents étincelantes. Un mauvais moment à passer, Mathilde. Un mauvais moment à passer. Il s'écroula.

Thula, Thula. Rêvait-il ? Le mot sonnait creux dans sa bouche et dans sa tête, comme ce vide, tantôt sous ses pieds, au milieu du sanctuaire ruiné.

— Tu as bien dit Thula ? lui demandait-on dans la langue des Ochelagans.

Guillabert rouvrit les yeux. Il était étendu sur le lichen. Quelqu'un lui secouait durement les épaules. Au-dessus de son visage, l'image s'éclaircit. Le jongleur le scrutait avec des yeux exorbités et pénétrants.

— Que connais-tu de Thula, étranger ? répéta le chaman.

Guillabert s'assit sur son séant et frotta son visage mouillé de sueurs. De grands spasmes secouaient encore tout son corps. La crise était terminée et comme à l'habitude, il n'en avait gardé aucun souvenir, à l'exception d'une vision. Ce serait sa dernière crise, mais cela, il ne le savait pas encore. Pour lui, tout s'était arrêté à la mort du Béotuk. Il devinait dans son dos la dépouille de son ami qui se balançait au bout du cordage. Il évita de se retourner.

— Tantôt, au milieu des grandes pierres, j'ai vu le déluge qui a détruit Thula, murmura-t-il d'une voix troublée dans la langue des Agonnonsionnis.

— Parle ! ordonna l'autre d'un ton sec.

Accroupi près de lui, Bernardino l'encouragea, déposant une main pesante sur son épaule. C'était leur dernière partie de *Ledelstaganne* et Guillabert jouerait leur va-tout sur sa vision insensée. Le prix comme la mise étaient leurs vies sauves à tous deux.

—J'ai vu une capitale immense et prospère, une ville bâtie de maisons rondes, avec des murs de verre, commença-t-il avec hésitation. Et au milieu de cette cité, un temple se dressait, un temple de Guérison. Des foules considérables y affluaient pour s'y faire soigner. Cela se passait en des temps si lointains que les hommes l'ont oublié. J'ai vu des prêtres enchanteurs se servir du feu produit par une grande pierre cylindrique pour guérir les corps et les esprits des malades. Cette pierre est celle que tu nommes Tawiscaron, jongleur. De cette ville, il ne reste plus que les ruines qui sont là-bas.

Le chaman hocha la tête, puis, d'un coup de menton, le poussa à poursuivre.

—Je crois que cette pierre est toujours ensevelie au milieu des ruines, dit Guillabert d'une voix sourde. Tous les chemins qu'empruntaient ses fluides guérisseurs suivaient un tracé à l'image exacte des constellations.

Il racontait l'extraordinaire hallucination d'une voix grave, les yeux baissés sur ses mains. Étrangement, l'absurdité même de l'évocation ne parvenait pas à troubler le grand calme intérieur qui s'était emparé de lui. «J'ai perdu l'esprit, pensait-il. Seul un fou peut prétendre qu'il existait avant ce jour des êtres plus évolués. Il vaut mieux pour moi mourir que d'être fou.»

—Une terrible vague a détruit Thula et tous ses habitants, conclut-il.

Il se tut. Cette lame brisante était la même que celle de la vision qui l'avait frappé trois ans plus tôt, en même temps qu'un éclair. Un pesant silence s'installa. Puis, le chaman prit la parole, adoptant soudain un ton des plus conciliants et des plus paisibles.

—Le bienveillant Minabozho m'a un jour révélé en songe ce que ton esprit vient de voir éveillé, étranger, commença-t-il. Sache qu'il existe un grand mystère auquel tous mes frères sauvages croient: c'est celui du *Wakan Tanka*, qui raconte les origines du monde. Mes ancêtres venaient de Thulé, une île maintenant engloutie, située en direction du soleil levant. Ils sont venus jusqu'ici pour fuir le grand malheur qui se préparait à Thulé à cause de la femme agouhana qui dirigeait le pays. Malgré le danger que cela représentait pour l'humanité, par orgueil, elle voulait accroître dix fois le pouvoir du feu de la pierre: l'*ogila*. Car, dans ces temps-là, vois-tu, chaque nation possédait un morceau de la pierre sacrée Tawiscaron pour guérir ses enfants. Ici, sous tes pieds, mes ancêtres ont donc bâti une ville, Thula, qui ressemblait à leur bien-aimée Thulé. Il y eut alors au ciel la grande guerre du Bien contre le Mal, car beaucoup voulaient empêcher cette agouhana d'accroître le feu sacré. Ce fut peine perdue. La mer se souleva jusqu'aux montagnes, causant la destruction de la presque totalité des hommes. C'est la destruction de Thula que tu as vue.

Était-ce la raison pour laquelle Aataensic, la mère de l'humanité, portait un nom si semblable à celui d'Atahensic, le dieu du Mal? Guillabert le crut. «C'est par Ève que la Terre a péché», avait un jour clamé Barthélemy Filippo, corroborant en quelques mots toute la malédiction jetée sur la femme depuis le début de l'humanité. «Ève vaincra Satan, pensait encore avec obstination le vassal. Le Mal se rachètera de lui-même.»

— Le fluide sacré coule toujours dans les veines de ton serpent rouge, assura Guillabert. Si tu parvenais, sorcier, à comprendre la manière d'utiliser l'énergie de la pierre Tawiscaron qui est enfouie ici, elle guérirait les hommes au lieu de les détruire.

Le chaman déposa une main rude sur son avant-bras:

— Tu tiens le serpent dans tes mains, étranger. Tu portes le savoir dangereux qui rend immortel ou qui tue. Le risque est grand. Veux-tu donc provoquer à nouveau la guerre du Bien contre le Mal dans le ciel, la discorde entre tes frères sauvages, entre le soleil et la lune, entre l'esprit et le corps ? Veux-tu que le Manitou anéantisse les hommes parce que tu t'arroges le droit de les guérir en son nom ?

L'*ogila* était cette baguette magique qui pouvait guérir ou foudroyer à distance. Il était l'émanation de Mélusine et de Pressine, les pierres cachées dans l'Arche, qui causait de terribles brûlures, faisait vomir et tuait à retardement. « Le dieu des enfers était jaloux d'Esculape, contait Sylvestre. Il n'aimait pas qu'il lui vole des clients et que son enfer se vide à cause des morts qui ressuscitent. Alors il a convaincu Zeus de le tuer… »

Le vassal pensa leur arrêt de mort signé. Cependant, contre toute attente, on les libéra sur-le-champ.

— Je n'ai pas le droit de m'opposer à la décision que tu prendras, dit le chaman.

Néanmoins, quoi que le sorcier lui fît promettre, car il fallut bien que Guillabert promît, ce dernier ne capitulerait jamais dans sa recherche matérielle de la pierre philosophale de longue vie. Une vieille jongleuse d'Epsegeneg ne lui avait-elle pas révélé qu'il était Ophiuchus, l'homme au serpent ? Or, cette vipère avait apporté la science guérisseuse et la vie éternelle à l'humanité. Bernardino avait élaboré un théorème. Il avait tracé sur un parchemin les lignes d'énergie émanant de la pierre, les fameux chemins des esprits. Si le site du serpent d'Orion était le cœur du géon, donc le siège du fluide guérisseur, et qu'on leur interdisait d'y remettre les pieds, Guillabert remonterait chacun de ses rayons. Il glanerait indirectement ce qu'il ne pouvait découvrir directement.

Dans son dos, il y eut un râle atroce. Au bout de la corde, le Béotuk expira.

†

1438. Le visage du Béotuk redevint celui d'un guerrier iroquois levant son casse-tête sur lui. Zeus anéantissait Ophiuchus. Une douleur au crâne, la chaleur d'un liquide qui coule sur son front. On lui offrait un aller simple, sans retour, au bout d'une poterne donnant sur la mort. Il comptabilisa sur ses doigts, comme un garçonnet recense les billes qu'il vient de perdre au jeu. Un goût de fer dans la bouche, celui du sang. Du sang pur, du sang mérovingien.

— Le dernier sens, celui du goût. Enfin je meurs...

L'Iroquoué brandit à nouveau son tomahawk vers son visage. Le mouvement du coup se fragmenta en mille images illuminées.

Guillabert avait été le Gréal. Le sang mêlé l'avait rempli, deux fils lui étaient nés : Tawiscaron et Ioushkeha, l'Abel et le Caïn, et ils allaient ensemble sur une même monture emprunter le chemin vers l'immortalité. L'accomplissement du Grand Œuvre et la découverte de la pierre philosophale les attendaient à un certain détour. Louis et Thierry seraient l'amalgame et le paradoxe de la science et de la foi qui galopent au même rythme vers l'Omega. Ils étaient le pur sang mérovingien, les descendants du Christ. Mais le sang n'aurait plus jamais d'importance. L'esprit se dégagerait de toute matière pour le vaincre.

Alors apparut derrière la vitre une lampe à huile qu'on allumait.

Comme le lui avait si souvent répété sa bonne Aude, nul n'avait vécu en vain s'il avait contribué un tant soi peu à rapprocher une âme de sa suprême vérité. Rassuré, Guillabert ferma les yeux au tintement d'une clochette.

Épilogue

Près d'un siècle plus tard, Jacques Cartier gravit à son tour le mont Royal en compagnie de ses hommes et des Amérindiens. Voyant la chaîne du sifflet en argent et le manche en cuivre d'un poignard qu'ils portaient, les autochtones leur affirmèrent que ces métaux provenaient de l'amont du fleuve Saint-Laurent. Ils leur assurèrent que des gens méchants vivaient là-bas, armés et vêtus d'armures et de cottes de mailles faites de cordes et de bois lacés*.

Thierry, Louis et leurs descendants avaient survécu.

---

* *Deuxième relation de Jacques Cartier*: «... prindrent la chaisne du sifflet du cappitaine lequel est d'argent et ung manche de pongnard qui est de laton jaune comme or lequel pendoyt au costé de l'un de noz mariniers et monstrerent que cela venoyt d'amont le dit fleuve et qu'il y avoit des agojuda qui est à dire *mauvaises gens lesquelz estoient armez jusques sus les doigtz* nous monstrant la façon de leurs *armures qui sont de cordes et de boy lasees et tissés ensemble...*».

Notes au lecteur

Ces gens qui habitaient la région des Grands Lacs et qui portaient des armures et des cottes de mailles étaient vraisemblablement des Templiers. Pourquoi les historiens n'ont-ils jamais avancé la possibilité que des Occidentaux puissent s'être installés au Canada plusieurs années avant l'arrivée de Jacques Cartier? Il y a lieu de s'interroger valablement du fait qu'ils n'ont jamais voulu retenir les allégations du chef indien Donnacona qui s'était pourtant vanté à Cartier de connaître les vêtements de laine et d'avoir déjà voyagé jusqu'en Europe. Pourquoi a-t-on écarté cette affirmation de façon si radicale si ce n'est parce qu'il s'agissait de la flotte templière?

Et pourtant, bien des écrivains tels Gaffarel, Eugène Beauvois, Jacques de Mahieu et Gabriel Gravier ont étudié les expéditions des Vikings en Amérique du Nord. Certains ont même prétendu que Henry Sinclair y avait conduit un groupe de Templiers pour y établir une colonie-refuge vers 1398. Il a par ailleurs été établi que l'argent ayant servi à la construction des grandes cathédrales de France provenait du Mexique, malgré le fait que l'Amérique n'ait pas encore été officiellement découverte à cette époque.

Si l'auteur Eugène Achard situe le Huitramannaland dans les régions de l'Acadie et de la Gaspésie, nous savons par le récit des frères Zéno qu'il y avait à ces endroits, à la fin du XIVe siècle, des descendants de *pabos* ou de leurs oblats. Le père Chrétien Leclercq de même que Samuel de Champlain concluront eux-mêmes que l'oraison dominicale et le signe de croix étaient connus des Indiens micmacs, et que le christianisme avait déjà été prêché au Canada bien avant l'arrivée des Français.

Au Québec, de courageux chercheurs en quête de vérité transparente comme l'infatigable professeur Gérard Leduc s'opposent toujours à certains esprits universitaires conformistes, peu enclins à remettre en cause l'enseignement de leurs maîtres.

Pourquoi cache-t-on avec tant d'âpreté le fait que des Templiers soient venus au Nouveau Monde avant Christophe Colomb? Pourquoi sauvegarde-t-on encore l'opacité du mystère qui embrume la découverte de l'Amérique, dont la vérité, cachée sous les codes secrets et l'ogham, n'est réservée qu'à de rares initiés? Voudrait-on taire une dangereuse vérité?

Nul n'ignore en France combien Marie-Madeleine fut vénérée des Templiers au fil des siècles. Aussi est-on en droit de s'étonner de la retrouver si présente au Québec, comme si les moines chevaliers avaient voulu enfouir des secrets aux confins du Nouveau Monde. Qui se penche un tant soit peu sur la toponymie de cette belle province canadienne n'hésitera pas à conclure que la Magdalena y est particulièrement honorée. Les Îles-de-la-Madeleine ne sont-elles pas la porte d'entrée du Québec par le golfe du Saint-Laurent? Dans la majestueuse région de la Gaspésie, les dénominations de Sainte-Madeleine et de la rivière Madeleine côtoient celles du mont Notre-Dame, de La Martre (anciennement Marthe), de Sainte-Anne-des-Monts, des Capucins, du lac Madeleine, de Saint-Joachim-de-Tourelle, de la rivière Sainte-Anne, révélant des noms de saints chers aux Templiers. Plus loin, du Bas-Saint-Laurent jusqu'à Montréal, l'itinéraire des chevaliers du Christ semble avoir été tracé par une semblable anthroponymie des lieux : la baie Sainte-Anne, Les Pèlerins, le mont Sainte-Anne, Sainte-Croix, le cap de la Madeleine, la Prairie de la Madeleine, et combien d'autres encore !

Pour conclure, nous affirmons qu'un site identique à celui d'Orion existe bel et bien au Québec, à quelques kilomètres seulement de Montréal. Mystérieux amalgame de sites archéologiques britanniques, il tient à la fois de Stonehenge et de Stanydale. Nous l'avons visité en compagnie d'irréductibles chercheurs, mais nous ignorons tout de sa fonction et du nom de ses bâtisseurs. Il n'est cependant pas question pour l'instant d'en dévoiler l'emplacement, puisque nous nous heurtons au Québec à un mur d'historiens qui s'accrochent férocement à la « vérité » de 1492, laquelle continue de prévaloir sur les prospections vikings dans les manuels scolaires.

Et in Arcadia ego. Même en Arcadie j'existe, nous révèle le peintre Nicolas Poussin. *Maria, Stella maris, perducat nos ad portum salutis.* Marie, Étoile de la mer, conduis-nous au port du salut. L'auteure ose ajouter humblement : et dissipe les ténèbres.

Bibliographie sélective

ACHARD, Eugène, *Un couvent de moines en Nouvelle-Écosse avant l'an mille*, Montréal, Leméac, 1972.

BAIGENT, Michael et Richard LEIGH, *La Bible confisquée*, Paris, Plon, 1992.

BAIGENT, Michael, LEIGH, Richard et Henri LINCOLN, *L'Énigme sacrée*, Paris, Pygmalion, 2004.

BIDEAUX, Michel, *Les Relations de Jacques Cartier*, édition critique, Montréal, Les Presses de l'Université de Montréal, 1986.

CAYCE, Edgar, *Visions de l'Atlantide*, Paris, J'ai lu, 1973.

COLLECTIF, *Les Hauts Lieux et leurs mystères*, Paris, Nathan, 1987.

COLLECTIF, *Les Lieux énigmatiques*, Amsterdam, Time-Life Books, 1988.

COLLECTIF, *Les Sociétés secrètes*, Amsterdam, Time-Life Books, 2003.

FALARDEAU, Paul, *Sociétés secrètes en Nouvelle-France*, Saint-Zénon, Éditions Louise Courteau, 2002.

GAGNON, Jean-Marc, *Jacques Cartier et la découverte du Nouveau Monde*, Québec, Musée du Québec, 1984.

GARNEAU, François Xavier, *Histoire du Canada français*, Montréal, Éditions François Beauval, 1976.

KALTENBACK, Josée, *Les Plages et les grèves de la Gaspésie*, Montréal, Fides, 2004.

LEDUC, Gérard, *Les Templiers en Nouvelle-France*, Mansonville, publications Missisquoi environnement équinoxe, 1993.

MAHIEU, Jacques de, *Les Templiers en Amérique*, Paris, J'ai lu, 1981.

OUELLET, Réal, *Nouvelle relation de la Gaspésie : qui contient les mœurs et la religion des sauvages gaspésiens porte-croix, adorateurs du Soleil et autres peuples de l'Amérique septentrionale, dite le Canada de Chrestien Le Clercq*, édition critique, Montréal, Les Presses de l'Université de Montréal, 2000.

SENDY, Jean, *L'Ère du Verseau, fin de l'illusion humaniste*, Paris, Robert Laffont, 1970.

TARADE, Guy et Jean-Marie BARINI, *Les Sites magiques de Provence*, Paris, Robert Laffont, 1990.

VAILLANT, Bernard, *Les Sociétés secrètes : Francs-maçons, Templiers, Rosicruciens…*, Paris, Éditions de Vecchi, 2003.